家藏文库

唐人小说选

李时人 曾志松 评注　　李玉栓 订补

中州古籍出版社
·郑州·

图书在版编目（CIP）数据

唐人小说选 / 李时人，曾志松评注. —郑州：中州古籍出版社，2019.9
（家藏文库）
ISBN 978-7-5348-8831-1

Ⅰ.①唐… Ⅱ.①李… ②曾… Ⅲ.①古典小说 – 小说集 – 中国 – 唐代 Ⅳ.①I242

中国版本图书馆CIP数据核字（2019）第197003号

家藏文库：唐人小说选

选题策划	卢欣欣　赵发杰
约稿统筹	卢欣欣
责任编辑	吕　玲
责任校对	何慧婷
封面设计	王　歌
版式设计	曾晶晶

出　版	中州古籍出版社
	地址：郑州市郑东新区祥盛街27号6层
	邮编：450016
	电话：0371-65788693
经　销	新华书店
印　刷	河南省四合印务有限公司
版　次	2019年9月第1版
印　次	2019年9月第1次印刷
开　本	640毫米×960毫米　1 / 16
印　张	24.25印张
字　数	300千字
定　价	49.00元

前　言

19世纪的法国小说家巴尔扎克曾将"诗歌"说成是人类"童年"的艺术，而将"小说"说成是人类"成年"以后的产物[①]。这应当是一个既符合历史，也很形象的说法。确实，散文体小说是叙事文学的最高形式，是一个国家或民族叙事艺术达到一定高度的产物，也是判断一个国家或民族的文学水平及其繁荣程度的重要标志。此为世界范围内文学发展之规律，任何一个国家或民族概莫能外。

中国古代小说基本上可分为"文言"和"白话"两大类[②]，而这两种不同"语体"的小说，实际上是同源异流，从而构成了中国古代小说产生、发展特殊的总体格局和历史景观。这里所谓"同源"指的是两者同

[①] ［法］巴尔扎克《论历史小说兼及〈弗拉戈莱塔〉》："文学就像所代表的社会一样，具有不同的年龄，沸腾的童年是诗歌，史诗是苗壮的青年，戏剧、小说是强大的成年。"转引自王秋荣编：《巴尔扎克论文学》，北京：中国社会科学出版社，1986年，第255页。
[②] "白话小说"与"文言小说"的区别主要是"语体"的区别，而不一定有"通俗"与"高雅"的差别。　长期以来，在中国古代小说研究中，一直存在着"白话小说"与"通俗小说"交混使用的现象，也有一些学者强调"通俗小说"概念而不太愿意使用"白话小说"一词。"通俗文学""通俗小说"等是近世以来在特殊历史背景下被强调的概念，有其合理性，也带有某种程度的先验性，是一个需要谨慎使用的概念。

基于中国的历史文化;所谓"异流"指的是两者又各自有不同的艺术形式和形成发展道路——虽然同处于中国文化发展变化的大背景下,"二水分流"中难免相互影响。

由于种种特殊的地理、历史条件,造成了"中华民族"不同于世界其他各民族的历史演进形式和社会发展模式,经济、政治和文化的发展都与其他古老民族有很大的不同。其表现在精神文化上,则由于敬天法祖、天人合一成为一种思想传统,强调人伦理性的文化元典"六经"早早确立,原始宗教观念日趋淡化,民族自身发展的历史受到最大的推崇,甚至"神话传说"也逐渐被"历史化",这就使层出不穷的散文体史书,不仅成为对民族历史进程的记忆,也成了民族叙事艺术积累的主要载体。在文学领域,则是"缘情言志"的抒情诗远比叙事诗发达,长期高居文学的主流位置。这一切都导致了中国古代小说的形成道路与欧洲的不同。

欧洲的小说史在追述小说形成沿革时,无不把古希腊史诗,即人们常说的"荷马史诗"——以神话传说、部落战争为内容的长篇叙事诗《伊利亚特》《奥德赛》认作小说的始源。这种说法不能说没有道理,不仅如此,在此之前已有巴比伦的吉尔伽美什的史诗以及古埃及神话作为希腊史诗的前导——围绕地中海的巴比伦文化、埃及文化和希腊文化是很容易交流的。当然,"荷马史诗"就其规模的宏大和内容的繁复来说,更可被称为近世欧洲小说的原始"范本"——马克思认为它是"一种规范和高不可及的范本"[1]。但这在很大程度上可能只是"文艺复兴"以后欧洲人的"寻根"。"蛮族"的入侵,基督教文化对希腊、罗马文化的覆盖,使欧洲

---

[1] [德]马克思:《经济学手稿上》,《马克思恩格斯全集》第46卷,北京:人民出版社,1979年,第48—50页。

近世小说与古希腊史诗之间的联系显得很模糊。能够确证是西方小说直接渊源的，实际是12世纪以来在西方发展起来的"骑士叙事诗"（romance[①]）——一种叙述骑士荒诞不经的冒险生涯和古怪迷人爱情的长篇叙事诗（或称为"骑士传奇"，或音译为"罗曼斯"）。在此之前，则有欧洲各民族的"英雄传奇"（或称为"民族史诗"）作为先导[②]。当romance这种主要由八音节诗句组成的叙事诗逐渐向"韵散相间"转化，散文体小说才初见端倪。后来欧洲的多种语言（如法语和德语）的"长篇小说"一词在语源上可以追溯到romance，正是语言对这一文学演进事实的记录。

不管希腊史诗、欧洲各民族的"英雄传奇"和骑士叙事诗实际上是否一脉相传，欧洲文艺复兴以后出现的散文体小说确实主要是由长篇叙事诗孕育的，这其中尽管有从韵文到散文的转化，但总的说来仍然是文学内部发展的结果。另一方面，因为有了长篇叙事诗作为"典范"，也使欧洲散文体小说以长篇为主流的特点显得十分突出。"文艺复兴"以来在"人文主义思潮"激荡下出现的散文体小说，大多是长篇体裁，连分明短篇规模的小说也要连缀成长篇的形式（如薄伽丘的《十日谈》），欧洲典型的短篇小说要到18世纪以后才盛行。

[①] Romance，原指4世纪后在古罗马内部通告的"罗曼斯"语（Romace，即R. languages，一种以拉丁语为母语的俗语，近代法国、西班牙、葡萄牙、意大利语等均属于这一语族）。12世纪以后骑士叙事诗非常流行，以至于将这些作品直接称为"罗曼"或"罗曼斯"（法文roman，英语为romance）。这些传奇故事大多假借历史时代，但中世纪romance与希腊史诗之间的关系在西方一直是有争议的。

[②] 公元三四世纪至"中世纪"初期入侵罗马帝国并导致其灭亡的"蛮族"，已经走出了人类的"童年时期"，他们的叙事作品是由神话发展而成的韵文体英雄传奇，或被称为"民族史诗"，但已掺入了当时布遍欧洲的基督教观念。这类作品可举出8世纪英国的《贝奥武甫》、9世纪德国的《希尔德布兰特之歌》，12世纪法国的《罗兰之歌》、西班牙的《熙德之歌》、德国的《尼伯龙根之歌》等。

由于没有规制宏大的以"神话传说"为内容、以"史诗"为形式的"神话—史诗"传统，叙事诗落后于抒情诗的发达，典型的戏剧要到十二十三世纪才形成，中国古代叙事艺术的经验在文学领域——包括在词赋和文学散文中的积累，应该说是比较有限的。不过，在叙事艺术方面，中国古代另有一个源远流长的"传统"，那就是各种各样的"史书"积累丰厚。汉初，中国最早的史书《春秋》已被列入"五经"，唐代的"九经"中又列入了"《春秋》三传"，西汉司马迁的《史记》则被公认为"正史"的典范而为后世一再效法。而从先秦至魏晋六朝，史传之外带有叙事成分的散文体作品——各种杂史、杂传，则大部分属于史乘之支脉，即使被称为"志怪小说"的魏晋六朝之"志怪书"亦为史传之流衍①。《史记》等史书中的传记篇目，为中国古代小说，特别是文言短篇小说提供了最基本的叙事模式。而正史的衍流，杂史、杂传、志怪书等，汉魏六朝以来数量惊人，它们由被奉为"正史"的史书派生而成，由于在一定程度上可以不受"史传"规范的束缚，从而发展出一种溢出史书的叙事态度和叙事风格，特别是在内容上不断摆脱史书尽可能忠实于史实的要求，记以怪异之

---

① 《穆天子传》《吴越春秋》等，神话传说与历史混沌不分，可谓之杂史；《燕丹子》、《东方朔传》、"汉武三传"、《曹瞒传》、《名士传》及《列仙传》、《神仙传》等可归于杂传；其余从汉《括地图》到晋张华《博物志》，从汉《异闻记》到晋干宝《搜神记》，其承袭史乘地理博物书、历史杂记等也很清楚。 刘叶秋曾说："魏晋南北朝小说，无论内容和形式，都受到先秦两汉史传的影响，实际是史传的一股支流。"（刘叶秋：《魏晋南北朝小说》，北京：中华书局，1961年，第13页。）

事和杂以不同程度的虚构①，表现出"小说化"的倾向。在这个意义上，汉魏六朝以来大量的杂史、杂传、志怪书，也可以说是唐代文言短篇小说的前导②。在中国，所有积累叙事艺术经验的载体，包括带有叙事成分的诗赋和散文，都是语简义奥的"文言"，且篇幅都不大，因此绝非偶然地使中国叙事文学之最高形式的散文体小说只能由文言短篇小说跨出第一步。另外一个与西方不同的地方在于，从史传、杂史、杂传、志怪书，再到小说，中国古代散文体小说需要完成一个从"历史著作"到文学作品的转变，而要完成这一转变，使中国古代散文体小说蜕尽"史传"的茧壳，必须等待历史提供的"必要条件"，有了这个必要的条件，散文体小说才会真正成熟并成批地产生。

在中国，叙事艺术是经过长期累积，到唐代才成批出现在形式体制和美学品格上都达到散文体小说要求的作品，唐代以前叙事艺术的积累过程，则形成了中国的"小说前史"。

7世纪出现并在8世纪末达到相当繁荣的中国唐代文言短篇小说，可以说是在世界范围内最早出现的、符合散文体小说艺术格范的短篇小说，这比西方的散文体小说要早六七百年。

虽然唐初出现的一些文言小说作品，如武德时王度《古镜记》、贞观时佚名《补江总白猿传》及永徽时唐临《冥报记》中的一些篇章，仍然

---

① 史传也有虚构，但却是在事实框架中的虚构。杂史、杂传、志怪书虽然标榜求实，但所记之事往往依赖传闻，实在难以避免虚构，因为传闻本身不可能没有虚构，作者强调忠实记录传闻，也就忠实地记录了传闻中的虚构，而这种虚构又不同于史传在事实框架中的虚构，实际上甚至连"事实"本身也可能是虚构的。

② 这一点已有人言及，如程毅中说："唐代小说主要是从史部的传记演进而来，无论志怪还是传奇，最初都归在杂传类。"（程毅中：《唐代小说史话》，北京：文化艺术出版社，1990年，第12页。）

可以看出其沿袭六朝志怪的痕迹,但"小说"意味已经大大增强。《古镜记》表面看来是若干怪异故事的连缀,但其以运数为基本思想、以古镜为线索的结构,试图通过荒诞故事表达作者家国凄凉之感的创作主旨,显然已经不同于六朝志怪以"鬼之董狐"身份所作之或简或繁的记事。《补江总白猿传》故事情节设置之机巧,描写之委曲精工,比起六朝志怪中那些写猿玃窃妇生子的篇什,亦有云泥之别。至于7世纪后期高宗时张文成的《游仙窟》,则已经尽蜕"史传"及其衍流叙事之模式,创造性地提供了一个在短促时间内展示完整生活断面的短篇小说的艺术范例。

大约在8世纪后期的贞元、元和年间,唐代文言短篇小说创作开始出现高潮。其突出的表现是优秀的单篇作品大量出现。从陈玄祐《离魂记》、沈既济《任氏传》《枕中记》,到李朝威《洞庭灵姻传》(《柳毅传》)、许尧佐《柳氏传》、白行简《李娃传》、李公佐《南柯太守传》、元稹《莺莺传》、李景亮《李章武传》、蒋防《霍小玉传》,可谓云蒸霞蔚,杰构迭出。这些小说几乎全被后世视为唐人小说中的经典作品。因为大多以男女情爱为内容,以致有人误以为唐代小说"大抵情钟男女,不外离合悲欢"(章学诚《文史通义》内篇五),而对其加以攻讦。实际上,两性关系是社会生活中人与人之间最基本的关系,往往能够直接反映出一个时代社会生活的变化和社会关系的本质。小说与史传的最大区别在于,史传以记录社会历史进程为宗旨,而小说则主要从感情情绪及心理方面对社会历史现象加以记录和描写,使文学不仅能够反映生活,而且表现出不同于史传的情感特征和审美功能。唐代一些出色的以两性情爱为题材的小说,正是突出了小说的情感特征和审美自觉,并在中国古代小说兴起之初,一下子将小说推进到一个相当高的水平。更何况唐人小说的题材并非仅限于情爱,即使是单篇小说创作的鼎盛时期也是如此。如《枕中记》

《南柯太守传》以梦幻为题材，抒发的是一种对人生，甚至是对生命的感悟，同样体现了小说的情感性。其他如李公佐《庐江冯媪传》描摹鬼世界，《谢小娥传》写人间复仇，王洙《东阳夜怪录》写物怪，柳珵《上清传》牵涉到政治斗争，这些不仅题材内容丰富，而且文学的审美特征也很突出。

大约从长庆开始，唐代文言小说的创作从单篇转入以小说集为主。长庆末年，薛用弱《集异记》中20余篇作品已经全是成熟的小说。从此到晚唐产生的小说集至少有10余部值得称道：牛僧孺的《玄怪录》有极为丰富的想象力，内容充满了恢诡谲怪的奇幻色彩，叙事语言则鲜活俊逸，基本格调是对兴趣的追求，并不以规诫为重，与单为述异语怪，未经有意识的审美处理，或借以发明鬼神不诬的作品大不相同。李复言《续玄怪录》的显著特点是在志怪记异中深寓个人遭遇和生活经验引发的愤激和感慨，主观色彩和讽喻意味都很浓郁。大中年间李玫的《纂异记》、咸通年间袁郊的《甘泽谣》、乾符年间裴铏的《传奇》亦是三部极富创造力的小说集。《纂异记》14篇作品大多把讽刺和批判的锋芒凝聚在十分明显的虚设故事中，谋篇布局颇见匠心，且文采斐然，笔墨酣畅，风格十分鲜明。《甘泽谣》深寓作者的黍离之感、忧患之情，8篇作品奇而不流于怪诞，着意张扬人物异乎凡夫俗子的志趣、气节和才能，融叙事、抒情、议论于一体。裴铏《传奇》34篇作品，皆为较好的小说，在短篇小说作家中可谓大家。裴铏喜好神仙道术，故其作品多叙神仙精怪之事，情节曲折多变，引人入胜，但与神仙传记判然有别，重视的是对人的情感的把握。《传奇》中的小说，词采华美，尤喜欢使用骈语俪句，与那种更多借鉴史传使用白描手法，重在传神写照的小说不同，代表了唐代文言小说的另一种风格。

在一个相当长的历史时段中，唐代文人创作了一批又一批有着丰富内容和鲜明美学特征的小说作品。20 年前，我曾参照《全唐诗》的体例，编校了《全唐五代小说》，全书正编 100 卷，收录作品 1313 篇，外编 25 卷，收录作品 801 篇①。尽管按照小说的文体标准，所收较为宽泛，但不管怎样说，唐代的小说作品在文学史上都应是不可小视的存在。而这些作品的出现，不仅标志着中国散文体小说的成熟，同时也构成了中国古代小说创作的第一个高潮。

唐代文言短篇小说的大量出现，对中国文学发展来说是有划时代意义的，这不仅表现在唐人小说与唐诗并称为唐代文学的两大奇葩，交相辉映，成为中国文学一个辉煌时代的标志，更重要的是唐人小说的异军突起，标志着一种有着蓬勃生命力的新的文学样式登上历史舞台，从而拓宽了中国文学发展的道路。

唐代文言短篇小说的出现不是历史的偶发事件。本来，中国的叙事艺术经过汉魏六朝长期的积累，已经达到了相当的高度，作为叙事文学最高形式的散文体小说的成熟所等待的仅仅是一个"历史的必要条件"。唐代的社会体制与社会精神生活不同于往古的变化，恰逢其时地为散文体小说的大量出现提供了这种"必要条件"，或者说提供了适宜其生长的丰厚土壤和"精神气象"。

首先是这一新的文学样式的创作主体以"群体"的形式应运而生。唐代实行的科举选官制度造就了一个人数众多、以科举为人生轴心的新型读书士子人群，他们来自社会的各个阶层，却共同生活于科举制度所形成的引力场中，有着大致相同的价值取向和心理观念，并围绕科举演绎着他

---

① 《全唐五代小说》正编 100 卷、外编 25 卷，北京：中华书局，2014 年。

们各自的人生。这一"科举士子人群"因科举制度而产生,在很大程度上是世族政治、世族经济、世族文化的对立面和破坏者。唐自武后以降,世族门阀的力量逐渐削弱,科举出身的士人在社会政治生活中的地位越来越重要。而当科举士子冲破汉魏以来世族门阀的坚壁,通过科举取得了政治、经济利益以后,必然亦会在社会精神领域顽强地表现自己。唐代文学的兴盛与演进,应该与此有很大的关系。冯沅君曾经对60种唐人小说的作者进行考证,提出"行事可考而无科名的只有三人"[1]。我在编校《全唐五代小说》的时候,在更大范围内对这个问题进行了考察,也发现在唐代文言小说的作者中,科举中式和参加过科举考试的人占了相当大的比例。或者说,唐代文言小说作者的中坚力量,就是当时的科举士子人群。

唐代科举制所形成的科举士子人群,是一个迥异于前代的知识分子群体,他们不同于以往主要出身于世族家庭的经生儒士——这类经生儒士是以汉魏六朝的世族政治、世族经济、世族文化为基础的。而唐代新型读书士子人群的出现,很快就造成了整整一个时代的新的"士风"——科举士子所共同体现出来的行为方式、价值观念、精神心理、文学风习。唐代文言小说的出现和迅速发展及其精神内容和美学风貌应该说均与当时的"士风"有很大的关系。

比如,前人多有批评唐代士子"好文尚狎"者,其实这种时代风习在很大程度上也是当时社会关系的反映。陈寅恪说:"唐代新兴之进士词科阶级异于山东之礼法旧门者,尤在其放浪不羁之风习。故唐之进士一科与娼妓文学有密切关系。"[2]行为放浪,不为礼法所羁,实为唐代科举士

---

[1] 冯沅君:《唐传奇作者身份之估计》,《冯沅君古典文学论文集》,济南:山东人民出版社,1980年,第299页。
[2] 陈寅恪:《唐代政治史述论稿》,上海:上海古籍出版社,1997年,第90页。

子有别于汉晋以来世族文化背景下经生儒士的重要标志。在唐代，狎妓冶游一类行为已经不是科举士子个人的行为，实际上已经成为与科考联系在一起的科举士子的一种"行为方式"。而科举士子通过文学创作对这类放浪不羁生活的张扬，不仅与作者冶游生活的经历有关，而且是自觉不自觉地表现了他们在精神上对"礼法旧门"的挑战。唐代文言短篇小说中描写科举士子冶游生活和婚外恋的作品，所表现出来的对名门望族礼法的不以为意，也是这样一种精神活动自觉不自觉的体现。这种文学的新内容正是曲折地反映了当时社会关系的变化，表现了一种创作主体的精神蠢动。

再如，前人多谓唐代士子"重文轻儒""重文尚辞"，即元人虞集所谓"唐之才人，于经义道学有见者少，徒知好为文辞"（《道园学古录》卷三八），或陈寅恪所言"重词赋而不重经学，尚才华而不尚礼法"[①]。这种情况的出现，亦与唐代科举制度有关。唐代科考，重"进士"、轻"明经"。进士试中，又轻"帖经"、重诗赋，"主司褒贬，实在诗赋，务求巧丽，以此为贤"（赵匡《举选议》）。所以唐人干脆称进士试为"词科"。在唐代，科举登第成为对读书人人生价值最重要的社会认同方式。在科考的指挥棒下，读书士子普遍以研习诗赋文章为要务，重文轻儒、重文尚辞因此成为唐代士子读书作文的普遍倾向，以至于成为他们的一种人格特征。唐人这种对诗赋的高度推崇，不仅对唐代诗歌创作的繁荣起到了积极的作用，对于小说来说实际上有着更为重要的意义。正是因为唐人把重文轻儒、重文尚辞的观念意识和诗赋审美的习惯和经验带入了人物传记以及杂史、杂传、志怪等记叙文的写作，才使中国古代的散文体小说得以冲决史传及其衍流杂史、杂传和志怪书的茧壳展翅腾飞。

---

① 陈寅恪：《元白诗笺证稿》，上海：上海古籍出版社，1978年，第86页。

优秀的唐代文言小说无不注意"文辞",或取史传白描传神之笔,文字明练而略施藻绘;或"以诗入文",表现出深邃的意境和盎然的诗意;或者杂以骈俪之词,表现出繁缛华艳的风格。总的说来,优秀的唐代文言小说所用皆为文学语言,皆可称为"美文",既不同于很多史传及志怪书的质木无文,亦与中唐韩愈、柳宗元所倡导的古文有很大的不同[①]。特别是在唐代文言小说中,有一个引人注目的现象,就是所谓"诗入小说",其最明显的表征是唐人小说在散文叙事中夹有大量的诗歌。不过,作为一种文学现象,唐代"诗入小说"并非仅仅指的是小说在散文叙事中掺入诗歌,其深层意思主要指的是唐人小说在很大程度上融入了"诗情",充溢着"诗意",或者说表现出某种程度上的"诗化"。小说掺入各种类型的诗歌,不过是一种最易为感知的表象罢了。实际上,并非所有的唐人小说中都有诗,有些名篇,如《任氏传》《南柯太守传》《李娃传》《无双传》等,甚至连一首诗都没有,但"诗化"却是多数唐代文言小说杰构的共同特征。所谓小说的"诗化",首先是大多唐代文言小说无论是内容,还是叙事,都有"情感化"的特征,从而使小说表现出一种"抒情"的色彩;其次是小说亦如诗一样,以"奇"为审美特征,因而强调想象,注重趣味;再次是小说语言的"诗化",不仅在描写中表现出一种诗意之美,而且在叙事过程中,创造出一种诗歌的抒情意境。要而言之,唐代

---

① 郑振铎曾以为唐代的"传奇文运动"是"古文运动的一个别支"(《插图本中国文学史》第 29 章)。陈寅恪也认为:"(唐传奇)本与唐代古文同一原起及体制也。"(《元白诗笺证稿》第 1 章)后世因成定说,甚至流行"古文运动"哺育了唐人小说的说法。这一说法与实际情况有较大的距离。这不仅在于不少唐代文言小说(即所谓"传奇文")文辞华艳,有骈俪色彩,也不仅在于标志着唐人小说进入成熟和繁盛阶段的《任氏传》《枕中记》等实际产生于"古文运动"以前,主要是唐代文言短篇小说的文风,从总体上来说是不同于"古文"的,且许多名篇风格各异,与韩、柳倡导的古文风格相去甚远。

"诗入小说"最重要的文学史意义是将"诗歌"的种种"文学特质"带入了传统的"史传"叙事,并最终完成了由"史传"向"文学"的蜕变,导致了中国古代小说文体的成熟和小说作品的成批出现。

唐代文言小说是在诗歌高度繁荣的背景下发生的,参与小说创作的士子有些本身就是杰出的诗人,或者深受唐代诗歌环境濡染者,而唐人小说的创作,又是在这些士子的生活中自然发生的,或者说唐代文言小说的创作与创作主体的生活方式有着重要的关系。唐代士子因为科考、游宦获得了广泛交游的机会,诗酒唱和和宴集聚谈因此成为他们生活中的重要组成部分,这是唐代诗歌中经常出现的内容。而这种广泛的交游活动也成了唐代小说创作的起点。因为唐代士子宴聚交游,除了诗酒唱和,还常有"征奇话异"的活动,这种"昼宴夜话"显然与汉代"清谈"主要是议论朝政、魏晋六朝"剧谈"之品评人物、畅谈玄理不同,往往造成了大量奇异故事的产生、扩散,有些则被写成小说。唐代不少小说,如《任氏传》《李娃传》《庐江冯媪传》等,都提到其创作经历了"昼宴夜话,各征其异说"到"握管濡翰,疏而存之"的过程①。有些小说,如沈亚之的《异

---

① 沈既济《任氏传》:"建中二年,既济自左拾遗,于金吾将军裴冀、京兆少尹孙成、户部郎中崔需、右拾遗陆淳,皆谪居东南,自秦徂吴,水陆同道。时前拾遗朱放因,旅游而随焉。浮颍涉淮,方舟沿流,昼宴夜话,各征其异说。众君子闻任氏之事,共深叹骇,因请既济传之,以志异云。"白行简《李娃传》:"贞元中,予与陇西公佐话妇人操烈之品格,因遂述汧国之事。公佐附掌竦听,命予为传。乃握管濡翰,疏而存之。"李公佐《庐江冯媪传》:"元和六年夏五月,江淮从事李公佐使至京,回次汉南,与渤海高钺、天水赵儹、河南宇文鼎会于传舍。宵话征异,各尽见闻。钺具道其事,公佐为之传。"

梦录》，不仅交代了小说创作的过程，还提到了读者的介入创作①。

中外文学史已经证明，读者群体对小说的发展是十分重要的。种种事实说明，唐代文言小说不仅作者主要是科举士子，而且读者也主要是当时的这类科举读书士子。这对文言小说的特质，甚至对文言小说的兴衰，在很大程度上都是有决定意义的。因为唐代文言小说的作者和读者大都是科举士子，亦即当时的"精英文人"，所以小说所反映的主要是这批文人的生活状态、思想观念、情感情趣，满足他们的审美要求。这不仅使小说的接受范围受到限制，而且一旦社会发生变化，导致创作主体生活状态和精神状态发生变化，小说创作也必然会随之变化。

事实也确实如此，从五代开始，"文言短篇小说"创作就已经开始式微。两宋的文言短篇小说创作数量上不算少，也有一些自己的特色，但其在艺术水平上则明显不如唐人，以至于鲁迅先生说："宋一代文人之为志怪，既平实而乏文彩，其传奇，又多托往事而避近闻，拟古且远不逮，更无独创之可言矣。"②不论鲁迅的批评是否全面，但在小说艺术上，宋代"文言小说"较之唐代"文言小说"，有明显的落差，确是一个不争的事实。至元代，除了元末有一篇敷演才子佳人婚恋故事的《娇红传》，已经

---

① 沈亚之《异梦录》："元和十年，亚之以记事从陇西公军泾州，而长安中贤士皆来客之。五月十八日，陇西公与客期，宴于东池便馆。 既坐，陇西公曰：'余少从邢凤游，得记其异，请语之。'客曰：'愿备听。'陇西公曰：'凤，帅家子……'是日，监军使与宾府郡佐，及宴客陇西独孤铉、范阳卢简辞、常山张又新、武功苏涤，皆叹息曰：'可记。'故亚之退而著录。 明日客有后至者，渤海高允中、京兆韦谅、晋昌唐炎、广汉李瑀、吴兴姚合，泊亚之复集于明玉泉，因出所著以示之。 于是姚合曰：'吾友王炎者，元和初，夕梦游吴……'。"

② 鲁迅《中国小说史略》第12篇，《鲁迅全集》第9卷，北京：人民文学出版社，1981年，第115页。

找不出像样的"文言小说"。正是在这种情况下，明初瞿佑的小说集《剪灯新话》问世，使当时人耳目为之一新。不过，无论是《剪灯新话》，还是其后不久出现的《剪灯余话》，从题材到表现方法，基本上仍是规抚唐人，笔力也较荏弱。而有明近300年，于《剪灯新话》《剪灯余话》以后并未出现文言小说创作的高潮，只有为数不多的一些学步《剪灯新话》而意趣远逊的作品，如《效颦集》《花影集》《觅灯因话》等，勉强维系文言小说之流脉。清初天才作家蒲松龄《聊斋志异》的出现曾一度改变这一局面[①]。不过，蒲松龄的出现，并不能看作是文言小说的"复兴"。因为《聊斋志异》虽然取文言小说的形式，但其创作的成功，不仅在于如鲁迅所说的"用传奇法而与志怪""花妖狐魅，多具人情"，出幻域而入人间，更在于他作"文言小说"而汲取了"白话小说"的艺术积累和艺术精神。也就是说，《聊斋志异》的成功实际上是建筑在"文言小说"与"白话小说"融合的基础之上。本来，由于文言和白话这两种不同的语言表达方式的限制，融合有极大的限度，这是一条极少能通过的艺术窄门，因此蒲松龄便成了不可无一又不能有二的独特现象[②]。清代于《聊斋志异》之后，也颇有一些仿效之作，但多不能望其项背，并没有改变"文言小说"衰落的趋势。

总的说来，中国古代的"文言小说"创作，从唐代出现第一个高潮以后，虽然在近千年的时间内不绝如缕，也偶兴波澜，但除《聊斋志异》的异军突起以外，总体上虽不能说是江河日下，但确实未能在文学史上再

---

① 蒲松龄《聊斋志异》500多篇作品中，除了少量随笔短札，绝大多数都是完整的"文言小说"篇什，其中可称为佳作者不可枚举，充分证明蒲松龄是古代文言小说的一位巨匠。
② 何满子、李时人：《古代短篇小说名作评注》，上海：上海古籍出版社，2000年，第254页。

掀高潮。这无疑与"白话小说"的发展形成了不同的运动轨迹。中国古代的白话小说,虽然在晚唐五代已经出现雏形——"敦煌藏卷"中一些白话叙事作品如《伍子胥》《李陵变文》《韩擒虎画本》等似可称为中国古代早期白话小说,但宋、元时的作品亦还不能说完全成熟,至明清时白话小说才真正成为小说创作的主流。中国古代文言小说与白话小说在漫长的历史过程中的此消彼长,并呈现出不同的美学风貌,是社会演进、历史文化变迁的结果,并非因为美学上的优劣高下。虽然后来的白话小说,无论是长篇,还是短篇,无论是"集体累积型"的作品,还是作家的个人创作,都涌现出一些不朽之作,如《三国演义》《水浒传》,甚至成为影响中国思想文化和民族心理精神的"文化经典",但作为一种辉煌的历史存在,唐人小说也并没有因为时间的流逝而被淹没。唐人小说的不少名篇被熔铸成为人们经常使用的"典故",不少人物成为流播于众口的"文学典型",特别是唐人小说中的名篇,大量被明清人改编为戏曲剧本,有些至今仍在舞台上上演。至于唐人小说中的不少名篇本身,更因其"美文学"的特质,成为古往今来许多文学爱好者百读不厌的文学作品,并因此有小说选本的出现。

  最早的唐人小说选本是晚唐人陈翰编选的《异闻集》10卷,收录了唐代文言短篇小说40余篇,虽然原书现在未传,但通过考察,可知其中有20余篇在我们今天仍可以被视为杰作。宋人喜欢编辑类书,太平兴国二年(977)由朝廷组织编写的大型类书《太平广记》收罗了大量唐人小说,不少唐人小说因此得以传世。明清人编选的各种小说丛编、选本良莠不齐,其中比较流行的《虞初志》8卷,除第1卷收南朝吴均的志怪书《续齐谐记》(17则)外,其余各卷所收皆为唐人小说,计29篇,尤以单篇传世的作品为主。近世以来的唐人小说选本,以鲁迅1927年编定次年刊行的《唐宋传奇集》为最早，该书沿袭了《虞初志》的做法，全书8卷，共收短篇小说44篇，其中前五卷收唐人小说35篇，全为曾以单篇行世的作品，唐人小说集中的作品则一概未取。一年后（1929年）汪辟疆刊行了一部新的选本，题名《唐人小说》，分上、下两卷，上卷收曾以单篇行世的唐人小说30篇，与鲁迅《唐宋传奇集》所收大体相同，下卷选录《玄怪录》《续玄怪录》《纪闻》《集异记》《甘泽谣》《传奇》《三水小牍》等7部小说集中的作品38篇，补《唐宋传奇集》所未备。以后又有多种唐代小说选本，如1964年人民文学出版社刊行的《唐宋传奇选》（张友鹤选注）。在中国古代短篇小说中，唐人小说选本之数量应属最多。

　　鲁迅当年编印《唐宋传奇集》，主要是因为明清时期的一些小说丛编或小说选本，如《说海》《古今逸史》《五朝小说》《龙威秘书》《唐人说荟》《艺苑捃华》等，多为"贾人贸利，撮拾雕镌"之书，"为欲总目烂然，见者眩惑，往往妄制篇目，改题撰人"，致使这些小说多失去本来面貌（鲁迅《唐宋传奇集》前言）。因此《唐宋传奇集》的出发点是要为读者编选一本版本可信的唐人小说选，所以书末特地附了《稗边小缀》一卷，对各篇的作者和版本作了考证说明。不过，近世从鲁迅《唐宋传奇集》以降的唐人小说选本都不同程度地受到资料上的限制，或者说，这些选本都不是在掌握了全部唐人小说资料基础上的选本，因此在择取篇目上都不可避免地有这样或那样的缺失。1998年《全唐五代小说》出版后，我曾有过在此基础上，通过对全部唐人小说的遴选，编写一部唐人小说选集的想法，并得到了有关出版社的出版允诺，只是因为我突然有了不可推诿的其他工作任务，才不得不暂时放弃这一计划。转瞬之间，十几年过去了，一直没有机会来完成这一计划，因此很感谢中州古籍出版社的这次约稿，使我得以实现这一夙愿。

现在奉献给读者的这本《唐人小说选》共选录了唐代文言短篇小说24篇,其中11篇为曾以单篇形式流传的唐人小说杰作,另外的13篇则是从薛用弱、牛僧孺、郑还古、李复言、李玫、薛调、袁郊、裴铏、孟棨、皇甫枚等人的小说集中选出来的。之所以在超过一千篇的唐人小说中仅选了24篇作品,当然是由于出版社对本书规模的限制,照我的想法,一部收罗比较完备的唐人小说选本,所收小说应该在100篇左右,至少也要在50篇以上,因此本书实际上只能算是唐人小说选的简本。不过,虽然本书所选篇目不算多,但确实是我从《全唐五代小说》中精心遴选出来的,取舍上的依据主要是小说的艺术创造,同时亦适当兼顾到篇目的涵盖面。

本书之所以不取"唐人传奇"的概念,而用《唐人小说选》的书名,则是因为"传奇"这一概念,实际上是不能概括唐人小说的。其不仅于理无征,亦于史无据。

唐人没有用"传奇"来称呼"小说"的记载。宋太平兴国二年(977)所编大型类书《太平广记》分类辑录以往的杂史、杂传、志怪书、笔记及小说,其中卷四八四至四九二,收录了《李娃传》《东城父老传》《柳氏传》《无双传》《霍小玉传》《莺莺传》《周秦行记》等14篇著名的唐人小说,其分类名则为"杂传记"。陈师道(1053—1102)《后山诗话》云:"范文正公为《岳阳楼记》,用对语说时景,世以为奇。尹师鲁读之,曰:'传奇体尔!'《传奇》,唐裴铏所著小说也。"这里提出了"传奇体",但所指仅是裴铏的《传奇》小说"以对语说时景"的写作风格,并未以"传奇"概称唐人小说。

南宋绍兴六年(1136)曾慥辑《类说》60卷,内收《莺莺传》小说节文,题名为《传奇》。此前,赵令畤(1051—1134)《侯鲭录》卷五云:"夫'传奇'者,唐元微之所述也。"或《莺莺传》曾名《传奇》,或宋人以"传奇"代指《莺莺传》,但并非是对唐人小说的总称。又,南宋谢采伯(1168—1231)在其《密斋笔记·自序》中曾提及"稗官小说、传奇、志怪之流乎",但亦未单用"传奇"来指小说。不过,当时"勾栏瓦舍"的讲唱技艺"说话四家"的"小说"中倒是有专讲"传奇"类故事的。南宋端平二年(1235)成书的《都城纪胜》对此有记载①。后来宋末元初罗烨《醉翁谈录·舌耕叙引》曾列载18种"说话"中的"传奇"名目②,知其内容者皆涉及男女情爱,说明当时"勾栏瓦舍"演述中被称为"传奇"的就是此类故事。后来元人虞集就直接移借"传奇"来指唐人小说中题材与此相类的作品③。

明人胡应麟《少室山房笔丛》将"小说"分为六类④,但他的"小说观"并不是很正确。因为在胡应麟时代,不仅文言小说已经繁衍了数百年,白话短篇小说,甚至白话长篇小说在文学领域中也早已蔚然大国。胡氏却并没有从叙事文学的角度去看"小说",而是将"传奇""志怪"与

---

① 《都城纪胜》:"说话有四家,一者小说,谓之银字儿,如胭粉、灵怪、传奇;说公案,皆是搏刀赶棒及发迹变泰之事;说铁骑儿,谓士马金鼓之事。说经,谓演说佛书;说恭请,谓宾主参禅悟道等事。讲史书,讲说前代书史文传,兴废争战之事。"

② 《醉翁谈录·舌耕叙引》:"《莺莺传》《爱爱词》《张康题壁》《钱榆骂海》《鸳鸯灯》《夜游湖》《紫香囊》《惠娘魄偶》《王魁负心》《桃叶渡》《牡丹记》《花萼楼》《章台柳》《卓文君》《李亚仙》《崔护觅水》《唐辅采莲》,此乃为之'传奇'。"

③ 虞集《写韵轩记》:"盖唐之才人,于经艺道学有见者少,徒知好为文辞,闲暇无所用心,辄想象幽怪遇合、才情恍惚之事,作为诗章答问之意,傅会以为说,盍簪之次,各出行卷,以相娱玩,非必真有是事,谓之'传奇'。"

④ 《少室山房笔丛》卷二九《九流绪论》下:"一曰志怪,《搜神》《述异》《宣室》《酉阳》之类是也;一曰传奇,《飞燕》《太真》《崔莺》《霍玉》之类是也;一曰杂录,《世说》《语林》《琐语》《因话》之类是也;一曰丛谈,《容斋》《梦溪》《东谷》《道山》之类是也;一曰辨订,《鼠璞》《鸡肋》《资暇》《辨疑》之类是也;一曰箴规,《家训》《世范》《劝善》《省心》是也。"

"杂录""丛谈""辨订""箴规"一股脑儿纳入"小说"的筐子。但即使如此,胡氏仍然将"传奇"列入"小说"之一类,并未用其代指"小说",自然也没有用其特指唐人小说。

最早以"传奇"代指唐人小说的实际上是近人鲁迅。鲁迅《中国小说史略》第 8 篇、第 9 篇标目为《唐之传奇文(上、下)》,第 10 篇标目为《唐之传奇集及杂俎》,其为"传奇"所下的定义是:"'传奇'者流,源盖出于'志怪',然施之藻绘,扩其波澜,故所成就乃特异,其间虽或托讽谕以纾牢愁,谈祸福以寓惩劝,而大归则在文采与意象,与昔之传鬼神明因果而外无他意者,甚异其趣矣。"[①]这里的"志怪",应指鲁迅《中国小说史略》中第 5 篇、第 6 篇《六朝之鬼神志怪书》。按鲁迅的说法,"传奇"是一种源出于"志怪",又不同于"志怪"的"小说"写作方法,这显然与罗烨《醉翁谈录》、胡应麟《少室山房笔丛》将"传奇"作为一种小说的"题材内容"不同。但是,这仍然不足以将"传奇"说成是一种"文体"。

固然唐人小说中有不少作品"源盖出于志怪",但并不是所有的唐人小说,都"源出于志怪",如唐人小说中的名篇张文成《游仙窟》、白行简《李娃传》、元稹《莺莺传》、蒋防《霍小玉传》等,都是据现实生活之摹写,从哪一方面说,似乎都谈不上"源出于志怪"。因此,以"传奇"代指全部唐人小说显然是不合适的。

更何况,由于汉字"一字多义""一词多义"的特点,在中国文化传统的思维方式中,形成了一种"概念一般性""名言共同性"的特点,比

[①] 鲁迅《中国小说史略》第 9 篇,《鲁迅全集》第 9 卷,北京:人民文学出版社,1981 年,第 73 页。

如我们常用词语中的"道",在不同时代、不同语境、不同人的著作和学说中就有不同的解释,有些甚至意思完全不同。唐代裴铏名其小说集为《传奇》,不管指的是"传写奇人奇事",还是"为奇人奇事作传",但并没有将其列为一种文体。罗烨《醉翁谈录》、胡应麟《少室山房笔丛》则将"传奇"作为一种小说的"题材内容"。但在南宋和金代,"传奇"也指"诸宫调",元代也指杂剧,如钟嗣成《录鬼簿》记录了450余种元杂剧名目,也自称为"传奇";《永乐大典》保存下来的宋元戏文《宦门子弟错立身》中有一支[那吒令],则明确记载了宋元间南戏戏文名为"传奇"①,后来明清时以"南曲"演唱的戏剧剧本亦全称为"传奇"。因此,从各方面看,用"传奇"代指唐人小说,显然都不是十分合理的。

本书原为我四卷本《中国古代短篇小说选》稿子的一部分,10多年前已经基本完成,但一直搁置。今年中州古籍出版社约稿后不久,我因病住院,尚有六七篇还没有完全写好,恰博士研究生曾志松在座中,因请其帮忙,将这几篇稿子或增饰或改写出来,"前言"则早已写就,未作修改。当然,本书最后仍由我修订定稿,故如有错误,文责仍然应该由我来负。衷心欢迎广大读者批评指正。

李时人
2017 年 12 月 18 日于上海第六人民医院

---

① 宋元戏文《宦门子弟错立身·那吒令》:"这一本传奇是《周孛(勃)太尉》;这一本传奇是《崔护觅水》;这一本传奇是《秋胡戏妻》;这一本传奇是《马践杨妃》。"

目 录

游仙窟	张文成	1
离魂记	陈玄祐	63
任氏传	沈既济	70
枕中记	沈既济	89
洞庭灵姻传	李朝威	105
柳氏传	许尧佐	133
李娃传	白行简	146
南柯太守传	李公佐	170
莺莺传	元　稹	189
《湘中怨》解	沈亚之	208
霍小玉传	蒋　防	217
王涣之	薛用弱	235
杜子春	牛僧孺	241
崔玄微	郑还古	253
定婚店	李复言	260

陈季卿	李　玫	267
无双传	薛　调	275
红　线	袁　郊	288
聂隐娘	裴　铏	300
虬须客传	裴　铏	308
孙　恪	裴　铏	321
崔　护	孟　棨	330
非烟传	皇甫枚	334
王知古为狐招婿	皇甫枚	346

跋　　359

游 仙 窟

张 文 成

若夫积石山者①，在乎金城西南②，河所经也③。《书》云④："导河积石，至于龙门⑤。"即此山是也。

仆从汧陇⑥，奉使河源⑦。嗟运命之迍邅，叹乡关之眇邈⑧。张骞古迹⑨，十万里之波涛；伯禹遗踪⑩，二千年之坂蹬⑪。深谷带地，凿穿崖岸之形⑫；高岭横天，刀削冈峦之势。烟霞子细⑬，泉石分明。实天上之灵奇，乃人间之妙绝。目所不见，耳所不闻。

日晚途遥，马疲人乏。行至一所，险峻非常。向上则有青壁万寻⑭，直下则有碧潭千仞⑮。古老相传云："此是神仙窟也。"人踪罕及，鸟路才通⑯。每有香果琼枝，天衣锡钵⑰，自然浮出，不知从何而至。

余乃端仰一心，洁斋三日。缘细葛⑱，溯轻舟⑲。身体若飞，精灵似梦⑳。须臾之间，忽至松柏岩、桃华涧㉑，香风触地，光彩遍天。

见一女子向水侧浣衣㉒，余乃问曰："承闻此处有神仙之窟宅，故来祇候㉓。山川阻隔，疲顿异常，欲投娘子，片时停歇；赐惠交情，幸垂听许㉔。"女子答曰："儿家堂舍贱陋㉕，供给单疏，只恐不堪，终无吝惜。"余答曰："下官是客㉖，触事卑微㉗，但避风尘，则为幸甚。"遂止余于门侧草亭中㉘，良久乃出。

余问曰："此谁家舍也㉙？"女子答曰："此是崔女郎之舍耳。"余问曰："崔女郎何人也？"女子答曰："博陵王之苗裔，清河公之旧族也㉚。容貌似舅，潘安仁之外甥；气调如兄，崔季珪之小妹㉛。华容婀娜㉜，天上无俦㉝；玉体逶迤㉞，人间少匹。辉辉面子㉟，荏苒畏弹穿㊱；细细腰支，参差疑勒断㊲。韩娥宋玉㊳，见则愁生；绛树青琴㊴，对之羞死。千娇百媚，造次无可比方㊵；弱体轻身，谈之不能备尽。"

须臾之间，忽闻内里调筝之声㊶，仆因咏曰：

"自隐多姿则㊷，欺他独自眠。故故将纤手，时时弄小弦。耳闻犹气绝，眼见若为怜㊸。从渠痛不肯，人更别求天㊹。"

片时，遣婢桂心传语，报余诗曰：

"面非他舍面，心是自家心。何处关天事，辛苦漫追寻㊺！"

余读诗讫，举头门中㊻，忽见十娘半面，余即咏曰：

"敛笑偷残靥㊼，含羞露半唇。一眉犹叵耐㊽，双眼定伤人。"

又遣婢桂心报余诗曰：

"好是他家好，人非着意人㊾。何须漫相弄㊿，几许费精神！"

于时夜久更深，沉吟不睡，彷徨徙倚㉛，无便披陈㉜。彼诚既有来意，此间何能不答？遂申怀抱㉝，因以赠书曰：

“余以少娱声色，早慕佳期(54)，历访风流，遍游天下。弹鹤琴于蜀郡，饱见文君(55)；吹凤管于秦楼，熟看弄玉(56)。虽复赠兰解佩(57)，未甚关怀；合卺横陈(58)，何曾惬意(59)！昔日双眠，恒嫌夜短(60)；今宵独卧，实怨更长。一种天公，两般时节。遥闻香气，独伤韩寿之心(61)；近听琴声，似对文君之面。向来见桂心谈说十娘，天上无双，人间有一。依依弱柳，束作腰支(62)；焰焰横波，翻成眼尾(63)。才舒两颊，孰疑地上无华(64)；乍出双眉，渐觉天边失月(65)。能使西施掩面，百遍烧妆(66)；南国伤心，千回扑镜(67)。洛川回雪，只堪使叠衣裳(68)；巫峡仙云，未敢为擎靴履(69)。忿秋胡之眼拙，枉费黄金(70)；念交甫之心狂，虚当白玉(71)。下官寓游胜境，旅泊闲亭，忽遇神仙，不胜迷乱。芙蓉生于涧底，莲子实深(72)；木栖出于山头，相思日远。未曾饮炭，腹热如烧；不忆吞刃(73)，肠穿似割。无情明月，故故临窗；多事春风，时时动帐。愁人对此，将何自堪！空悬欲断之肠，请救临终之命。元来不见，他自寻常；无故相逢，却交烦恼。敢陈心素(74)，幸愿照知。若得见其光仪(75)，岂敢论其万一！”

书达之后，十娘敛色(76)，谓桂心曰：“向来剧戏相弄(77)，真成欲逼人。”余更又赠诗一首，其词曰：

“今朝忽见渠姿首(78)，不觉殷勤著心口。令人频作许叮咛(79)，渠家太剧难求守。端坐剩心惊，愁来益不平。看时未必相看死，难时那许太难生(80)。沉吟处幽室，相思转成疾。自恨往还疏，谁肯交游密。夜夜空知心失眼(81)，朝朝无便投胶漆(82)。园里华开不避人，闺中面子翻羞出。如今寸步阻天津(83)，伊处留情更觅新。莫言长有千金面，终归变作一抄尘[84]。生前有日但为乐，死后无春更著人。祇可倡伴一生意，何须负持百年身[85]？"

少时，坐睡，则梦见十娘。惊觉揽之[86]，忽然空手。心中怅怏[87]，复何可论？余因乃咏曰：

"梦中疑是实，觉后忽非真。诚知肠欲断，穷鬼故调人。"

十娘见诗，并不肯读，即欲烧却，余咏曰：

"未必由诗得，将诗故表怜[88]。闻渠掷入火，定是欲相燃。"

十娘读诗，悚息而起[89]。匣中取镜，箱里拈衣，袨服靓妆[90]，当阶正履。余又为诗曰：

"薰香四面合，光色两边披。锦障划然卷[91]，罗帷垂半欹[92]。红颜杂绿黛，无处不相宜。艳色浮妆粉，含香乱口脂[93]。鬓欺蝉鬓非成鬓[94]，眉笑蛾眉不是眉[95]。见许实娉婷[96]，何处不轻盈[97]。可怜娇里面，可爱语中声。婀娜腰支细细许，瞩盱眼子长长馨[98]。巧儿旧来镌未得[99]，画匠迎生摸不成[100]。相看未相识，倾城复倾国[101]。迎风帔子郁金香[102]，照日裙裾石榴色。口上珊瑚耐拾取[103]，颊里芙蓉堪摘得[104]。闻名腹肚已猖狂[105]，见面精神更迷惑。心肝恰欲摧，踊跃不能裁。徐行步步香风散，欲语时时媚子开[106]。屦疑织女留星去，黄似姮娥送月来[107]。含娇窈窕迎前出[108]，忍笑婪媛返却回[109]。"

余遂止之曰："既有好意，何须却入？"然后逶迤回面，窈窕向前[110]。

十娘敛手而再拜向下官，下官亦低头尽礼而言曰："向见称扬，谓言虚假；谁知对面，恰是神仙。此是神仙窟也！"十娘曰："向见诗篇，谓非凡俗；今逢玉貌，更胜文章。此是文章窟也！"

仆因问曰："主人姓望何处⑪？夫主何在？"十娘答曰："儿是清河崔公之末孙，适弘农杨府君之长子⑫。就成大礼，随父住于河西⑬。蜀生狡猾⑭，屡侵边境。兄及夫主，弃笔从戎，身死寇场，茕魂莫返⑮。儿年十七，死守一夫；嫂年十九，誓不再醮⑯。兄即清河崔公之第五息⑰，嫂即太原王公之第三女⑱。别宅于此，积有岁年。室宇荒凉，家途窘弊⑲。不知上客从何而至？"

仆敛容而答曰："下官望属南阳⑳，住居西鄂㉑。得黄石之灵术，控白水之余波㉒。在汉则七叶貂蝉，居韩则五重卿相㉓。鸣钟鼎食㉔，积代衣缨㉕。长戟高门㉖，因循礼乐㉗。下官堂构不绍㉘，家业沦胥㉙。青州刺史博望侯之孙，广武将军巨鹿侯之子㉚。不能免俗，沉迹下寮㉛。非隐非遁，逍遥鹏鷃之间㉜；非吏非俗，出入是非之境。暂因驱使㉝，至于此间。卒尔干烦㉞，实为倾仰。"

十娘问曰："上客见任何官？"下官答曰："幸属太平，耻居贫贱。前被宾贡㉟，已入甲科㊱；后属搜扬，又蒙高第㊲。奉敕授关内道小县尉㊳，见充河源道行军总管记室㊴。频繁上命，徒想报恩；驰骤下寮，不遑宁处㊵。"十娘曰："少府不因行使㊶，岂肯相过？"下官答曰："比不相知㊷，阙为参展㊸，今日之后，不敢差违。"

十娘遂回头唤桂心曰："料理中堂，将少府安置。"下官逡巡而谢曰㊹："远客卑微，此间幸甚。才非贾谊㊺，岂敢升堂！"十娘答曰："向者承闻，谓言凡客，拙为礼贶㊻，深觉面惭。儿意相当㊼，事须引接。此间疎陋，未免风尘。入室不合推辞，升堂何须进退。"

遂引入中堂。

于时金台银阙，蔽日干云⁽¹⁴⁸⁾。或似铜雀之新开⁽¹⁴⁹⁾，乍如灵光之且敞⁽¹⁵⁰⁾。梅梁桂栋，疑饮涧之长虹；反宇雕甍⁽¹⁵¹⁾，若排天之矫凤。水精浮柱⁽¹⁵²⁾，的皪含星⁽¹⁵³⁾；云母饰窗⁽¹⁵⁴⁾，玲珑映日。长廊四注⁽¹⁵⁵⁾，争施玳瑁之橡⁽¹⁵⁶⁾；高阁三重，悉用琉璃之瓦⁽¹⁵⁷⁾。白银为壁，照耀于鱼鳞；碧玉缘陛，参差于雁齿⁽¹⁵⁸⁾。入穹崇之室宇⁽¹⁵⁹⁾，步步心惊；见傥阆之门庭⁽¹⁶⁰⁾，看看眼碜⁽¹⁶¹⁾。遂引少府升阶。

下官答曰："客主之间，岂无先后？"十娘曰："男女之礼，自有尊卑。"下官迁延而退曰⁽¹⁶²⁾："向来有罪过，忘不通五嫂⁽¹⁶³⁾。"十娘曰："五嫂亦应自来，少府遣通，亦是周匝⁽¹⁶⁴⁾。"则遣桂心通，暂参屈五嫂⁽¹⁶⁵⁾。

十娘共少府语话，须臾之间，五嫂则至。罗绮缤纷，丹青昞晔⁽¹⁶⁶⁾。裙前麝散⁽¹⁶⁷⁾，髻后龙盘⁽¹⁶⁸⁾。珠绳络翠衫，金薄涂丹履。余乃咏曰：

"奇异妍雅，貌特惊新⁽¹⁶⁹⁾。眉间月出疑争夜，颊上华开似斗春。细腰偏爱转，笑脸特宜嚬⁽¹⁷⁰⁾。真成物外奇稀物，实是人间断绝人。自然能举止，可念无比方。能令公子百重生，巧使王孙千回死。黑云裁两鬓，白雪分双齿。织成锦袖骐驎儿，刺绣裙腰鹦鹉子⁽¹⁷¹⁾。触处尽开怀，何曾有不佳。机关太雅妙⁽¹⁷²⁾，行步绝娃婷⁽¹⁷³⁾。傍人一一丹罗袜⁽¹⁷⁴⁾，侍婢三三绿线鞋⁽¹⁷⁵⁾。黄龙透入黄金钏，白燕飞来白玉钗⁽¹⁷⁶⁾。"

相见既毕，五嫂曰："少府跋涉山川，深疲道路，行途届此，不及伤神。"下官答曰："俛勉王事，岂敢辞劳⁽¹⁷⁷⁾。"五嫂回头笑向十娘曰:"朝闻乌鹊语,真成好客来[177]。"下官曰:"昨夜眼皮瞤[179],今朝见好人。"

即相随上堂。珠玉惊心,金银耀眼。五彩龙须席[180],银绣缘边毡;八尺象牙床,绯绫帖荐褥[181]。车渠等宝[182],俱映优昙之花[183];玛瑙真珠[184],并贯颇梨之线[185]。文柏榻子,俱写豹头[186];兰草灯心,并烧鱼脑[187]。管弦寥亮,分张北户之间;杯盏交横,列坐南窗之下。各自相让,俱不肯先坐。仆曰:"十娘主人,下官是客。请主人先坐。"五嫂为人饶剧[188],掩口而笑曰:"娘子既是主人母,少府须作主人公。"下官曰:"仆是何人,敢当此事?"十娘曰:"五嫂向来戏语,少府何须漫怕[189]。"下官答曰:"必其不免,只须身当。"五嫂笑曰:"只恐张郎不能禁此事。"众人皆大笑。

一时俱坐,唤香儿取酒。俄尔中间,擎一大钵,可受三升已来[190],金钮铜镮。金盏银杯,江螺海蛼[191]。竹根细眼[192],树瘿蝎唇[193]。九曲酒池,十盛饮器。觞则兕觥犀角[194],岠岠然置于座中;杓则鹅项鸭头[195],泛泛焉浮于酒上。遣小婢细辛酌酒,并不肯先提[196]。五嫂曰:"张郎门下贱客,必不肯先提,娘子径须把取[199]。"十娘则斜眼佯嗔曰[199]:"少府初到此间,五嫂会些频频相弄[200]!"五嫂曰:"娘子把酒莫嗔[201],新妇更亦不敢[202]。"

酒巡到下官,饮乃不尽。五嫂曰:"何为不尽?"下官答曰:"性饮不多,恐为颠沛[203]。"五嫂骂曰:"何由叵耐!女婿是妇家狗,打杀无文。终须倾使尽,莫漫造众诸[204]!"十娘谓五嫂曰:"向来正首病发耶[205]。"五嫂起谢曰:"新妇错大罪过。"因回头熟视下官曰:"新妇细见人多矣,无如少府公者。少府公乃是仙才,本非凡俗。"

下官起谢曰:"昔卓王之女,闻琴识相如之器量㉐;山涛之妻,凿壁知阮籍为贤人㉑。诚如所言,不敢望德㉒。"十娘曰:"遣绿竹取琵琶弹,儿与少府公送酒㉓。"

琵琶入手,未弹中间,仆乃咏曰:

"心虚不可测,眼细强关情。回身已入抱,不见有娇声㉑。"

十娘应声即咏曰:

"怜肠忽欲断,忆眼已先开。渠未相撩拨,娇从何处来?"

下官当见此诗,心胆俱碎,下床起谢曰:"向来唯睹十娘面,如今始见十娘心。足使班婕妤扶轮㉑,曹大家阁笔㉒,岂可同年而语、共代而论哉!"请索笔砚,抄写置于怀袖。

抄诗讫,十娘弄曰:"少府公非但词句妙绝,亦自能书;笔似青鸾,人同白鹤㉓。"下官曰:"十娘非直才情,实能吟咏。谁知玉貌,恰有金声。"十娘曰:"儿近来患嗽,声音不彻㉔。"下官答曰:"仆近来患手,笔墨未调。"五嫂笑曰:"娘子不是故夸,张郎复能应答。"

十娘来语五嫂曰:"向来纯当漫剧㉕,元来无次第,请五嫂为作酒章㉖。"五嫂答曰:"奉命不敢,则从娘子。不是赋古诗云,断章取意㉗,唯须得情,若不惬当㉘,罪有科罚㉙。"十娘即遵命曰:

"关关雎鸠,在河之洲。窈窕淑女,君子好逑㉚。"

次,下官曰:

"南有樛木,不可休息。汉有游女,不可求思㉛。"

五嫂即曰:

"折薪如之何？匪斧不克。娶妻如之何？匪媒不得㉒。"

又次，五嫂曰：

"不见复关，泣涕涟涟。既见复关，载笑载言㉓。"

次，十娘曰：

"女也不爽，士二其行。士也罔极，二三其德㉔。"

次，下官曰：

"穀则异室，死则同穴。谓余不信，有如皦日㉕。"

五嫂笑曰："张郎心专，赋诗太有道理。俗谚曰：'心欲专，凿石穿。'诚能思之，何远之有！"

其时，绿竹弹筝，五嫂咏筝曰：

"天生素面能留客㉖，发意关情并在渠㉗。莫怪向者频声战，良由得伴乍心虚㉘。"

十娘曰："五嫂咏筝，儿咏尺八㉙：

"眼多本自令渠爱，口少元来每被侵。无事风声彻他耳，教人气满自填心。'"

下官又谢曰："尽善尽美，无处不佳。此是下愚，预闻高唱。"

少时，桂心将下酒物来：东海鲻条㉚，西山凤脯㉛；鹿尾鹿舌，干鱼炙鱼㉜；雁醢荇菹㉝，鹑臓桂糁㉞；熊掌兔髀㉟，雉臆豺唇㊱。百味五辛㊲，谈之不能尽，说之不能穷。十娘曰："少府亦应太饥。"唤桂心盛饭。下官曰："向来眼饱，不觉身饥。"

十娘笑曰："莫相弄！且取双六局来㊳，共少府公赌酒。"仆答曰："下官不能赌酒，共娘子赌宿。"十娘问曰："若为赌宿？"余答曰："十娘输筹㊴，则共下官卧一宿；下官输筹，则共十娘卧一宿。"十娘笑曰:"汉骑驴则胡步行,胡步行则汉骑驴,总悉输他便[240]。點儿递换作,少府公太能生[241]。"五嫂曰:"新妇报娘子,不须赌来赌去,今夜定知娘子不免。"十娘曰:"五嫂时时漫语,浪与少府作消息[242]。"下官起谢曰:"元来知剧[243],未敢承望。"

局至[244],十娘引手向前。眼子盱睐[245],手子腽脂[246]。一双臂腕,切我肝肠;十个指头,刺人心髓。下官因咏局曰:

"眼似星初转,眉如月欲消。先须捺后脚,然始勒前腰[247]。"

十娘则咏曰:

"勒腰须巧快,捺脚更风流。但令细眼合,人自分输筹。"

须臾之间,有一婢名琴心,亦有姿首,到下官处,时复偷眼看。十娘欲似不快,五嫂大语嗔曰:"知足不辱,人生有限。娘子欲似皱眉,张郎不须斜眼。"十娘佯作色嗔曰:"少府关儿何事,五嫂频频相恼!"五嫂曰:"娘子向来频盼少府,若非情想有所交通[248],何因眼脉朝来顿引[249]?"十娘曰:"五嫂自隐心偏,儿复何曾眼引。"五嫂曰:"娘子不能,新妇自取。"十娘答曰:"自问少府,儿亦不知。"

五嫂遂咏曰:

"新华发两树,分香遍一林。迎风转细影,向日动轻阴。戏蜂时隐见,飞蝶远追寻。承闻欲采摘,若个动君心[250]?"

下官为性贪多,欲两华俱采,五嫂答曰:

"暂游双树下,遥见两枝芳。向日俱翻影,迎风并散香。戏蝶扶丹萼[251],游蜂入紫房[252]。人今总摘取,各著一边厢。"

五嫂曰:"张郎太贪生,一箭射两垛㉕。"十娘则谓曰:"遮三不得一,觅两都卢失㉕。"五嫂曰:"娘子莫分疏。兔入狗突里㉕,知复欲何如?"下官即起谢曰:"乞浆得酒,旧来神口;打兔得獐㉕,非意所望。"十娘曰:"五嫂如许大人㉕,专拟和合此事!少府谓言儿是九泉下人,明日在外处,谈道儿一钱不直㉕。"下官答曰:"向来承颜色,神气顿尽;又见清谈,心胆俱碎。岂敢在外谈说,妄事加诸㉕?忝预人流㉕,宁容如此!伏愿欢乐尽情,死无所恨!"

少时,饮食俱到,薰香满室。赤白兼前,穷海陆之珍羞㉖,备川原之果菜。肉则龙肝凤髓,酒则玉醴琼浆㉖。城南雀噪之禾㉖,江上蝉鸣之稻㉖。鸡臘雉腥㉖,鳖醢鹑羹㉖。椹下肥肫㉖,荷间细鲤。鹅子鸭卵㉖,照跃于银盘;麟脯豹胎,纷纶于玉叠㉖。熊腥纯白㉖,蟹酱纯黄。鲜鲙共红缕争辉㉗,冷肝与青丝乱色㉗。蒲桃甘蔗,楔枣石榴㉗。河东紫盐,岭南丹橘。敦煌八子柰㉗,青门五色瓜㉗。大谷张公之梨㉗,房陵朱仲之李㉗。东王公之仙桂㉗,西王母之神桃㉗。南燕牛乳之椒㉗,北赵鸡心之枣㉗。千名万种,不可具论。

下官起谢曰:"予与夫人娘子,本不相识。暂缘公使,邂逅相遇㉗。玉馔珍奇㉗,非常厚重,粉身灰骨,不能酬谢。"五嫂曰:"亲则不谢,谢则不亲。幸愿张郎,莫为形迹㉗。"下官答曰:"既奉恩命,不敢辞逊。"当此之时,气便欲绝,不觉转眼,时复偷看十娘。十娘曰:"少府莫看儿!"五嫂曰:"还相弄!"

下官咏曰:

"忽然心里爱,不觉眼中怜。未关双眼曲,直是寸心偏。"

十娘咏曰:

"眼心非一处，心眼旧分离。直令渠眼见，谁遣报心知。"

下官咏曰：

"旧来心使眼，心思眼剩传。由心使眼见，眼亦共心怜。"

十娘咏曰：

"眼心俱忆念，心眼共追寻。谁家解事眼，副著可怜心[289]？"

于时五嫂遂向果子上作机警曰[289]："但问意如何，相知不在枣[290]。"
十娘曰："儿今正意密，不忍即分梨[291]。"下官曰："忽遇深恩，一生有杏[292]。"五嫂曰："当此之时，谁能忍柰[293]！"

十娘曰："暂借少府刀子割梨。"下官咏刀子曰：

"自怜胶漆重，相思意不穷。可惜尖头物，终日在皮中。"

十娘咏鞘曰：

"数捺皮应缓，频磨快转多。渠今拔出后，空鞘欲如何？"

五嫂曰："向来渐渐入深也。即索棋局，共少府赌酒。"下官得胜，五嫂曰："围棋出于智慧，张郎亦复太能。"下官曰："智者千虑，必有一失；愚者千虑，亦有一得。且休却。"五嫂曰："何为即休？"下官咏曰：

"向来知道径，生平不忍欺。但令守行迹，何用数围棋[294]！"

五嫂咏曰：

"娘子为性好围棋，逢人剧戏不寻思。气欲断绝先挑眼[295]，既得速罢即须迟。"

十娘见五嫂频弄，佯嗔不笑。余咏曰：

"千金此处有,一笑待渠为。不望全露齿,请为暂攒眉[206]。"

十娘咏曰:

"双眉碎客胆,两眼刺君心。谁能用一笑,贱价买千金?"

当时有一破铜熨斗在于床侧,十娘忽咏曰:

"旧来心肚热,无端强熨他。即今形势冷,谁肯重相磨!"

下官咏曰:

"若冷头面在,生平不熨空。即今虽冷恶,人自觅残铜。"

众人皆笑。

十娘唤香儿为少府设乐,金石并奏[207],箫管间响。苏合弹琵琶,绿竹吹筚篥[208]。仙人鼓瑟[209],玉女吹笙[210]。玄鹤俯而听琴[211],白鱼跃而应节[212]。清音叫咷[213],片时则梁上尘飞[214];雅韵铿锵,卒尔则天边雪落[215]。一时忘味,孔丘留滞不虚[216];三日绕梁,韩娥余音是实[217]。

十娘曰:"少府稀来,岂不尽乐!五嫂太能作舞,且劝作一曲。"亦不辞惮[218],遂即逶迤而起,婀娜徐行。虫蛆面子,妒杀阳城;蚕贼容仪,迷伤下蔡[219]。举手顿足,雅合宫商[220]。顾后窥前,深知曲节。欲似蟠龙婉转,野鹄低昂[221]。回面则日照莲花,翻身则风吹弱柳。斜眉盗眄[222],异种婧姑[223];缓步急行,穷奇造凿[224]。罗衣熠耀[225],似翠凤之翔云;锦袖纷披[226],若青鸾之映水。千娇眼子,天上失其流星;一搦腰支[227],洛浦愧其回雪[228]。光前艳后,难遇难逢;进退去来,希闻希见。

两人俱起舞,共劝下官。下官遂作而谢曰:"沧海之中难为水,霹雳之后难为雷。不敢推辞,定为丑拙。"遂起作舞。桂心咥咥然低头而笑[119]。十娘问曰:"笑何事?"桂心答曰:"笑儿等能作音声[120]。"十娘曰:"何处有能?"答曰:"若其不能,何因百兽率舞[121]?"下官笑曰:"不是百兽率舞,乃凤凰来仪也[122]。"一时大笑。五嫂谓桂心曰:"莫令曲误,张郎频顾[123]。"桂心曰:"不辞歌者苦,但伤知音稀。"下官曰:"路逢西施,何必须识。"遂舞,著词曰:

"从来巡绕四边,忽逢两个神仙。眉上冬天出柳,颊中旱地生莲[124]。千看千处妩媚,万看万种嫟妍[125]。今宵若其不得,刺命过与黄泉[126]!"

又一时大笑。

舞毕,因谢曰:"仆实庸才,得陪清赏。赐垂音乐,惭荷不胜。"十娘咏曰:

"得意似鸳鸯,情乖若胡越[127]。不向君边尽,更知何处歇?"

十娘曰:"儿等并无可收采,少府公云'冬天出柳,旱地生莲',总是相弄也。"下官答曰:"十娘面上非春,翻生柳叶。"十娘应声答曰:"少府头中有水,何不生莲花?"下官笑曰:"十娘机警,异同著便[128]。"十娘答曰:"得便不能与,明年知有何处?"

于时砚在床头,下官因咏笔砚曰:

"摧毛任便点,爱色转须磨。所以研难竟,良由水太多。"

十娘忽见鸭头铛子[129],因咏曰:

"嘴长非为哨[130],项曲不由攀。但令脚直上[131],他自眼双翻。"

五嫂曰:"向来大大不逊,渐渐入深也。"

于时乃有双燕子,梁间相逐飞,仆咏曰:

"双燕子,联翩几万回[132]。强知人是客,方便恼他来[133]。"

十娘咏曰:

"双燕子,可可事风流[134]。即令人得伴,更亦不相求。"

酒巡到十娘,下官咏酒杓子曰:

"尾动惟须急,头低则不平。渠今合把爵[135],深浅任君情。"

十娘咏盏曰:

"发初先向口,欲竟渐升头。从君中道歇,到底即须休。"

下官翕然而起[136],谢曰:"十娘词句,事尽入神,乃是天生,不关人学。"五嫂曰:"张郎新到,无可散情,且游后园,暂适怀抱。"

其时园内,杂果万株,含青吐绿;丛花四照,散紫翻红。激石鸣泉,疏岩凿磴。无冬无夏,娇莺乱于锦枝;非古非今,花鲂跃于银池[137]。婀娜蓊茸[138],清泠飂飕[139]。鹅鸭分飞,芙蓉间出。大竹小竹,夸渭南之千亩[140];花含花开,笑河阳之一县[141]。青青岸柳,丝条拂于武昌[142];赫赫山杨,箭干稠于董泽[143]。

余乃咏花曰:

"风吹遍树紫,日照满池丹。若为交暂折,擎就掌中看。"

十娘咏曰:

"映水俱知笑[144],成蹊竟不言[145]。即今无自在,高下任渠攀。"

下官即起,谢曰:"君子不出游言,意言不胜再[146]。娘子恩深,请五嫂等各制一篇。"下官咏曰:

“昔时过小苑，今朝戏后园。两岁梅花匝，三春柳色繁。水明鱼影静，林翠鸟歌喧。何须杏树岭(347)，即是桃花源(348)。”

十娘咏曰：

“梅蹊命道士(349)，桃涧伫神仙(350)。旧鱼成大剑，新龟类小钱。水湄唯见柳(351)，池曲且生莲。欲知赏心处，桃花落眼前。”

五嫂咏曰：

“极目游芳苑，相将对花林(352)。露净山光出，池鲜树影沉。落花时泛酒，歌鸟惑鸣琴。是时日将夕，携樽就树阴。”

当时，树上忽有一李子落下官怀中，下官咏曰：

“问李树，如何意不同？应来主手里，翻入客怀中？”

五嫂则报诗曰：

“李树子，元来不是偏。巧知娘子意，掷果到渠边(353)。”

于时，忽有一蜂子飞上十娘面上，十娘咏曰：

“问蜂子，蜂子太无情。飞来蹈人面，欲似意相轻？”

下官代蜂子答曰：

“触处寻芳树，都庐少物华。试从香处觅，正值可怜花。”

众人皆拊掌而笑。

其时，园中忽有一雉(354)。下官命弓箭射之，应弦而倒。五嫂笑曰：“张郎才器，乃是曹植天然(355)；今见武功，又复子南夫也(356)。今共娘子相配，天下惟有两人耳。”

十娘因见射雉，咏曰：

“大夫巡麦陇，处子习桑间。若非由一箭，谁能为解颜(357)。”

仆答曰：

"心绪恰相当，谁能护短长。一床无两好，半丑亦何妨。"

五嫂曰："张郎射长垛如何[358]？"仆答曰："且得不阙事而已[359]。"遂射之，三发皆绕遮齐[360]，众人称好。十娘咏弓曰：

"平生好须弩[361]，得挽则低头。闻君把投快，更乞五三筹[362]。"

下官答曰：

"缩干全不到[363]，抬头则大过。若令脐下入，百放故筹多。"

于时，日落西渊，月临东渚[364]。五嫂曰："向来调谑，无处不佳。时既曛黄[365]，且还房室，庶张郎共娘子安置[366]。"十娘曰："人生相见，且论杯酒，房中小小，何暇匆匆！"

遂引少府向十娘卧处。屏风十二扇，画鄣五三张[367]。两头安彩幔[368]，四角垂香囊[369]。槟榔豆蔻子，苏合绿沉香[370]。织文安枕席[371]，乱彩叠衣箱[372]。相随入房里，纵横照罗绮。莲花起镜台，翡翠生金履。帐口银匙装[373]，床头玉狮子[374]。十重蛮氍毹[375]，八叠鸳鸯被。数个袍裤[376]，异种娇媱[377]，姿质天生有，风流本性饶[378]。红衫小撷臂[379]，绿袜细缠腰[380]。时将帛子拂[381]，还投和香烧。妍华天性足[382]，由来能装束[383]。敛笑正金钗，含娇累绣褥。梁家妄称梳发缓[384]，京兆何曾画眉曲[385]。

十娘因在后，沉吟久不来。余问五嫂曰："十娘何处去，应有别人邀？"五嫂曰："女人羞自嫁，方便待渠招。"言语未毕，十娘则到。仆问曰："旦来披雾，香处寻花，忽遇狂风，莲中失藕[386]。十娘何处漫行去来?"十娘回头笑曰:"星留织女,遂处人间,月待恒娥,暂归天上。少府何须苦相怪!"

于时两人对坐,未敢相触,夜深情急,透死忘生。仆乃咏曰:

"千看千意密,一见一怜深。但当把手子⁸⁹,寸斩亦甘心。"

十娘敛色却行。五嫂咏曰:

"他家解事在⁹⁰,未肯辄相嗔。径须刚捉著,遮莫造精神⁹¹。"

余时把著手子,忍心不得,又咏曰:

"千思千肠热,一念一心焦。若为求守得,暂借可怜腰。"

十娘又不肯,余捉手挽⁹²,两人争力。五嫂咏曰:

"巧将衣障口,能用被遮身。定知心肯在,方便故邀人。"

十娘失声成笑,婉转入怀中。当时腹里癫狂,心中沸乱,又咏曰:

"腰支一遇勒,心中百处伤。但若得口子⁹³,余事不承望。"

十娘嗔咏曰:

"手子从君把,腰支亦任回⁹⁴。人家不中物⁹⁵,渐渐逼他来。"

十娘曰:"虽作拒张⁹⁶,又不免输他口子。"口子郁郁⁹⁷,鼻似薰穿;舌子芬芳,颊疑钻破。

五嫂咏曰:

"自隐风流到,人前法用多。计时应拒得,佯作不禁他。"

十娘曰:"昔日曾经自弄他,今朝并悉从人弄。"下官起,谘请曰:

"有一思事,亦拟申论,犹自不敢即道,请五嫂处分㊘。"五嫂曰:"但道,不须避讳。"

余因咏曰:

"药草俱尝遍,并悉不相宜。惟须一个物,不道自应知。"

十娘答咏曰:

"素手曾经捉,纤腰又被将。即今输口子,余事可平章㊙。"

下官敛手而答曰:"向来惶惑,实畏参差㊀。十娘怜愍客人,存其死命,可谓白骨再肉,枯树重花。伏地叩头,殷勤死罪。"五嫂因起谢曰:"新妇曾闻,线因针而达,不因针而缊㊁;女因媒而嫁,不因媒而亲。新妇向来专心为勾当㊂,已后之事不敢预知。娘子安稳㊃,新妇向房卧去也。"

于时夜久更深,情急意密。鱼灯四面照㊄,蜡烛两边明。十娘即唤桂心,并呼芍药:"与少府脱靴履,叠袍衣,阁幞头㊅,挂腰带。"然后自与十娘施绫帔㊆,解罗裙,脱红衫,去绿袜。花容满目,香风裂鼻。心去无人制,情来不自禁。插手红裤㊇,交脚翠被;两唇对口,一臂支头。拍搦奶房间㊈,摩挲髀子上㊉。一啮一意快㊊,一勒一心伤。鼻里痠疼㊋,心里结繚㊌。少时眼花耳热,脉胀筋舒,始知难逢难见,可贵可重。俄顷中间,数回相接。

谁知可憎病鹊,夜半惊人;薄媚狂鸡㊌,三更唱晓。遂则被衣对坐,泣泪相看。下官拭泪而言曰:"所恨别易会难,去留乖隔。王事有限,不敢稽停;每一寻思,痛深骨髓。"十娘曰:"儿与少府,平生未展,邂逅新交,未尽欢娱,忽嗟别离,人生聚散,知复

如何?"因咏曰:

"元来不相识,判自断知闻⑭。天公强多事,今遣若为分⑮!"

仆乃咏曰:

"积愁肠已断,悬望眼应穿。今宵莫闭户,梦里向渠边。"

少时,天晓已后⑯,两人俱泣,心中哽咽,不能自胜。侍婢数人,并皆歔欷⑰,不能仰视。五嫂曰:"有同必异,自昔攸然;乐尽哀生,古来常事。愿娘子稍自割舍。"下官乃将衣袖与娘子拭泪。

十娘乃作别诗曰:

"别时终是别,春心不值春。羞见孤鸾影,悲看一骑尘。翠柳开眉色,红桃乱脸新。此时君不在,娇莺弄杀人。"

五嫂咏曰:

"此时经一去,谁知隔几年!双凫伤别绪⑱,独鹤惨离弦⑲。怨起移醒后⑳,愁生落醉前。若使人心密,莫惜马蹄穿。"

下官咏曰:

"忽然闻道别,愁来不自禁。眼下千行泪,肠悬一寸心。两剑俄分匣,双凫忽异林。殷勤惜玉体,勿使外人侵。"

十娘小名琼英,下官因咏曰:

"卞和山未斫㉑,羊雍地不耕㉒。自怜无玉子,何日见琼英㉓?"

十娘应声咏曰:

"凤锦行须赠㉔,龙梭久绝声㉕。自恨无机杼㉖,何日见文成㉗?"

下官瞿然㉘,破愁成笑。遂唤奴曲琴,取相思枕,留与十娘以为记念,因咏曰:

"南国传椰子㉙,东家赋石榴㉚。聊将代左腕,长夜枕渠头。"

十娘报以双履,报诗曰:

"双凫乍失伴,两燕还相属㉛。聊以当儿心,竟日承君足。"

下官又遣曲琴取扬州青铜镜,留之与十娘,并赠之诗曰:

"仙人好负局㉜,隐士屡潜观㉝。映水菱光散,临风竹影寒㉞。月下时惊鹊㉟,池边独舞鸾㊱。若道人心变,从渠照胆看㊲。"

十娘又赠手中扇,咏曰:

"合欢游璧水㊳,同心侍华阙㊴。飒飒似朝风,团团如夜月。鸾姿侵雾起,鹤影排空发㊵。希君掌中握,勿使恩情歇!"

下官辞谢讫,因遣左右取益州新样锦一匹㊶,直奉五嫂,因赠诗曰:

"今留片子信㊷,可以赠佳期。裁为八幅被,时复一相思。"

五嫂遂抽金钗送张郎,因报诗曰:

"儿今赠君别,情知后会难。莫言钗意小,可以挂渠冠。"

更取滑州小绫子一匹㊸,留与桂心、香儿数人共分。桂心已下,或脱银钗,落金钏,解帛子,施罗巾,皆白送张郎,曰:"好去。若因行李㊹,时复相过。"香儿因咏曰:

"大夫存行迹，殷勤为数来。莫作浮萍草，逐浪不知回！"

下官拭泪而言曰："犬马何识，尚解伤离；鸟兽无情，由知怨别。心非木石，岂忘深恩！"

十娘报诗曰：

"他道愁胜死，儿言死胜愁。愁来百处痛，死去一时休。"

又咏曰：

"他道愁胜死，儿言死胜愁。日夜悬心忆，知隔几年秋！"

下官咏曰：

"人去悠悠隔两天，未审迢迢度几年？纵使身游万里外，终归意在十娘边。"

十娘咏诗曰：

"天崖地角知何处，玉体红颜难再遇。但令翅羽为人生，会些高飞共君去。"

下官不忍相看，忽把十娘手子而别。行至二三里，回头看数人，犹在旧处立。余时渐渐去远，声沉影灭，顾瞻不见，恻怆而去。

行到山口，浮舟而过。夜耿耿而不寐，心荧荧而靡托。既怅恨于啼猿，又凄伤于别鹤。饮气吞声，天道人情，有别必怨，有怨必盈。去日一何短，来宵一何长！比目绝对㊾，双凫失伴。日日衣宽，朝朝带缓。口上唇裂，胸间气满。泪脸千行，愁肠寸断。端坐横琴，涕血流襟。千思竞起，百虑交侵。独嚬眉而永结，空抱膝而长吟：

"望神仙兮不可见，普天地兮知余心。思神仙兮不可得，觅十娘兮断知闻。欲闻此兮肠亦乱,更见此兮恼余心!"

[评析]

本篇作者张文成(658—730),名鹭,以字行,号浮休子。唐深州陆泽(今河北深州)人。其祖父为唐初齐王的文学侍从,父官泽州治中,皆为当时的中下级官吏。文成于高宗上元二年(675)进士及第,当时年仅十八岁。后又参加"下笔成章""词标文苑"等多种"制科"考试,均入甲等。其间还四次参加书判考选,都被评为第一名。故当时的文章高手、水部员外郎员半千称他的文章有如成色最好的青铜钱,万选万中,并因此得到"青钱学士"的雅号。中进士后,张文成历官襄乐尉、河源道行军总管记室、河阳尉、洛阳尉、长安尉,武后长寿、证圣(692—695)时征为监察御史,又历处州司仓、柳州司户、平昌县令、岐王府参军,一直在下层官吏的位置上徘徊。到睿宗景云二年(711),五十四岁时举"贤良方正"科,得官从六品上的鸿胪丞,后因朝廷大赦,未经考,加阶,授五品。玄宗开元二年(714),被劾"讪短时政"下狱,以刑部尚书李日知等人援救免死,配流岭南。数年后遇赦,起为龚州长史,官终司门员外郎,卒赠国子司业。《旧唐书》《新唐书》列其生平于其孙张荐传。其现存的作品,除本篇外,还有"判词"集《龙筋凤髓判》和后人辑佚的笔记《朝野佥载》,后者主要以记叙时政、逸闻为主。

宋人修《旧唐书》《新唐书》,一方面说张文成下笔敏速,文行天下;另一方面又指斥其文"浮艳少理致""诋诮芜猥"。还特别强调其"性躁卞,傥荡无检",即性情偏躁卞急,行为放荡,不拘小节,并述及其因此引起执政者的鄙视。本篇唐以后即在本土失传,与时议和后世的主流舆论一定不无关系。但当时的"新罗、日本、东夷诸蕃,尤重其文,每遣使入朝，必重出金贝以购其文"（《旧唐书》卷一四九），故本篇得以在日本流传下来。日本宇多天皇宽平三年至六年（891—894）滕原佐世《日本国见在书目录》已经著录本篇。再早于此，文武天皇大宝时代（701—704）的诗人山上忆良（660—733）之《沈疴自哀文》已引用本篇"九泉之下，一文不值"语。故有理由说《游仙窟》之传入日本，当在张文成生前。现存的日本古钞本和刻本均署"宁州襄乐尉张文成"，宁州襄乐县在今甘肃宁县，张文成是在仪凤二年（677）考中"下笔成章"科后授襄乐尉的。《游仙窟》文中自述："奉敕授关内道小县尉，见充河源道行军总管记室。"据载，永隆元年（680）黑齿常之任河源军经略大使，本篇或是作者解襄乐尉后赴河源道录事参军任时所作，作者当时约二十二三岁。

　　本篇小说所写的男主人公一夜艳遇的现实依据，无疑是当时由科举出身的青年士大夫的冶游生活。流连北里邪斜、秦楼楚馆是唐代科举士子生活的一项内容。唐代科举士子有意无意地在各种文学作品中张扬这种冶游生活，是有着深刻的社会原因的。魏晋以来，主要实行"九品中正"选官制度，身居高位的都是出身于崇奉礼法的名门望族，直至初唐，门阀制度仍有很大势力。但唐代实行的科举取士制度使大批出身寒族的读书人逐渐进入政治舞台，这批朝气蓬勃的新进士子，不仅要在社会有形构成的实务权利中争取自己的利益，也要求在精神领域表现自身的存在和价值。包括本篇在内的唐人小说中所表现出来的科举士子的冶游生活和婚外恋，对名门望族礼法的不以为意，正是这一精神活动不自觉的体现。这种美学的新内容正是曲折地反映了当时社会关系的变化，表现了一种创作主体的精神蠢动。

　　本篇情节是以男主角的挑逗和女主角的半推半就的戏剧性活动展开的，其中有不少或明或暗的色情笔墨。对于性爱的大胆藻绘，在叙事文学发展的早期，是一种要求人的情欲冲破虚伪的理性压抑获得满足的表现，也是人性解放要求的一个最容易表现的方面。虽然这只是人性解放的初步的、低层次的内容，但在美学水平尚处于相对低下阶段的历史时期，对于人性和人的精神活动尚未找到更精致、更深刻、更内在的表现方法时，这种以色情描绘来表述人性解放要求的愿望和实践，是可以理解的。本篇中的这类描写，亦没有辐射出更多的社会关系内容，但张文成在中国古代小说兴起的初期，就迈出了以性爱揭示人性的第一步，确实是难能可贵的。最令人震惊的是作者竟然公开直陈自己是小说中的男主角，也即公开声称所写的是本人的艳遇追求。尽管唐代社会氛围对两性关系还不像宋元以后礼教禁欲主义盛行时那样严苛，但崇尚礼法仍然是社会的主导意识，这样做当然是冒天下之大不韪。正是这一点，在一定程度上表现了作者不为礼法所拘的精神解放。因此，直到今天还能使人感受到洋溢在小说中的作者躁动的生命力量和青春气息。

在中国小说史上，《游仙窟》是较早一篇尽蜕史传等记述文体的旧套，从而表现出作为叙事艺术的小说美学品格的作品。与西方小说与史诗等叙事诗有直接的血缘关系不同，中国古代小说是从不属于"文学"范畴的史传及其衍生的杂史、杂传、志怪书中傍生出来的。而小说文体的独立，必须要吸收"美文学"的营养，才能达到脱胎换骨的变化。在《游仙窟》中，中国传统辞赋的影响很明显，骈散相间而以俪语为主的叙事，形成一种突出的风格和艺术上的冲击力。虽然由于作者受骈俪文风和辞赋影响太深，难免露出排比故事、堆砌典实的毛病，但在中国古代小说中，本篇确可以说是较早借助于文学手段，将叙事"文学化"的一部作品，比贞元、元和时唐代文言小说创作高潮中一些杰构的出现要早一个世纪。即使是本篇中的一些性描写，虽然颇有些张扬刻露的地方，但大部分都能利用韵语廋辞，用隐喻、象征等委婉曲折的方法，使之蒙上一层薄薄的纱幕，濡染上一种"美文学"的色泽。

更难得可贵的是，在中国古代小说兴起之初，《游仙窟》就示范性地展示了小说艺术的各个方面。它创造性地提供了一个在短促时间内展示完整生活断面的短篇小说艺术范例，在极短的时间内就使情节展开，并迅捷地奔向高潮。而对人物活动的细腻描写，又使三言两语便可以概括的简单情节充满了戏剧内容。其所铺染出来的生活密度及其雕镂的细密，都令人叹为观止。另外，本篇在情节演进中有大量的人物对话。这些对话除了诗句骈语，还夹杂了不少当时的口语和俗谚，这也是它以前的叙事作品中所未见的。人物对话的大量运用正是使形象显豁和丰腴的叙事艺术的重要手段。汉魏杂史、杂传和六朝志怪故事中人物形象单薄，其原因之一就是较少辅助人物行动以展开戏剧冲突并显示性格的对话。俗语的使用则使小说中的生活更具有时代特征，是创造与生活密接的小说艺术的重要手段，这是直到以后白话小说兴起才为人们所认识的。

在中国小说史上，《游仙窟》虽然只是一篇短篇小说，却可以说是中国古代小说艺术真正成熟的标志，不仅在唐代对文人所创作的文言小说艺术形式和美学风格的影响是不言而喻的，而且在一些方面，甚至也是后来渐次形成的中国白话小说的不祧之祖。其传入日本以后，也产生了很大影响。从日本现存最早的诗歌总集——成书于8世纪中期的《万叶集》——所收的一些"和歌"的汉文序中可以找到不少源自《游仙窟》的词句，《万叶集》中还有十几首"和歌"是由《游仙窟》中的诗句演绎改写而来的。特别值得提出的是，《游仙窟》实际上引发了日本古代小说的发轫之作《浦岛子传》。

以汉文写成的《浦岛子传》叙述的是渔夫浦岛子被龟仙女引到蓬莱

仙境，"共入玉房"，后来思乡返家的故事。《浦岛子传》产生于8世纪前期，比《万叶集》成书时间还要早。这篇小说的故事素材可能有日本传说的因素，但其"遇仙"的观念、叙事的模式则主要源于中国，至于其文学语言，如"眉如初月出于峨眉山，靥似落星流于天汉水"，甚至直接袭用了《游仙窟》的词藻，所以很多学者都认为《浦岛子传》就是《游仙窟》的模拟之作（即日本所谓"翻案小说"）。日本文学在没有多少叙事艺术积累的情况下就"早熟"地产生了小说，实际上是自觉不自觉地借助了中国古代叙事艺术的积累，在这其中，《游仙窟》所起的作用应该说最为直接。后来的日本小说，如被奉为日本文学经典的紫式部（978—1015）《源氏物语》也深受《游仙窟》的影响，不仅其韵散相间的体式以及典雅温婉充满诗意的风格透露出个中消息，而且书中引用《游仙窟》的次数，也仅次于对白居易作品、《史记》和《昭明文选》的引用。在日本，《游仙窟》甚至长期被视为中国语言的规范读物，13世纪日本朱雀天皇时代编写的流行类书《倭名类聚钞》还将《游仙窟》与《尚书》《诗经》《史记》《文选》等一样视为重要的文献典籍，收录其中的名物、词汇十余条，使《游仙窟》的影响远远超出了文学范围。

《游仙窟》大概宋代起即在中国失传，日本现存的古钞本主要有康永三年（1344）的"醍醐寺钞本"、文和二年（1353）的"真福寺钞本"，古刊本主要有"江户初期无刊记刊本"及与其同版异刷的"庆安五年（1652）刊本"，其清末回归中国后在中国出现了多种排印本、校点本、校注本，各本之间文字上略有差异。此据李时人编校《全唐五代小说》（中华书局，2014年修订版）卷六校录。

[注释]

①积石山：唐代山名"积石"者有二。一为大积石山，在青海东南

部，延伸至甘肃南部，为昆仑山脉中支，黄河绕流其东南侧，传说上古时大禹疏导黄河从这里开始。一为小积石山，在今甘肃临夏西北、兰州西南，隋时称唐述山，唐改积石山，黄河亦经于此，唐时在临夏西北置积石军，又改隋临津关为积石关，皆因此山而得名，后则因山名置积石山县。本文谓"积石山者，在乎金城西南"，疑作者误小积石为传说中大禹导河之始的大积石山。 ②金城：郡名。隋大业时改兰州为金城郡，治所在今甘肃兰州，唐初复为兰州，至玄宗天宝时又改为金城郡。 ③河：黄河。古人称黄河为"河"。 ④《书》：《尚书》，所收为商、周时代的古文献，古代称"书经"，为"六经"之一。 ⑤导河积石，至于龙门：语出《尚书·禹贡》，意为疏导黄河始自积石山，直到龙门。龙门，即禹门口，在今山西河津西北，黄河至此，两岸峭壁对峙，形如阙门，传说为大禹治水时所凿。 ⑥仆：古代自称谦辞。汧（qiān）陇：今陕西西南、甘肃东南一带。汧，汧水，源出甘肃六盘山南麓，流经陕西陇县、汧阳入渭河；陇，陇山，六盘山南段的别称，在今陕西陇县至甘肃平凉一带。 ⑦河源：隋大业时置河源郡，治所在赤水城（今青海兴海西南），隋末其地入吐谷（yù）浑，唐贞观十年（636）封吐谷浑王诺曷钵为河源郡王，唐仪凤二年（677）置河源军（地在今青海西宁），至宝应元年（762）其地入吐蕃而废，故此"河源"当指河源军，为当时边防要塞。《资治通鉴》卷二〇二唐高宗仪凤三年（678）载，员外将军黑齿常之击吐蕃有功，"擢拜左武卫将军，充河源军副使"，永隆元年（680）秋又任黑齿常之为河源军经略大使。 ⑧嗟运命之迍邅（zhūn zhān），叹乡关之眇邈（miǎo miǎo）：伤心命运的困顿，悲叹家乡的遥远。迍邅，艰难困苦；眇邈，遥远，渺茫，"眇"同"渺"。 ⑨张骞：汉武帝时人，曾经两次率人出使西域（指玉门关和阳关以西的地方），前一次为匈奴所拘，后一次到过大宛、大月氏、大夏、康居和乌孙等国，还曾奉命探寻黄河的源头，事见《汉书》本传。　⑩伯禹：即禹，亦称大禹、夏禹，传说中的古代帝王，据说曾领导人民完成治理黄河的艰巨工程。　⑪二千年之坂蹬（bǎn dèng）：谓二千年来险峻的地势依然。坂，山坡；蹬，石阶。　⑫凿穿崖岸之形：谓崖岸的形状仿佛刀斧凿成。　⑬子细：同"仔细"，清楚，分明。唐杜甫《观李固请司马弟山水图》："野桥分子细，沙岸绕微茫。"⑭万寻：谓其高。古代以八尺为一寻。　⑮千仞：谓其深。古代以八尺为一仞（汉以后"仞"渐短）。　⑯鸟路：鸟道，鸟飞之路。唐韩愈《忆昨行和张十一》："阳山鸟路出临武。"　⑰天衣锡钵：天人的衣服器物。天衣，佛教谓天界之人所穿的衣服，也泛指仙、神所着之衣；锡，锡杖，原为僧人所执手杖，后成为法器，亦称禅杖、智杖、德杖；钵，僧人食器，梵语"钵多罗"的省称，亦是僧人的法器，为"比丘六物"之一。⑱缘细葛：攀缘纤细的葛藤。　⑲溯：逆流而上。　⑳精灵似梦：谓精神飘忽，似在梦中。精灵，犹言精神。　㉑桃华涧：长满桃花的溪涧。华，同"花"。下文"孰疑地上无华""颊上华开似斗春""新华发两树""欲两华俱采"之"华"，亦同"花"。　㉒浣（huàn）：洗涤。　㉓故来祗（zhī）候：谓特意来拜访。　㉔幸：希望。听许：犹言准许，允许，同义复词。　㉕儿家：女性称自己的家。《全唐五代小说》卷八七《伍子胥》："儿家本住南阳县，二八容光如皎练。"　㉖下官：官吏自称的谦辞。㉗触事：本指遇事、事事，这里似指担任官职。唐韩愈《岳阳楼别窦司直》诗："爱才不择行，触事得谗谤。"　㉘止：停，这里有安排的意思。㉙舍：房舍。　㉚博陵王之苗裔，清河公之旧族：唐代著名的世族有所谓"五姓七族"，即清河崔氏、博陵崔氏、范阳卢氏、赵郡李氏、陇西李氏、荥阳郑氏、太原王氏。这里说崔女郎为"博陵王""清河公"的后裔、族人，只是夸耀其出身名门望族，并非实指。㉛"容貌似舅"四句：此为夸耀崔女郎的美貌、气质，亦非实指。潘安仁，晋人潘岳，字安仁。据说其容貌美丽出众，以至于他年轻时在洛阳，每一出门就有妇女把他的车子围住，抛给他果子，以表爱慕，事见南朝宋刘义庆《世说新语·容止》。气调，气质风度。南朝陈徐陵《东阳双林寺傅大士碑》："加以风神爽朗，气调清高，流化亲朋，善和纷诤。"崔季珪，三国时人，名琰。据说其声姿高畅，气度不凡，仕魏为官，魏王曹操以为自己形陋，不足以威远人，曾命他更换衣冠，代替自己接见匈奴使者，事亦见《世说新语·容止》。㉜华容婀娜：容貌美丽动人。三国魏曹植《洛神赋》形容洛水女神之美有："华容婀娜，令我忘餐。"㉝无俦（chóu）：谓没有谁能与之相比。㉞逶迤（wēi yí）：曲折宛转的样子，此用来形容女子的体态窈窕多姿。㉟辉辉面子：脸上非常光彩。面子，面庞，脸。文中凡三见，义同。子，名词词尾，无实义。㊱荏苒畏弹穿：面上皮肤柔嫩得使人担心轻轻一指就会弹破。荏苒，口语词，几乎，与下文"参差"对文，义同。㊲细细腰支，参差疑勒断：谓腰肢纤细得几乎使人担心紧紧一抱就会被搂断。腰支，亦作"腰肢"，指腰身，身段，体态。㊳韩娥：古代善歌的女子。《列子·汤问》："昔韩娥东之齐，匮粮，过雍门，鬻歌假食，既去而余音绕梁㭛，三日不绝。"宋玉：战国楚人，著名楚辞作家，古代人们据其《登徒子好色赋》的描写，以为其才高貌美。㊴绛树：古代歌妓，借指美女。《艺文类聚》卷四三引三国魏文帝（曹丕）《答繁钦书》："今之妙舞莫巧于绛树，清歌莫善于宋臈。"南朝陈徐陵《杂曲》："碧玉宫伎自翩妍，绛树新声最可怜。"青琴：古之美女。《汉书·司马相如传》："若夫青琴、宓妃之徒，绝殊离俗，姣冶娴都。"司马贞索隐引伏俨曰："青琴，古神女也。"后泛指姣美的歌姬舞女。唐李贺《秦王饮酒》："仙人烛树蜡烟轻，青琴醉眼泪泓泓。" ㊵千娇百媚，造次无可比方：谓十娘之美，即使能说会道者也无可比拟。造次，犹言能说会道。与下文"谈之"对文，义近，均指吐属而言。比方，比拟。唐王琚《美女篇》："东邻美女实名倡，绝代容华无比方。" ㊶筝：一种拨弦乐器。战国时流行秦地，故又名"秦筝"，唐时筝有十二弦、十三弦两种。 ㊷自隐：自己思量。文中凡三见，义同。姿则：本指媚态，这里取其褒义，指娇美的容姿。古又有"姿制"一词，义同。《晋书·陆云传》："（张）华为人多姿制。"《新唐书·张行成传》："（张易之）既冠，颀晳美姿制。"

㊸怜：爱。 ㊹从渠痛不肯，人更别求天：这两句是说纵使你很不愿意见到我，我又岂会另去求助于天？ ㊺"面非"四句：面不是别人家的面，心倒是我自己的心，什么地方关那老天的事，劳你辛辛苦苦枉自追寻。 ㊻举头：抬头。唐李白《静夜思》："举头望明月，低头思故乡。"

㊼敛笑：忍笑，收敛笑容。偷：收起，藏起。靥（yè）：面上的微窝，俗称"酒窝"。 ㊽叵（pǒ）耐：不可忍耐，"叵"为"不可"的连读变音。 ㊾好是他家好，人非着意人：好是别人家的人好，人也不是你着意追求的人。 ㊿弄：戏弄、搅扰。唐杨凝《春怨》诗："绿窗孤寝难成寐，紫燕双飞似弄人。"下文"向来剧戏相弄""频频相弄""十娘弄曰""莫相弄"等之"弄"字义同。 ㉛彷徨徙倚：彷徨，犹徘徊，来回走动。徙倚，与"徘徊"义同。三国魏曹植《洛神赋》："于是洛灵感焉，徙倚彷徨，神光离合，乍阴乍阳。" ㉜无便：无缘，没有机会。披陈：披露，表白。 ㉝怀抱：心怀，心意。唐杜甫《遣兴》之三："有子贤与愚，何其挂怀抱。" ㉞余以少娱声色，早慕佳期：谓自己从小就爱好声色之娱，很早就企慕男女佳期密约。 ㉟弹鹔琴于蜀郡，饱见文君：西汉时蜀郡临邛富户卓王孙之女文君新寡，才子司马相如弹琴挑之，文君因夜

奔相如，成为夫妻，事见《汉书·司马相如传》。鹤琴，琴的美称，琴曲中有《别鹤操》等，故称"鹤琴"。这两句与下两句以司马相如琴挑文君和萧史吹箫引起弄玉爱慕的故事，描写男性对女性的追求。　㊻吹凤管于秦楼，熟看弄玉：传说秦穆公时有萧史，善吹箫，能致孔雀、白鹤于庭，引起穆公小女弄玉的爱慕，穆公将弄玉嫁给萧史，萧史和弄玉在楼上以箫管模仿凤凰叫声，终于引来凤凰，后萧史驭龙、弄玉乘凤一起升天，事见汉刘向《列仙传》。凤管，笙箫的美称。　㊼赠兰解佩：指表示情爱的行为。兰，兰草，古人以兰草等香草为佩物，屈原《离骚》："纫秋兰以为佩。"佩，玉佩，也指佩带的饰物。三国魏曹植《洛神赋》："愿诚素之先达兮，解玉佩以要（邀）之。"　㊽合卺（jǐn）横陈：指两性结合。合卺，古代结婚仪礼之一，于新婚时举行，剖一瓠为两瓢，新婚时夫妇各执一瓢斟酒以饮，后称男女成婚并实际结合为"合卺"。横陈，谓男女并卧。《艺文类聚》卷二四引宋玉《讽赋》："主人女又为臣歌曰：'怵惕心兮徂玉床，横自陈兮君之傍。'"　㊾惬（qiè）意：称心，快意。唐韩偓《惆怅》："朗月清风难惬意，词人绝色多伤离。"　㊿恒：经常。　㊿遥闻香气，独伤韩寿之心：韩寿和权臣贾充的女儿贾午秘密恋爱，有一次贾午把晋武帝赐给贾充的奇香偷送给韩寿，贾充因韩寿身上发出的香气发现了这件事，遂把贾午嫁给了韩寿，事见《晋书·贾充传》。后人把男女暗中通情称为"窃玉偷香"，此处作者自比韩寿。　㊿依依弱柳，束作腰支：以杨柳比喻腰肢纤细，体态柔美。依依，轻柔披拂的样子。《诗经·小雅·采薇》："昔我往矣，杨柳依依。"　㊿焰焰横波，翻成眼尾：此以流波喻目之清澈，顾盼生姿。焰焰，原为火炽貌，此形容眼睛明亮有光彩；横波，形容眼神流动；眼尾，眼梢。　㊿才舒两颊，孰疑地上无华：形容其面艳美如花。颊，面颊。　㊿乍出双眉，渐觉天边失月：形容其眉美如新月。古人以新月喻眉毛弯曲美丽，称"眉月"。唐褚亮《咏花烛》："扅星临夜烛，眉月隐轻纱。" ⑥能使西施掩面，百遍烧妆：言其美能使西施掩面哭泣，百遍烧毁自己的妆奁。西施，传说是春秋时越国著名的美女，越国为吴国所败，曾将其献于吴王，吴王迷恋其美色，终至亡国，见《吴越春秋》等书。战国楚宋玉《神女赋》："其象无双，其美无极。毛嫱障袂，不足程式；西施掩面，比之无色。" ⑥⑦南国伤心，千回扑镜：言其美能使南国的美女伤心落泪，一千回摔扑铜镜。南国，泛指南方美女。《文选·曹植〈杂诗〉》四："南国有佳人，容华若桃李。"南朝宋鲍照《芜城赋》："东都妙姬，南国丽人。"《三国志·蜀书·周群传附张裕传》："晓相术，每举镜视面，自知刑死，未尝不扑之于地也。" ⑥⑧洛川回雪，只堪使叠衣裳：言美如"回雪"的洛水女神，只堪为崔女郎叠叠衣裳。洛川，指洛水女神，洛川即洛水。传说洛水之神是女性。三国魏曹植《洛神赋》："河洛之神，名曰宓妃……其形也，翩若惊鸿，婉若游龙；荣曜秋菊，华茂春松；仿佛兮若轻云之蔽月，飘飘兮若流风之回雪。"末句是说宓妃飘飘往来的样子，像是旋转的雪花在空中飘舞，后世因以"回雪"形容洛水女神之美。 ⑥⑨巫峡仙云，未敢为擎靴履：言"旦为朝云，暮为行雨"的巫山神女不配为崔女郎拿鞋袜。战国楚宋玉《高唐赋序》谓楚怀王游云梦，歇于高唐观，梦见有神女来和他欢会，临去时对他说："妾在巫山之阳，高丘之岨，旦为朝云，暮为行雨，朝朝暮暮，阳台之下。"擎，拿；靴履，鞋袜。 ⑦⑩忿秋胡之眼拙，枉费黄金：言比起崔女郎，秋胡的妻子算不上美丽，故说"秋胡眼拙"。据说春秋时鲁国人秋胡新婚不久即外出做官，几年后回家，路上遇见一个美丽的女子采桑，秋胡于是上前调戏，又赠女子黄金，女子不受。秋胡到家后发现采桑女原来是自己的妻子，于是很尴尬，见汉刘向《列女传》及刘歆《西京杂记》等书。　㋁念交甫之心狂，虚当白玉：言比起崔女郎，郑交甫所见的仙子也算不上美丽。汉刘向《列仙传》卷上说，郑交甫碰见江汉女神江妃的两个女儿，很是爱慕，向她们求得了玉佩，可是没走多远怀里的玉佩就不见了，江妃二女也失去了踪影。　㋂莲子："怜子"二字谐音，即"爱你"之意。　㋃不忆：不曾。与上文"未曾"互文见义。　㋄心素：心意、心愿。晋王羲之《杂帖》："足下不返，重遣信往问，愿知心素。"　㋅光仪：光彩的仪表，称人容貌的敬辞。三国魏祢衡《鹦鹉赋》："背蛮夷之下国，侍君子之光仪。"　㋆敛色：敛容正色。　㋇剧戏：嬉戏，开玩笑。剧，嬉闹。唐李白《长干行》："妾发初覆额，折花门前剧。"　㋈姿首：姿色，美丽的容貌。唐王梵志诗一八四首："有儿欲娶妇，须择大家儿。纵使无姿首，终成有礼仪。"《全唐五代小说》卷八七《伍子胥》："秦穆公之女颜如玉，二八容光若桃李，见其姿首纳为妃，岂合君王有此理。"下文"有一婢名琴心，亦有姿首"之"姿首"，义同。　㋉许：如此，这般。叮咛：殷勤之意。唐鲍溶《范真传侍御累有寄因奉酬》之五："黄莺似传语，劝酒太叮咛。"　㊉难时那许太难生：犹言说难却又怎么如此之难。生，语助词。唐李白《戏赠杜甫》："借问别来太瘦生，总为从前作诗苦。"宋欧阳修《六一诗话》："太瘦生，唐人语也，至今犹以'生'为语助，如'作么生''何似生'之类是也。"下文"少府公太能生"及"张郎太贪生，一箭射两垛"之"生"字，亦为语助词。　㊈心失眼：谓心思纷乱、心志恍惚。　㊊胶漆：胶和漆，比喻情投意合亲密无间的关系。　㊋天津：指银河。《楚辞·离骚》："朝发轫于天津兮，夕余至乎西极。"王逸注："天津，东极箕斗之间，汉津也。"　㊌一抄尘：一"抄"尘土，"一小把"尘土的意思。抄，原意为"抄起"意思。唐杜甫《与鄠县源大少府宴渼陂》："饭抄云子白，瓜嚼水精寒。"清仇占鳌注："北人称匕为抄，乃抄转也。"俗语以手半握取液体或散状物为"抄"，如"抄水"，故"抄"可转作量词，"一抄"即"一小把"，或曰十撮为"一抄"。 ㊧祗可倡伴一生意，何须负持百年身：言及时行乐，莫负此生之意。倡伴，即"徜徉"，原意为闲游、徘徊，此引申为自在纵情；负持，辜负。 ㊨揽：以手围抱。 ㊦怅怏：因失意而惆怅不乐。晋支遁《咏怀》："怅怏浊水际，几忘映清渠。" ㊨表怜：表达爱慕之情。 ㊩悚（sǒng）息：因惊异、惶惧而屏息，含恭敬意味。《资治通鉴·唐武宗会昌三年》："元逵、弘敬得诏，悚息听命。" ㊪袨（xuàn）服：盛服，华艳的衣服。《文选·左思〈蜀都赋〉》："都人士女，袨服靓妆。"刘逵注引苏林曰："袨服，谓盛服也。"靓（jìng）妆：脂粉妆饰，浓妆艳抹。《陈书·皇后列传》："（张贵妃）常于阁上靓妆，临于轩槛，宫中遥望，飘若神仙。" ㊫锦障：锦制的帷帐。划然：象声形容词。韩愈《听颖师弹琴》："划然变轩昂，勇士赴敌场。" ㊬攲（qī）：倾斜。 ㊭含香：汉唐官员奏事答对时，口含鸡舌香以去口气。唐王维《重酬苑郎中》："何幸含香奉至尊，多惭未报主人恩。"女子则衔香于口以增芬芳之气。口脂：化妆用的唇膏，唐代男女皆用。五代前蜀韦庄《江城子》："朱唇未动，先觉口脂香。" ㊮蝉鬓：古代妇女的一种发式。后唐马缟《中华古今注》卷中："琼树始制为蝉鬓，望之缥缈如蝉翼，故曰蝉鬓。"琼树，莫琼树，魏文帝时宫人。 ㊯蛾眉：女子的眉毛如蚕蛾的触须曲而细长，称"蛾眉"，语出《诗经·卫风·硕人》："齿如瓠犀，蝤首蛾眉。" ㊰见许：犹言称许你。见，指代性副词，隐括第二人称代词宾语。娉婷（pīng tíng）：姿态美好。《乐府诗集》卷四四《春歌》："娉婷扬袖舞，阿那曲身轻。" ㊱轻盈：形容女子体态纤柔，行动轻巧飘逸。唐李白《相逢行》："下车何轻盈，飘然似落梅。" ㊲瞵盻（lián huà）：目垂貌。眼子：

眼睛。下文"千娇眼子"等之"眼子",义同。馨(xīn):助词,犹言"样子"。南朝宋刘义庆《世说新语·忿狷》:"冷如鬼手馨,强来捉人臂。" ⑨巧儿:巧匠。《新唐书·百官志》:"绫锦坊巧儿三百六十五人。"镌(juān):琢凿。 ⑩摸:同"摹"。 ⑩倾城、倾国:形容极其美丽的女子。《汉书·孝武李夫人传》:"北方有佳人,绝世而独立,一顾倾人城,再顾倾人国。" ⑩帔(pèi)子:披肩。郁金香:郁金,香草名。《梁书·中天竺国传》:"郁金出罽宾国。"《唐会要》卷一○○:"(贞观)二十一年……伽毗国献郁金香……状如芙蓉,其色紫碧,香闻数十步。" ⑩口上珊瑚:此以珊瑚之红喻女子之口。此喻古已有之,如南朝陈江总《宛转歌》:"步步香飞金薄履,盈盈扇掩珊瑚唇。" ⑩颊里芙蓉:此以芙蓉(荷花)之娇艳喻女子面庞。 ⑩腹肚已猖狂:谓想念热烈以至心绪迷乱,不知所为。猖狂,犹言"癫狂"。 ⑩媚子:首饰名。北周庾信《镜赋》:"悬媚子于搔头,拭钗梁于粉絮。"唐张文成《朝野佥载》卷三:"妙简长安、万年少女妇千余人,衣服、花钗、媚子亦称是,于灯轮下踏歌三日夜。" ⑩靥疑织女留星去,黄似姮(héng)娥送月来:谓女子笑靥如星,"额黄"如月。织女,原为星名,在银河西,与河东牵牛星相对。至汉代《淮南子》始谓织女为女神,又有说她是天帝的孙女,负责织造天上的云锦。姮娥,神话中的月中女神。传说她原是人间射日英雄后羿的妻子,因偷吃了后羿从西王母那儿拿来的不死药而飞到月宫,遂为月中女神。汉代为避汉文帝刘恒之讳,改称"嫦娥"。古代女子在前额发际涂黄粉,或以黄粉在眉心画作新月形以为妆饰,称额黄、鸦黄、月黄,初兴于六朝,唐代仍很盛行。唐卢照邻《长安古意》:"片片行云著蝉鬓,纤纤初月上鸦黄。"唐李商隐《无题》:"寿阳公主嫁时妆,八字宫眉捧额黄。"故此处"黄"当指眉心所画额黄。 ⑩窈窕:美好动人的样子。《诗经·周南·关雎》："窈窕淑女，君子好逑。"　⑩婴媖（yīng míng）：中土译佛经中常用以指女子的媚态。梁宝唱等集《经律异相》卷四引《深浅学比丘经》："魔有四女……往诣菩萨，绮语作媚，三十二种，姿弄唇舌，婴媖细视。"唐慧琳《一切经音义》卷二四《大唐新译方广大庄严经》卷九引《考声》云："婴媖，下里妇人娇态貌也。"此形容女子娇羞的样子。　⑩窫𡳞（yā chá）：女子娇媚之态。《玉篇·宀部》："𡳞，窫𡳞，娇态貌。"《广韵·麻韵》："窫，窫𡳞，作姿态貌。"亦作"娅姹"。五代和凝《江城子》词："娅姹含情娇不语，纤玉手，抚郎衣。"宋黄庭坚《西江月》词："香帏深卧醉人家，媚语娇声娅姹。"　⑪姓望：姓氏郡望。唐代一姓之中又以郡望区别门第高下，故举姓氏时并举原籍郡名以为标志。　⑫适：嫁。弘农：郡名，治所在今河南灵宝北。府君：汉代尊太守为府君，后遂成为对州郡长官的敬称。　⑬河西：唐时指今甘肃、青海两省黄河以西的地区，即河西走廊和湟水流域。　⑭蜀生：未详所指，疑此处文字有夺误，无据不改。　⑮茕（qióng）魂：孤魂。　⑯再醮：改嫁。　⑰第五息：第五子。息，子女。　⑱太原王公之第三女：此暗指其嫂姓王。太原为当时高门五姓七族中王氏的郡望。　⑲蹇（jiǎn）弊：衰落、破败。　⑳望属南阳：郡望是南阳。南阳郡，战国秦昭王置，治在今河南南阳。　㉑西鄂：古县名，治所在今河南南阳市北，为东汉文学家、科学家张衡故乡，唐时已废。　㉒得黄石之灵术，控白水之余波：用典故说自己姓张，祖居南阳。黄石，黄石公。相传，秦末张良带人刺秦始皇不中，逃至下邳，于圯上遇老人，授他《太公兵法》，并告诉他："读此则为王者师矣，后十年兴。十三年孺子见我济北，穀城下黄石即我矣。"后张良为汉高祖重要谋臣，过济北，果见穀城山下有一黄石，后人称"圯上老人"为黄石公，事见《史记·留侯世家》。白水，南阳的白水乡是东汉光武帝刘秀起兵的地方，后人就用"白水"代指南阳。 ⑫㉓在汉则七叶貂蝉，居韩则五重卿相：此为炫耀自己家世的显赫。汉宣帝时张安世官至大司马，封富平侯，其子孙数代有十余人连续做高官。晋左思《咏史诗》之二："金、张藉旧业，七叶珥汉貂。"佐汉高祖成就帝业的张良，本为战国时韩国的贵族，祖父张开地做过韩昭侯、宣惠王、襄哀王三朝的相国，父亲张平又为釐王和悼惠王之相，故张良家称"五世相韩"，见《史记·留侯世家》。七叶，七世；貂蝉，指貂尾和蝉羽，皆为古代显官冠上之饰物，始于汉代武官（见《后汉书·舆服志》），后以"貂蝉"代指达官显贵。 ⑫㉔鸣钟鼎食：击钟奏乐，列鼎而食。此言大富大贵人家奢华和排场的生活。汉张衡《西京赋》："击钟鼎食，连骑相过，东京公侯，壮何能加。"钟，古代乐器；鼎，古代炊器，多用青铜制成，圆形三足两耳或方形四足。按周制，天子九鼎，诸侯七鼎，卿大夫五鼎，元士三鼎，后世虽然已经不以鼎为食器，但仍以"列鼎而食""鼎食"形容富贵生活。 ⑫㉕衣缨：古代"士"等级以上才允许戴冠，且衣冠服饰均有定制，故衣冠、衣缨等均为士大夫的代称。缨，冠带。 ⑫㉖长戟（jǐ）高门：指高官显贵之家。古代帝王外出，在止宿处插戟为门，后于宫门外立戟，至唐代，官、阶、勋皆在三品以上的高官可以于门外立戟，称"戟门"，见《旧唐书·张俭传》等。戟，原为古代的一种兵器，合戈矛于一体，略似戈，后演变为仪仗器物。 ⑫㉗礼乐：原意为礼仪和音乐，古代用以代指尊卑有序的典章制度、行为准则。 ⑫㉘堂构不绍：未能继承祖先的遗业。堂构，本意是立堂基、造屋宇。《尚书·大诰》："若考作室，既底法，厥子乃弗肯堂，矧肯构。"后世因以"堂构"代指祖先的遗业。晋陆机《五等论》："故前人欲以垂后，后嗣思其堂构。"绍，继。《尚书·盘庚》："绍复先王之大业。" ⑫㉙沦胥（xū）：沦没。《晋书·凉武昭王李玄盛传》:"淳风杪莽以永丧,缙绅沦胥而覆溺。" ⑬⑩青州刺史博望侯之孙,广武将军巨鹿侯之子:和以上数句一样是夸耀自己的门第,实际上是据历史虚拟的。西汉张骞因从大将军卫青击匈奴有功,被封为博望侯,但并未任过"青州刺史";晋代张华曾被封为广武侯,却不是"广武将军巨鹿侯"。 ⑬⑪下寮:职务低微之属吏。寮,同"僚"。 ⑬⑫鹏鹖:鹏,传说中最大的鸟;鹖,鹖雀,又名斥鷃,特别小的鸟。《庄子·逍遥游》说"鹏之背,不知其几千里也,怒而飞,其翼若垂天之云……鹏之徙于南冥也,水击三千里,抟扶摇而上者九万里",又言斥鷃"腾跃而上,不过数仞而下,翱翔蓬蒿之间,此亦飞之至也"。 ⑬⑬驱使:驱遣,役使。 ⑬⑭卒尔干烦:突然打扰。卒,同"猝"。 ⑬⑮宾贡:谓受到地方荐举。古代州郡向朝廷推举人才,要以宾礼相待,贡于京师。《北史·循吏传·梁彦光》:"及大成,当举行宾贡之礼,又于郊外祖道,并以财物资之。"唐代地方推举的考生有两种:一是国子监、弘文馆、崇文馆以及各州县学每年冬天将考试成绩较好的学生选送尚书省参加考试,这些考生称"生徒";一是那些不在校学习的人向州县"投牒自举",经考试合格后再由州县送尚书省考试,因这些考生随各州县进贡物品一同解送,故称为"乡贡"。此处"宾贡"当指后者。 ⑬⑯甲科:唐代科举分等第,如明经科分甲、乙、丙、丁四等。甲科,即甲等、甲第,见《通典·选举三》。 ⑬⑰后属搜扬,又蒙高第:谓科考中式后,又参加"制科"考试,再获高第。唐代明经、进士诸科考试中式者,并非马上授官,要得官,或者等达到一定的期限,通过吏部铨选或者通过皇帝特开的制科,方可入仕为官。搜扬,访求举拔。 ⑬⑱奉敕:奉皇帝的诏令。关内道:唐贞观时置,辖境相当于今陕西秦岭以北,甘肃祖厉河流域,宁夏贺兰山以东,内蒙古呼和浩特以西,阴山、狼山以南的广大河套等地。县尉:县令的属官,负责管理县内的治安等方面的工作,秦汉以后历代因之。 ⑬见充:犹上文"见任"。见,即"现"。记室:官名,东汉诸王、三公及大将军都有记室令史,掌章表书记文檄,后世因之,或称记室参军。 ⑭不遑宁处:没有时间安居。 ⑭少府:县尉的别称。唐代县令称"明府",县尉职务低于县令,故被称为"少府",见宋赵彦卫《云麓漫钞》卷二。 ⑭比:副词,先前,以前。《吕氏春秋·先识》:"臣比在晋也,不敢直言。" ⑭阙:缺。参展:犹言参拜。 ⑭逡(qūn)巡:欲进不进,迟疑不决的样子。 ⑭贾谊:西汉著名政论家、文学家,少时即才华过人,文帝时为博士,据说文帝曾专门请他到宣室(未央宫前殿正室)谈话,谈过后对他很佩服,见《史记·屈原贾生列传》。 ⑭拙为:犹言"疏于"。礼贶(kuàng):礼敬和赠予。 ⑭儿意相当:谓我以为这样做是适宜的。相当,相宜。唐张文成《朝野佥载》卷一:"夫人曰:'宁可死,此事不相当也。'" ⑭干云:入云。唐杜甫《兵车行》:"牵衣顿足拦道哭,哭声直上干云霄。" ⑭铜雀:铜雀台,古代著名建筑。汉末建安十五年(210)时丞相、魏王曹操所建,高十丈,周围殿堂一百二十间,楼顶置大铜雀,舒翼欲飞,故址在今河北临漳西南。 ⑮灵光:灵光殿。汉景帝子鲁恭王喜欢建宫殿,灵光殿是他所建的最著名的宫殿,故址在今山东曲阜东。 ⑮反宇:翘起的屋檐。反,同"翻"。甍(méng):屋脊。 ⑮水精浮柱:谓梁上所悬的浮柱皆以水晶制成。水精,即"水晶"。浮柱,梁上的柱子。《文选·扬雄〈甘泉赋〉》:"炕浮柱之飞榱兮,神莫莫而扶倾。"吕向注:"浮柱,梁上柱也。" ⑮的皪(lì):明亮、鲜明。皪,原意为明珠之光。汉司马相如《上林赋》:"明月珠子,的皪江靡。" ⑭云母:一种矿石,可析为片,以作饰品,其薄者透光,古人以其为云根,故名"云母"。 ⑮长廊四注:长廊四向延伸。《文选·枚乘〈七发〉》："连廊四注，台城层构。" ⑮玳瑁之橡：彩绘的橡子。唐沈佺期《古意》："海燕双栖玳瑁梁。"玳瑁，似龟的水生动物，背甲有花纹，可作装饰品。 ⑰琉璃之瓦：表面上有彩釉的瓦。琉璃，本为宝石名。 ⑱碧玉缘陛，参差于雁齿：谓玉石砌就的台阶，排列整齐犹如雁齿。雁齿，喻排列整齐之物。北周庾信《温汤碑》："秦皇余石，仍为雁齿之阶。"陛，台阶。 ⑲穹崇：高大。《文选·司马相如〈长门赋〉》："正殿块以造天兮，郁并起而穹崇。"唐李善注："穹崇，高貌。" ⑯傥阆（tǎng láng）：广大宽敞。 ⑯眼碜（chěn）：此处言突然见到这些豪华的建筑物，很刺眼，像眼睛掺入沙子一样不适应，即眼花缭乱的意思。碜，《集韵》："物杂沙也。" ⑯迁延：迟疑后退的样子。唐韩愈《孟生》："迁延乍却走，惊怪靡自任。" ⑯通：通报、告知之意。 ⑯周匝：周到。唐白居易《谢李六郎中寄新蜀茶》："故情周匝向交亲，新茗分张及病身。" ⑯屈：延请。唐王梵志诗一七〇首："主人相屈至，客莫先入门。" ⑯昳晔（wěi yè）：华美光彩。《文选·左思〈吴都赋〉》："崇邻海之崔嵬，饰赤乌之昳晔。"吕向注："昳晔，光盛貌。" ⑯麝散：散发出如麝香的香味。麝，即香獐，雄性有麝香腺，可分泌麝香。"麝"可泛指香气，唐杜甫《丁香》："晚堕兰麝中，休怀粉身念。" ⑯髻后龙盘：发髻如龙盘于脑后。女子挽发于头顶或脑后叫"髻"。 ⑯特：特别，格外。惊新：此谓惊异于五嫂相貌之新奇。惊，意动用法，以……为惊奇。 ⑰哂：笑貌。《广韵·真韵》："哂，笑也。" ⑰织成锦袖骐驎儿，刺绣裙腰鹦鹉子：锦袖上织成麒麟花纹，裙腰上绣着鹦鹉。织成，本为古代一种有文彩的丝织品，以彩丝及金缕交织而成。唐杜甫《太子张舍人遗织成褥段》："客从西北来，遗我翠织成。"骐驎，即"麒麟"，古代传说中的吉祥动物，状如鹿，头上有角，身生鳞甲。 ⑰机关太雅妙：此谓浑身上下的肢节非常轻灵美妙。机关，与下句"行步"对言，指人体诸关节。《黄帝内经·素问》卷一二："少阳厥逆，机关不利。机关不利者，腰不可以行，项不可以顾。"   ⑰娃媲（chái）：形容娇媚。《集韵·皆韵》："媲，娃媲，媚貌。"娃，美貌。《方言》卷二："娃……美也，吴、楚、衡、淮之间曰'娃'。"   ⑭傍人：伴随、陪伴之人。罗袜：丝罗制的袜子。   ⑮三三：三三两两成群，数目不定。《庐山远公话》："是时看人三三作队，五五成行。"线鞋：以丝绳、麻线等编织的鞋子，取其轻便，唐时富室妇女中盛行，有各种颜色，见《旧唐书·舆服志》。   ⑯黄龙透入黄金钏，白燕飞来白玉钗：谓金手镯如龙盘绕，白玉钗如燕轻飞。钏，臂腕镯；钗，古代挽发之物，也是妇女发髻上的重要饰品。白燕钗，又名白玉钗，传说为汉武帝时神女所传，见《汉武洞冥记》。   ⑰俛（mǐn）勉王事，岂敢辞劳：俛勉，亦作"俛俛"，勤勉，努力。《晋书·阮孚传》："臣俛勉从事，不敢有言。"唐王勃《倬彼我系》："俛俛从役，岂敢告劳？"   ⑱好客：佳客、贵宾。唐王维《登裴迪秀才小台作》："好客多乘月，应门莫上关。"   ⑲瞤（shùn）：眼皮跳动。汉刘歆《西京杂记》卷三："夫目瞤得酒食，灯火花得钱财。"   ⑳龙须席：用龙须草织成的席子。《初学记》卷二五引《晋东宫旧事》："太子有独坐龙须席、赤皮席、花席、经席。"唐李白《白头吟》之一："莫卷龙须席，从他生网丝。"龙须草，多年生草本植物，可供编织，又名石龙刍，俗称蓑草、蓑衣草。

⑱绯：大红色。荐褥：垫褥。   ⑲车渠：玉石一类，产于西域，被称为西域七宝之一。《艺文类聚》卷八四引三国魏文帝（曹丕）《车渠椀赋序》："车渠，玉属也，多纤理缛文。"   ⑳优昙（tán）：无花果树的一种，梵语音译，又作"优昙钵""优昙钵罗"，义译为"瑞应"或"祥瑞花"。

⑱真珠：即珍珠。   ⑲颇梨：天然水晶石一类的宝石，有各种颜色，非

后世之玻璃。见《魏书·西域传·波斯》等记载。　⑱文柏：一种柏树破成木材后花纹十分美丽，被称为"文柏"。《太平御览》卷九五四引《地理志》："华山生文柏。"榻子：榻，一种狭长而较矮的坐、卧具。俱写豹头：谓榻子上处处画有豹头的图案。　⑱兰草灯心，并烧鱼脑：此谓灯芯点燃发出幽兰之香，点灯的油脂皆如"鱼脑"（玉石洁白者谓"鱼脑冻"）一样洁白。并烧鱼脑，或指照明之燃料为"鱼脑"。古人谓鲵鱼（俗称娃娃鱼）脂膏可以点火照明。《史记·秦始皇本纪》："以人鱼膏为烛，度不灭者久之。"唐张守节《史记正义》引《异物志》云："秦始皇冢中以人鱼膏为烛。"　⑱饶剧：爱嬉闹，爱开玩笑。　⑲漫怕：如此害怕。　⑲三升已来：三升左右。　⑲江螺海蜯：指用螺、蚌等壳所做的酒杯。蜯，同"蚌"。宋胡仔《苕溪渔隐丛话后集·回仙》："饮器中，惟钟鼎为大，屈卮螺杯次之，而梨花蕉叶最小。"　⑲竹根：以竹根剜制成的酒杯。北周庾信《奉报赵王惠酒》："野炉然树叶，山杯捧竹根。"唐李贺《始为奉礼忆昌谷山居》："土甑封茶叶，山杯锁竹根。"王琦汇解引《太平寰宇记》："段氏《蜀记》云，巴州以竹根为酒注子，为时珍贵。"　⑲树瘿（yǐng）：指以树瘿制成的酒杯。瘿，树木外部隆起如瘤之处，析之有花纹，可制成各种器具，制成的酒杯称"瘿杯"。其中尤以楠木树根之瘿最大，制成的瘿杯最著。蝎唇：似指状如蝎子嘴的酒器。　⑲觞（shāng）：酒器。兕（sì）觥：也叫"兕爵"，以"兕角"制的酒杯。古代称一种犀牛类的兽为"兕"。犀角：此指以犀牛角制成的酒杯。　⑲尪尪：即"汪汪"，液体充盈的样子。《全唐五代小说》卷九八《目连变文》："铁碓碓来身粉碎，铁叉叉得血汪汪。"　⑲鹅项鸭头：此指酒杓的形状。　⑲提：举杯。　⑲把取：把杯而饮之意。取，助词。　⑲佯嗔：假装生气的样子。　⑳会些：必定，当然。下文"但令翅羽为人生，会些高飞共君去"之"会些",与此义同。 ㉑把酒：饮酒。唐孟浩然《过故人庄》："开轩面场圃，把酒话桑麻。" ㉒新妇：已婚妇女自谦之词。南朝宋刘义庆《世说新语·规箴》："王衍妻谓平子曰：'昔夫人临终以小郎嘱新妇，不以新妇嘱小郎。'" ㉓颠沛：此指酒醉癫狂倒仆。 ㉔莫漫造众诸：不要凭空编造这许多理由。众诸，众多的。唐骆宾王《代女道士王灵妃赠道士李荣》："千回鸟信说众诸，百过莺啼说长短。" ㉕首病：头痛病。 ㉖昔卓王孙之女，闻琴识相如之器量：西汉司马相如未达时，以琴挑蜀郡富户卓王孙新寡的女儿卓文君，文君通音律，因与相如私奔，事见《史记·司马相如列传》。参见本篇前注㊺。 ㉗山涛之妻，凿壁知阮籍为贤人：三国末年，山涛和阮籍、嵇康为友，有一次阮、嵇到山涛家，山涛的妻子韩氏在墙壁上凿了一个洞偷看，之后对山涛说："你是不如他们的。"事见南朝宋刘义庆《世说新语·贤媛》。 ㉘望德：忘德。望，同"忘"，《逸周书·武儆解》："朕不敢望，敬守勿失。" ㉙送酒：奉酒、敬酒。 ㉚"心虚"四句：与下文"怜肠忽欲断"四句，并为借咏琵琶以调情。关情，遮掩感情。 ㉛班婕妤：与下文"曹大家"皆为中国古代有名的才女。班婕妤，西汉成帝时以才学选入宫中为婕妤，后为赵飞燕所谮，退处东宫，作赋自伤，作品今传有《自悼赋》等，事见《汉书·外戚传》。扶轮：扶翼车轮，在侧拥进之意。唐高彦休《阙史序》："皇朝济济多士，声名文物之盛，两汉才足以扶轮捧毂而已。" ㉜曹大家（gū）：东汉史学家班昭。班昭为史学家班彪之女、班固之妹。班固去世后，她曾参与续写《汉书》，和帝时担任皇后和嫔妃的教师，教授经书、天文、算学等，因其为曹世叔之妻，世称"曹大家"，见《后汉书·列女传·曹世叔妻》。阁笔：同"搁笔"，放下笔。 ㉝笔似青鸾（luán），人同白鹤：谓草书妙绝，人物高雅。青鸾，传说中凤凰一类的神鸟。古以“回鸾”喻草书之巧，“顾鹊”喻楷书之妙，见南朝梁庾肩吾《书品序》等。人同白鹤，形容人气调闲逸，姿容雅致。见《三国志·魏书·邴原传》裴松之注。 ㉑④不彻：不通畅。 ㉑⑤漫剧：玩笑。漫，无拘束。 ㉑⑥酒章：酒令。 ㉑⑦断章取意：即“断章取义”，谓引用别人的诗文、话语只截取其片断而不顾及全文和原意。此为古代“赋诗言志”常用的一种方法，参见《左传》等书记载。 ㉑⑧惬当：恰如其分，合情合理。 ㉑⑨科罚：依律断罚。 ㉒⓪“关关”四句：此为《诗经·周南·关雎》第一章。《关雎》是一首恋歌，或为送亲歌。唱一位青年爱上一位温柔美丽的姑娘，时刻思念，希望和她结为伴侣。关关，鸟鸣，或释为“雌雄二鸟应和之声”；雎鸠（jū jiū），水鸟；洲，水中的沙碛、陆地；淑女，文静美丽的姑娘；君子，古代男子的美称；逑，配偶。 ㉒①“南有”四句：此为《诗经·周南·汉广》首章前四句。《汉广》表达的是一个青年追求一个姑娘的心情，这四句诗言其追求不得的苦闷。樛木，《毛诗》原作“乔木”，高大的树木；休息，《韩诗》作“休思”，“思”为语助词；汉，汉水；游女，出游的姑娘。朱熹《诗集传》：“江汉之俗，其女好游。” ㉒②“折薪”四句：此为《诗经·豳风·伐柯》第一章，第一、三句各多出一个“之”字，另有三字异文。折薪，《毛诗》原作“伐柯”，砍伐树木、砍柴；匪斧不剋，没有斧子砍不成，剋，《毛诗》作“克”；匪，即“非”字。 ㉒③“不见”四句：摘自《诗经·卫风·氓》第二章。《氓》是一首采用回忆手法写的弃妇诗，这四句是作者回忆以前和“氓”热恋时盼其归来的情景。复关，一般认为系诗中男子所住的地方，代指人；泣涕，眼泪；涟涟，眼泪涌流的样子；载笑载言，又说又笑。㉒④“女也”四句：摘自《诗经·卫风·氓》第四章，写女子被遗弃后对男子变心的谴责。爽，差错，过失；士，指男子；二其行，行为前后不一致；罔极，没有定准；二三其德，三心二意。 ㉕"縠则"四句：此为《诗经·王风·大车》的第三章，表达青年男女忠于爱情的决心和誓言。縠，通"穀"，生，活着；异室，不能同室而居，古语"男有室，女有家"，"异室"即不能成婚；穴，墓穴；信，忠信、诚信；有如皦（jiǎo）日，有这明亮的太阳可以作证，皦，同"皎"，明亮。 ㉖素面：不施脂粉之天然美丽。唐李白《赋牵牛》："素面倚栏钩，娇声出外头。" ㉗发意：表达情意。关情：掩饰感情。 ㉘良由：实在是因为。 ㉙尺八：古代管乐器，竹制，六孔，又旁一孔蒙竹膜，竖吹，亦称箫管、中管、竖笛。据《旧唐书·吕才传》，唐初吕才始作尺八，因管长一尺八寸而得名。参见《文献通考》卷一三八。今日本仍流行，形制稍异，仅五孔。 ㉚鲻（zī）：鱼名。体长侧扁，头部扁平，银灰色有暗纵纹，产于热带和亚热带海中，味鲜美。 ㉛凤脯：凤肉干。《汉武帝内传》："西王母曰：'仙之上药有九色凤脑，次药有蒙山白凤之脯也。'" ㉜炙（zhì）：烤，烹调方法之一种。 ㉝雁醢（hǎi）：用大雁肉做的酱。醢，鱼、肉等制成的酱。荇菹（xìng zū）：用嫩荇菜做成的腌菜。荇，水生植物，又名接余，嫩时可食；菹，腌菜。 ㉞鹑腒（qiān）：鹌鹑肉做的羹类。腒，同"臇"，脸臇，羹类。《集韵·豏韵》："脸臇，以猪肠屑椒芥醯盐为之。"《集韵·琰韵》："臇，羹也。""脸臇"的做法见于北魏贾思勰《齐民要术·羹臛》。下文"鸡臇"指的是鸡肉做成的羹。桂糁（sǎn）：掺有桂花香料的羹类。糁，以米和羹曰"糁"。《礼记·内则》："和糁不蓼。"宋陈澔集说："宜以五味调和米屑为糁，不须加蓼，故云和糁不蓼也。" ㉟兔髀：兔大腿。 ㊱雉臎（zhì cuì）：野鸡尾肉。雉，野鸡；臎，《广韵》："鸟尾上肉也。"豻：类似狼的动物名，体色棕红，较狼小，性凶猛。 ㊲五辛：五种有刺激性气味的蔬菜，说法不一，一般以为指葱、薤、韭、蒜、兴渠，或指葱、蒜、韭、蓼蒿、芥。古俗元日以五辛制成菜肴，称五辛菜、五辛盘，取迎新之意，见晋周处《风土记》、明李时珍《本草纲目》等记载。其俗唐代亦然，宋庞文英《文昌杂录》："唐岁时节物，元日则有屠苏酒、五辛盘、咬牙饧。" ㉘双六：即"双陆"，古代一种掷骰行棋的博戏。由魏晋时从天竺（古印度）传入的"波罗塞戏"演化而成，曾名"握槊""长行"等，梁陈时定名"双陆"。棋盘呈长方形，因行棋道路是双方左右各六路，故名。行棋时，黑白两方各持十五枚杵椎形棋子对局，白方由右行到左，黑方由左行到右，先出完者获胜。唐宋时，在大食（阿拉伯帝国）、真腊（柬埔寨）、日本也流行。南宋洪遵著《谱双》有较详细记载。 ㉙输筹：输棋的意思。筹，筹码，博局计数之物，可用竹、木、金属制成。 ㉚总悉输他便：谓全都让他（指文成）占了便宜。 ㉛黠（xiá）儿递换作，少府公太能生：讥讽对方提出的双陆赌宿的玩法和"汉骑驴则胡步行，胡步行则汉骑驴"一样，不过是"黠儿"变换一下把戏而已。黠，本义为狡黠，称"黠儿"则常含赞许的意味，犹言聪明人、精明人。 ㉜浪：莫，不要。唐李商隐《回中牡丹为雨所败》之二："浪笑榴花不及春，先期零落更愁人。"消息：底细。 ㉝知剧：知道是开玩笑。 ㉞局：棋局，这里指棋具。 ㉟盱䁖（xū lòu）：俗语，形容眼皮微合，含笑仰视对方的样子。盱，《说文·目部》："盱，张目也。"䁖，《玉篇·目部》："䁖，视也。" ㊱腽腯（wà tú）：柔软丰满。 ㊲"眼似星初转"四句：与下文"勒腰须巧快"四句，均为借咏棋局以调情。 ㊳若非：如果不是。情想：心里所想，情思感情。 ㊴何因：犹言什么缘故，为什么。顿引：引逗，传情。 ㊵若个：哪个。唐李贺《南园》诗之五："请君暂上凌烟阁，若个书生万户侯。" ㊶萼：花萼，位于花的外轮。 ㊷紫房：紫色的果实。房，本指子房，在雌蕊下，即雌蕊生果实之处。《文选·左思〈吴都赋〉》："素华斐，丹秀芳，临青壁，系紫房。"张铣注："紫房，果之紫者，系于木上。"这里的"紫房"与上文"丹萼"皆泛指花。唐白居易《南园试小乐》："红萼紫房皆手植，苍头碧玉尽家生。"㉕㉝垛：土筑的箭靶。㉕㉞遮三不得一，觅两都卢失：求三个得不到一个，找两个反倒统统都会失去。此为当时俗语，谓因过于贪心，反而一无所得。本篇底本"江户初期无刊记刊本"原注："此言多慕不成功也。"遮，求。唐王建《华岳庙二首》："女巫遮客买神盘，争取琵琶庙里弹。"都卢，犹言"统统"。下文"都卢少物华"之"都卢"，义同。唐卢仝《守岁》："老来经节腊，乐事甚悠悠。不及儿童日，都卢不解愁。"唐白居易《赠邻里往还》："骨肉都卢无十口，粮储依约有三年。"㉕㉟狗突：狗洞。《全唐五代小说》卷九六《降魔变文》："菟（兔）入狗突，熟食谁能耐久。"㉕㉠獐：野生哺乳动物，状似鹿而略小，无角，肉可食，皮可制革。㉕㉡如许：如此。宋范成大《盘龙驿》："行路如许难，谁能不华发。"㉕㉢谈道儿：谈说。直：同"值"。

㉕㉣加诸：犹言诬谤，乱说。唐段成式《酉阳杂俎》续集卷四："予门吏陆畅，江东人，语多差误，轻薄者多加诸以为剧语。"㉖㉠忝（tiǎn）：有愧于。用作谦辞。㉖㉡珍羞：珍贵的食品。羞，同"馐"。㉖㉢玉醴（lǐ）琼浆：指美酒。醴，甜酒。㉖㉣雀噪之禾：传说在长安城的西面有双阙，上有一对铜雀，它第一次叫，五谷就开始生长，第二次叫，五谷就成熟了。见逯钦立编《先秦汉魏晋南北朝诗·魏诗》曹丕《歌〈古歌铜雀词〉》。㉖㉤蝉鸣之稻：有一种稻在农历七月蝉鸣时成熟，被称为"蝉鸣稻"。见《太平御览》卷八三九引郭义恭《广志》及《齐民要术·水稻》。㉖㉥雉臛（huò）：用野鸡肉做的肉羹。㉖㉦鹑羹：鹌鹑羹。㉖㉧椹下肥肫（tún）：据说猪吃了桑葚，肉特别肥美。椹，桑果，桑葚；肫，小

猪。 ㉘鹅子：鹅蛋。 ㉙纷纶：多貌。玉叠：即玉碟。碟，盛东西的小盘，唐人写作"楪""迭"。 ㉚熊腥纯白：指熊白，熊背上的白脂，古称为珍贵的美味。明李时珍《本草纲目·兽二·熊》释名引陶弘景曰："脂即熊白，乃背上肪，色白如玉，味甚美。" ㉛鲙（kuài）：细切的鱼肉。红缕：似指熟肉丝。 ㉜青丝：初生的韭菜。唐杜甫《立春》诗："盘出高门行白玉，菜传纤手送青丝。"仇兆鳌注："诗言青丝，指韭，良是。" ㉝蒲桃：即葡萄。 ㉞㮕（ruǎn）枣：即"羊枣""羊矢枣"。《孟子·尽心下》："曾晳嗜羊枣，而曾子不忍食羊枣。"晋郭璞注《尔雅·释木》"遵，羊枣"云："实小而圆，紫黑色，今俗呼之为羊矢枣。"又名"樱（yīng）枣"。《文选·司马相如〈子虚赋〉》"楂梨樱栗"唐李善注引《说文》："樱枣，似柿而小，名曰㮕。" ㉟河东紫盐：河东郡（唐初改蒲州，治所在今山西永济蒲州镇）产池盐，盐色黑紫。见《太平御览》卷八六五引郭义恭《广志》。 ㊱岭南：泛指五岭以南地区，唐初设岭南道，治所在今广州。 ㊲敦煌：郡、县名，治所在今甘肃敦煌西。八子柰：柰，果树名，落叶小乔木，据明李时珍《本草纲目·果二·柰》，与林檎（即花红、沙果）同类，果实近球形，肉红，味略酸，因一果有八核，故称"八子柰"。 ㊳青门五色瓜：秦东陵侯召平，秦亡后在长安东青门外种瓜为生，瓜美，被称为"东陵瓜""青门瓜"，见《史记·萧何传》、《三辅黄图》卷一。青门，汉长安霸城门（即东南门）的俗称。唐张文成《龙筋凤髓判》卷四"珍羞"："甘瓜五色之香。" ㊴大谷张公之梨：《文选·潘岳〈闲居赋〉》："张公大谷之梨，梁侯乌椑之柿。"唐李善注："《广志》曰：'洛阳北芒山有张公夏梨，甚甘，海内唯有一树。'大谷未详。"大谷，疑为即大谷口，在洛阳东南，今名水泉口，以产梨著名。 ㊵房陵朱仲之李：房陵，县名，唐有房陵县，地在今湖北房县。《文选·潘岳〈闲居赋〉》:"周文弱枝之枣,房陵朱仲之李。"唐李善注引汉王逸《荔枝赋》:"房陵缥李。"又谓"朱仲"是仙人。《太平御览》卷九六八引任昉《述异记》:"房陵定山有朱仲李园三十六所。"

㉘①东王公:古代传说中的仙人。其名始见于《神异经·东荒经》,后世又称其为木公、东华帝君等。　㉘②西王母之神桃:西王母原为中国神话中的西方大母神,其名始见于《山海经》,后被说成是女仙之首,又称金母,形象也不断变化。传说西王母居于西方昆仑山之瑶池,瑶池栽有三千年一成熟的仙桃。见《汉武故事》等书。　㉘③南燕牛乳之椒:疑此句有误。汉唐以来文献中的"椒"主要指的是可作调料和药用的"花椒""胡椒",两者均无可直接食用的果实。原产南美洲果实可直接食用的茄科辣椒(番椒、大椒、牛角椒、菜椒、灯笼椒)唐时并未引入我国。检阅文献,《艺文类聚》卷八七引《南州异物志》,记有一种芭蕉"大如鸡卵,有似牛乳,名牛乳蕉",因疑此处"牛乳椒"或为"牛乳蕉"之误。又,南燕故地在今河南延津东北(春秋时有南燕国,秦置燕县,西汉称南燕县),不产芭蕉,故疑"南燕"为"南粤(南越)"之误。如是,则"南粤(南越)牛乳之蕉"与下句"北赵鸡心之枣"恰成俪偶之句。　㉘④北赵鸡心之枣:有一种枣形状如鸡心,人称"鸡心枣"。宛委山堂本《说郛》卷六一引郭义恭《广志》:"枣有狗牙、鸡心、牛头、羊矢、猕猴、细腰之名。"赵国为战国七雄之一,居中国北部,其最强盛时占有今山西北部、河北西部和河套地区。　㉘⑤邂逅(xiè hòu):不期而会。《诗经·郑风·野有蔓草》:"有美一人,清扬婉兮,邂逅相遇,适我愿兮。"　㉘⑥玉馔(zhuàn):犹玉食,珍美的饮食。晋左思《吴都赋》:"矜其宴居,则珠服玉馔。"　㉘⑦形迹:客气、拘礼的意思。五代刘崇远《金华子杂编》卷上:"此风声妇人,员外如要,但言之,何用形迹?"　㉘⑧副著:犹"附

着",贴着,连在一起。　㉘⑨机警:指用谐音、歇后、拆字等手段所做的各种文字游戏。　㉙⓪枣:谐音"早"。　㉙①梨:谐音"离"。　㉙②杏:谐音"幸"。　㉙③柰:谐音"耐"。　㉙④围棋:此处谐音"违期"。　㉙⑤气欲断绝先挑眼:气,围棋术语。在围棋中,被围棋子的死活取决于"气"之多少。挑眼,也为围棋术语。在棋盘上要做"活"一块棋,必须在这块棋中做两个"眼"。　㉙⑥"千金"四句:与下文"双眉"四句,以"一笑千金"语调情。《艺文类聚》卷五七引汉崔骃《七依》:"回顾百万,一笑千金。"一笑千金,有"千金买笑"之意。宋张孝祥《虞美人》:"倩人传语更商量,只得千金一笑也甘当。"　㉙⑦金石:钟磬之类的乐器。《礼记·乐记》:"金石丝竹,乐之器也。"　㉙⑧筚篥(bì lì):簧管乐器。以竹为管开八孔,管口插有芦苇制的哨子,汉代由龟兹传来,后为隋唐燕乐和唐宋教坊音乐的重要乐器,亦作"觱篥""悲篥",又名"笳管""管子"。　㉙⑨瑟:拨弦乐器。形似古琴,但无"徽"位,常与琴或笙合奏。春秋时已流行,后世有五十弦、二十弦、十六弦等种类。　㉚⓪笙:古代"八音"之一,管乐器。由笙管、簧片、斗子组成,奏时手按指孔,靠吹引簧片发音,有十三至十九管等不同形制。《诗经·小雅·鹿鸣》:"我有嘉宾,鼓瑟吹笙。"　㉚①玄鹤俯而听琴:传说春秋时期晋平公时的乐师师旷操琴,能使"神物为之下降",见《淮南子·览冥训》。《韩非子佚文》(清王先慎辑)云:"师旷鼓琴,有玄鹤衔明月珠在庭中舞,失珠,旷掩口而笑。"　㉚②白鱼跃而应节:白鱼应节拍而跳出水面。《荀子·劝学》:"昔者瓠巴鼓瑟而流鱼出听。"《列子·汤问》:"瓠巴鼓琴而鸟舞鱼跃。"白鱼,淡水鱼中有白条鱼,好游水面。又,《尚书大传》卷三谓武王伐纣至孟津,有白鱼入舟,后人以为顺兆。　㉚③叫咷(táo):谓声音响亮。南朝梁刘孝仪《和简文帝赛汉高庙》:"徘徊灵驾入,叫咷倡新歌。"

㉚㊃梁上尘飞：传说汉代著名歌手虞公唱歌的时候，歌声能把屋梁上的灰尘都震动得飞起来。见《艺文类聚》卷四三、《太平御览》卷五七二引汉刘向《别录》。㉚㊄天边雪落：传说古代音乐家郑师文弹琴之美妙可以影响天时，夏天能够弹出霜雪纷飞。见《列子·汤问》。㉚㊅一时忘味，孔丘留滞不虚：用孔子故事。传说孔子在齐国听了一次《韶》乐（周代乐舞之一，相传为舜时的乐曲），高兴得三月不知肉味。事见《论语·述而》。㉚㊆三日绕梁，韩娥余音是实：用韩娥故事，见本篇前注㉘。㉚㊇亦不辞惮（dàn）：一点儿也不推辞。㉚㊈"虫蛆面子"四句：形容在舞蹈中显得特别美丽动人。虫蛆面子，以虫蛆的白嫩形容面容的白皙美丽。蚕贼，两种虫子。蚕，蚕虫；贼，古代指一种专食苗节的虫子。《诗经·小雅·大田》："去其螟螣，及其蟊贼。"《毛传》："食根曰蟊，食节曰贼。"三国吴陆玑疏："贼，似桃李中蠹虫，赤头身长而细也。"此以蚕、贼二虫的细长喻美女之形态，故云"蚕贼容仪"。容仪，容貌仪表。《世说新语·容止》："裴令公有俊容仪，脱冠冕，粗服乱头，皆好。"妒杀阳城、迷伤下蔡，语出战国楚宋玉《登徒子好色赋》，其中写女子之美："嫣然一笑，惑阳城，迷下蔡。"唐李善注："阳城、下蔡，二县名，盖楚之贵介公子所封，故取以喻焉。"㉛㊀宫商：宫、商、角、徵、羽为古代五声音阶的音阶名，古时因用"宫商"代称音律。㉛㊁野鹄（hú）：野天鹅。㉛㊂盗盼：偷视。㉛㊃婠姑（ān chān）：犹言妍媚风流。《集韵·覃韵》："婠，女志不静。"《字汇·女部》："婠，女志不净。"《说文·女部》："姑，小弱也。一曰女轻薄善走也。一曰多技艺也。"《集韵·盐韵》："姑，小弱也。一曰女轻薄貌，处占切。""女志不静（净）"曰"婠"，"女轻薄貌"为"姑"，二者拼合成词，其义当指妍媚风流。㉛㊄穷奇：极力追求新奇。造凿：造作。㉛㊅熠（yì）耀：光彩鲜明。《诗

经·豳风·东山》:"仓庚于飞,熠耀其羽。"汉郑玄笺:"熠耀其羽,羽鲜明也。" ⑯纷披:飘逸的样子。 ⑰一搦:犹言一把、一握,此称赞腰肢的纤细苗条。 ⑱洛浦:洛浦,即洛川神女宓妃。见上注⑱。 ⑲咥咥(xì xì):笑声,含讥笑意。《诗经·卫风·氓》:"兄弟不知,咥其笑矣。"汉郑玄笺:"兄弟在家,不知我之见酷暴,若其知之,则咥咥然笑我。" ⑳能作音声:音乐奏得好。 ㉑百兽率舞:各种野兽相率起舞。《尚书·舜典》:"夔曰:'於!予击石拊石,百兽率舞。'"石,石磬,乐器;拊,拍击。 ㉒凤凰来仪:凤凰来舞,仪表非凡,古代以为吉兆。《尚书·益稷》:"《箫韶》九成,凤凰来仪。"仪,有容仪。 ㉓莫令曲误,张郎频顾:用"顾曲周郎"典故。三国时周瑜少精于音乐,即便在饮酒之后,音乐如有失误也能听得出来,听出来又必定加以分辨,故当时有歌谣曰:"曲有误,周郎顾。"见《三国志·吴书·周瑜传》。后人因称精于音乐善辨曲律者为"顾曲周郎"。 ㉔眉上冬天出柳,颊中旱地生莲:谓言眉如柳叶,面如莲花。下文"翠柳开眉色,红桃乱脸新"与此意略同。旧时称细长如柳叶的双眉为"柳眉""柳叶眉"。唐李商隐《和人题真娘墓》:"柳眉空吐效颦叶,榆荚还飞买笑钱。"五代前蜀韦庄《女冠子》:"依旧桃花面,频低柳叶眉。" ㉕嫇妍:即"便妍",俏丽。晋张翰《周小史》:"转侧猗靡,顾盼便妍。"唐任希古《和李公七夕》诗:"便妍耀井色,窈窕凌波步。" ㉖刺:同"剌",除,绝。《荀子·富国》:"掩地表亩,刺草殖谷。"唐杨倞注:"刺,绝也。" ㉗情乖:两情相违。胡越:胡地在北,越地在南,相隔很远,因用以比喻疏远、隔绝,后用之喻敌对的关系。宋苏轼《韩愈论》:"儒墨相戾,不啻若胡越。" ㉘异同著便:谓各种情况下都应答得十分合适。著便,合适。《祖堂集》卷七"岩头和尚":"峰云:'今生不著便,共文遂个汉,行数处被他带累,今日共师兄到此又只管打睡。'" ㉙铛(chēng)子:古代的一种温器,可用来将茶、酒温热,以金属或陶、瓷等为材料,有各种形制。宋高似孙《纬略·古铛》:"古铜铛者,龙首三足,挹注以口,翠蚀可玩。因考《晋旧事》有龙首铛,即是此类……《述异记》有谓'卿无温铛,安得饮酒',当是酒器也。" ㉚嗍(suō):吸,吮。 ㉛但令脚直上:谓将铛子反过身来以脚朝上。 ㉜联翩:鸟并飞貌。宋孙光宪《河渎神》词:"一方卵色楚南天,数行征雁联翩。" ㉝方便恼他来:乘便来撩拨他。方便,乘便。唐刘肃《大唐新语·公直》:"中宗尝游兴庆池,侍宴者……方便以求官职。" ㉞可可:恰好,恰巧。 ㉟把爵:把酒,把杯。

㊱翕(xī)然:突然。东晋陶潜《搜神后记》卷五:"端请留,终不肯。时天忽风雨,翕然而去。" ㊲鲂:古代称淡水的鳊鱼为"鲂"。《文选·束皙〈补亡诗·南陔〉》:"凌波赴汩,噬鲂捕鲤。"唐李善注引晋郭璞曰:"今呼鲂鱼为鳊。"鲂鱼肉味鲜美,唐杜甫《观打鱼歌》:"鲂鱼肥美知第一,既饱欢娱亦萧瑟。"今鱼纲鲤科鲂属鱼,形状亦与鳊鱼相似。

㊳蓊(wěng)茸:原意为植物密盛貌。汉张衡《南都赋》:"其竹则……阿那蓊茸,风靡云披。"此借"蓊茸"称竹。 ㊴清泠飂飓(sè yù):谓风清泠而迅急。飂,风,引申为风声,或用以形容风之貌。《广雅·释训》:"飂飂,风也。"汉王延寿《鲁灵光殿赋》:"鸿爌炾以爣閌,飂萧条而清泠。"唐王周《西山晚景》:"半引弯弯月,微生飂飂风。"飓,大风。《说文·风部》:"飓,大风也。""飂""飓"搭合成词,则谓风之急速。敦煌写卷(斯二八三二)《愿文等范本·十二月·风》:"悲风飂飓,添孝子之断魂;哀声满空,忆愁人之痛切。" ㊵大竹小竹,夸渭南之千亩:极言园竹之繁茂。《史记·货殖列传》记云,当时若在渭川有千亩竹园,则等于千户侯。《全上古三代秦汉三国两晋六朝文·全后周文·

庾信〈周大将军司马裔碑〉》：“渭南千亩之竹，更惧盈满；池阳二顷之田，常思止足。”渭南，渭南县（今陕西渭南），在渭水之南。 ㉛花含花开，笑河阳之一县：言园中到处桃李花开。晋代潘岳任河阳县令，在县中遍种桃李树，花开一县，人号“河阳一县花”，见《白孔六帖》卷七七。北周庾信《枯树赋》：“若非金谷满园树，即是河阳一县花。” ㉜青青岸柳，丝条拂于武昌：谓园中杨柳飘拂。晋朝荆州刺史陶侃镇守武昌时，曾令诸营兵士遍植杨柳，见《晋书·陶侃传》。唐孟浩然《溯江至武昌》：“行看武昌柳，仿佛映楼台。” ㉝赫赫山杨，箭干稠于董泽：描写园中山杨树长得极盛，萌枝密集。赫赫，显赫繁盛。山杨，落叶乔木，可长七八丈高，其萌枝密集丛生，细长笔直，可用以编织，亦可制箭杆。董泽，春秋时晋国地名，在今山西闻喜一带，据说其地盛产做箭杆用的蒲柳，见《左传·宣公十二年》。箭干，即“箭杆”。 ㉞映水：暗指荷花。 ㉟成蹊：暗指桃李。《史记·李将军列传》：“谚曰：‘桃李不言，下自成蹊。’”蹊，小路。 ㊱意言：意会之言。宋王安石《吾心》：“吾心童稚时，不见一物好。意言有妙理，独恨知不早。” ㊲杏树岭：传说三国时吴国有神医董奉，曾隐居匡山（今江西庐山。一说居安徽凤阳杏山），为人看病不取钱，但要求重病愈者植杏五株，轻病愈者植一株，积年得杏树十余万株，后董奉在此成仙。见《三国志·吴书·士燮传》南朝宋裴松之注引东晋葛洪《神仙传》。 ㊳桃花源：东晋陶潜作《桃花源记》，谓有渔人沿着开满桃花的河流到达一个与外界隔绝的地方，有秦末避乱者的后裔聚居其间，过着幸福宁静的生活，但出来以后就再也找不到这个地方了，后因以“桃花源”喻指避世隐居的地方或借指人间仙境。 ㊴梅蹊：即“梅磎”，与下文“桃涧”皆指神仙居处。“梅蹊”为道家所谓七十二小洞天之一。 ㊵桃涧：原谓长满桃树的山涧，传说汉时刘晨、阮肇入天台山，在长满桃树的深涧处吃到桃子，并在这里遇见仙女。见鲁迅《古小说钩沉》辑《幽明录》。 ㉛湄：岸边水草交接的地方。 ㉜相将：相偕。 ㉝掷果：晋代潘岳貌美，每行道中，都有妇女掷果于其车中，后因以"掷果"为妇女爱慕男子之辞。参见本篇前注㉛。 ㉞雉：野鸡。 ㉟曹植：三国魏武帝曹操第四子，字子建，封陈王，谥号思，世称"陈思王"。曹植才华过人，传说南朝刘宋时著名诗人谢灵运尝说："天下才有一石，曹子建独占八斗，我得一斗，天下共分一斗。"见宋无名氏《释常谈·八斗之才》。 ㊱子南夫：像子南一样的大丈夫。子南即春秋时郑国的公孙楚。据说郑国大夫徐吾犯的妹妹长得很美，公孙楚和公孙黑（子皙）都想娶她，吾犯以此事请教执政子产，子产主张让他的妹妹自己选择。择亲那一天，公孙黑打扮得很漂亮，还带来了贵重的礼物；公孙楚却穿着戎装，到吾犯家向左右各射了一箭，跳上车子就走了。吾犯的妹妹说，子皙固然长得漂亮，但子南却是个大丈夫。于是嫁给了子南。见《左传·昭公元年》。 ㊲"大夫"四句：用贾国大夫射雉故事。《左传·昭公二十八年》引叔向讲的一个故事，谓有一个贾国的大夫长得很丑，他美丽的妻子很不高兴，三年都不说不笑。有一次，他们驾车出去游玩，贾大夫一箭就射中了一只野鸡，他的妻子很满意，从此开始说笑。大夫，春秋时对一般任官职者的通称。处子，原意为处女，这里代指女子。解颜，欢笑。 ㊳射长垛：一种远距离的射箭形式。 ㊴阙事：误事。宋苏轼《论河北京东盗贼状》："若作此法，则盐税大亏，必致阙事。" ㊵皆绕遮齐：谓箭箭都围绕着靶心。绕，围绕，环绕。遮齐，当指箭靶中心。 ㊶须弩：依文意，似指弓箭。 ㊷筹：原指投壶所用的矢，此指箭矢。《礼记·投壶》："筹，室中五扶，堂上七扶，庭中九扶。"宋陈澔集说："筹，矢也。" ㊸干：这里用作箭杆的"杆"。 ㊹渚：水中陆地。

(365)曛黄：日暮，犹黄昏。 (366)庶：请，希望。安置：安歇，就寝。 (367)画鄣：即“画障”，画屏，有画饰的屏风。鄣，“障”的本字。 (368)彩慢：即“彩幔”。 (369)香囊：盛香料的小袋，悬于帐以为饰物。《玉台新咏·古诗为焦仲卿妻作》：“红罗复斗帐，四角垂香囊。” (370)槟榔：木名，果椭圆，橙红色。豆蔻（kòu）：多年生常绿乔木，花淡黄色，秋结果卵形，种子呈暗棕色。 (371)苏合：苏合香。苏合树产自小亚细亚，自树中取树胶制成苏合香。沉香：亦称伽南香、奇南香，用沉香木心材和树脂制成香料块，入水不沉。 (372)织文安枕席：安放着有花纹的席和枕。 (373)乱彩叠衣箱：叠放着有彩绘的衣箱。 (374)银虺（huǐ）：这里指银质如虺弯曲的帐钩。虺，蛇名。 (375)玉狮子：雕成狮形的玉质镇床物。 (376)蛩驱（qióng jū）毡：指有蛩驱图案的毛织坐卧具或垫具，象征成双成对的毛织坐卧具或垫具。晋嵇含《伉俪诗》：“夏摇比翼扇，冬卧蛩蛩毡。”蛩驱，“蛩蛩驱驉”的省称，传说中古代的一种异兽，或谓相类而形影不离的两种异兽。见《山海经·海外北经》及《吕氏春秋·不广》、汉刘向《说苑·复恩》等书。 (377)袍裤：此代指侍女。袍，长衣之通称；裤，古之套裤，无裆，左右各一，分裹两胫，有别于满裆的“裈”。汉以来，渐行有裆之“裤”，后遂以“袍裤”合称衣裤，后又以“袍裤”指宫人、侍女之服，代指宫人、侍女，典出《汉书·外戚传》。五代后唐和凝《宫词百首》：“袍裤宫人走迎驾，东风吹送御香来。”《太平广记》卷二六七引唐张文成《朝野佥载》：“周岭南首领陈元光设客，令一袍裤行酒。光怒，令拽出，遂杀之。” (378)娇娆：艳美。 (379)饶：同“娆”，妍媚。 (380)红衫小撷（xié）臂：犹言红衫紧裹着臂膀。撷，同“襭”，本指把衣襟插在腰带上兜东西，引申为藏、裹。小，犹下文“细缠腰”之“细”，犹言紧也。(381)绿袜细缠腰：意即腰间紧束着绿色的抹胸。袜，袜胸，又称兜肚、抹胸。㊂帛子：手绢。㊃和香：将各种香料混合在一起称"和香"。㊄妍华：美丽华艳。北齐卢士深妻崔氏《靧面辞》："取白雪，取红花，与儿洗面作妍华。"㊅装束：打扮。㊆梁家妆称梳发缓：梁家梳发，东汉大将军梁冀的妻子孙寿很美丽又善于打扮，她将头发梳成一种新奇的样式，偏垂在一边，称"堕马髻"，见《后汉书·梁冀传》。㊆京兆何曾画眉曲：京兆画眉，西汉京兆尹（首都的行政长官）张敞曾为其妻画眉，并因此传为美谈，见《汉书·张敞传》。㊆藕：谐音"偶"。㊆把手子：握手。㊆解事：通晓事理。宋陆游《雷》："惟嗟妇女不解事，深屋掩耳藏婴孩。"㊆径须刚捉着，遮莫造精神：谓言你尽管握着她的手，只管振作起精神来。㊆捉：握。挽：拉，拽。㊆口子：口。㊆手子：即指"手"。从：与"任"对文义同，指任凭，听凭。把：握。回：此言抱持。㊆不中：不堪，不能。唐王建《春去曲》："老夫不比少年儿，不中数与春别离。"㊆拒张：抗拒。《宋史·李至传》："幽州为敌右臂，王师所向，彼必拒张。"㊆郁郁：芳香浓烈。㊆处分：吩咐，命令。唐白居易《过敷水》："垂鞭欲渡罗敷水，处分鸣驺且缓驱。"㊆平章：商量。唐王梵志诗一六五首："有事须相问，平章莫自专。"㊆实畏参差：实在害怕出差错。参差，差池，差错。㊆纫（yǐn）：缝合，暗指男女结合。纫，本指一种缝纫方法，将被服衣物的面和里缝在一起。宋赵叔向《肯綮录·俚俗字义》："缝衣曰纫。"㊆为勾（gòu）当：为办理此事，促成此事。㊆安稳：犹言安歇、歇息。㊆鱼灯：鱼形灯。南朝梁元帝《对烛赋》："本知龙烛应无偶，复讶鱼灯有旧名。"唐尚颜《除夜》："鱼灯延腊火，兽炭化春灰。"又，鱼烛（以人鱼油膏做的烛）亦称"鱼灯"。《史记·秦始皇本纪》："葬始皇郦山……以人鱼膏为烛，度不灭者久之。"唐曹邺《始皇陵下作》："千金买鱼灯，泉下照狐兔。" ⑤幞（fú）头：古代的一种头巾。古人以皂绢三尺裹发，有四带，两带系于脑后垂之，两带反系头上，故称"四脚"或"折上巾"，至北周武帝时裁出脚后幞发，始名"幞头"。古时幞头贵贱通用，历代多有变化。参见唐封演《封氏闻见记·巾幞》等书。 ⑥施（shǐ）绫帔：解去绫子做的披肩。施，通"弛"，解，除去。绫，一种薄而细，纹如冰凌，光如镜面的丝织品。帔，古代妇女披在肩上的衣饰。《释名·释衣服》："帔，披也。披之肩背，不及下也。"见汉刘熙《释名》。下文"解帛子，施罗巾"之"施"，亦为解、除的意思。 ⑦裈（kūn）：古代的满裆裤，别于无裆的套裤。唐颜师古注《急就篇》"裈"曰："合裆谓之裈，最亲身者也。" ⑧拍搦：拍抚。《全唐五代小说》卷八七《伍子胥》："子胥控马笼鞭，就水抱得小儿，拍搦悲啼吊问。"

⑨摩挲：抚摸。髀（bì）子：股部，大腿。 ⑩啮：咬，啃。 ⑪痠㾗（suān xī）：酸痛。《广韵·齐部》："㾗，酸㾗，疼痛。" ⑫结缭：缠结缭绕，喻心绪纷乱。 ⑬薄媚：薄媚，意为可憎、令人讨厌。唐杜甫《少年行》："马上谁家薄媚郎，临阶下马坐人床。不通姓字粗豪甚，指点银瓶索酒尝。"宋李荐《济南集》卷三《对春三首》："柳下谁家薄媚郎，立马昂头不肯去。" ⑭判自：本来，原来。南朝梁简文帝《赠丽人》："判自无相比，还来有洛神。"唐韦应物《同李二过亡友郑子故第》："斜月知何照，幽林判自芳。" ⑮今遣若为分：谓言今天让我们怎样分离？遣，让，使。若为，用于动词前作状语，询问动作行为的方式，犹言如何、怎么。唐李白《与诸公送陈郎将归衡阳》："江上送行无白璧，临歧惆怅若为分？" ⑯已后：同"以后"。 ⑰歔欷（xū xī）：叹气、抽噎声。 ⑱双凫（fú）：传说汉时王乔被任为叶县令，每月都远道去朝见汉明帝，可是明帝却从未见过其乘车马，甚以为奇，于是密令人察之。回报说当王

乔来的时候，只见有两只野鸭从东南飞来。于是明帝等王乔下次再来的时候，派人张网等在那里，网到了其中一只，可是一看却原来是王乔的一只鞋子，这才知道王乔是一位仙人。见汉应劭《风俗通》、《后汉书·方术传》。后世因以"双凫"代指鞋子。凫，野鸭。下文"双凫忽异林""双凫失伴"，皆用王乔典故。　⑲独鹤惨离弦：古琴曲有《别鹤操》，抒写别离之苦。　⑳移酲（chéng）：酒醒。病酒曰"酲"。　㉑卞和山未斫：战国时楚人卞和献玉璞给楚厉王，玉工们说是石头，厉王大怒，砍了卞和左足。楚武王即位，卞和再去献璞，又被砍掉右足。至楚文王时，卞和抱着玉璞在楚山哭了三天三夜，文王叫玉工把这块玉璞开出来，果然是一块举世无双的美玉，被称为"和氏璧"，见《韩非子·和氏》。斫，砍削的意思。　㉒羊雍地不耕：据晋干宝《搜神记》，阳伯雍住无终山，山上少水，他就自己汲水供给大家免费喝。三年后，有一个人喝了阳伯雍的水，送给他一斗石子，叫他种在地里，言可以生出玉来。后来，其地果然生出许多美玉，被称为"玉田"。　㉓琼英：原为玉名。《诗经·齐风·著》："尚之以琼英乎而。"《毛传》："琼英，美石似玉者。"此因十娘以"琼英"为名，故语意双关。　㉔凤锦：有纹饰的织品。此句暗用织锦回文的故事，据说晋窦滔为秦州刺史，被徙流沙，其妻苏蕙织锦为回文旋图诗寄之，宛转循环读之，词甚凄惋。见《晋书·列女传·窦滔妻苏氏传》。　㉕龙梭：织布梭。传说东晋陶侃年少时在雷泽这个地方打鱼，网得一个织布梭，回来后挂在墙上，忽然一阵雷雨，梭子竟化龙而去。见《晋书·陶侃传》。后因以"龙梭"作为织布梭的代称。　㉖机杼：织机。杼，织布梭。　㉗文成：本指织成带花纹的织品，因作者字"文成"，语意双关。　㉘瞿然：喜貌。《庄子·徐无鬼》："子綦瞿然喜曰：'奚若？'"唐陆德明释文引晋司马彪曰："喜貌。"　㉙南国传椰子：传说南方人以椰子代枕。　㊾东家赋石榴：传说东边地方的人以石榴代枕。　㊿两燕还相属：两燕相属，传晋时仙人鲍敬当南海太守，有一次有急事要见皇帝，于是化身进京。京城里有一人看见一对燕子飞进城门，以物掷之，燕子落地，却化成了鲍敬的一双鞋子。　㊽仙人好负局：汉刘向《列仙传》说有负局先生，语似燕、代一带的人，曾在吴地代人磨镜，并经常施药于人，原来是一位仙人。后来遂以"负局"作为磨镜或镜子的代称。南朝陈江总《方镜赋》："价珍负局，影丽高堂。"　㊼隐士屡潜观：古人相信每一种生物到了一定年龄就会成为精魅，有可能变化人形来惑人，但在镜子里却能看出它们的原形，因此深山隐居的道士，背上往往挂着一面九寸大小的镜子，以为这样就不怕妖物了。见晋葛洪《抱朴子内篇·登涉》。　㊾映水菱光散，临风竹影寒：两句也用有关镜子的典故。"菱"为水生草本植物，花白色，古人于铜镜刻菱花为饰，称"菱花镜"，后因以"菱""菱镜"作为镜的代称。此处"菱光"，语意双关。唐虞世南编《北堂书钞》卷一三六及《太平御览》卷七一七等皆引《淮南子》："高悬大镜，坐见四邻。"今本《淮南子》未见此语，然北周庾信《咏镜》有"试挂淮南竹，堪能见四邻"，唐苏味道《咏镜》亦有"挂竹光逾远，翻菱影暂移"句，因知《淮南子》原本应有"悬镜于竹可窥四邻"语。　㊾月下时惊鹊：《太平御览》卷七一七引汉东方朔《神异经》说，古代一对夫妇在分别的时候，把一面铜镜破成两半，各执一半。后来妻子变了心，她的那半片镜子就变成了一只鹊，飞回丈夫的身边，丈夫就知道了。以后人们就把鹊铸在镜子的背面，称镜为"鹊镜"，并以"鹊"代指镜。此处"惊鹊"，语意双关。　㊿池边独舞鸾：《太平御览》卷九一六引南朝宋范泰《鸾鸟诗序》说，罽宾国的国王得到一只鸾鸟，三年不鸣。王后说，鸟儿一定要见到自己的同伴才会歌唱，不妨拿一面镜子来试试看。鸾鸟在镜子里看到自己的影子，果然悲鸣起来。后来人们即以

"鸾""鸾镜"指妆镜。唐骆宾王《代女道士王灵妃赠道士李荣》："龙飙去去无消息，鸾镜朝朝减容色。"此处"舞鸾"亦双关语。 ㊼照胆：汉高祖入秦咸阳宫，见有一面广四尺的方镜，据说能照见人的五脏六腑，知病之所在，又说女子如有邪心，镜子也能照出她胆张心动。见旧题汉刘歆《西京杂记》。北周庾信《镜赋》："镜乃照胆照心，难逢难值。" ㊽合欢：本为扇名，《乐府诗集》引汉班婕妤《怨歌行》："新裂齐纨素，皎洁如霜雪。裁成合欢扇，团团似明月。"此处"合欢"语意双关。游璧水：游学。"璧水"原指太学。南朝梁何逊《七召·治化》："璧水道庠序之风，石渠启珪璋之盛。"宋吴自牧《梦梁录·学校》："古者天子之有学，谓之'成均'，又谓之'上庠'，亦谓之'璧水'。" ㊾同心：也是扇名。《晋东宫旧事》曰："皇太子初拜，供漆要扇、青竹扇、黄竹扇。纳妃，同心扇三十，单竹扇二十。" ㊿鸾姿侵雾起，鹤影排空发：皆从扇子的名称发挥。鸾姿，古人称羽扇为"鸾扇"。唐李商隐《念远诗》："皎皎非鸾扇，翘翘失凤簪。"鹤影，古人也以"鹤扇"称羽扇。唐温庭筠《晓仙谣》："遥遥珠帐连湘烟，鹤扇如霜金仙骨。" ㊶益州：唐益州治所在今四川成都。蜀锦在当时很有名。 ㊷片子信：犹言一点点信物。片子，一点点，少量。南朝陈徐陵《谏仁山深法师罢道书》："譬如瓦砾盈路，人所不惊；片子黄金，万夫息步。" ㊸滑州：唐代滑州治所在白马（今河南滑县东）。 ㊹行李：此为"行旅"的意思。汉蔡琰《胡笳十八拍》："追思往日兮行李难，六拍悲来兮欲罢弹。" ㊺比目绝对：比目鱼失对。旧谓比目鱼须两两相并始能游行。《尔雅·释地》："东方有比目鱼焉，不比不行，其名谓之鲽。"因以"比目"喻男女形影不离。三国魏徐干《室思》诗："故如比目鱼，今隔如参辰。"

离 魂 记

陈 玄祐

天授三年①,清河张镒②,因官家于衡州③。性简静,寡知友。无子,有女二人。其长早亡,幼女倩娘,端妍绝伦④。镒外甥太原王宙⑤,幼聪悟,美容范⑥。镒常器重,每曰:"他时当以倩娘妻之。"后各长成,宙与倩娘常私感想于寤寐⑦,家人莫知其状。

后有宾寮之选者求之⑧,镒许焉。女闻而郁抑⑨,宙亦深恚恨⑩。托以当调⑪,请赴京。止之不可,遂厚遣之。

宙阴恨悲恸,决别上船。日暮,至山郭数里⑫。夜方半,宙不寐。忽闻岸上有一人行声甚速,须臾至船。问之,乃倩娘徒行跣足而至⑬。宙惊喜发狂,执手问其从来,泣曰:"君厚意如此,寝食相感。今将夺我此志⑭,又知君深情不易⑮,思将杀身奉报,是以亡命来奔⑯。"宙非意所望,欣跃特甚。遂匿倩娘于船,连夜遁去。倍道兼行⑰,数月至蜀。

凡五年,生两子,与镒绝信。其妻常思父母,涕泣言曰:"吾曩日不能相负⑱,弃大义而来奔君⑲。向今五年⑳,恩慈间阻㉑,覆载之下㉒,胡颜独存也㉓?"宙哀之,曰:"将归,无苦。"遂俱归衡州。

既至，宙独身先至镒家，首谢其事㉔。镒曰："倩娘病在闺中数年，何其诡说也㉕？"宙曰："见在舟中㉖。"镒大惊，促使人验之。果见倩娘在船中，颜色怡畅㉗。讯使者曰："大人安否？"家人异之，疾走报镒。室中女闻，喜而起，饰妆更衣，笑而不语，出与相迎，翕然而合为一体，其衣裳皆重。

其家以事不正，秘之。惟亲戚间有潜知之者。后四十年间，夫妻皆丧。二男并孝廉擢第㉘，至丞、尉㉙。

玄祐少常闻此说，而多异同，或谓其虚。大历末㉚，遇莱芜县令张仲规㉛，因备述其本末。镒则仲规堂叔，而说极备悉，故记之。

[评析]

本篇作者陈玄祐生平未详，据篇末"大历末"语，知其曾生活于代宗大历（766—779）时。

人有肉体，还有精神，或者称为灵魂，这是自远古以来人类一种比较普遍的认知，无论东方和西方，概莫能外。故《左传·昭公七年》有"匹夫匹妇强死，其魂魄犹能冯（凭）依于人，以为淫厉"的说法，《楚辞·招魂》有"魂兮归来"的诗句。古希腊奥尔菲斯教派与毕达哥拉斯也讲到灵魂问题，并提出灵魂不死与转世，柏拉图甚至以此作为知识来源于回忆的证据。但关于这种精神（或灵魂）与肉体关系的认识，亘古以来人们一直不能统一。《荀子·天论》以为"形具而神生"，精神产生于肉体，依附于肉体；《管子·内业》则认为人是"天出其精，地出其形"，精神与肉体可分可合，颇类于后来西方笛卡儿的物质实体与精神实体并存的二元论。处于中国古代文化主流位置的儒家本来不太重视这类形而上的问题，一如他们不太关心"彼岸世界"一样，但这一点恰恰让宗教钻了空子。汉季以降，佛教东传，道教也因之而起。他们所虚构出来的"彼岸世界"为原本依附于肉体存在的精神以独立存在的空间，并因而使"神不灭"说得到张扬，所以尽管南朝时有范缜著《神灭论》，舍命与之辩论，也不能阻止这类思想的传播。于是遂有佛教地狱轮回之论、道教"三魂七魄"之说的泛滥。

就我们今天的理性认识而言，所谓彼岸世界，所谓能脱离肉体存在的灵魂之类的说法，当然不足凭信。但这种说法对古代文学创作来说，却扩大了思维空间，使人们得以展开想象的翅膀，而这正是魏晋六朝"志怪"之文得以兴起的契机之一。灵魂能够脱离肉体，并能摆脱外在力量对肉体的羁縻，按照自己的意愿行动，不能不说是一个美妙的想象。南朝宋时刘义庆《幽明录》中有一篇《庞阿》，已经写到灵魂与肉体的分离：

> 巨鹿有庞阿者，美容仪。同郡石氏有女，曾内睹阿，心悦之。未几，阿见此女来诣阿。阿妻极妒，闻之，使婢缚之，送还石家。中路，遂化为烟气而灭。婢乃直诣石家，说此事。石氏之父大惊曰："我女都不出门，岂可毁谤如此！"阿妇自是常加意伺察之。居一夜，方值女在斋中，仍自拘执，以诣石氏。石氏父见之，愕眙曰："我适从内来，见女与母共作，何得在此？"即令婢仆于内唤女出。向所缚者，奄然灭焉。父疑有异，故遣其母诘之。女曰："昔年庞阿来厅中，曾窃视之。自尔仿佛，即梦诣阿。及入户，即为妻所缚。"石曰："天下遂有如此奇事？"夫精情所感，灵神为之冥著，灭者盖其魂神也。既而女誓心不嫁。经年，阿妻忽得邪病，医药无征，阿乃授币石氏女为妻。（据《太平广记》卷三五八辑录）

灵魂脱离肉体直奔所爱，这篇《庞阿》无疑是《离魂记》的先导。我们之所以认为《庞阿》只是"粗陈梗概"的记异志怪之文，而《离魂记》才是作为叙事艺术的小说，在于前者仅在记异，而后者的"离魂"已经被组织进一个因果毕具的故事，并成为小说完整艺术逻辑的一环。本篇情节并不复杂，但作者已经注意到了对故事情节进程的把握和人物行动、心理的描写。倩娘抗婚而魂奔王宙，声称"君厚意如此，寝食相感。今将夺我此志，又知君深情不易，思将杀身奉报，是以亡命来奔"。五年后又常思父母，涕泣言曰："吾曩日不能相负，弃大义而来奔君。向今五年，恩慈间阻，覆载之下，胡颜独存也？"思爱与思亲本为人类所共有的情感，精诚所动而魂离躯体，固然离奇，然而情切思深，则心驰神往，本来就符合人的感情及心理活动。至于灵魂与肉体"翕然而合为一体，其衣裳皆重"的细节，则使怪异不经之事与现实生活巧妙榫接，产生了一种艺术合理性。要而言之，《离魂记》创造了一种特定的生活情境，并使这一包含超自然情节的故事成为某种社会生活现象的艺术概括，我们既能从中体会到故事的某些寓意，同时也感觉到了作者的蓄意经营。

虽然与唐人小说的一些最好的作品相比，本篇形象相对比较单薄，缺乏对生活深入底里的描摹，但它提供了一种故事范型，甚至一种艺术思维的导向，所以当时和后世都对其颇为注意，并造成了较大的影响。宋人秦观将《离魂记》故事形于歌咏（《调笑令》）。金代有《离魂倩女》诸宫调（见《董西厢》卷一）。宋元南戏有《王家府倩女离魂》（明沈璟《南九宫十三调曲谱》卷四引）。元代郑光祖、赵公辅都作有《倩女离魂》杂剧，郑作题为《迷青琐倩女离魂》，现存于《元曲选》中。已经亡佚的有明代王骥德《倩女离魂》（《远山堂剧品》著录）和谢廷谅《离魂记》（《传奇汇考标目》著录）等传奇剧本，据说亦都是以《离魂记》故事为题材的创作。小说中受其影响最显著的是明初瞿佑的文言小说《金凤钗记》（见《剪灯新话》），基本沿本篇思路所创作。明末凌濛初又把《金凤钗记》改编为白话小说，刊于《拍案惊奇》一书中。至于其他小说、戏曲借用其构思作为情节进程的关目则更为习见。

本篇原文最早见于《太平广记》卷三五八，题《王宙》，文末原有"事出陈玄祐《离魂记》云"九字，当为《太平广记》编者所加。另外，《崇文总目》等书目亦著录，因知作品原名及作者。此据李时人编校《全唐五代小说》（中华书局，2014年修订版）卷一九校录。

[注释]

①天授三年：公元692年。公元690年，执政的唐高宗皇后武则天代唐，改国号为周，年号天授，至三年，又改元为如意、长寿，故"天授三年"即如意元年、长寿元年。　②清河张镒：唐人常于姓名前冠以郡望，此"清河"亦当为张镒之郡望。清河，古郡名，汉置，治在清阳（今河北清河县东南），辖地约当现在河北的清河、枣强，山东的夏津、高唐、临清、武城等地方，后屡有废置。　③因官家于衡州：因在衡州做官而在衡州住家。隋置衡州于衡阳县（今属湖南），大业初改为衡山郡，唐武德时复为衡州，天宝元年（742）改为衡阳郡，乾元初复为衡州，治所未变。　④端妍：端庄美丽。《南史·宋始兴王濬传》："濬少好文籍，资质端妍。"　⑤太原王宙：此处"太原"亦当指王宙的郡望，"太原王氏"为唐代"五姓七族"之一。太原，古郡名，始置于战国秦庄襄王，治所在晋阳（今山西太原西南），后屡有废置。唐武德元年（618）改太原郡为并州，至开元十一年（723）又改并州为太原府，治所未变。　⑥容范：容貌风范。《晋书·魏舒传》："舒容范闲雅。"　⑦寤寐：睡与醒，代指日夜。《诗经·周南·关雎》："窈窕淑女，寤寐求之。"《毛传》："寤，觉；寐，寝也。"唐钱起《秋夜作》："寤寐怨佳期，美人隔霄汉。"

⑧宾寮之选者：谓宾客僚属中赴吏部铨选的人。寮，同"僚"。唐有

"铨选"制,科考中试或要求升迁的下级官吏,都要在规定的日期去首都长安参加吏部的考试,决定授官或升、降、调官。之,往;选,铨选。唐代负责铨选官吏者为吏部,汉代曾置选部负责铨选官吏,三国魏始改为吏部,故吏部又称"选部"。 ⑨郁抑:忧愤郁结,忧懑压抑。宋司马光《乞去新法之病民伤国者疏》:"臣之寸诚,无由披露,郁抑愤懑,自谓终天。" ⑩恚(huì)恨:怨恨。 ⑪当调:谓到了"调官"的日期,也即到了参加吏部铨选的日期。 ⑫至山郭数里:此谓到达数里外的山脚下。山郭,山脚。唐杜甫《秋兴》之三:"千家山郭静朝晖,日日江楼坐翠微。" ⑬跣(xiǎn):赤脚。唐代习惯,人们在室内不穿鞋子,入室时将鞋子脱放于门口。这里说倩娘连鞋子也没有穿,既言其来之急促匆忙,也强调其是偷跑出来的。 ⑭夺我此志:强迫我改变这一意志。强迫别人改变意志,称"夺志"。《论语·子罕》:"三军可夺帅也,匹夫不可夺志也。" ⑮深情不易:深情而不改变。 ⑯亡命:逃亡。古代称抛弃名籍逃亡为"亡命"。《史记·张耳陈余列传》:"尝亡命游外黄。"北魏崔浩注云:"亡,无也。命,名也。逃匿则削除名籍,故以逃为亡命。"此指放弃家庭逃出来。奔:古代称女子未经"父母之命、媒妁之言"私自与男子结合为"奔"。《周礼·地官·媒氏》:"中春之月,令会男女,于是时也,奔者不禁。" ⑰倍道兼行:犹言加快速度,日夜赶路。《孙子·军争》:"卷甲而趋,日夜不处,倍道兼行,百里而争利。" ⑱曩日:昔日,从前。 ⑲大义:正道,大道理。《周易·家人》:"《象》曰:家人女正位乎内,男正位乎外,男女正,天地之大义。" ⑳向今:至今。 ㉑恩慈间(jiàn)阻:与父母隔离。恩慈,指父母。 ㉒覆载之下:犹言生于天地之间。《礼记·中庸》:"天之所覆,地之所载。" ㉓胡颜:犹言有何颜面,意谓愧疚之极。胡,何。语出三国魏曹植《上责躬应诏诗表》："忍垢苟全，则犯诗人胡颜之讥。"《诗经·鄘风·相鼠》："人而无礼，胡不遄死？"又《诗经·小雅·巧言》："巧言如簧，颜之厚矣。"曹诗"胡颜"或合二诗意而成。　㉔谢：谢过，赔罪。　㉕何其诡说：为什么这样胡说。诡说，说谎，胡说。　㉖见：同"现"。　㉗怡畅：喜悦欢畅。　㉘孝廉擢第：汉代选官实行荐举制，由地方行政官员保举地方上品行卓著者去做官，称"举孝廉"。《汉书·武帝纪》："元光元年冬十一月初令郡国举孝廉各一人。"注云："孝谓善事父母者，廉谓清洁有廉隅者。"唐代用科举取士，但宝应二年（763）曾一度恢复举孝廉的办法，规定"每州每岁察孝廉，取在乡闾有孝弟廉耻之行荐焉。委有司以礼待之，试其所通之学，五经之内，精通一经，兼能对策，达于治体者，并量行业授官。"（《唐会要》卷七六）虽也由地方荐举，但还要经过中央政府有关部门组织的科考，与汉代举孝廉制度不完全相同。未详这里所说的"孝廉"，是指一度恢复的"孝廉"科（时间恰合），还是仅泛指州郡荐举应考，因为唐代参加科举，也要有地方州郡的荐举。擢第，考试中式。　㉙丞、尉：县丞和县尉，皆为县令的属吏。县丞，协助县令处理政务，是县里仅次于县令的行政官员。县尉，负责管理县内治安等事务的官员。按：本句下原有"事出陈玄祐《离魂记》云"九字，当为原《太平广记》编者所加的按语，故删去。　㉚大历：唐代宗李豫年号（766—779）。　㉛莱芜：今山东莱芜。县令：县的行政长官。

任氏传

沈既济

任氏,女妖也。

有韦使君者①,名崟,第九②,信安王祎之外孙③。少落拓④,好饮酒。其从父妹婿曰郑六⑤,不记其名,早习武艺,亦好酒色。贫无家,托身于妻族,与崟相得,游处不间⑥。

天宝九年夏六月⑦,崟与郑子偕行于长安陌中⑧,将会饮于新昌里⑨。至宣平之南⑩,郑子辞有故,请间去⑪,继至饮所。崟乘白马而东。郑子乘驴而南,入升平之北门⑫。偶值三妇人行于道中,中有白衣者,容色姝丽⑬。郑子见之惊悦,策其驴⑭,忽先之,忽后之,将挑而未敢⑮。白衣时时盼睐⑯,意有所受⑰。郑子戏之曰:"美艳若此,而徒行⑱,何也?"白衣笑曰:"有乘不解相假⑲,不徒行何为?"郑子曰:"劣乘不足以代佳人之步,今辄以相奉⑳。某得步从,足矣。"相视大笑。同行者更相眩诱㉑,稍已狎昵㉒。郑子随之东,至乐游园㉓,已昏黑矣。见一宅,土垣车门㉔,室宇甚严㉕。白衣将入,顾曰"愿少踟蹰"而入㉖。女奴从者一人,留于门屏间㉗,问其姓第㉘。郑子既告,亦问之。对曰:"姓任氏,第二十。"

少顷,延入。郑絷驴于门,置帽于鞍。始见妇人年三十余,与之承迎㉙，即任氏姊也。列烛置膳，举酒数觞㉚。任氏更妆而出，酣饮极欢。夜久而寝。其妍姿美质，歌笑态度，举措皆艳，殆非人世所有。将晓，任氏曰："可去矣。某兄弟名系教坊㉛，职属南衙㉜，晨兴将出，不可淹留。"乃约后期而去。

既行，及里门㉝，门扃未发㉞。门旁有胡人鬻饼之舍㉟，方张灯炽炉㊱。郑子憩其帘下，坐以候鼓㊲，因与主人言。郑子指宿所以问之曰："自此东转，有门者，谁氏之宅？"主人曰："此隤墉弃地㊳，无第宅也。"郑子曰："适过之㊴，曷以云无？"与之固争。主人遽悟㊵，乃曰："吁！我知之矣。此中有一狐，多诱男子偶宿㊶，尝三见矣。今子亦遇乎？"郑子赧而隐曰㊷："无。"质明㊸，复视其所，见土垣车门如故。窥其中，皆蓁荒及废圃耳㊹。既归，见崟。崟责以失期㊺。郑子不泄，以他事对。然想其艳冶，愿复一见之心，尝存之不忘。

经十许日，郑子游。入西市衣肆㊻，瞥然见之㊼，曩女奴从㊽。郑子遽呼之㊾。任氏侧身周旋于稠人中以避焉㊿。郑子连呼前迫，方背立，以扇障其面，曰："公知之，何相迫焉？"郑子曰："虽知之，何患(51)？"对曰："事可愧耻，难施面目(52)。"郑子曰："勤想如是，忍相弃乎？"对曰："安敢弃也，惧公之见恶耳。"郑子发誓，词旨益切。任氏乃回眸去扇(53)，光彩艳丽如初。谓郑子曰："人间如某之比者非一(54)，公自不识耳，无独怪也。"郑子请之与叙欢。对曰："凡某之流，为人恶忌者，非他，为其伤人耳。某则不然。若公未见恶，愿终己以奉巾栉(55)。"郑子许与谋栖止。任氏曰："从此而东，大树出于栋间者，门巷幽静，可税以居(56)。前时自宣平之南，乘白马而东者，非君妻之昆弟乎㊼？其家多什器㊽，可以假用㊾。"是时崟伯叔从役于四方㊿，三院什器，皆贮藏之。

郑子如言访其舍，而诣崟假什器。问其所用，郑子曰："新获一丽人，已税得其舍，假其以备用。"崟笑曰："观子之貌，必获诡陋㊿，何丽之绝也？"崟乃悉假帷帐榻席之具，使家僮之惠黠者㊿，随以觇之㊿。俄而奔走返命，气吁汗洽㊿。崟迎问之："有乎？"曰："有。"又问："容若何？"曰："奇怪也！天下未尝见之矣。"崟姻族广茂㊿，且夙从逸游㊿，多识美丽。乃问曰："孰若某美㊿？"僮曰："非其伦也㊿。"崟遍比其佳者四五人，皆曰："非其伦。"是时吴王之女有第六者㊿，则崟之内妹㊿，秾艳如神仙，中表素推第一㊿。崟问曰："孰与吴王家第六女美？"又曰："非其伦也。"崟抚手大骇曰㊿："天下岂有斯人乎？"遽命汲水澡颈，巾首膏唇而往㊿。

既至，郑子适出。崟入门，见小僮拥彗方扫㊿，有一女奴在其门，他无所见。征于小僮㊿。小僮笑曰："无之。"崟周视室内，见红裳出于户下。迫而察焉，见任氏戢身匿于扇间㊿。崟引出㊿，就明而观之，殆过于所传矣。崟爱之发狂，乃拥而凌之㊿，不服。崟以力制之，方急，则曰："服矣。请少回旋㊿。"既纵，则捍御如初㊿。如是者数四。崟乃悉力急持之，任氏力竭，汗若濡雨㊿。自度不免㊿，乃纵体不复拒抗，而神色惨变。崟问曰："何色之不悦？"任氏长叹息曰："郑六之可哀也！"崟曰："何谓？"对曰："郑生有六尺之躯，而不能庇一妇人，岂丈夫哉！且公少豪侈㊿，多获佳丽，逾某之比者众矣。而郑生，穷贱耳。所称惬者㊿，唯某而已。忍以有余之心，而夺人之不足乎？哀其穷馁㊿，不能自立，衣公之衣，食公之食，故为公所系耳⁸⁶。若糠糗可给⁸⁷，不当至是。"崟豪俊有义烈，闻其言，遽置之。敛衽而谢曰⁸⁸："不敢。"俄而郑子至，与崟相视咍乐⁸⁹。

自是，凡任氏之薪粒牲饩⁹⁰，皆崟给焉。任氏时有经过，出入或车马舆步⁹²，不常所止⁹³。崟日与之游，甚欢。每相狎暱，无所不至，唯不及乱而已⁹⁴。是以崟爱之重之，无所吝惜，一食一饮，未尝忘焉。任氏知其爱己，因言以谢曰："愧公之见爱甚矣。顾以陋质⁹⁵，不足以答厚意。且不能负郑生，故不得遂公欢。某，秦人也⁹⁶，生长秦城，家本伶伦⁹⁷，中表姻族，多为人宠媵⁹⁸，以是长安狭斜⁹⁹，悉与之通。或有姝丽，悦而不得者，为公致之可矣。愿持此以报德。"崟曰："幸甚！"

鬻中有鬻衣之妇曰张十五娘者⁽¹⁰⁰⁾，肌体凝洁，崟常悦之，因问任氏识之乎。对曰："是某表娣妹¹⁰¹，致之易耳。"旬余，果致之。数月厌罢。任氏曰："市人易致，不足以展效¹⁰²。或有幽绝之难谋者¹⁰³，试言之，愿得尽智力焉。"崟曰："昨者寒食¹⁰⁴，与二三子游于千福寺¹⁰⁵。见刁将军缅张乐于殿堂。有善吹笙者，年二八，双鬟垂耳，娇姿艳绝。当识之乎？"任氏曰："此宠奴也。其母即妾之内姊也。求之可也。"崟拜于席下，任氏许之。乃出入刁家。月余，崟促问其计，任氏愿得双缣以为赂¹⁰⁶，崟依给焉。后二日，任氏与崟方食，而缅使苍头控青骊¹⁰⁷，以迓任氏¹⁰⁸。任氏闻召，笑谓崟曰："谐矣¹⁰⁹。"初，任氏绐宠奴以病，针饵莫减¹¹⁰。其母与缅忧之方甚，将征诸巫¹¹¹。任氏密赂巫者，指其所居，使言从就为吉¹¹²。及视疾，巫曰："不利在家，宜出居东南某所，以取生气¹¹³。"缅与其母详其地，则任氏之第在焉。缅遂请居。任氏谬辞以逼狭⑭，勤请而后许。乃辇服玩⑮，并其母偕送于任氏。至，则疾愈。未数日，任氏密引崟以通之，经月乃孕。其母惧，遽归以就缅，由是遂绝。

他日，任氏谓郑子曰："公能致钱五六千乎？将为谋利。"郑子曰："可。"遂假求于人，获钱六千。任氏曰："鬻马于市者，马之股有疵，可买以居之⑯。"郑子如市⑰，果见一人牵马求售者，眚在左股⑱。郑子买以归，其妻昆弟皆嗤之，曰："是弃物也。买将何为？"无何，任氏曰："马可鬻矣。当获三万。"郑子乃卖之。有酬二万，郑子不与。一市尽曰："彼何苦而贵买，此何爱而不鬻？"郑子乘之以归，买者随至其门，累增其估⑲，至二万五千也，不与，曰："非三万不鬻。"其妻昆弟聚而诟之⑳，郑子不获已，遂卖，卒不登三万㉑。既而密伺买者，征其由，乃昭应县之御马疵股者㉒，死三岁矣，斯吏不时除籍㉓。官征其估㉔，计钱六万。设其以半买之，所获尚多矣。若有马以备数，则三年刍粟之估㉕，皆吏得之。且所偿盖寡，是以买耳。

任氏又以衣服故弊㉖，乞衣于崟。崟将买全彩与之㉗。任氏不欲，曰："愿得成制者。"崟召市人张大为买之，使见任氏，问所欲。张大见之，惊谓崟曰："此必天人贵戚，为郎所窃。且非人间所宜有者，愿速归之，无及于祸。"其容色之动人也如此。竟买衣之成者而不自纫缝也，不晓其意。

后岁余，郑子武调㉘，授槐里府果毅尉㉙，在金城县㉚。时郑子方有妻室，虽昼游于外，而夜寝于内，多恨不得专其夕。将之官㉛，邀与任氏俱去。任氏不欲往，曰："旬月同行，不足以为欢。请计给粮饩,端居以迟归[132]。"郑子恳请,任氏愈不可。郑子乃求鉴资助。鉴与更劝勉,且诘其故。任氏良久曰:"有巫者言某是岁不利西行,故不欲耳。"郑子甚惑也,不思其他,与鉴大笑曰:"明智若此,而为妖惑,何哉!"固请之,任氏曰:"倘巫者言可征[133],徒为公死,何益?"二子曰:"岂有斯理乎?"恳请如初。任氏不得已,遂行。鉴以马借之,出祖于临皋[134],挥袂别去[135]。

信宿至马嵬[136]。任氏乘马居其前,郑子乘驴居其后,女奴别乘,又在其后。是时西门圉人教猎狗于洛川[137],已旬日矣。适值于道,苍犬腾出于草间。郑子见任氏欻然坠于地[138],复本形而南驰。苍犬逐之。郑子随走叫呼,不能止。里余,为犬所获。郑子衔涕出囊中钱[139],赎以瘗之[140],削木为记。回睹其马,啮草于路隅,衣服悉委于鞍上,履袜犹悬于镫间,若蝉蜕然[141]。唯首饰坠地,余无所见。女奴亦逝矣。

旬余,郑子还城。鉴见之喜,迎问曰:"任子无恙乎?"郑子泫然对曰:"殁矣。"鉴闻之亦恸,相持于室[142],尽哀。徐问疾故。答曰:"为犬所害。"鉴曰:"犬虽猛,安能害人?"答曰:"非人。"鉴骇曰:"非人,何者?"郑子方述本末。鉴惊讶叹息不能已。明日命驾[143],与郑子俱适马嵬,发瘗视之,长恸而归。追思前事,唯衣不自制,与人颇异焉。

其后郑子为总监使[144],家甚富,有枥马十余匹[145]。年六十五,卒。大历中[146],沈既济居钟陵[147],尝与鉴游,屡言其事,故最详悉。后鉴为殿中侍御史[148],兼陇州刺史[149],遂殁而不返。

嗟乎,异物之情也有人道焉!遇暴不失节,徇人以至死[150],虽今妇人，有不如者矣。惜郑生非精人㊁，徒悦其色而不征其情性。向使渊识之士，必能揉变化之理，察神人之际，著文章之美，传要妙之情㊂，不止于赏玩风态而已。惜哉！

建中二年㊃，既济自左拾遗㊄，于金吾将军裴冀㊅、京兆少尹孙成㊆、户部郎中崔需㊇、右拾遗陆淳㊈，皆谪居东南㊉，自秦徂吴㊊，水陆同道。时前拾遗朱放㊋，因旅游而随焉。浮颍涉淮㊌，方舟沿流㊍，昼宴夜话，各征其异说。众君子闻任氏之事，共深叹骇，因请既济传之，以志异云。沈既济撰。

[评析]

本篇作者沈既济，吴兴德清（今浙江德清）人。曾举进士，试太常寺协律郎。大历十四年（779）五月，德宗即位，八月以杨炎为相。杨炎荐既济"才堪史任"，召拜左拾遗、史馆修撰。建中二年（781）炎遭贬赐死，既济坐贬处州司户参军。建中四年（783）德宗离京避朱泚之乱，次年还京，考功郎中充翰林学士陆贽上书荐既济等十三人，始得还朝为礼部员外郎。其卒年大约在贞元二年（786）左右（岑仲勉《郎官石柱题名新考订》）。生平事迹《旧唐书》于其子沈传师传下略载，《新唐书》改以既济名立传。既济以博通群籍、工于史笔为时所称，《新唐书·艺文志》著录其《建中实录》十卷、《选举志》十卷，皆不传。《宋史·艺文志》记其《江淮记乱》一卷，《通鉴考异》引有佚文。《全唐文》收其文六篇。小说传世除本篇外，尚有《枕中记》。

本篇明确交代了写作的时间和创作过程。其中提到的一些官员如裴冀、孙成、崔需（儒）、陆淳等，都实有其人，并都是因受杨炎案牵连，与作者同时遭贬的。小说中所写到的一些人物，如说当事人韦崟（yín）

是太宗第三子吴王李恪的孙子信安郡王李祎的外孙。李祎的弟弟李祗和李祗的儿子李巘都袭封吴王，故小说中说"吴王之女第六者"，当指李巘之女，正是韦崟的表妹，都是于史可征的。其又言韦崟后来官做到殿中侍御史、陇州刺史，亦与《新唐书·宰相世袭表四上》及《元和姓纂》卷二相合。作者甚至说到自己大历中居钟陵，"尝与崟游，屡言其事，故最详悉"。作者所言，既可能是小说家托言以征信的伎俩，也可能并非全部是假托，不能完全排除本篇小说所述故事有一定的本事作为创作的基础。但即使是后者，也绝不是说这篇小说是一个传闻故事的记录，如果以为本文作者像魏晋六朝志怪文作者那样，只不过充当了"鬼之董狐"，那可就错了。小说之所以被称为文学，就在于它与一般传闻故事的记录不同，虽然故事往往是小说的基础。然而再离奇生动的故事，如果没有作者从自己的审美观出发，并使用一定的艺术手段进行处理，从而表现出自己对生活的认知、评价以及自己的审美情趣，都不可能成为真正的小说艺术。这篇《任氏传》之所以能在中国古代文言短篇小说中成为一篇杰作，关键就在于作者不仅在作品中寄托了自己的生活和美学理想，而且还无师自通地彻悟了小说艺术的奥秘。

小说的第一要素是人物，作品中没有塑造成功的人物，也就没有作为创作主体的作家自己，即没有风格。人物是小说作品成为真正艺术品的灵魂，不仅作品之高下优劣由此判分，作家的精神面貌、人生态度、人品情操、感情倾向，都可以在他的小说中得到反映。"任氏，女妖也。"作者一开始就告诉读者本篇中女主角的身份。但任氏女妖、妖狐的身份，在整篇小说中并不重要。作者之所以要首先提出任氏的女妖身份，无非是要将读者的视线焦聚于女主角身上，为了强调其卓异特出而已。其实，即使在本篇中删去任氏出现和死去等少数怪异的情节，也无损于小说的完整和人物的性格。在作者笔下，任氏既是一个容颜绝世的尤物，又是有非凡智慧和情操的奇女子。她的美貌和性格都是用生活情节烘染出来的。任氏之美是通过郑六的观察，通过韦崟与其所熟知的周围其他美人的比较，通过市人张大的错误推断，层层敷色皴凸出来的；她的智慧是从她的处事中流露出来的；她的情操则是在与郑六、韦崟的关系中表现出来的。小说中的韦崟是任氏与郑六关系的第三者，但与任、韦有关的情节却超过了郑六，隐然成了全篇的主线，而借韦、任关系所呈现出来的精神内容亦更为耀眼。郑六爱任氏之美，并不以"异类"见憎，任氏报答以真挚的爱。韦崟也倾倒于任氏的美色，胁迫她，企图占有她，任氏则坚决地拒绝了他。韦崟为她的义气所感动，不像通常求欢不遂而恼羞为怒，反而对其敬爱备至。而后，随着情节的推进，任氏与韦崟产生了极亲密的关系，任氏心里对于韦崟也不无以性爱回报的愿望，但双方保持着一种克制了肉欲需求的情感，"每相狎暱，无所不至，唯不及乱"，维系着一种非基于床笫之私而仅限于精神交流的关系。

中国小说涉及男女情爱主题的，其指向大都是婚姻，此外就是婚外恋，男女情爱无不与肉体的结合有关。本篇第一次把两性关系中不以肉体结合为归依的精神关系引入了小说，并赋予了这种关系以人性的内容。任氏的忠贞于郑生，是不能以通常的礼教贞节观念视之的，她没有守贞的身份和义务。她的不愿意屈从于韦公子，只是坚守一种情爱关系的道德，扩而言之，也可以说是坚守一种人际关系的道德，从而保持了自己的人格独立，维护了自己作为人的尊严和价值。

在这篇小说中，环绕着人物的是唐代中上层社会男性成员冶游生活的风俗画，活跃于其中的纯然是现实生活中的人物。郑六好色而诚直，却未免有些平庸，韦崟好色强梁，又不乏肝胆义烈的一面，都是那个时代活生生的人物。任氏当然也不是圣女，只是她坚持、捍卫自己独立人格的行为，给这样一位被视为异类的女妖平添上了几乎是圣洁的光辉。像韦崟这样一个纵情于冶游场中的贵公子，正是在任氏人格力量的感召下，升华了自己的感情，进入了一个较高的精神境界。小说中，作者曾发出这样的慨叹："嗟乎，异物之情也有人道焉！遇暴不失节，徇人以至死，虽今妇人，有不如者矣。"有人据此并联系沈既济的生平经历，以为作者创作这篇小说是为了政治讽喻，并认为作者实际上是故意将其所倾心的人物涂饰上一层怪异色彩。经历过种种宦海风波的沈既济，假一个不以富贵淫威而移其情的任氏，表达自己的一种"遇暴不失节，徇人以至死"的操守，固然不无可能。但如果将这篇小说的寓意仅限于一种政治操守的标榜，则未免太狭窄了。更何况这种政治索隐，猜测的成分很大。因此，读这篇小说，与其去猜测索隐的政治寓意，实不如去体味呈现于小说形象中的生活内容和美学意蕴。

妖狐化为美女的传说，魏晋六朝志怪文已经有载。《玄中记》曾说："狐五十岁能变化为妇人，百岁为美女。"不过，六朝志怪文所记传闻中的狐精，多半为害于人，且故事情节皆十分简单。唐人所写的狐怪，才更多地掺入人间情事。略早于沈既济的戴孚《广异记》中有《李黁》《李参军》两篇写狐女的故事（见《全唐五代小说》卷一八）。李黁所娶的郑氏和李参军所娶的萧氏女皆为妖狐。前者"性婉约，多媚黠风流"，后死于土穴中，"衣服脱卸如蜕"；后者亦姝美妖媚，竟如任氏一样是被狗咬死的。这两篇文字虽然远比六朝狐怪故事叙写宛曲，然而故事主要还是从狐女的异类特征生发的，并没有蕴含多少社会生活内容。本篇对任氏的描写，虽然在一些地方继承了以前的"文学传统"，但这篇小说不是简单的叙事，而是在其突出的形象描写中蕴含着对社会人生的理解、爱憎和评价。作家在以作品的形象感染读者的同时,也以蕴含于形象中的作家自己的思想感情影响读者,从而形成一种内容与形式统一的、真正的小说艺术。

作者在本篇中提出:"揉变化之理,察神人之际,著文章之美,传要妙之情。"在相当程度上可视为唐代小说家对小说创作的理解,在这个意义上,将沈既济看作是唐人小说创作理论的旗手,似亦不为过分。另外,作者所言"异物之情也有人道",形成一种小说艺术思维的方法,对后世中国古代小说创作亦有很大的影响,最明显和最直接的便是后来蒲松龄《聊斋志异》所创造的许多有关狐女的篇章,其他文言和白话小说也都直接或间接地受到其影响。

据载,金元时有《郑六遇狐妖》大曲(见元关汉卿《杜蕊娘智赏金钱池》杂剧楔子),又有《郑子遇狐妖》诸宫调(见《董解元西厢记》卷一)。但本篇小说所传达的唐人观念情致,实是后世难于理解和接受的。其独特的小说表现方法,也是戏曲所不能模拟的。唐人小说中的名篇,如沈既济的另一篇作品《枕中记》,以及《李娃传》《莺莺传》等,几乎无不被后世改编为戏曲剧本,唯本篇使后世的戏曲作家不敢措手。至清代始有崔应阶取本篇故事为题材,作《情中幻》杂剧(见庄一拂《古典戏曲存目汇考》),剧本已佚,于佚文可见作者实也未能表现小说之精要。

本篇原文见于《太平广记》卷四五二,题《任氏》,署沈既济撰。宋曾慥辑《类说》卷二八节本《异闻集》收本篇,题《任氏传》,知原题乃尔。此据李时人编校《全唐五代小说》(中华书局,2014年修订版)卷一九校录。

[注释]

①使君:汉以来对刺史、州郡等地方行政长官的尊称,以其为皇帝特

派的使臣。本文中写韦崟后来做了陇州刺史，故以"使君"称之。 ②第九：兄弟里排行第九。唐人习惯，对人以行第（就是排行）相称，不说名字，又往往同祖、同曾祖堂兄弟、姊妹统一排行，所以有时能排行到几十，如下文"姓任氏，第二十"。 ③信安王祎：李祎，唐太宗子吴王恪的孙子，玄宗开元十二年（724）封信安郡王（见《唐会要》卷四六），曾任礼部尚书。唐制，郡王为从一品爵，次于亲王。"信安"是一种封号，并不是要李祎去管理信安地方，也不是叫李祎收取信安地方的赋税。 ④落拓：此指性豪放，不拘小节，放荡不羁。《北史·杨素传》："素字处道，少落拓有大志，不拘小节。" ⑤从父妹：堂妹。从父，伯父、叔父。 ⑥不间（jiàn）：不离。 ⑦天宝：唐玄宗李隆基年号（742—756）。 ⑧陌中：街市里。 ⑨新昌里：即新昌坊。唐代长安城内有纵横大道，把全城隔成一百一十个方块形的区域，称"坊"，也称"里"。坊四周有围墙，每坊有两个或四个坊门，两面开门的坊内有一条直街，四面开门的坊内有两条直街成十字交叉，坊内还有许多小的街巷。坊也有名称，下文宣平、升平皆坊名。新昌坊在长安城东延兴门旁。 ⑩宣平：长安坊名，在新昌坊西。 ⑪请间去：请求离开一会儿。 ⑫升平：长安坊名，是宣平坊南面的邻坊。 ⑬姝丽：美丽。《后汉书·皇后纪上·和熹邓皇后》："后长七尺二寸，姿颜姝丽，绝异于众。" ⑭策：鞭打。古代称驱赶驴马役畜的鞭棒为"策"，此处用作动词。 ⑮挑逗。《列子·杨朱》："乡有处子之娥姣者，必贿而招之，媒而挑之。" ⑯盼睐：顾盼，这里有眼睛瞟来瞟去的意思。 ⑰意有所受：神情间有接受对方亲近的意思。 ⑱徒行：步行。 ⑲乘（shèng）：坐骑。不解相假：谓不懂得借给人用。此句是任氏的挑逗话。 ⑳辄以：即以。 ㉑眩诱：眩惑引诱。 ㉒狎暱（xiá nì）：亲近，亲昵。汉郭宪《东方朔传》：

"武帝暮年好仙术，与朔狎暱。" ㉓乐游园：又名乐游原，在今陕西西安城南，大雁塔东北。此地原为秦宜春苑旧址，汉宣帝时亦曾在此建园，唐武后时，太平公主在此因地势修建园亭，遂成为游览胜地。 ㉔土垣：土墙。车门：富贵人家大门旁专供车马出入的专门，门内即停车的地方。 ㉕严：整齐高大。 ㉖愿少跼蹐：请稍等候一会儿。跼蹐，歇息，等候。《全唐五代小说》卷二六王洙《东阳夜怪录》："乃命童仆韬重，悉令先于赤水店俟宿，聊跼蹐焉。" ㉗门屏间：谓大门与里面的屏壁之间。屏，当门的短墙，或称"影壁""照壁"。《荀子·大略》："天子外屏，诸侯内屏，礼也。外屏，不欲见外也；内屏，不欲见内也。" ㉘姓第：姓名和行第（排行）。 ㉙承迎：欢迎，接待。南朝陈徐陵《谏仁山深法师罢道书》："若不屈膝敛手，自达无因，俯仰承迎，未闲合度，如此专专，何由可与？" ㉚举酒数觞：几次举杯劝酒。觞，原为一种酒器名，此作动词，举杯。 ㉛某兄弟名系教坊：我们"兄弟"是属于"教坊"里的人。此为任氏自己表明身份。兄弟，唐代教坊歌妓间的称呼。唐崔令钦《教坊记》："坊中诸女，以气类相似，约为香火兄弟……有儿郎聘之者，辄被以妇人称呼。即所聘者，兄见呼为新妇，弟见呼为嫂也。"教坊，唐代掌管承应宫廷歌舞音乐以及管理承应宫廷的艺人、歌妓的机构。长安、洛阳各设左右两所，右教坊以歌为主，左教坊以舞为主。唐时属教坊管理的艺人、歌妓大多住在宫外，入值宫中，故下文有"晨兴将出"之语。 ㉜南衙：唐代宫廷禁卫军分左右卫、左右骁卫等十六卫，掌管禁军的机构分南衙、北衙。玄宗时曾命右骁卫大将军范安及为教坊使，又教坊也设于禁中，故时人多以为教坊属于南北衙。其实，后来的教坊使多由宦官担任。 ㉝里门：里坊的栅门。唐代长安、洛阳坊里，皆有里门，门外为官街，里有守门人。 ㉞门扃（jiōng）未发：门关锁着没有开。扃，门上环纽、门闩一类。㉟胡人：唐时称北方、西域少数民族和外国人为“胡人”。鬻（yù）：卖。㊱张灯炽炉：点着灯，生起炉子。㊲候鼓：唐代长安实行“禁夜”，每天入夜即在承天门（宫城正门）击鼓，各大街也设有街鼓，敲八百下后，人们都要到坊里去，锁闭坊门，不许外出，等到第二天五更三筹（天亮）再击鼓，坊门才开，恢复交通。夜禁中也不许在大街上行走，违者叫“犯夜”，法律规定“诸犯夜者笞二十，有故者不坐”（见《唐律疏义》卷二六）。此时天还未亮，所以要“候鼓”。㊳隤墉：坏墙。隤，同“颓”。㊴适：方才。㊵遽（jù）悟：突然醒悟过来。㊶偶宿：同宿。㊷赧（nǎn）：羞愧脸红。《说文·赤部》：“赧，面惭而赤也。”㊸质明：天刚亮的时候。《仪礼·士冠礼》：“宰告曰：‘质明行事。’”汉郑玄注：“质，正也。宰告曰：‘旦日正明行冠事。’”㊹蓁（zhēn）荒：长满野草的荒地。废圃：废园。㊺失期：失约。㊻西市：唐时长安两大市场之一。长安有东西市，均在外郭城内，为商业荟萃之区。每市方六百步，东市有珠宝行、肉行、铁行等，西市有衣肆、绢行、药行等，一共一百多个行业，还有供外国商人堆货的货栈。天宝八载（749）又增设南、北二市。㊼瞥然：眼光掠过，匆匆一看。㊽曩：从前。㊾遽呼：急呼。遽，急迫。㊿稠人中：密集的人群里。51何患：有什么关系？52难施面目：脸面无处放，无颜相见的意思。施，放。53回眸：回顾。唐元稹《阳城驿》：“送我不出户，决我不回眸。”54如某之比：如我之类，如我之辈。比，类，辈。《汉书·叙传上》：“班侍中本大将军所举，宜宠异之，益求其比，以辅圣德。”唐颜师古注：“比，类也。”55愿终己以奉巾栉（zhì）：愿意终己之身服侍你。巾，手巾；栉，梳子。奉巾栉，即侍候人洗脸梳头，古代以之作为做人妻、妾的谦辞。56税：租赁。57昆弟：兄弟。昆，兄。

《诗经·王风·葛藟》:"终远兄弟,谓他人昆。"《毛传》:"昆,兄也。" ⑱什器:常用的器物,家具一类。 ⑲假用:借用。假,借。 ⑳从役:做事,此指当官。 ㉑诡陋:奇丑。 ㉒惠黠:聪明乖觉。惠,同"慧"。 ㉓觇(chān):窥视。 ㉔汗洽(qià):"汗流洽背"的省写,同"汗流浃背"。 ㉕姻族广茂:亲戚众多。 ㉖逸游:放纵游乐。汉韦孟《讽谏》:"邦事是废,逸游是娱。" ㉗孰若某美:和某女相比,哪一个美? ㉘非其伦:不可比。伦,类。 ㉙吴王:信安王李祎弟李祗封嗣吴王,李祗子李巘袭封嗣吴王(见《新唐书·太宗子列传》),按书中所写此处的"吴王"当指李巘,李巘的女儿按辈分正是韦鉴的表妹。 ㉚内妹:妻妹,也有指舅表妹的,此当指后者。 ㉛中表:表兄弟、表姊妹。中表,原为"内外"的意思,父亲姊妹的儿子、女儿为外兄弟、姊妹;母亲兄弟姊妹的儿子、女儿为内兄弟、姊妹,合称"中表"。 ㉜抚手:拍手,此处为表示惊异的动作。抚,同"拊"。 ㉝巾首膏唇:戴上头巾,搽上唇膏。唇膏,即口脂,并不完全是化妆品,有防止口唇干燥冻裂的作用,唐代男女均用,皇帝并以此赐给臣僚。 ㉞拥篲(huì):拿着扫帚。篲,扫帚。《庄子·达生》:"开之操拔篲以侍门庭。"唐陆德明释文:"篲,帚也。" ㉟征:询问。 ㊱戢(jí)身:收敛身子。 ㊲引出:拉出来。 ㊳凌:侵犯。 ㊴少回旋:稍微放松。 ㊵捍御:拼命抵抗。 ㊶濡(rú):沾,浸。 ㊷度(duó):忖度,估计。 ㊸豪侈:豪华奢侈。《晋书·夏侯湛传》:"湛族为盛门,性颇豪侈,侯服玉食,穷滋极珍。" ㊹惬:快意,满足。 ㊺馁:饥饿。 ㊻所系:所掌握。 ㊼糗糒(qiǔ)可给:即有碗饭吃的意思。糗,干粮,泛指一般的粗粮。 ㊽敛衽:把衣襟拉整齐,古人表示恭敬的礼节。谢:道歉。 ㊾咍(hāi):快乐。 ㊿薪粒牲饩(xì):柴米肉食。饩,原意为活的牲畜。

㉛经过：来往，过访。古辞《华山畿曲》："愿君如行云，时时见经过。"

㉜舆：同"舆"。这里指步舆（用人力推挽的车子）和轿子。 ㉝不常所止：所到的地方不一定。 ㉞不及乱：不到发生肉体关系的地步。

㉟顾：但。《新唐书·忠义传中·张巡》："吾欲气吞逆贼，顾力屈耳。"

㊱秦：陕西、甘肃一带周时属秦国，故泛称这一带地区为秦。 ㊲伶伦：传说中黄帝的乐师叫"伶伦"，是乐律的创始者（见《吕氏春秋·古乐》），后世因以"伶伦"作为艺人、歌妓的代称。 ㊳媵（yìng）：小妻。古代诸侯嫁女，以侄儿、侄女陪嫁，称作"媵"，后用来代指小妻。南朝梁沈约《奏弹王源》："且买妾纳媵，因聘为姿。"《新唐书·车服志》："百官女嫁、庙见摄母服，五品以上媵降妻一等，妾降媵一等。"

㊴狭斜：原指狭隘的小巷，古乐府《长安有狭斜行》中有"堂上置樽酒，作使邯郸倡"的句子，后因以"狭斜"作为妓女居处的代称。 ㊵廛（chán）：同"廛"，市场。 ㊶表娣妹：丈夫的表弟媳妇的妹妹，即丈夫表弟的小姨子。娣，丈夫的弟妇。 ㊷不足以展效：不能够发挥自己的本领来帮忙效劳。 ㊸幽绝：深藏。 ㊹寒食：寒食节。《荆楚岁时记》："去冬节一百五日，即有疾风甚雨，谓之寒食，禁火三日。"据说这个节日是纪念春秋时晋文公大臣介之推的。唐代规定寒食为拜扫祖坟的节令，百官给假，实际上变成了一个法定的游乐节日。 ㊺二三子：两三个朋友。 ㊻双缣：两匹缣。缣，双丝的细绢。唐代一匹绢长四丈。汉以后多作为货币或赠赏之用。 ㊼苍头：奴仆。苍，青色，汉代奴仆以青布裹头，称"苍头"，后世沿之。青骊：青黑色的马。 ㊽迓（yà）：迎接。 ㊾谐矣：行了。 ㊿针饵：针灸和用药。饵，药饵。 ○51征诸巫：问于巫。巫，古代从事祈祷、卜筮、星占为人占卜吉凶、求福、却灾职业的人，也有兼用药物为人治病的。 ○52从就：往就。这里指住到任氏家里

去。⑬以取生气：古人认为万物生长发育皆赖于某种"气"，病人住到哪一方就可以吸取这一方的生气，有利于健康。⑭谬辞：假说。逼（bī）狭：狭窄。北魏郦道元《水经注·穀水》："昔周迁殷民于洛邑，城隍逼狭，卑陋之所耳。"⑮辇（niǎn）：车载。⑯居之：养着。"居"可以理解为"囤积居奇"之"居"。⑰如市：到市场去。⑱眚（shěng）：微伤，小毛病。⑲累增其估：不断加价。估，货值，价钱。⑳詬：怒骂。㉑辛不登三万：终于没有达到三万钱。㉒昭应县：在唐长安附近，属京兆府，地在今陕西西安临潼区。㉓不时除籍：不久就要解除吏职。㉔官征其估：官府向养马人征收赔偿马匹的折价。㉕三年刍粟之估：三年来喂马的粮草折价。刍，饲草；粟，饲粮。㉖故弊：陈旧。㉗全彩：整匹的绸子。彩，彩色的丝织品。㉘武调：参加武职官员的调选（铨选）。唐代文职由吏部铨选，称"文调"，武职由兵部铨选，称"武调"。㉙槐里府果毅尉：槐里，本隋以前县名，地在今陕西兴平东南，此处"槐里府"当为军府名。唐代实行府兵制，各地设军府，就地征兵。军府称折冲府，都有名号。军府长官称"折冲都尉"，其副职称"果毅都尉"。㉚金城县：唐代县名"金城"者有多处：a. 咸亨二年（671）复五泉县（治在今甘肃兰州附近）为金城县，天宝元年（742）又改为五泉县；b. 唐武德二年（619）以因城县（地在陕西甘泉西北）改名，天宝元年（742）改敷政县；c. 唐景龙四年（710）以始平县（今陕西兴平）改名，至德二年（757）改兴平；d. 乾元二年（759）以广武县（治在今甘肃永登南）改名，后其地入吐蕃，县废。据上文，郑六担任"果毅尉"的"槐里府"设于今陕西兴平，故此处"金城县"当指以始平县改名、地在今陕西兴平的"金城县"。㉛之官：赴任。㉜迟归：等待归来。迟，等待。《荀子·修身》："故学曰迟，彼止而待我，我行而就之。"唐杨倞注："迟,待也。" ⑬可征:可信。 ⑭出祖于临皋:送出城,在临皋为他们饯行。古人远行,要在城门外祭道路之神,称为"祖"或"祖祭"。后即以祖祭的筵席饯送行人,称"祖饯"。临皋,长安西边的小市镇。 ⑮袂(mèi):衣袖。 ⑯信宿:两宿。《左传·庄公三年》:"一宿为舍,再宿为信。"马嵬(wéi):地名,在长安城西一百多里,兴平县(现兴平市)西北,亦称马嵬坡,当长安西行要道,唐置马嵬驿。 ⑰西门囿(yǔ)人:唐代专管养马的官署设东南西北四使,"西门囿人"可能是指养马的西使。囿人,本周代掌管养马的官名。洛川:县名,今陕西省仍有洛川县,城滨洛水。 ⑱欻(xū)然:忽然。原意为如火光一闪。 ⑲衔涕:含着眼泪。 ⑳瘗(yì):埋葬。 ㉑若蝉蜕然:像蝉(知了)蜕壳一样。 ㉒相持:互相握着手。 ㉓命驾:命令车驾,出行的代称。 ㉔总监使:唐太仆寺属官有"总监使",掌牧养马匹事。又有"西京苑总监使",职掌管理长安各宫的苑囿。 ㉕枥马十余匹:谓家里拴在槽上的马就有十余匹。枥,马槽。 ㉖大历:唐代宗李豫的年号(766—779)。 ㉗钟陵:唐县名。西晋太康时始置,在今江西进贤县西北,后废。唐宝应元年(762)改豫章县置钟陵县,治所即今江西南昌,贞元(785—805)中又改为南昌县。 ㉘殿中侍御史:唐代中央监察和司法机关御史的属官,初置六人,后增至九人,秩从七品,掌殿廷供奉之仪,巡察两京,纠察非违,及管理太仓和左藏出纳等事,各有分工,见《新唐书·百官志》。 ㉙陇州:唐属关内道,州治在汧源(今陕西陇县)。刺史:唐代州的行政长官。 ㉚徇:同"殉"。 ㉛精人:精于识鉴的人。 ㉜要妙:同"要眇",精微美好。屈原《九歌·湘君》:"美要眇兮宜修。"汉王逸注:"要眇,好貌。"又,《远游》:"神要眇以淫放。"宋洪兴祖补注:"精微貌。" ㉝建中二年:公元781年。建中,唐德宗李适年号（780—783）。　⑭左拾遗：唐官名，武则天时置，属门下省，职掌对皇帝的谏诤规讽。　⑮于：与，和。金吾将军：唐禁卫军官名。汉武帝时设执金吾，徼巡宫外及京城，隋扩充禁军为十六卫，唐龙朔（661—663）时改称金吾卫，亦分左、右，各置上将军一人，大将军一人，将军二人，负责扈从皇帝、部领仪仗以及宫城宿卫、京城警卫等事。《新唐书·宰相世系表一上·裴氏表·东眷裴》："冀，右金吾将军。"　⑯京兆少尹：唐首都长安的副行政长官。唐初沿前制，京兆府置治中，后避高宗李治讳，改称司马，玄宗开元初改为"少尹"，二员，从四品下，见《唐六典》卷三〇。　⑰户部郎中：唐官名，尚书省户部的属官。唐时尚书省六部二十四司，诸司长官称"郎中"，分掌各司事务，位在尚书、侍郎、左右丞下，官阶五品。唐户部下设户部、度支、金部、仓部四司。崔需：当为"崔儒"之误。《新唐书·宰相世系表二下·博陵第三房》："儒，户部郎中。"　⑱右拾遗：唐官名，属中书省，谏官，职责官阶与左拾遗同。　⑲谪居东南：唐代都城长安在西北，故多将罪官贬谪至东南。建中二年，沈既济由左拾遗谪为处州（州治在今浙江丽水）司户参军。　⑳自秦徂（cú）吴：从西北往江南一带。徂，往。　㉑前拾遗：以前的拾遗官。　㉒浮颍（yǐng）涉淮：乘船经过颍水和淮水。颍水，发源于河南登封，流经河南、安徽两省，至正阳关入淮河。淮，淮河，发源于河南桐柏山，流经河南、安徽、江苏，由苏北入海。颍、淮是当时从西北到东南一带的必走水路。　㉓方舟：两船并行。《庄子·山木》："方舟而济于河……"唐成玄英疏："两舟相并曰方舟。"唐陈希烈《奉和圣制判三月三日》："锦缆方舟渡，琼筵太乐张。"

枕中记

沈既济

开元七年①，道士有吕翁者，得神仙术。行邯郸道中②，息邸舍③，设榻施席④，摄帽弛带⑤，隐囊而坐⑥。

俄见邑中少年⑦，乃卢生也。衣短褐⑧，乘青驹，将适于田，亦止于邸中，与翁共席而坐，言笑殊畅。

久之，卢生顾其衣装敝亵⑨，乃长叹息曰："大丈夫生世不谐⑩，困如是也。"翁曰："观子形体，无苦无恙。谈谐方适⑪，而叹其困者，何也？"生曰："吾此苟生耳⑫，何适之谓？"翁曰："此不谓适，而何谓适？"答曰："士之生世，当建功树名，出将入相，列鼎而食⑬，选声而听。使族益昌而家益肥，然后可以言适乎。吾尝志于学⑭，富于游艺⑮，自惟当年，青紫可拾⑯。今已适壮⑰，犹勤畎亩⑱，非困而何？"言讫，而目昏思寐。时主人方蒸黄粱为馔⑲，共待其熟。翁乃探囊中枕以授之⑳，曰："子枕吾枕，当令子荣适如志㉑。"

其枕青瓷，而窍其两端㉒。生挽首就之，见其窍渐大，明朗，乃举身而入，遂至其家。数月，娶清河崔氏女㉓。女容甚丽，生资愈厚㉔。生大悦，由是衣装服驭㉕，日益鲜盛。明年，举进士㉖，登第㉗；释褐秘校㉘；应制㉙，转渭南尉㉚；俄迁监察御史㉛；转起居舍人㉜，知制诰㉝。三载，出典同州㉞，迁陕牧㉟。生性好土功㊱，自陕西凿河八十里㊲，以济不通，邦人利之㊳，刻石纪德。移节汴州㊴，领河南道采访使㊵，征为京兆尹㊶。是岁，神武皇帝方事戎狄㊷，恢宏土宇㊸。会吐蕃悉抹逻及烛龙莽布支攻陷瓜沙㊹，而节度使王君㚟新被杀㊺，河湟震动㊻。帝思将帅之才，遂除生御史中丞、河西道节度㊼。大破戎虏㊽，斩首七千级，开地九百里，筑三大城以遮要害㊾。边人立石于居延山以颂之㊿。归朝册勋㉛，恩礼极盛。转吏部侍郎㉜，迁户部尚书兼御史大夫㉝。时望清重㉞，群情翕习㉟，大为时宰所忌㊱，以飞语中之㊲，贬为端州刺史㊳。三年，征为常侍㊴。未几，同中书门下平章事㊵。与萧中令嵩、裴侍中光庭同执大政十余年㊶，嘉谟密命㊷，一日三接。献替启沃㊸，号为贤相。同列害之㊹，复诬与边将交结㊺，所图不轨。下制狱㊻。府吏引从至其门而急收之㊼。生惶骇不测，谓妻子曰："吾家山东㊽，有良田五顷㊾，足以御寒馁㊿，何苦求禄？而今及此，思衣短褐、乘青驹，行邯郸道中，不可得也。"引刃自刎，其妻救之，获免。其罹者皆死㊱，独生为中官保之㊲，减罪死㊳，投驩州㊴。数年，帝知冤，复追为中书令，封燕国公㊵，恩旨殊异。生五子：曰俭、曰传、曰位、曰倜、曰倚，皆有才器。俭进士登第，为考功员外㊶；传为侍御史㊷；位为太常丞㊸；倜为万年尉㊹。倚最贤，年二十八，为左襄㊺。其姻媾皆天下望族㊻。有孙十余人。两窜荒徼㊼，再登台铉㊽。出入中外㊾，徊翔台阁㊿，五十余年，崇盛赫奕㊱。性颇奢荡㊲，甚好佚乐㊳。后庭声色，皆第一绮丽。前后赐良田、甲第、佳人、名马㊴，不可胜数。后年渐衰迈，屡乞骸骨⑨，不许。病，中人候问⑨，相踵于道⑨。名医上药，无不至焉。将殁，上疏曰：

"臣本山东诸生⑨，以田亩为娱。偶逢圣运，得列官叙⑭。过蒙殊奖，特秩鸿私⑮。出拥节旄⑯，入升台辅⑰。周旋中外，绵历岁时⑱。有忝天恩⑲，无裨圣化⑩⑩。负乘贻寇⑩⑩，履薄增忧⑩⑩。日惧一日，不知老至。今年逾八十，位极三事⑩⑩，钟漏并歇⑩⑩，筋骸俱耄⑩⑩。弥留沉顿⑩⑩，待时溘尽⑩⑩。顾无成效⑩⑩，上答休明⑩⑩，空负深恩，永辞圣代⑩⑩。无任感恋之至，谨奉表陈谢⑩⑩。"

诏曰：

"卿以俊德⑩⑩，作朕元辅⑩⑩。出拥藩翰⑩⑩，入赞雍熙⑩⑩，升平二纪⑩⑩，实卿所赖。比婴疾疹⑩⑩，日谓痊平，岂斯沉痼⑩⑩，良用悯恻。今令骠骑大将军高力士⑩⑩，就第候省⑩⑩。其勉加针石⑩⑩，为予自爱。犹冀无妄⑩⑩，期于有瘳⑩⑩。"

是夕，薨⑩⑩。

卢生欠伸而悟⑩⑩，见其身方偃于邸舍⑩⑩，吕翁坐其傍，主人蒸黄粱尚未熟，触类如故⑩⑩。生蹶然而兴⑩⑩，曰："岂其梦寐也？"翁谓生曰："人生之适，亦如是矣。"生怃然良久⑩⑩，谢曰："夫宠辱之道，穷达之运，得丧之理，死生之情，尽知之矣。此先生所以窒吾欲也⑩⑩。敢不受教。"稽首再拜而去⑩⑩。

[评析]

本篇作者沈既济，生平见《任氏传》"评析"。本篇最早见于唐李肇

《国史补》卷下记载:"沈既济撰《枕中记》,庄生寓言之类。韩愈撰《毛颖传》,其文尤高,不下史迁。二篇真良史才也。"其后房千里《骰子选格序》也提到"近者沈拾遗述枕中事"(《全唐文》卷七六〇)。从各方面看,本篇创作的时间当晚于《任氏传》。

宋王应麟《困学纪闻》卷一〇引《庄子·齐物论》晋郭象注"世有假寐而梦经百年",继言"邯郸枕、南柯守之说皆原此意"。《列子·周穆王》记有西极之国化人邀周穆王神游化人之宫,穆王居之数十年,梦醒之后"视其前,则酒未清、肴未晞",宋人洪迈《容斋四笔》卷一、赵彦卫《云麓漫钞》卷三皆云《枕中记》亦受其启发。然本篇创作构思所受的直接影响,大概是南朝宋时刘义庆的志怪书《幽明录》中的焦湖庙柏枕故事:

> 宋世焦湖庙有一柏枕,或云玉枕,枕有小坼。时单父县人杨林为贾客,至庙祈求。庙巫谓曰:"君欲好婚否?"林曰:"幸甚。"巫即遣林近枕边,因入坼中,遂见朱楼琼室。有赵太尉在其中,即嫁女与林。生六子,皆为秘书郎。历数十年,并无思归之志。忽如梦觉,犹在枕傍,林怆然久之。(据《太平广记》卷二八三辑录,《太平寰宇记》卷一二六、《北堂书钞》卷一三四亦有载。)

不过,《幽明录》所写仅为百余字之故事梗概,而本篇则通过一个梦境概括了现实政治生活中带有典型性的情景,给皇权专制制度下社会统治集团上层人物间的政治倾轧和升迁无定的宦海风波作了有特征的描写,因而小说虽然宣泄的是人生如梦的消极思想,却也有针砭和讽喻现实的意味。

本篇将人生的真实投影在一个虚幻的梦境中,将主角漫长的一生凝缩在连一锅黄米饭都没有煮熟的短暂时间内,确是一个新颖的、意蕴丰富的艺术夸张。为了与短促的时间过程相合拍，梦中人物生活过程的叙述也是粗线条和快节奏的，文字经济到再也不能经济的地步。但对梦醒前主人公富贵已极，家门鼎盛，恩宠渥厚的景象，又大力加以铺叙，借以映衬主人公梦醒后怅然若失的心情，结构和叙述上都显得十分出色。

曾有人以为本篇"影射萧嵩事"，则未可深信。萧嵩是玄宗开元时之名臣，据《旧唐书》《新唐书》本传，开元十五年（727），吐蕃大将悉诺逻恭禄及烛龙莽布支攻陷瓜州，河西节度使王君㚟被杀于巩笔驿，河西陇右因之震动。玄宗任命萧嵩为兵部尚书、河西节度使、判凉州事。明年，萧嵩击败吐蕃，加同中书门下三品。后嵩回朝为相，以中书令遥领河西，加金紫光禄大夫，晋爵徐国公。辞官后悠游乡里，天宝八载（749）卒，享年八十余岁，追赠开府仪同三司。其子孙亦皆沐皇恩、享富贵：长子萧华官至中书侍郎、同中书门下平章事，袭爵徐国公；次子萧衡，娶玄宗之女新昌公主，官至太仆卿。萧华子萧恒，官至殿中侍御史；萧悟，官至大理司直。萧衡子萧复，官至吏部尚书、同中书门下平章事；萧升，官至太仆卿，娶肃宗之女郜国公主；萧鼎，官至蜀州别驾。然本篇小说实以卢生经历概言唐代官场，既取材于现实，借用某人仕履一二，本不足为奇。如其中"筑三大城以遮要害"，即借用了唐中宗景龙二年（708），朔方道行军大总管张仁亶击败突厥，在黄河以北地方筑三座受降城之事。篇末作者假卢生之口说："夫宠辱之道，穷达之运，得丧之理，死生之情，尽知之矣。"实为作者自道其人生慨叹，并没有直接讽喻某一具体人物之意。沈既济曾亲身经历官场的惊涛骇浪，宦海浮沉，生死穷达变化于瞬息之间，因以荣华富贵为梦幻，发一时愤慨之词，以表超然达观，本极自然。达者着绯披紫欲经邦定国，穷则愤世嫉俗啸傲山林，唐代士子大都摇摆于这两种生活态度之间，其真率自然非后世所能理解。

然而本篇的形象描写如此强烈地刺激着读者的感官，故其"人生如梦"的寓意更为后世所接受。稍后李公佐所作的《南柯太守传》和佚名的《樱桃青衣》，都叙梦中富贵，同样的题旨在文言小说中直到清代蒲松龄的《聊斋志异》中还有《续黄粱》，显然都受本篇的启发。只是后来小说所演述之故事虽然更为繁复，但凝练和概括力显然都已逊色。宋代的类书、笔记及诗文多征引《枕中记》，可知当时传播甚广。南宋罗烨《醉翁谈录》甲集卷一《小说开辟》所载当时的"说话"名目中有《黄粱梦》，当亦演本篇故事。

演本篇为戏曲者甚众。明徐渭《南词叙录·宋元旧篇》记录的《吕洞宾黄粱梦》为宋元戏文。元马致远、李时中、花李郎、红字李二合撰《开坛阐教黄粱梦》杂剧，今存于《古名家杂剧》和《元曲选》。《录鬼簿续编》还著录元末明初谷子敬《邯郸道卢生枕中记》。明人所作传奇剧本演本篇故事多达六七种，最著名的是被称为"临川四梦"的汤显祖《邯郸记》。惟各种戏曲多将本篇中的"吕翁"说成是吕洞宾，因而多从神仙道化的角度来演义本篇故事，往往远离了本篇体验社会人生的题旨。其实被宋人称为神仙的吕洞宾本是唐代开成年间（836—840）人，因下第而入山学道，时代已在沈既济之后，故本篇的"吕翁"与吕洞宾毫无关系。至清代河北邯郸北二十里甚至出现了黄粱店（今名黄粱梦），又建吕祖祠，皆为附会，不过，因此亦可见本篇影响之广。

《枕中记》今传二本，一为《太平广记》卷八二引，题《吕翁》，注出《异闻集》；一为《文苑英华》卷八三三载，题《枕中记》，沈既济撰。宋曾慥辑《类说》卷二八节引《异闻集》，亦题《枕中记》，因知《枕中记》确为原题。两本文句略有差异，《太平广记》本经《异闻集》转钞，似不如《文苑英华》本更近原作。然《太平广记》中"时主人蒸黄粱为馔""蒸黄粱尚未熟"两句《文苑英华》本作"时主人方蒸黍""蒸黍未熟",因知被后世引为熟典的"黄粱梦""黄粱一梦"皆来自《太平广记》本。李时人编校《全唐五代小说》(中华书局,2014年修订版)卷一九以《文苑英华》本为底本,合两本为一,此据以校录。

[注释]

①开元七年:公元719年。《太平广记》卷八二引《异闻集》本篇作"开元十九年"。开元,唐玄宗李隆基年号(713—741)。 ②邯郸:唐县名,在今河北邯郸市。 ③邸舍:旅店。 ④施席:铺开席子。 ⑤摄(zhé)帽驰带:折起帽子,松开衣带。摄,折叠。《仪礼·士昏礼》:"纳征,执皮摄之。"清胡培翚正义:"敖氏曰:'先儒读"摄"为"摺",则训"叠"也。'今人屈物而叠之谓之"摺"。"帽,古代特指布帛所制的圆形软帽,与冠不同,此当指布帛制的风帽,故可以折叠。 ⑥隐囊:倚着包裹。隐,倚,靠。 ⑦邑中少年:县里的青年男子。邑中,底本作"旅中",据《太平广记》卷八二改。少年,古代不满三十岁皆可称少年。 ⑧短褐(hè):粗布短衣,当时平民百姓的服装。 ⑨敝亵(xiè):又破又脏。敝,破旧;亵,脏污。 ⑩不谐:不遇。《全唐五代小说》卷七〇皇甫枚《王知古为狐招婿》:"嗟乎王生,生斯世不谐而为狐貉所侮,况其大者乎?" ⑪谈谐方适:说笑得正快乐。谈谐,谈笑。晋陶潜《乞食》:"谈谐终日夕,觞至辄倾杯。"适,快乐,快意。《汉书·贾山传》:"秦王贪狼暴虐,残贼天下,穷困万民,以适其欲也。"唐颜师古注:"适,快也。" ⑫苟生:苟且偷生。 ⑬列鼎而食:古代所称富贵生活的一种象征。《孔子家语·致思》:"从车百乘,积粟万锺,累茵而坐,列鼎而食。"列鼎,谓陈列置有盛馔的鼎器。 ⑭志于学:有志于学。《论语·为政》:"吾十有五而志于学。" ⑮富于游艺:掌握各种学艺。游

艺，游憩于"六艺"之中。《论语·述而》："子曰：'志于道，据于德，依于仁，游于艺。'"三国魏何晏集解："艺，六艺也。"宋邢昺疏："六艺谓礼、乐、射、驭、书、数也。"《礼记·学记》云："不兴其艺，不能乐学。"故卢生在"志于学"后又强调"富于游艺"。　⑯青紫可拾：谓可以容易地当上大官。汉制，丞相、太尉金印紫绶，御史大夫银印青绶，后遂以"青紫"代指高官。《汉书·夏侯胜传》："士病不明经术，经术苟明，其取青紫如俯拾地芥耳。"　⑰适壮：已到壮年。古以三十岁为"壮"。　⑱勤畎（quǎn）亩：谓劳作于田间，即从事农业劳动。畎亩，田地。　⑲蒸黄粱为馔：谓蒸黄米饭。黄粱，粟米之一种，即黄小米。其名见于《楚辞·招魂》"挈黄粱些"，宋洪兴祖补注引《本草》曰："黄粱出蜀、汉，商、浙间亦种之，香美逾于诸粱，号为竹根黄。"唐杜甫《赠卫八处士》："夜雨剪新韭，新炊间黄粱。"馔，食物。　⑳探：掏出。　㉑荣适：荣耀安乐。　㉒窍其两端：两端有孔。　㉓清河崔氏：当时著名的世族。唐代全国最著名的世族所谓"五姓七族"之一。（详参《游仙窟》注㉚）当时许多非世族出身的读书人，往往靠和世族攀上婚姻，才有可能挤入名士大夫的行列，所以士人竟以当"五姓七族"的女婿为荣。　㉔资：资产。　㉕衣装服驭：服饰车马器用之类。驭，指车马。　㉖举进士：唐代科举门类很多，有秀才、明经、进士、明法、明书、明算等科。其中最为人所重的是进士科，仕途的出路特别好，因此考取也特别难。这些考试都由礼部主持，一般每年在长安考一次，参加考试的人员由州、郡一级政府申送，被申送参加礼部考试的人称为"举人"；被申送去应进士科的人被称为"举进士"或"乡贡士"。　㉗登第：参加礼部考试被取中，称为"登第"或"及第"。唐代科举中式分等第，故中式称"登第"。全国每年"登第"者不过一百余人，其中进士科不过三十余人。

㉘释褐：唐代科举登第后授官，即可脱去平民的服装，改着官服，故"释褐"为初次授官的代称。秘校：秘书省校书郎。负责校雠典籍，唐置八人，秩正九品上，是当时初出仕人所艳美的职位。 ㉙应制：唐制，进士、明经等科及第的人及现职官员都可以参加皇帝特命举行的"制科"考试，及格者可获得超次升迁。这种"制科"取中的人很少，每次不过十数人。 ㉚转：升调。渭南尉：渭南县（今属陕西）县尉。县尉，县令的佐官，职掌一县治安等事务。唐代的县分京县、畿县、望县、上县、中县等七等，渭南为"畿县"，县尉虽为从八品下，却是出仕不久的官吏所企慕的美官。 ㉛迁：升迁。监察御史：唐代中央监察机关御史台的属员。御史台职掌对全国行政、司法、军事及官吏的监察职务，处理全国各地犯人的上诉，推勘官员的罪案及负责皇帝特命"诏狱"的审理，同时管理全国各地的驿站。御史台监察御史定制十人，秩正八品上。 ㉜起居舍人：官名，唐属中书省，秩从六品上，职掌记录皇帝的言行和朝廷政令大事，编写"起居注"，以便交付编修国史的史馆撰史，是当时为人所重的"清要官"。 ㉝知制诰：即担任起草"制诰"工作的官员，唐代始置，本以中书舍人选充，后参用翰林学士及其他文官。"知制诰"的地位很重要，非中书舍人而用为"知制诰"，是一种特殊的重用。制诰，以皇帝名义颁下的公文的通称，即所谓"圣旨"。 ㉞出典同州：出任同州刺史。同州，唐属关内道，辖冯翊等八县，治所在今陕西大荔。同州刺史，秩从三品。 ㉟迁陕牧：升任陕州都督。此处借周代的官名"牧"代指唐代的"都督"。唐在全国设二十四个都督府，每个都督府辖若干州，都督属文职，职掌纠察所管各州刺史以下官吏的考成，又往往兼任所驻之州刺史，实际上是节制所属地方的行政长官。唐代都督分上、中、下三等，陕州都督驻今河南三门峡市陕州区，是上都督府，都督秩从二品。 ㊱土

功：水利工程。㊲凿河：开河。㊳邦人：当地人民，此指陕州都督辖地的百姓。㊴移节汴州：调任汴州都督。唐武德元年（618）规定，诸州总管（后改称"都督"）加号"使持节"，表示是皇帝特派的使节。卢生从陕州都督调任汴州都督，故称"移节"。汴州都督府，驻今河南开封。㊵领河南道采访使：（担任汴州都督的同时）兼河南道的采访使。"道"是唐代地方行政区域单位，相当于后世的"省"，但所辖区域要大，唐初划全国为十道，开元时分为十五道。唐初每道设按察使一人，开元二年（714）改称"按察采访处置使"，开元二十年（732）改为"采访处置使"，职掌监察州县官吏，后兼黜陟使。按察使（采访使）较早多由中央派朝官担任，后则常由资望较高的制使或都督担任。开元二十一年（733）以后的河南道辖境约当今山东、河南两省黄河故道以南，江苏、安徽两省淮河以北地区，二十余州，采访使驻节汴州。㊶征：从外官特旨召还称"征"。京兆尹：唐代首都长安的行政长官，秩从三品，是当时的显官。㊷神武皇帝：指唐玄宗。玄宗于开元二十七年（739）加尊号称"开元圣文神武皇帝"。方事戎狄：正在进行对"戎狄"的战争，指玄宗时对突厥、吐谷（yù）浑的战争。戎狄，古时对居住在西北地区少数民族的称呼，即所谓"西戎北狄"。近人岑仲勉以为"戎"指阿利安族，"狄"指突厥族（参见岑仲勉《隋唐史》）。㊸恢宏：古亦作"恢闳"，扩大。唐柳宗元《太白山祠堂碑》："邑令裴均，临事有恪，革去狭陋，恢闳栋宇。"土宇：疆土，国土。唐刘知幾《史通·杂述》："九州土宇，万国山川，物产殊宜，风化异俗。"㊹会吐蕃（bō）悉抹逻及烛龙莽布支攻陷瓜沙：据《旧唐书》《新唐书》吐蕃传，开元十五年（727）九月，吐蕃大将悉诺逻恭禄及烛龙莽布支攻陷瓜州城。会，恰逢。悉抹逻，即史书中的"悉诺逻恭禄"与"烛龙莽布支"，皆为吐蕃将领名，据伯希和

（Paul Pelliot）《西藏古代史》（1961），其藏文拼音分别是 Stagra Konlog 和 Cogro Manpoci。瓜沙，瓜州和沙州。瓜州和沙州是唐代紧连着的两个西北要塞，武德时置瓜州，治所在晋昌（今甘肃安西东南），贞观改西沙州为沙州，治所在敦煌（今甘肃敦煌西）。 ㊺而节度使王君㚟（chuò）新被杀：节度使，唐代官名，高宗永徽年间以后，凡带"持使节"衔的都督，皆简称"节度使"。节度使本来的职务是负责指定地区的军事事务，开元以后多兼任所辖地区的度支、屯田、采访等各种专使，遂总揽该地区军、政、财等大权。中唐以后，不少节度使拥兵自重，且子孙承袭，成为一种地方割据势力。王君㚟，瓜州人，玄宗开元间任河西陇右节度使，镇守西北今甘肃、青海一带；开元十五年（727）在青海西击败悉诺逻恭禄；同年，在甘州为回纥伏兵所杀。 ㊻河湟：黄河和湟水。湟水，黄河支流，源出青海东北，东南流入甘肃，至大通县入黄河。唐人所谓"河湟"，指今甘肃、青海一带西北边疆地区。 ㊼除：授，任。御史中丞：本是唐代中央监察和司法机关御史台的副长官，这里是作为节度使的虚衔。河西道节度：即河西道节度使（唐代节度使和道的辖区不一定相当，但这里是一致的）。唐睿宗景云二年（711）析陇右道的黄河以西地区为河西道，辖今甘肃、青海一带，和吐蕃、突厥、回纥接境，是当时的国防前线。 ㊽戎虏：对西北部少数民族的鄙称。 ㊾筑三大城：唐中宗景龙二年（708），朔方道行军大总管张仁亶击败突厥，曾在黄河以北地方筑三座受降城以备边，此或借用其事。 ㋀立石：立碑。居延山：居延，古地名，今内蒙古额济纳旗一带。汉曾置县，又设塞，为河西地区与漠北往来要道所经，居延地方有焉支山，在今甘肃永昌西、山丹东南，汉将霍去病曾越此山破匈奴。 ㋁册勋：封赠爵位，此指举行极为隆重的封赠爵位的典礼。凡朝廷举行隆重典礼，封皇后、太子、亲王以及封赠爵位的诏书称

"册",此用作动词。勋,指唐代官制中的勋阶,共十二个等级,只有爵位,没有职掌。 ㊾吏部侍郎:吏部的副长官。唐代吏部为尚书省六部之首,职掌全国官吏的考绩、铨选、升降、除授以及勋位、爵位授予等事。 ㊿户部尚书:户部长官。户部亦属尚书省,执掌全国财政、民政、户籍等事。御史大夫:唐代中央监察机关御史台的长官,常由其他官,如六部尚书、侍郎、京兆尹等兼任。 ㊺时望清重:在当时有清华、贵重的声望。 ㊻翕习:亲近,归附。《晋书·阎缵传》:"贾谧小儿,恃宠恣睢,而浅中弱植之徒,更相翕习。" ㊼时宰:当时的宰相。 ㊽飞语:流言蜚语,谣言。中:中伤,阴谋陷害。 ㊾端州:唐属岭南道,州治在高要(今广东肇庆)。 ㊿征:特旨召还。常侍:即"散骑常侍",唐官名,二员,左散骑常侍属门下省,右散骑常侍属中书省,唐初秩从三品,广德间升为正三品,职责是对皇帝规谏,备皇帝顾问,实是无所执掌的高级闲员。 ㊿同中书门下平章事:即"同平章事",宰相的代称。唐代宰相一般同时设多员,原以尚书、门下、中书三省的长官尚书令、侍中、中书令为宰相综理国务,后来有些非中书、门下两省长官的高级官员也被委任做宰相的职务,即称"同中书门下平章事","同平章事"遂成宰相的代称。平章,犹研究、商量;事,指政事。 ㊿萧中令嵩:指唐玄宗时宰相、中书令萧嵩。中书令,唐中书省长官,二员,原为正三品,代宗时升二品,掌军国政令,与侍中、尚书左右仆射共为宰相之任。萧嵩,南兰陵(今江苏武进)人,开元中任兵部尚书,朔方、河西等节度使,吐蕃悉诺逻恭禄入侵即为其击败,因功授兰陵县子的爵位,并进中书令,任宰相,封徐国公,是玄宗朝的名相。裴侍中光庭:侍中裴光庭。侍中,唐门下省长官,秩正三品,后升二品,也是唐代宰相的一员。门下省负责复核中书省所拟的一切政令诏敕,是皇帝的机要办事机构和备顾问的机构。裴光庭,玄宗时为侍中、宰相，封正平县男。 (62)谟（mó）：计策；谋略。 (63)献替："献可替否"一词的省称，意思是（臣下对君王）进献可行者，废去不可行者。替，犹"去"。语出《左传·昭公二十年》。启沃：语出《尚书·说命》："启乃心，沃朕心。"唐孔颖达疏："当开汝心所有，以灌沃我心，欲令以彼所见，教己未知故也。"后因以"启沃"谓竭诚开导、辅佐君王。《梁书·武帝纪下》："朕暗于行事，尤阙治道……凡尔在朝，咸思匡救，献替可否，用相启沃。" (64)同列：同班列的同事，这里指同一时期别的宰相。 (65)与边将交结：唐代禁止大臣和守边的大将交结，以防里应外合谋反。 (66)制狱：皇帝特命审讯的案件。制，皇帝的诏令。 (67)引从：引导带领从卒。收：逮捕。 (68)山东：古代指华山（今属陕西）或崤山（今属河南）以东地区，包括今河北、山东、山西、河南等地，有时也指战国秦国以外的六国领土。 (69)顷：土地面积单位，百亩为一顷。《汉书·杨恽传》："田彼南山。芜秽不治，种一顷豆，落而为萁。"唐颜师古注引张晏曰："一顷百亩。" (70)馁（něi）：饥饿。 (71)罹（lí）者：被此事牵连到的人。 (72)中官：宦官的通称，见《后汉书·宦者列传》。 (73)减罪死：谓赦免死罪。 (74)投驩州：流放到驩州。投，贬徙、流放。驩州，隋唐州名，属岭南道，治在今越南义安省。天宝元年（742）曾改日南郡，乾元元年（758）复改为驩州，是当时所谓的"蛮荒"之地。 (75)燕国公：唐制，封爵分九等，国公为第三等，秩从一品，仅次于亲王和郡王。"燕"只是一种封号，并非把古代燕国地方封给受封者去管领。 (76)考功员外：考功员外郎，属吏部，考功司副长官，秩从六品上。考功司具体负责对全国官吏的考绩、铨选。 (77)侍御史：御史台属官，监察官员，秩从六品下。 (78)太常丞：太常寺丞。太常寺是唐中央机关"九寺"之一，掌礼乐、宗庙、祭祀等事，设卿一人，少卿二人，以下为丞、主簿等。太常丞秩从五品下。　㊾万年尉：万年县尉。万年县故城在今陕西临潼东北，唐代为京县，万年尉秩从八品下。　㊿左衮：左补衮，指左补阙，唐代皇帝的近侍谏官，属门下省，秩从七品上。《容斋四笔·官称别名》："唐人好以它名标榜官称……补阙为中谏，又曰补衮。"补衮，原意是补天子的过失。《诗经·大雅·烝民》："衮职有阙，惟仲山甫补之。"《毛传》："有衮冕者，君之上服也，仲山甫补之，善补过也。"后世因引申称谏官为补阙，唐人则专用来称左右补阙。　㊶姻媾：姻亲。　㊷窜：放逐。荒徼（jiào）：荒远的边地，徼，边界。　㊸台铉（xuàn）：指宰辅大臣。古人以三台星的星象下应人间的宰相，又以鼎之三足比喻执政的三公，故称宰辅为"台鼎"。铉，扛鼎的器具，代指鼎，故以"台铉"代指"台鼎"。　㊹中外：中央和地方。外，首都以外的地方。　㊺徊翔台阁：迁转于台阁的高位上。台阁，本指尚书的职位，这里代指唐代三省长官等高位。台，御史台；阁，指中书、门下两省。唐李肇《国史补》："两省相呼为阁老。"　㊻赫奕（yì）：显赫光耀。《魏书·酷吏传·李洪之》："富贵赫奕，当舅戚之家。"　㊼奢荡：享用奢侈，行为不检。　㊽佚乐：悠闲安乐。《商君书·算地》："羞辱劳苦者，民之所恶也；显荣佚乐者，民之所务也。"　㊾甲第：上等住宅。《史记·孝武本纪》："赐列侯甲第，僮千人。"南朝宋裴骃集解引《汉书音义》："有甲乙第次，故曰第。"　㊿乞骸骨：古代臣下向皇帝要求告老退休的代用语。　㊶中人：在皇宫中服役的人，此谓皇帝的亲使。　㊷相踵：足迹相接。踵，原意是脚后跟。

㊸诸生：谓一般的儒生，和后世专称"秀才"为"诸生"不同。

㊹官叙：谓官吏的行列。　㊺特秩鸿私：此谓特别授予的官职和巨大的恩惠。秩，官位，官品。　㊻出拥节旄：谓外任则为封疆大吏。唐代刺史、都督等地方官吏有中央特使的性质，故均称"持节"，节度使辞朝由皇帝

赐给双节、双旌。旌,一种用羽毛装饰旗杆顶端的大旗。见《新唐书·百官志》。 ⑨入升台辅:谓入内则升迁宰相的高位。台辅,三公宰相之位。 ⑨绵历:久历。 ⑨忝(tiǎn):有愧于,用作谦辞。 ⑩无裨圣化:无益于圣人(皇帝)教化天下。 ⑩负乘贻寇:谓自己不称职。即成语"负乘致寇"。语出《易经·解卦》:"负且乘,致寇至。"意思是携带财物乘车出门却招来寇盗,后衍为"负乘致寇""负乘贻寇"的成语,意为本来担负保卫财物的重任,由于自己无能,等于把财物送给了寇盗。贻,赠予。 ⑩履薄:"如履薄冰"的省略,比喻行事谨慎,小心翼翼。语出《诗经·小雅·小旻》:"战战兢兢,如临深渊,如履薄冰。"履,践,踩。 ⑩三事:三公。古称三公为"三事大夫",语出《诗经·小雅·雨无正》:"三事大夫,莫肯夙夜。"汉蔡邕《陈太丘碑》:"云欲特表,便可入践常伯,超辅三事。" ⑩钟漏并歇:意思是说在世的时间已经没有了。钟、漏,古代计时器。 ⑩耄(mào):老。 ⑩弥留沉顿:久病不愈,生命垂危。病重濒死称"弥留",语出《尚书·顾命》:"病日臻,既弥留。"沉顿,沉重、委顿,形容病重不堪的样子。 ⑩溘(kè)尽:忽然完了。 ⑩顾:但。 ⑩休明:原意为美好清明,引申为对盛世及皇帝的颂辞。《文选·谢朓〈始出尚书省〉》:"惟昔逢休明,十载朝云陛。"唐李善注:"休明,谓齐武皇帝也。" ⑩圣代:古人对当代的谀辞。南朝梁萧统《文选·序》:"故与夫篇什,杂而集之,远自周室,迄于圣代,都为三十卷名曰《文选》云耳。" ⑪表:古代臣下呈给皇帝的一种比较郑重的奏章。 ⑪俊德:谓杰出的道德才能。 ⑪元辅:首辅,首相。 ⑪藩翰:喻国家的重臣,犹言国家的屏障和栋梁。语出《诗经·大雅·板》:"价人维藩,大师维垣,大邦维屏,大宗维翰。"《毛传》:"藩,屏也。"又:"翰,干也。" ⑪入赞雍熙:谓入内则赞助太平盛明的政治。

雍熙，和乐升平。《文选·张衡〈东京赋〉》："百姓同于饶衍，上下共其雍熙。"三国吴薛综注："言富饶是同，上下咸悦，故能雍和而广也。" ⑯纪：古代以岁星运行一周，即十二年为一纪。 ⑰比：近来。婴：遇到。《后汉书·质帝纪》："今我元元，婴此饥馑。"疾疹：疾病。《北史·艺术传下·姚僧垣》："尝婴疾疹历年，乃留心医药。" ⑱沉痾：积久难治的病。 ⑲骠骑大将军：唐制，武官散阶的最高阶。高力士：本姓冯，唐玄宗时最得宠的太监，势倾中外，累封至渤海郡公，开府仪同三司，肃宗时被流放巫州。 ⑳候省（xǐng）：问候看望。 ㉑针石：谓医药治疗。古代针灸最早用砭石制成的石针，后世才用金针，故以"针石"代指医药。 ㉒犹冀无妄：尤其希望能不药而愈。无妄，《易经》的卦名，《系辞》云："无妄之疾，勿药有喜。" ㉓瘳（chōu）：痊愈。 ㉔薨（hōng）：死。唐代称三品以上大官之死为"薨"。 ㉕欠伸：打呵欠、伸懒腰。悟：梦醒。 ㉖偃：倒卧。 ㉗触类如故：所接触到看到的一切都和以前一样。触，目击。 ㉘蹶然而兴：忽然起身。蹶然，疾貌。《逸周书·太子晋》："师旷蹶然起曰：'瞑臣请归。'"晋孔晁注："蹶然，疾貌。"兴，起身。晋张协《七命》："言未终，公子蹶然而兴。" ㉙怃然：怅然失意的样子。《论语·微子》："夫子怃然曰：'鸟兽不可与同群，吾非斯人之徒与而谁与？'"宋邢昺疏曰："怃，失意貌。" ㉚室吾欲：遏止我的欲望。 ㉛稽首：以头至地多时，是古人跪拜上时用的一种很重的礼节。

洞庭灵姻传

李朝威

唐仪凤中①,有儒生柳毅者,应举下第②,将还湘滨③。念乡人有客于泾阳者④,遂往告别。

至六七里,鸟起马惊,疾逸道左⑤,又六七里,乃止。见有妇人,牧羊于道畔。毅怪视之,乃殊色也⑥。然而蛾脸不舒⑦,巾袖无光⑧,凝听翔立,若有所伺⑨。毅诘之曰⑩:"子何苦,而自辱如是?"妇始楚而谢⑪,终泣而对曰:"贱妾不幸,今日见辱问于长者⑫。然而恨贯肌骨,亦何能愧避,幸一闻焉⑬。妾,洞庭龙君小女也。父母配嫁泾川次子⑭,而夫婿乐逸,为婢仆所惑,日以厌薄⑮。既而将诉于舅姑⑯,舅姑爱其子,不能御制⑰。迨诉频切⑱,又得罪舅姑。舅姑毁黜以至此⑲。"言讫,嘘欷流涕⑳,悲不自胜。又曰:"洞庭于兹,相远不知其几多也?长天茫茫,信耗莫通㉑,心目断尽,无所知哀㉒。闻君将还乡㉓,密迩洞庭㉔。或以尺书㉕,寄托使者㉖,未卜将以为可乎㉗?"毅曰:"吾义夫也。闻子之说,气血俱动。恨无毛羽,不能奋飞。是何可否之谓乎㉘!然而洞庭,深水也,吾行尘间,宁可致意耶㉙?唯恐道途显晦㉚,不相通达,致负诚托,又乖恳愿㉛。子有何术,可导我耶?"女悲泣且谢,曰:

唐人小说选 | 105

“负载珍重㉜，不复言矣。脱获回耗㉝，虽死必谢。君不许，何敢言。既许而问，则洞庭之与京邑，不足为异也㉞。”毅请闻之。女曰：“洞庭之阴㉟，有大橘树焉，乡人谓之社橘㊱。君当解去兹带，束以他物。然后叩树三发㊲，当有应者。因而随之，无有碍矣。幸君子书叙之外，悉以心诚之话倚托，千万无渝㊳。”毅曰：“敬闻命矣。”女遂于襦间解书㊴，再拜以进，东望愁泣，若不自胜。毅深为之戚㊵。乃置书囊中，因复问曰：“吾不知子之牧羊，何所用哉？神祇岂宰杀乎㊶？”女曰：“非羊也，雨工也㊷。”“何为雨工？”曰：“雷霆之类也㊸。”数顾视之，则皆矫顾怒步㊹，饮龁甚异㊺，而大小毛角，则无别羊焉。毅又曰：“吾为使者，他日归洞庭，幸勿相避。”女曰：“宁止不避㊻，当如亲戚耳。”语竟，引别东去。不数十步，回望女与羊，俱亡所见矣。

其夕，至邑而别其友。月余，到乡还家，乃访于洞庭。洞庭之阴，果有社橘，遂易带向树，三击而止。俄有武夫出于波间，再拜请曰：“贵客将自何所至也㊼？”毅不告其实，曰：“走谒大王耳㊽。”武夫揭水指路，引毅以进。谓毅曰：“当闭目数息㊾，可达矣。”毅如其言，遂至其宫。

始见台阁相向，门户千万，奇草珍木，无所不有。夫乃止毅，停于大室之隅，曰：“客当居此以伺焉。”毅曰：“此何所也？”夫曰：“此灵虚殿也。”谛视之㊿，则人间珍宝，毕尽于此。柱以白璧，砌以青玉(51)。床以珊瑚，帘以水精，雕琉璃于翠楣(52)，饰琥珀于虹栋(53)。奇秀深杳，不可殚言(54)。然而王久不至。毅谓夫曰：“洞庭君安在哉？”曰：“吾君方幸玄珠阁(55)，与太阳道士讲《火经》(56)，少选当毕㊗。"毅曰："何谓《火经》。"夫曰："吾君，龙也。龙以水为神，举一滴可包陵谷。道士乃人也，人以火为神圣，发一灯可燎阿房㊽。然而灵用不同，玄化各异㊾。太阳道士精于人理，吾君邀以听焉。"

语毕而宫门辟㊿。景从云合而见一人[61]，披紫衣，执青玉[62]。夫跃曰："此吾君也。"乃至前以告之。君望毅而问曰："岂非人间之人乎？"毅对曰："然。"毅遂设拜[63]，君亦拜，命坐于灵虚之下。谓毅曰："水府幽深，寡人暗昧[64]，夫子不远千里，将有为乎？"毅曰："毅，大王之乡人也。长于楚[65]，游学于秦[66]。昨下第，闲驱泾水之涘[67]，见大王爱女牧羊于野，风鬟雨鬓[68]，所不忍视。毅因诘之，谓毅曰：'为夫婿所薄，舅姑不念[69]，以至于此。'悲泗淋漓[70]，诚怛人心[71]。遂托书于毅。毅许之，今以至此。"因取书进之。洞庭君览毕，以袖掩面而泣曰："老父之罪，不能鉴听，坐贻聋瞽[72]，使闺窗孺弱，远罹构害[73]。公乃陌上人也[74]，而能急之[75]。幸被齿发[76]，何敢负德。"词毕，又哀咤良久[77]，左右皆流涕。时有宦人密侍君者[78]，君以书授之，令达宫中。须臾宫中皆恸哭。君惊，谓左右曰："疾告宫中，无使有声，恐钱塘所知。"毅曰："钱塘，何人也？"曰："寡人之爱弟。昔为钱塘长，今则致政矣[79]。"毅曰："何故不使知？"曰："以其勇过人耳。昔尧遭洪水九年者[80]，乃此子一怒也。近与天将失意，塞其五山[81]。上帝以寡人有薄德于古今[82]，遂宽其同气之罪[83]。然犹縻系于此[84]，故钱塘之人，日日候焉[85]。"

语未毕，而大声忽发，天拆地裂。宫殿摆簸，云烟沸涌。俄有赤龙长千余尺，电目血舌，朱鳞火鬣[86]，项掣金锁[87]，锁牵玉柱，千雷万霆，激绕其身，霰雪雨雹，一时皆下。乃擘青天而飞去(88)。毅恐蹶仆地(89)，君亲起持之，曰："无惧，固无害。"毅良久稍安，乃获自定。因告辞曰："愿得生归，以避复来。"君曰："必不如此。其去则然，其来则不然。幸为少尽缱绻(90)。"因命酌互举，以款人事(91)。

俄而祥风庆云(92)，融融怡怡(93)，幢节玲珑(94)，箫韶以随(95)。红妆千万，笑语熙熙中，有一人，自然蛾眉(96)，明珰满身(97)，绡縠参差(98)。迫而视之(99)，乃前寄辞者。然若喜若悲，零泪如丝。须臾，红烟蔽其左，紫气舒其右，香气环旋，入于宫中。君笑谓毅曰："泾水之囚人至矣。"君乃辞归宫中。须臾，又闻怨苦，久而不已。

有顷，君复出，与毅饮食。又有一人，披紫裳，执青玉，貌耸神溢(100)，立于君左右。君谓毅曰："此钱塘也。"毅起，趋拜之。钱塘亦尽礼相接，谓毅曰："女侄不幸，为顽童所辱，赖明君子信义昭彰，致达远冤。不然者，是为泾陵之土矣(101)。飨德怀恩，词不悉心(102)。"毅抆退辞谢(103)，俯仰唯唯(104)。然后回告兄曰："向者辰发灵虚，巳至泾阳，午战于彼，未还于此(105)。中间驰至九天(106)，以告上帝。帝知其冤，而宥其失(107)。前所遣责(108)，因而获免。然而刚肠激发(109)，不遑辞候(110)，惊扰宫中，复忤宾客(111)。愧惕惭惧，不知所失(112)。"因退而再拜。君曰："所杀几何？"曰："六十万。""伤稼乎？"曰："八百里。""无情郎安在？"曰："食之矣。"君抚然曰(113)："顽童之为是心也(114)，诚不可忍，然汝亦太草草。赖上帝显圣(115)，谅其至冤。不然者，吾何辞焉(116)。从此已去，勿复如是。"钱塘复再拜。

是夕，遂宿毅于凝光殿。明日，又宴毅于凝碧宫。会友戚，张广乐⑰，具以醪醴⑱，罗以甘洁⑲。初，箛角鼙鼓⑳，旌旗剑戟，舞万夫于其右。中有一夫前曰："此《钱塘破阵乐》㉑。"旌铖杰气，顾骤悍栗㉒。坐客视之，毛发皆竖。复有金石丝竹㉓，罗绮珠翠㉔，舞千女于其左。中有一女前进曰："此《贵主还宫乐》㉕。"清音宛转，如诉如慕㉖，坐客听之，不觉泪下。二舞既毕，龙君大悦，锡以纨绮㉗，颁于舞人。然后密席贯坐㉘，纵酒极娱。酒酣，洞庭君乃击席而歌曰：

"大天苍苍兮，大地茫茫。人各有志兮，何可思量。狐神鼠圣兮，薄社依墙㉙。雷霆一发兮，其孰敢当。荷真人兮信义长㉚，令骨肉兮还故乡。齐言惭愧兮何时忘㉛。"

洞庭君歌罢，钱塘君再拜而歌曰：

"上天配合兮，生死有途。此不当妇兮，彼不当夫。腹心辛苦兮㉜，泾水之隅。风霜满鬓兮，雨雪罗襦。赖明公兮引素书㉝，令骨肉兮家如初。永言珍重兮无时无㉞。"

钱塘君歌阕㉟，洞庭君俱起，奉觞于毅㊱。毅踧踖而受爵㊲，饮讫，复以二觞奉二君。乃歌曰：

"碧云悠悠兮，泾水东流。伤美人兮，雨泣花愁。尺书远达兮，以解君忧。哀冤果雪兮，还处其休㊳。荷和雅兮感甘羞㊴。山家寂寞兮难久留㊵，欲将辞去兮悲绸缪㊶。"

歌罢，皆呼万岁。洞庭君因出碧玉箱，贮以开水犀㊷；钱塘君复出红珀盘，贮以照夜玑㊸，皆起进毅。毅辞谢而受。然后宫中之人，咸以绡彩珠璧投于毅侧。重叠焕赫㊹，须臾埋没前后。毅笑语四顾，愧揖不暇。洎酒阑欢极[145]，毅辞起，复宿于凝光殿。

翌日[146]，又宴毅于清光阁。钱塘因酒作色[147]，踞谓毅曰[148]："不闻'猛石可裂不可卷[149]，义士可杀不可羞'邪？愚有衷曲[150]，欲一陈于公。如可，则俱在云霄；如不可，则皆夷粪壤[151]。足下以为何如哉？"毅曰："请闻之。"钱塘曰："泾阳之妻，则洞庭君之爱女也。淑性茂质[152]，为九姻所重[153]。不幸见辱于匪人。今则绝矣，将欲求托高义[154]，世为亲戚。使受恩者知其所归，怀爱者知其所付，岂不为君子始终之道者？"毅肃然而作[155]，欻然而笑曰[156]："诚不知钱塘君孱困如是[157]！毅始闻跨九州[158]，怀五岳[159]，泄其愤怒；复见断金锁，擎玉柱，赴其急难。毅以为刚决明直无如君者。盖犯之者不避其死，感之者不爱其生[160]，此真丈夫之志。奈何箫管方洽，亲宾正和，不顾其道，以威加人？岂仆之素望哉[161]！若遇公于洪波之中，玄山之间[162]，鼓以鳞须，被以云雨，将迫毅以死，毅则以禽兽视之，亦何恨哉？今体被衣冠，坐谈礼义，尽五常之志性[163]，负百行之微旨[164]，虽人世贤杰，有不如者，况江河灵类乎？而欲以蠢然之躯，悍然之性，乘酒假气，将迫于人，岂近直哉[165]！且毅之质[166]，不足以藏王一甲之间。然而敢以不伏之心，胜王不道之气。惟王筹之[167]。"钱塘乃逡巡致谢曰："寡人生长宫房，不闻正论。向者词述狂妄，搪突高明[168]。退自循顾，戾不容责[169]。幸君子不为此乖间可也[170]。"其夕，复欢宴，其乐如旧。毅与钱塘遂为知心友。

明日，毅辞归。洞庭君夫人别宴毅于潜景殿。男女仆妾等，悉出预会。夫人泣谓毅曰："骨肉受君子深恩，恨不得展愧戴[171]，遂至睽别[172]。"使前泾阳女当席拜毅以致谢。夫人又曰："此别岂有复相遇之日乎?"毅其始虽不诺钱塘之请,然当此席,殊有叹恨之色⑬。宴罢辞别,满宫凄然。赠遗珍宝,怪不可述。毅于是复循途出江岸,见从者十余人,担囊以随,至其家而辞去。

毅因适广陵宝肆⑭,鬻其所得。百未发一,财已盈兆⑮。故淮右富族⑯,咸以为莫如。遂娶于张氏,亡,而又娶韩氏。数月,韩氏又亡。徙家金陵⑰,常以鳏旷多感⑱。或谋新匹。有媒氏告之曰:"有卢氏女,范阳人也⑲。父名曰浩,尝为清流宰⑳。晚岁好道,独游云泉㉑,今则不知所在矣。母曰郑氏。前年适清河张氏㉒,不幸而张夫早亡。母怜其少,惜其慧美,欲择德以配焉。不识何如?"毅乃卜日就礼㉓。既而男女二姓,俱为豪族,法用礼物㉔,尽其丰盛。金陵之士,莫不健仰㉕。居月余,毅因晚入户,视其妻,深觉类于龙女㉖,而逸艳丰厚,则又过之。因与话昔事,妻谓毅曰:"人世岂有如是之理乎?"

经岁余,有一子,毅益重之。既产逾月,乃浓饰焕服㉗,召毅于帘室之间㉘,笑谓毅曰:"君不忆余之于昔也。"毅曰:"夙非姻好㉙,何以为忆?"妻曰:"余即洞庭君之女也。泾川之冤,君使得白。衔君之恩㉚,誓心求报。洎钱塘季父论亲不从㉛,遂至睽违㉜。天各一方,不能相问。父母欲配嫁于濯锦小儿某㉝,遂闭户剪发,以明无意。虽为君子弃绝,分无见期㉞。而当初之心,死不自替㉟,他日父母怜其志,复欲驰白于君子,值君子累娶,当娶于张㊱,已而又娶于韩。迨张、韩继卒,君卜居于兹,故余之父母乃喜余得遂报君之意。今日获奉君子,咸善终世㊲,死无恨矣。"因呜咽,泣涕交下。对毅曰:"始不言者,知君无重色之心。今乃言者,知君有感余之意。妇人匪薄⑲⑻，不足以确厚永心⑲⑼，故因君爱子，以托贱质。未知君意如何？愁惧兼心⑳⓪，不能自解。君附书之日，笑谓妾曰：'他日归洞庭，慎无相避。'诚不知当此之际，君岂有意于今日之事乎？其后季父请于君，君固不许⑳①。君乃诚将不可邪，抑忿然邪⑳②？君其话之。"毅曰："似有命者。仆始见君于长泾之隅，枉抑憔悴⑳③，诚有不平之志。然自约其心者⑳④，达君之冤，余无及也。初言慎勿相避者，偶然耳，岂思哉？洎钱塘逼迫之际，唯理有不可直⑳⑤，乃激人之怒耳。夫始以义行为之志，宁有杀其婿而纳其妻者邪？一不可也。某素以操贞为志尚，宁有屈于己而伏于心者乎⑳⑥？二不可也。且以率肆胸臆，酬酢纷纶，唯直是图，不遑避害⑳⑦。然而将别之日，见君有依然之容⑳⑧，心甚恨之。终以人事扼束⑳⑨，无由报谢。吁，今日，君，卢氏也，又家于人间，则吾始心未为惑矣⑳⓪。从此以往，永奉欢好，心无纤虑也。"妻因深感娇泣，良久不已。有顷，谓毅曰："勿以他类，遂为无心㉑①，固当知报耳。夫龙寿万岁，今与君同之。水陆无往不适，君不以为妄也？"毅嘉之曰："吾不知国容乃复为神仙之饵㉑②。"乃相与觐洞庭㉑③。

既至，而宾主盛礼，不可具纪。后徙居南海㉑④，仅四十年，其邸第舆马，珍鲜服玩，虽侯伯之室，无以加也。毅之族咸遂濡泽㉑⑤。以其春秋积序㉑⑥，容状不衰，南海之人，靡不惊异。洎开元中㉑⑦，上方属意于神仙之事㉑⑧，精索道术。毅不得安，遂相与归洞庭。凡十余岁，莫知其迹。

至开元末，毅之表弟薛嘏为京畿令㉑⑨，谪官东南㉒⓪。经洞庭，晴昼长望，俄见碧山出于远波，舟人皆侧立㉒①，曰："此本无山，恐水怪耳。"指顾之际㉒，山与舟相逼，乃有彩船自山驰来，迎问于嘏。其中有一人呼之曰："柳公来候耳。"嘏省然记之㉓，乃促至山下，摄衣疾上㉔。山有宫阙如人世，见毅立于宫室之中，前列丝竹，后罗珠翠，物玩之盛㉕，殊倍人间。毅词理益玄，容颜益少。初迎嘏于砌，持嘏手曰："别来瞬息，而发毛已黄。"嘏笑曰："兄为神仙，弟为枯骨，命也。"毅因出药五十丸遗嘏，曰："此药一丸，可增一岁耳。岁满复来，无久居人世，以自苦也。"欢宴毕，嘏乃辞行。自是已后，遂绝影响㉖。嘏常以是事告于人世。殆四纪㉗，嘏亦不知所在。

陇西李朝威叙而叹曰：五虫之长，必以灵著，别斯见矣㉘。人，裸也㉙，移信鳞虫㉚。洞庭含纳大直，钱塘迅疾磊落，宜有承焉㉛。嘏咏而不载，独可邻其境㉜。愚义之㉝，为斯文。

[评析]

　　本篇作者李朝威，生平未详。文内自称出"陇西"。又言柳毅的表弟薛嘏，开元末遇到柳毅，"殆四纪，嘏亦不知所在"。自开元末下数四十年，约德宗贞元年间（785—805）。李唐宗室多称出于"陇西"。《新唐书》卷七〇《宗室世系表上》记李渊弟蜀王李湛六世孙有李朝威，推其年历，亦在贞元前后，近世学者颇疑此人即本篇作者。

　　本篇主要写柳毅见义勇为及与龙女爱情婚姻的故事，情节跌宕，意象内涵丰富，人物形象突出，除主人公柳毅外，龙女、洞庭君、钱塘君的形象也十分引人注意。许多人在读了这篇作品后，都发现这篇小说中出现的龙女及承担"水神"职能、自称"寡人"的洞庭君和钱塘君等"龙"的形象，以及隐于水中、规模恢弘、拥有各种珍宝、住有龙君眷属的宫殿，都未见于以往的中国古代载籍，而在汉末以降的汉译佛经，如西晋时译《佛说海龙王经》《大楼炭经》，后秦时译《长阿含经》《大智度论》中却可以找到它们的踪迹。在这些释氏典籍中，龙被描写成蛇形多足的形象，偶尔会变为人形；龙有兴云致雨的本领，滴水即可润泽天下；龙有龙族，其首领为龙王，并有五大龙王、八大龙王等说法；龙虽然居于水中，但有龙宫，其中多宝藏，且有龙王妃、龙子、龙女等眷属。值得注意的是，汉译佛典中记有龙女报恩之类的故事（见东晋时译《摩诃僧祇律》卷三二）。

自南宋赵彦卫说"古祭水神曰'河伯'，自释氏书入，中土有'龙王'之说，而'河伯'无闻矣"（《云麓漫钞》卷一〇）之后，"龙"来自异域的观点多为人所崇，近年来更有不少人进行过这方面的研究，认为东晋南北朝以来中国各种杂史、杂传、志怪书及小说中关于"龙王""龙宫""龙女"等方面的描写，系源于南亚次大陆。但是，事实可能并非如此简单，将《柳毅传》这类故事的本质统统说成是"印度货色"，似乎有些片面和武断。

首先，在中国的文化传统中，"龙"是一个神异化的久远存在，或者说，早在中国文化形成之初，在华夏民族的意识中就已经有了被神异化了的"龙"。这是中国古代所有宗教崇拜、民俗民风、文学艺术中有关"龙"的内容产生的基础。在秦汉以前的中国文化语汇中，"龙"是一种公认的神兽——甲骨文、金文中已经出现了"龙"字，龙纹及其各种变形亦是殷商青铜器的常用装饰图案。虽然我们现在已经很难确定中国古代文字或图形中的"龙"究竟是以什么生物为原型的，但有两点可以肯定：一是中国先秦典籍中的"龙"是神格最高的通天神兽。传世上古很多祭祀礼器上都有龙纹的图案，近世出土的战国帛画《人物御龙图》、长沙马王堆3号汉墓T型帛画中的"龙"，以及河南永城柿园汉墓主室顶部壁画、洛阳汉代卜千秋墓壁画中的"龙"，都可以直观地说明中国秦汉以前龙的形象和属性。二是"龙"与水有关，甚至能致雨。《左传·昭公二十九年》即云："龙，水物也。"《吕氏春秋·召类》亦有"以龙致雨"之语。

其次，"汉译佛经"在内容上并不完全等同于作为其底本的"梵文"印度佛经，更不完全等同于印度文化。在中国，大约从东晋南北朝开始，有些书籍中开始出现以往没有出现过的"龙王""龙宫""龙女"等语汇，不仅涉及到佛教、佛典内容的《洛阳伽蓝记》（东魏杨衒之）、《法苑珠林》（唐释道世）等书有这种情况，其他如史书、笔记、杂俎，特别是在诗歌、小说中也出现了大量有关的内容。这种情况在唐代一时形成热潮，如在《全唐五代小说》中就有数十篇关于"龙王""龙宫""龙女"的作品。也就是说，唐人小说中的一些描写，应该是受了这些"汉译佛经"的影响，这是没有疑问的，但这并不能说这些"汉译佛经"里的东西都是"印度货色"。

据有关研究，各种"汉译佛经"中的"龙"，主要是对印度佛经中梵文 Naga（音译为"那迦"）的翻译，"龙王"则是对 Nagaraja 的翻译。而 Naga，无论在梵语，还是在巴利语中，都用来指代一种传说中的奇特的生物。这种生物外表类似巨大的蛇，有一个头或多个头，头型酷似眼镜蛇，无角，有力，原居于水中，又是常出入于各种场合的精怪。其形象在印度古老的吠陀文献、早期叙事诗《摩诃婆罗多》《罗摩衍那》中都曾出现，在婆罗门教、印度教和佛教的经典中也经常被提到。在佛经中，Naga 被视为有力而又凶残的怪物（汉译为"毒龙"），皈依于佛后则成为佛的护卫者（"天龙八部"中的"龙众"）。但在古印度的各种文献典籍中，Naga一词的用法并不十分严格，有时也被用来指真正的蛇，尤其是眼镜王蛇和印度眼镜蛇，有时又用来指陆地上的"象"，或者其他的东西。毫无疑问，印度文化，甚至佛经中的 Naga 与中国早期文化中的"龙"虽然有某些相似的地方（如蛇形），但其属性、神格实际有很大的差异，现存于南亚次大陆不少寺庙古迹上的 Naga 直观形象亦与中国文化传统和文物中的"龙"形象有很大的不同。

那么，汉译佛经为什么要将印度佛经中的 Naga 译为汉语中的"龙"，而不是其他呢？后秦弘始四年（402），鸠摩罗什翻译了成书于公元2至3世纪的佛教经典《大智度论》（龙树著），其卷三对那伽（Naga）作了很多说明和解释，其中有一句："那伽，秦言龙。"这里的"秦"指的是中国。不管这句话是龙树的原话，还是鸠摩罗什的话，都可以说明"汉译佛经"将印度文化中的 Naga 译为"龙"，其实是将 Naga 比附于中国的"龙"。易言之，印度典籍中的"龙"（Naga）实际上是受过中国文化影响的，因为佛经在汉译过程中已经被重新阐释，自觉不自觉地出现了"汉化"现象。

最后，人与水神交通的故事，在中国早在魏晋六朝志怪文中已经有所记载。如晋干宝《搜神记》中所载胡母班为泰山府君传书于其女"河伯妇"，有河中扣舟呼青衣的情节。南朝宋刘义庆《幽明录》则记河伯招凡人为婿，其女"年可十八九，姿容婉媚"。唐开元时张说《梁四公记》中有洞庭山洞穴通龙宫之说，并提到"东海、南天台、湘川、彭蠡、铜鼓、石头等诸水大龙""东海龙王第七女掌龙王珠藏，小龙千数卫护"等，只是文中的龙尚未完全"人化"。早于李朝威二三十年的戴孚《广异记》中有一篇《三卫》，其中龙的形象开始有所进化，事叙华岳第三子新妇为夫婿所恶，托三卫致书于北海家君，三卫扣海池树入宫见王，王调兵五万伐华山，使新妇夫妇和好，三卫得王酬北海绢两匹，后又得到新妇的援救，免受华岳子之害（见《全唐五代小说》卷一三）。

正是有了这许多中外观念和素材的积累，才有了本篇洞庭灵姻故事。然而本篇之所以成为小说杰作，并不仅仅在于作者将奇异的场景物象、情节人物组织成一个曲折的故事，也不仅仅在于较之《三卫》增加了柳毅与龙女之间情爱婚姻的描写，关键在于经过作者的蓄意经营，这篇小说已经形成了一个完整的小说艺术世界。这至少表现在三个方面：一是作者以小说颂信义。柳毅的救难济困，龙女和钱塘君、洞庭君秉诚报恩，乃至于钱塘君之灭暴，使善恶有归，皆可称义举。二是小说肯定了人的情义。龙女和钱塘君是有情者，柳毅亦是有情者。三是展示出丰美的人格风采。假人与异物恋爱婚姻来阐发道德观和爱情婚姻观，是本篇小说最重要的特点。龙为麟虫之长，是一种神物，娶龙女胜于当人间驸马，更何况龙女还是绝色佳人，在这样的情况下，柳毅为了保持自己的人格独立而不屈从于威势，其节操风骨无疑是令人景仰的。龙女开始是感激柳毅救助自己的风义，感恩图报而愿意委身，后来则由于敬佩柳毅不为势力所动的人格而倾心相爱，这种相爱有其道德价值观作为吸引和维护的牢固基础，正是从正面阐述了一种情爱的观念。小说对柳毅的人格风采尽情作了渲染，实际上是将他作为一种人生取向而加以颂扬的。

也许人们不能够完全理解这篇小说，但小说所描写的神异故事本身也足以吸引读者。所以本篇故事自中唐以来即广播于众口。晚唐人写的另一述龙女故事的传奇《灵应传》，已经将其作为典实来称述。唐代以后，宋官本杂剧有《柳毅大圣乐》（见周密《武林旧事》卷一〇，文佚），金人有写这个故事的诸宫调（见董解元《西厢记诸宫调》引），元杂剧有尚仲贤《洞庭湖柳毅传书》。宋元戏文有《柳毅洞庭龙女》(《南词叙录》著录，今佚)。传奇剧本有明许自昌的《橘浦记》和清高奕《龙绡记》等。一直到近代《柳毅传书》仍然在许多剧种中存在。这个故事也一向被用为典实，故明人胡应麟说："唐人小说如柳毅传书洞庭事，极鄙诞不根，文士亟当唾去，而诗人往往好用之。"(《少室山房笔丛》卷三六) 另外，今洞庭君山尚有"柳毅井"之类的"古迹"，都说明了本篇的广泛影响。在东亚"汉字文化圈"中，本篇故事亦传播甚广，创作于15世纪的越南汉文古籍《岭南摭怪》，甚至越南的史书《大越史记全书》都可以看到其影响。

本篇全文见于《太平广记》卷四一九，题《柳毅》，注出晚唐陈翰的小说选集《异闻集》。南宋曾慥《类说》卷二八节引《异闻集》则题《洞庭灵姻传》。《太平广记》标目例取姓名为题，《异闻集》则多照录原题。又，晚唐裴铏《传奇》之《萧旷》云："近日人或传柳毅灵姻之事。"五代佚名《灯下闲谈》卷下有洞庭龙女诗："当此不知多少恨，至今空寄在灵姻。"本篇正文内并无"灵姻"字，故"灵姻"之语当取自题目。北宋范致明《岳阳风土记》云："《灵姻传》始言还湘滨，中言将归吴国。"其他宋人引柳毅故事亦多有"灵姻"语，则《洞庭灵姻传》之名，非曾慥造作。从明代《虞初志》逮至鲁迅《唐宋传奇集》等唐人小说选本多收本篇，篇名皆据《太平广记》题《柳毅传》，成为后世通行名。此据李时人编校《全唐五代小说》(中华书局，2014年修订版)卷二一校录。

[注释]

①仪凤：唐高宗李治年号（676—679）。　②应举：即被举荐去参加科举考试。唐制，每年由各州申送士子，参加中央举行的各科考试，被送的人称"举人"。下第：没有考中。　③湘滨：湘江之滨。湘江源出广西

灵川海洋山，东北流贯湖南东部，经衡阳、湘潭、长沙等地，至湘阴县入洞庭湖。　④泾阳：唐县名，前秦置，故治在今陕西泾阳东南，泾水北岸，南距长安仅数十里。　⑤道左：道旁。　⑥殊色：绝色，特别美丽。《全唐五代小说》卷三○牛僧孺《崔书生》："女有殊色，所乘骏马极佳。"　⑦蛾脸不舒：谓双眉紧锁，愁容不展。蛾脸，人的眉眼。蛾，"蛾眉"的省称，代指女子的眉毛。脸，"睑"字的异写。睑，眼皮。　⑧巾袖无光：谓穿戴蔽旧，暗淡无光。　⑨伺：守候，等候。《新唐书·宋璟传》："太平公主不利东宫，尝驻辇光范门，伺执政以讽。"　⑩诘之：问她。　⑪楚：悲痛，悲伤。晋陆机《于承明作与士龙》："俯仰悲林薄，慷慨含辛楚。"　⑫见辱问于长者：意思说"承蒙您屈己下问"。见，"被"的意思；辱问，谓降低自己的身份下问；长者，唐代称有德行的人，对人的尊称。　⑬幸一闻焉：希望（您）听一听。　⑭泾川：这里指泾水的龙王。泾水，渭河支流，源出宁夏南部六盘山东麓，东南流经甘肃，至陕西西安市高陵区入渭水。泾水浊而渭水清，后人因称"泾渭分明"。　⑮厌薄：厌恶鄙视。　⑯舅姑：古称丈夫的父母，即"公婆"。《穀梁传·桓公三年》："礼，送女，父不下堂，母不出祭门……父戒之曰：'谨慎从尔舅之言。'母戒之曰：'谨慎从尔姑之言。'"宋赵彦卫《云麓漫钞》卷五："妇谓夫之父曰舅，夫之母曰姑。"　⑰御制：约束禁止。　⑱迨（dài）：等到。　⑲毁黜：毁骂弃逐。黜，放逐。《公羊传·襄公二十七年》："黜公者，非吾意也。"汉何休注："黜，犹出逐。"　⑳嘘欷流涕：抽泣流泪。嘘欷，哽咽，抽噎；涕，眼泪。　㉑信耗：消息，信息。耗，音信。下文"脱获回耗"之"耗"字，义同。　㉒无所知哀：无法使家里人知道我的悲哀痛苦。　㉓将还乡：底本作"将还吴"。江南一带本春秋时吴国故地，称为"吴"。本文开头写到柳毅"将还湘滨"，湘滨、洞庭湖均应为春秋时楚地，且下文柳毅明确表明自己"生于楚"，未详此处何以言"将还吴"。《醉翁谈录》引《异闻录·洞庭龙女》作"将还乡"，较为合理，因据之改。㉔密迩：贴近，靠近。《宋书·刘延孙传》："京口家地，去都邑密迩，自非宗室近戚，不得居之。"底本作"密通"，据《太平广记》卷四一九改。㉕尺书：书信。在发明造纸术以前，最早古人将信写在一尺长左右的竹木简上，故称"尺牍""尺书"，后又写于绢帛上，称"尺素书""素书"，后因以"尺书""尺素书"等作为书信的代称，下文"素书"用法同此。㉖寄托侍者：拜托您的侍从（把信带去）。此为客气的说法，意思说不敢有劳柳毅，请侍奉他的仆从代为递信。侍者，左右侍奉的人。㉗未卜：原意是没有占卜，古人以占卜来判断行为的吉凶，故将"未卜"引申为"未知""不知道"的意思。唐李商隐《马嵬》："海外徒闻更九州，他生未卜此生休。"此外，又将"卜"引申为"选择"，下文"卜日"指选择吉日良辰，"卜居"谓选择住所。㉘是何可否之谓乎：这哪里还有可与不可之说呢？意思是说当然可以，不用考虑，是一种慨然应诺的表示。㉙宁可致意耶：怎么能传达你的意思呢？宁可，岂可，怎么能够。㉚道途显晦：犹言"幽明路隔"。显晦，本指"明"与"暗"，此指人世与神仙两个不同世界的阻隔。㉛又乖恳愿：又违背了自己的诚心诚意。㉜负载珍重：意为您肩负重托，请多加保重。㉝脱获回耗：如果得到回信。脱，假使，万一，表示假设。《全唐五代小说》卷二八薛用弱《王焕之》："待此子所唱，如非我诗，吾即终身不敢与子争衡矣。脱是吾诗，子等当须列拜床下，奉吾为师。"㉞洞庭之与京邑，不足为异也：去洞庭湖与去京城没有什么两样。京邑，京城。㉟洞庭之阴：洞庭湖的南面。《说文解字》清段玉裁注引《穀梁传》"水北为阳，山南为阳"之说，云："然则水之南、山之北为阴可知矣。” ㊱社橘：古代称土地神为“社”（见《国语·鲁语上》三国吴韦昭注），祭祀社神的节日称“社日”，有春社、秋社两次。古人封土为“社”，栽种当地土地所宜之树，以为祀社神之所在，这些树木被称为“社树”。《庄子·人世间》即写到以大栎树为社树。后则径选当地大树为“社树”。唐苏鹗《苏氏演义》卷上：“《周礼》文，二十五家为社，各树其土所宜木。今村墅间多以大树为社树，盖此始也。”此以大橘树为社树，称“社橘”，正合洞庭湖一带的自然情况。 ㊲三发：三下。发，此用作量词。 ㊳无渝：不变。渝，改变。《诗经·郑风·羔裘》：“彼其之子，舍命不渝。”《毛传》：“渝，变也。” ㊴襦（rú）：短袄。 ㊵戚：悲哀。 ㊶神祇（zhī）：泛指天地间一切神灵。 ㊷雨工：古人想象下雨是龙神所为，龙神行雨还须有雷公、风师、雨师等配合辅助，遂称这些随龙神行雨的神祇为“雨工”。元杨维桢《湖龙姑曲》：“雨工骑羊鞭迅雷，红旗白盖蚩尤开。” ㊸雷霆：本指震雷、霹雳，此用来代指龙神行雨时负责打雷的神工，即俗所谓“雷公”。古人想象这类雷公形象怪异，相貌像人间的兽畜。晋干宝《搜神记》“杨道和”条，记杨道和在夏天用锄头击落一个雷公：“唇如丹，目如镜，毛角长三寸许，状似六畜，头似猕猴。” ㊹矫顾怒步：昂首阔步，雄健的样子。此谓这群“羊”体态矫健，与普通的羊不同。 ㊺饮龁（hé）：喝水吃草。龁，咬嚼。 ㊻宁止：岂止，岂但。 ㊼将：发语词，无义。 ㊽走谒：前往拜见。《左传·昭公二十八年》：“伯石始生，子容之母走谒诸姑曰：‘长叔姒生男。’” ㊾数息：呼吸几次，形容时间之短。 ㊿谛视：细看。 (51)砌以青玉：以青玉作为台阶。砌，台阶。 (52)翠楣：涂绘着翠色的门楣。楣，门框上的横木。 (53)琥珀：一种植物树脂的化石，色蜡黄至红褐，透明有光泽，是贵重的装饰品。虹栋：彩绘的屋梁。 (54)不可殚（dān）言：犹言“说不尽”。殚言，尽言。 (55)幸：古代帝王驾临某处称“幸”。 (56)《火经》：唐初波斯的祆教（俗称拜火教）已传入中国，唐太宗贞观五年（631）敕令在长安建祆教寺。这里关于《火经》的说法可能是作者受到祆教教义的影响。 (57)少选：一会儿。 (58)阿房：秦始皇统一中国后在长安附近所建宫殿，极其宏丽，后为项羽焚毁。实际上，据《史记·秦始皇本纪》记载，由于工程浩大，秦始皇在位时只建了一座前殿：“东西五百步，南北五十丈，上可以坐万人，下可以建五丈旗。”现存遗址总面积十一平方千米。 (59)灵用不同，玄化各异：此指龙和人、水和火的作用、变化都不同。灵、玄，形容作用、变化的神奇。 (60)辟：开。 (61)景从云合：形容很多人跟随簇拥。景从，像影不离形那样紧随着的侍从，“景”同“影”；云合，像云的聚合一样簇拥着。 (62)青玉：此指青玉制的圭。圭，礼器，古代君臣于朝廷相会时所执的一种玉板，上圆下方。 (63)设拜：谓行拜见之礼。《全唐五代小说》卷三五郑还古《敬元颖》：“一更后，忽见元颖自门而入，直造烛前设拜。” (64)寡人：古代君主的谦称。《礼记·曲礼下》：“诸侯……与民言，自称曰‘寡人’。”唐孔颖达疏：“寡人者，言己是寡德之人。” (65)楚：泛指战国时楚国故地，即江南以及湖北、湖南一带，洞庭湖即在楚地，所以柳毅说是洞庭君的“乡人”。 (66)秦：指秦国故地，泛指西北一带，长安也在秦地。 (67)闲驱泾水之涘（sì）：偶然走过泾水岸边。闲，同“间”，偶然。涘，水边。 (68)风环雨鬓：言女子因遭受风吹雨打的折磨，头发显得蓬松散乱。 (69)不念：不哀怜。念，哀怜，可怜。唐杜甫《述古》：“竹花不结实，念子忍朝饥。” (70)悲泗淋漓：谓哭得满脸眼泪鼻涕的样子。泗，鼻涕。 (71)诚怛（dá）人心：实在令人伤心。诚，诚然、真正；怛，悲伤。 (72)不能鉴听，坐贻聋瞽：不能看到、听到，以致成了聋子和瞎子。坐，因此；贻，造成。 (73)构害：

谋害。 ⑭陌上人：路人。 ⑮急之：救人之急难。 ⑯幸被齿发：幸而还长着牙齿和头发，意即幸而自己还是个人。 ⑰哀咤（zhà）：哀叹，痛惜。咤，痛惜。唐玄应《一切经音义》引汉服虔《通俗文》："痛惜曰'咤'也。" ⑱宦人：太监，宦官。 ⑲致政：致仕，辞官。此指被罢官。 ⑳尧遭洪水九年：传说我国古代尧时曾遭到特大洪水，"汤汤洪水滔天，浩浩怀山襄陵"，尧使鲧治水九年不成，后来由鲧的儿子禹率人治水成功。见《尚书·尧典》及《史记·五帝本纪》等。 ㉑塞：堵塞，此指以水围堵、淹没。五山：古籍中多有称"五山"者，据下文"跨九州，怀五岳"，此"五山"当指五岳。《后汉书·冯衍传》："疆理九野，经营五岳。"唐李贤注："五山即五岳也。"唐韩愈《读东方朔杂事》："簸顿五山踣，流漂八维蹉。"五岳有不同的说法，《周礼·春官》说是中岳嵩山、东岳泰山、西岳华山、南岳衡山和北岳恒山。《史记·封禅书》《汉书·郊祀志》同，因成通行说法。 ㉒上帝：中国古代称想象中天上的帝王为"天帝""上帝"。《易·豫》："先王以作乐崇德，殷荐之上帝，以配祖考。"《国语·晋语八》："夫鬼神之所及，非其族类，则绍其同位，是故天子祀上帝，公侯祀百辟，自卿以下不过其族。" ㉓同气：兄弟。古代以"同胞共气"指亲兄弟，有血统关系的兄弟姊妹皆可称"同气"。 ㉔縻系：拘禁。 ㉕钱塘之人，日日候焉：钱塘江潮最大，蔚为奇观，唐代杭州即有八月十五观钱塘江大潮之俗。本文写钱塘君是钱塘江的龙君，将其作为钱塘怒潮的象征，故言"钱塘之人，日日候焉"。 ㉖火鬣（liè）：火红的鬣须。鬣，指想象中龙颈上的长须。唐李沈《醮词》："八极鳌柱顷，四溟龙鬣沸。" ㉗掣（chè）：牵拽，牵引。 ㉘擘（bò）：分开。 ㉙恐蹶：恐惧跌倒。仆地：前仆倒地。 ㉚少尽缱绻（qiǎn quǎn）：稍尽一点情意。缱绻，此指内心的情意，与用来特指男女恋情不同。唐白居易《寄元九》："岂是贪衣食，感君心缱绻。" ⑨命酌互举，以款人事：命令安排酒宴彼此举杯劝酒，以尽待客之道。人事，人情，这里指待客的酬酢。 ⑨庆云：五色云，古人以为喜庆、吉祥之云。《汉书·天文志》："若烟非烟，若云非云，郁郁纷纷，萧萧轮囷，是谓庆云。庆云见，喜气也。" ⑨融融怡怡：同"融融泄泄"，形容一派和乐舒畅的气氛。语出《左传·隐公元年》："公入而赋曰：'大隧之中，其乐也泄泄。'姜出而赋：'大隧之外，其乐也洩洩。'" ⑨幢（chuáng）节：旗帜仪仗。幢，一种垂筒形的旌旗，饰以锦绣羽毛；节，一种用羽毛装饰的仪仗。两种都是贵官及传说中神仙的仪仗用物，也代指场面宏大的仪仗。 ⑨箫韶：传说舜时的音乐，《尚书·益稷》："《箫韶》九成，凤皇来仪。"后代指美妙的音乐。 ⑨自然蛾眉：指不画眉毛、不施脂粉而自然美丽。 ⑨明珰满身：闪亮的珠玉佩饰挂满全身。珰，本指用珠玉串成的耳饰。《玉台新咏·古诗为焦仲卿妻作》："腰若流纨素，耳着明月珰。"清吴兆宜注："穿耳施珠曰珰。"此处代指珠玉佩饰。 ⑨绡縠（hú）：泛指轻纱之类的丝织品。三国魏曹植《迷迭香赋》："去枝叶而特御兮，入绡縠之雾裳。"绡，轻纱；縠，绉纱。参差：这里形容衣服轻纱重叠而又飘逸的样子。 ⑨迫：靠近。 ⑩貌耸神溢：形状高峻而又神采奕奕。貌，此指形体姿态。南朝梁刘勰《文心雕龙·物色》："故灼灼状桃花之鲜，依依尽杨柳之貌。"耸，高峻。 ⑩为泾陵之土矣：要做泾水岸上的泥土了，犹言"要死在泾水岸边了"。泾陵，泾水之岸。陵，原意为大的土山，此指高岸。 ⑩飨德怀恩，词不悉心：受德感恩的心情，不是言词所能说尽的。飨，通"享"，承受。 ⑩㧑（huī）退：谦让。㧑，退让。 ⑩俯仰唯唯：谓恭敬地连声答应。俯仰，偏义复词，意为恭身谦谢。 ⑩"向者"四句：叙述事情发生的过程。向者，刚才。辰、巳、午、未，都是表示时间的概念。古代以"干支"计时，设定一昼夜分子、丑、寅、卯、辰、巳、午、未、申、酉、戌、亥十二个时辰。一个时辰约现在两小时。辰时，约午前七至九时；巳时，约九至十一时；午时，约十一时至午后一时；未时，约午后一时至三时，余类推。　⑩九天：九重天，古代谓天空的最高处。　⑩宥（yòu）：原谅，赦免。　⑩谴责：贬谪，责罚。　⑩刚肠：性格刚直。《文选·嵇康〈与山巨源绝交书〉》："刚肠嫉恶，轻肆直言，遇事便发。"唐张铣注："刚肠，谓强志也。"　⑩不遑辞候：不及候问辞行。遑，闲暇，空闲。　⑪忤：冒犯。　⑫愧惕（tì）惭惧，不知所失：实在羞愧知惧，不知犯了多么大的错误。愧惕，羞愧而知惧。《三国志·魏志·曹爽传》"丁谧画策，使爽白天子"下南朝宋裴松之注引晋王沈《魏书》："中心愧惕，敢竭愚情，陈写至实。"惭惧，也为"羞愧知惧"之意。《汉书·杜周传》："会皇太后女弟司马君力与钦兄子私通，事上闻，钦惭惧，乞骸骨去。""愧"犹"惭"；"惕"犹"惧"，"愧惕惭惧"为反复互文以加重语气。　⑬抚然：怅然若失的样子。　⑭顽童：指泾河小龙。为是心：有这种居心。为，有。　⑮显圣：圣明。显，明。　⑯吾何辞焉：我有什么话说。意思说，我怎么推卸责任。　⑰张广乐：排设盛大的音乐。广乐，盛大之乐，亦指仙乐。《穆天子传》卷一："天子乃奏广乐。"　⑱醪（láo）醴：美酒。醪，醇酒；醴，甜酒。　⑲甘洁：味美洁净的食品。　⑳笳角鼙（pí）鼓：四种古代的军乐器。笳，原为古代胡人所吹的一种木管，一说是卷苇叶而成；角，画角，古代军中一种形如竹筒的吹奏乐器。笳角吹奏，犹如军号、喇叭。鼙鼓，即军队中的战鼓。鼙，一种在马上敲击的小鼓。　㉑《钱塘破阵乐》：唐初乐舞有《秦王破阵乐》，以彰扬唐太宗为秦王时破刘武周军的武功。《唐会要》卷三三："（贞观）七年正月七日，上（唐太宗）制破陈（阵）乐舞图……以象战陈（阵）之形。起居郎吕才，依图教乐工一百二十人，被甲执戟而习之，凡为三变，每变为四陈（阵），有来往疾徐击刺之象，以应歌节。"以后遂成为唐代"雅乐"中表演战阵的武舞。这里因钱塘君战胜回来，借称为《钱塘破阵乐》。 ⑫旌钺杰气，顾骤悍栗：旌旗斧钺之舞，一派雄杰豪迈气象，武士们顾盼驰骤，显得剽悍勇武。旌，旌旗。钺，斧类的武器。《类篇·金部》："钺，斧属。"或为"钱"字的误写，"旌钱"，旌旗斧钱。杰气，雄杰的气象。顾骤，顾盼驰骤。悍栗，剽悍勇武。 ⑬金石丝竹：指美妙的音乐声。我国古代把乐器综归为金、石、土、革、丝、木、匏、竹八类（见《周礼·春官》）。金石，指钟、磬等打击乐器；丝，指琴、瑟、筝、琶等弦乐器；竹，指箫、笙、笛等管乐器。后以"金石丝竹"泛指各种乐器和美妙的音乐。 ⑭罗绮珠翠：以物代人，指身穿罗绮、插戴珠翠首饰的舞女。下文"后罗珠翠"之"珠翠"，指插戴珠翠首饰的侍女。 ⑮贵主：尊贵的公主，古代用以称呼帝王的女儿。 ⑯清音宛转，如诉如慕：乐声清澈婉转，有时好像在低声哭泣，有时又好像在怨慕诉说。如诉如慕，语出《孟子·万章》，写古帝虞舜曾在田间向天号泣，怨自己不能得到父母的欢心，因而更增加了对父母的思慕。慕，思慕，特指儿女对父母的依恋感情。 ⑰锡以纨绮：赐以绫绸。锡，赐；纨，白色的细生绢；绮，彩绸。 ⑱密席贯坐：接席连坐。席，座席。 ⑲狐神鼠圣兮，薄社依墙：意思是说狐狸依着城墙、老鼠靠着社神祭坛筑巢穴。鼠圣，犹言鼠怪；薄，依附；社，社神的祭坛；墙，城墙。此用成语"城狐社鼠"之意，语出《晋书·谢鲲传》：王敦对谢鲲说，刘隗为人奸邪，将要危害国家，打算将这个皇帝面前的小人除掉。谢鲲回答说："隗诚始祸，然城狐社鼠也。"意思是说刘隗依附在皇帝的身近，除之恐怕会惊动皇帝，就好比城狐社鼠，明知有害却不敢动它们，是因为怕掘狐坏了城墙,熏鼠烧了祭社。后因以"城狐社鼠"喻坏人有所倚恃,此处指泾川龙王的次子倚仗父母的宠爱而胡作非为。 ⑱荷真人:感谢信义之士。荷,感戴,承受。真人,即"贞人",有信义的人。汉贾谊《新书·道术》:"言行抱一谓之贞。" ⑬齐言惭愧兮何时忘:据下文钱塘君所作歌"永言珍重兮无时无",疑此句"齐言"当为"永言"之误,全句意思是:永远感谢啊,(我们)什么时候也不会忘记您。"言"为语助词,无实义,与下文"永言珍重"之"言"用法同。惭愧,感幸之词,意为感谢、多谢。唐王绩《过酒家》之五:"来时长道赏,惭愧酒家胡。" ⑫腹心:骨肉亲人,这里指龙女。 ⑬明公:古代对有名位者的尊称。引:导达。 ⑭永言珍重兮无时无:永远珍重啊,(我们)无时无刻不这样祝福您。言,语助词。珍重,一种祝福之词。无时无,没有哪一时候不是这样,即"时时刻刻"的意思。 ⑮歌阕(què):歌声停止。 ⑯奉觞(shāng):敬酒。觞,盛满酒的酒杯。 ⑰踧踖(cù jí):恭敬而不安的样子。《论语·乡党》:"君在,踧踖如也。"受爵:接受对方的敬酒,意为饮酒。爵,原指一种有三足的酒杯,代指酒杯。 ⑱还处其休:仍旧回来过美好的生活。休,美好、幸福。 ⑲荷和雅兮感甘羞:感谢这和谐雅妙的音乐和甘美的食品。荷、感,都是"感谢"的意思。和雅,谓乐曲的声调和谐雅正。北齐卢思道《辽阳山寺愿文》:"洞穴条风,生和雅之曲;圆珠积水,流清妙之音。"甘羞,甘美的饮食。 ⑳山家:山野人家之意。唐杜甫《从驿次草堂复至东屯茅屋》之二:"山家蒸栗暖,野饭射麋新。"此为柳毅对自己家的谦称。 ㉑绸缪(móu):情意殷切。汉李陵《与苏武诗》之二:"独有盈觞酒,与子结绸缪。" ㉒开水犀:传说中可以分水的犀牛角。《太平广记》卷四〇三引《岭表录异》:"辟水犀:此犀行于海,水为之开。置角于雾之中,不湿矣。" ㉓照夜玑：夜明珠。玑，原意是不圆的珠子。《海录碎事》卷一五引唐郑处诲《明皇杂录》："明皇赐虢国（夫人）照夜玑，盖希代之宝也。"　⑭焕赫：光彩耀目。　⑭洎（jì）：及至，等到。酒阑：酒后筵席将散，有些人已经离席，有些人还在席上，叫"酒阑"。　⑭翌（yì）日：次日，第二天。　⑭因酒作色：借着酒意，改变脸色。　⑭倨：同"倨"，倨傲，傲慢不恭。《庄子·渔父》："夫子犹有倨傲之容。"　⑭猛石：坚硬的石头。　⑮衷曲：心里事。　⑮"如可"四句：如果你答应，大家都在天上（意即都很幸福）；如果你不答应，则大家都要掉到粪土里（意即都没有好下场）。夷，降低；粪壤，粪土。　⑯淑性茂质：性情善良，品质美好。淑，善，善良；茂，美好，卓越。　⑯九姻：九族姻亲。九族，说法不一。《尚书·尧典》："克明俊德，以亲九族。"清孙星衍《尚书今古文注疏》云："夏侯、欧阳等以为九族者，父族四，母族三，妻族二。"一般用"九姻"泛指所有的亲戚。　⑭求托高义：希望能托付给品行崇高的人。这是女方向男方提亲时的谦辞。古代社会以男子为中心，故认为嫁女儿就是把女儿托付给丈夫了。高义，指行为高尚符合道义的人。　⑮肃然而作：表情严肃地站起来。　⑯欻然而笑：忽然笑起来。　⑰孱（chán）困：浅陋低劣。　⑱跨九州：犹言横行于九州，即上文所言致"尧遭洪水九年"之事。九州，古代分中国为九州。《尚书·禹贡》言九州为冀、兖、青、徐、扬、荆、豫、梁、雍。《周礼》言九州为扬、荆、豫、青、兖、雍、幽、冀、并。《尔雅》另有九州的说法。跨，横越。这里指洪水的横流。　⑲怀五岳：此言水围五岳。怀，包围。五岳，中国古代五座名山总称，一般以为指东岳泰山、西岳华山、南岳衡山、北岳恒山、中岳嵩山。见前注㉛。　⑳犯之者不避其死，感之者不爱其生：对于侵犯自己的人，不怕死亡的危险去反抗他；对有恩于己、自己感激的人不顾自己的生命去报答他。 ⑯岂仆之素望哉：这哪里是我平素的希望呢？素，向来，旧时。 ⑯玄山：黑色的山峰。似指上文所言的"五山""五岳"。
⑯五常：古人称仁、义、礼、智、信为"五常"。汉董仲舒《贤良策一》："夫仁、义、礼、智、信，五常之道，王者所当修饬也。" ⑯百行：各种品行。三国魏嵇康《与山巨源绝交书》："故君子百行，殊途而同致。"《旧唐书·孝友传·刘君良》："士有百行，孝敬为先。"微旨：精深的道理。 ⑯岂近直哉：哪里合乎正道呢？直，直道，正道。 ⑯质：形质，身体。 ⑯筹：考虑。《后汉书·邓禹传》："光武筹赤眉必破长安，欲乘衅并关中。" ⑯搪突：同"唐突"，冒犯。高明：崇高明睿的人。
⑯退自循顾，戾（lì）不容责：回头一一省察，罪过不是责罚所能了事。戾，罪行。《尚书·汤诰》："兹朕未知获戾于上下。"唐孔颖达疏："未知得罪于天地。" ⑰乖间：疏远。 ⑰展愧戴：表示感谢和敬爱之意。愧戴，感谢。《全唐五代小说》卷六五裴铏《张无颇》："知君有神膏，倘或痊平，实所愧戴。" ⑰睽（kuí）别：离别。《全唐五代小说》（中华书局2014年修订版）卷二一《洞庭灵姻传》："骨肉受君子深恩，恨不得展愧戴，遂至睽别。" ⑰叹恨之色：脸上表现出叹息悔恨的样子。 ⑰适：往。广陵：广陵郡，治在今江苏扬州，是唐代手工、商业集中的大都会，有很多外国来华贸易的商人聚集中在广陵。宝肆：珠宝店。 ⑰百未发一，财已盈兆：还未卖掉百分之一，所得的钱财已经多得不得了。盈兆，超过了"兆"数。古代以"兆"称数之极多。《墨子·明鬼下》："人民之众兆亿。"然未指明"兆"是多少。近代以来逐渐明确称百万为"兆"。唐代以铜钱为货币基本单位，此处言铜钱数超过"兆"数，非实指，仅言极多。 ⑰故淮右富族：原有的淮西富族。淮右，即淮西，隋唐俗称今皖北、豫东淮河北岸一带为淮西。疑此处文字有误，因文内所写柳毅所在

唐人小说选 | 129

扬州在淮河以南,应称为"淮左"。 ⑰金陵:即今江苏南京。战国楚威王七年(前333年)灭越后曾在今南京清凉山一带设金陵邑,后遂成为该地代称。唐武德年间曾一度在今南京设金陵县,后改白下县。 ⑱鳏(guān)旷:没有妻室独居。成年男子无偶称"鳏",男女无偶皆可称"旷",故"鳏旷"为同义复词。 ⑲范阳:郡名,今河北一带,郡治在今河北涿州。范阳卢氏为唐代著名世家"五姓七族"之一,所以下文称"豪族"。 ⑳清流宰:清流县令。清流,唐县名,隋开皇十八年(598)改新昌县置,治所即今安徽滁州,明初废入滁州。宰,县令,县的行政长官。 ㉑独游云泉:独自到山中修道。云泉,白云清泉,借指胜景。古人以"游云泉"作为隐居、修道的代称。 ㉒适:嫁。清河张氏:清河郡的张家。清河郡治在今河北清河县东。 ㉓卜日就礼:选择吉日举行婚礼。 ㉔法用礼物:婚仪的用品和互赠的礼物。 ㉕健仰:艳美,极其羡慕。 ㉖类:相似。 ㉗浓饰焕服:浓妆艳服,穿着打扮漂亮。焕服,艳丽光彩的服装。 ㉘帘室:门上有帘的屋子,内室。 ㉙姻好:姻亲。 ㉚衔君之恩:感念君子之恩德。衔,受,感念。 ㉛季父:最小的叔父。古人兄弟排行以"伯、仲、叔、季"为序,"季"为最小。 ㉜睽违:分别,隔离。南朝梁何逊《赠诸游旧》:"新知虽已乐,旧爱尽睽违。" ㉝濯(zhuó)锦小儿:这里指濯锦江龙君的儿子。濯锦,濯锦江,又名锦江,在四川境内,为岷江的支流。据说在江内濯锦,颜色特别鲜亮,故以名江。 ㉞分(fèn)无见期:料想没有再见的日子。 ㉟死不自替:谓至死不变。替,消亡,泯没。 ㊱当:先前,以往。《全唐五代小说》卷九一《秋胡》:"秋胡汝当游学,元期三周,何为去今九载。" ㊲咸善终世:在一起好好地终此一生,犹言"终身好合""白头偕老"。咸,都,一起。 ㊳匪薄:同"菲薄",原指德才鄙陋,此指妇女身份微贱。

⑲不足以确厚永心：不足以巩固加深你永远爱我之心。永心，永爱之心。 ⑳兼心：交并在心里。兼，交并。 ㉑固：坚决。 ㉒君乃诚将不可邪，抑忿然邪：你是真的不同意，还是一时的气话呢？ ㉓枉抑：含冤受屈。 ㉔约：约束。这里指约束自己的心思，除为龙女传书达冤之外，不想别的。 ㉕唯理有不可直：只是由于在道理上说不通。 ㉖某素以操贞为志尚，宁有屈于己而伏于心者乎：我平素以操守坚贞为志向，哪有自己被压制而能心伏的呢？ ㉗"且以"四句：而且正当直抒胸臆，放谈自己的见解，酒宴应酬纷乱的时候，只顾为正确的道理争辩，已无暇躲避对自身的危害。 ㉘依然之容：依依不舍的样子。 ㉙扼束：束缚。 ㉚君，卢氏也，又家于人间，则吾始心未为惑矣：意为你是作为人间的卢氏和我结婚的，则我并没有违背以前拒婚的初心。惑，迷失，引申为"违背"。 ㉛勿以他类，遂为无心：不要以为不是人类，就没有人心。 ㉜国容：国色，非常美丽的容貌，此指龙女。饵：钓鱼或诱捕禽兽的食物为"饵"，引申为以利诱人，此处为引导物、媒介的意思。 ㉝觐（jìn）洞庭：到洞庭去探望双亲。觐，拜见，此处特取"觐省""觐亲"之意，即探望双亲。 ㉞南海：唐郡名，秦始皇三十三年（前214）置，今广东全省除西南部外，皆其故地，治在广州。 ㉟濡泽：沾受恩惠。 ㊱春秋积序：年岁一年年地增加。 ㊲开元：唐玄宗李隆基年号（713—741）。 ㊳上：古代称君主、皇帝为"上"。唐韩愈《试大理评事王君墓志铭》："上初即位，以四科慕天下士。"此处指唐玄宗。 ㊴京畿令：唐代的县分京县、畿县、望县、上县、中县等七等。长安、万年、河南、洛阳、太原、晋阳六县为"京县"，京兆、河南、太原三府所辖各县为"畿县"，京县和畿县的县令品级比其他县要高。 ㊵谪官东南：唐制，朝官得罪，每降官并贬谪到东南离长安远的地区去做地方官。 ㊶侧立：斜身站立，

是敬重或戒惧的表现。　㉒㉒指顾之间：手指目视之间，形容时间很短。㉒㉓省然：忽然省悟的样子。　㉒㉔摄衣：拉起衣裳。　㉒㉕物玩：各种物品和珍玩之类。　㉒㉖影响：消息。　㉒㉗殆四纪：差不多过了四纪。　㉒㉘五虫之长，必以灵著，别斯见矣：五虫之长一定有特殊的灵性，其区别于他虫的地方于此可见。五虫，古代通称动物为"虫"，并将其分为五类。五虫分别为毛虫（兽类）、羽虫（禽类）、甲虫（昆虫类）、鳞虫（鱼类）、倮虫（人类）。古人认为五虫每一类又都有其为首的"精者"："毛虫之精者曰麟，羽虫之精者曰凤，甲虫之精者曰龟，鳞虫之精者曰龙，倮虫之精者曰圣人。"（《大戴礼记·易本命》）因称五虫之"精者"为"五虫之长"。㉒㉙人，倮也：人属于倮虫。人体没有毛、羽、鳞、甲，故被称为"五虫"中的"倮虫"。倮，同"倮"。　㉒㉚移信鳞虫：意为可以把人类所讲的信义移于鳞虫。　㉒㉛洞庭含纳大直，钱塘迅疾磊落，宜有承焉：洞庭君宽宏大度、深明大道，钱塘君行动迅猛，胸怀坦荡，应该是有所承袭的吧。暗指洞庭君、钱塘君的品性特征，似乎是从洞庭湖广阔无垠、钱塘江奔腾汹涌这样雄奇的自然景物中承袭而来的。承，承袭。　㉒㉜薛嘏咏而不载，独可邻其境：薛嘏虽然知道这些，但他只是向人们称道其事，而没有把这件事记载下来，故只有他一个人能接近这种神的境界。咏，称道。载，为文记载。邻，接近。　㉒㉝愚：作者谦称。义之：认为合乎正义和道德规范而加以称许。《史记·刺客列传》："于是襄子大义之。"

柳 氏 传

许 尧 佐

　　天宝中，昌黎韩翊有诗名①，性颇落托②，羁滞贫甚③。有李生者，与翊友善，家累千金④，负气爱才⑤。其幸姬曰柳氏⑥，艳绝一时，喜谈谑，善讴咏。李生居之别第，与翊为宴歌之地。而馆翊于其侧⑦。

　　翊素知名，其所候问，皆当时之彦⑧。柳氏自门窥之，谓其侍者曰："韩夫子岂长贫贱者乎⑨？"遂属意焉⑩。李生素重翊，无所吝惜。后知其意，乃具膳请翊饮。酒酣，李生曰："柳夫人容色非常，韩秀才文章特异⑪。欲以柳荐枕于韩君⑫，可乎？"翊惊栗，避席曰⑬："蒙君之恩，解衣辍食久之⑭。岂宜夺所爱乎？"李坚请之。柳氏知其意诚，乃再拜，引衣接席。李坐于客位⑮，引满极欢⑯。李生又以资三十万⑰，佐翊之费。翊仰柳氏之色，柳氏慕翊之才，两情皆获，喜可知也。

　　明年，礼部侍郎杨度擢翊上第⑱。屏居间岁⑲，柳氏谓翊曰："荣名及亲，昔人所尚。岂宜以濯浣之贱，稽采兰之美乎⑳？且用器资物，足以待君之来也。"翊于是省家于清池㉑。岁余，乏食，鬻妆具以自给。

天宝末，盗覆二京[22]，士女奔骇。柳氏以艳独异，且惧不免，乃剪发毁形，寄迹法灵寺。是时，侯希逸自平卢节度淄青[23]，素藉翊名[24]，请为书记[25]。洎宣皇帝以神武返正[26]，翊乃遣使间行求柳氏，以练囊盛麸金[27]，题之曰：

"章台柳[28]，章台柳，昔日青青今在否？纵使长条似旧垂，亦应攀折他人手。"

柳氏捧金呜咽，左右凄悯，答之曰：

"杨柳枝，芳菲节[29]，所恨年年赠离别[30]。一叶随风忽报秋，纵使君来岂堪折！"

无何，有蕃将沙吒利者[31]，初立功，窃知柳氏之色，劫以归第，宠之专房。及希逸除左仆射[32]，入觐[33]，翊得从行。至京师，已失柳氏所止，叹想不已。偶于龙首冈[34]，见苍头以驳牛驾辎軿[35]，从两女奴。翊偶随之，自车中问曰："得非韩员外乎[36]？某乃柳氏也。"使女奴窃言失身沙吒利，阻同车者[37]，请诘旦幸相待于道政里门[38]。及期而往，以轻素结玉合[39]，实以香膏[40]，自车中授之，曰："当遂永诀，愿置诚念[41]。"乃回车，以手挥之，轻袖摇摇，香车辚辚[42]，目断意迷，失于惊尘。翊大不胜情。

会淄青诸将合乐酒楼[43]，使人请翊。翊强应之，然意色皆丧，音韵凄咽。有虞候许俊者[44]，以材力自负，抚剑言曰："必有故。愿一效用。"翊不得已，具以告之。俊曰："请足下数字，当立致之。"乃衣缦胡[45]，佩双鞬[46]，从一骑，径造沙吒利之第。候其出行里余，乃被衽执辔[47]，犯关排闼[48]，急趋而呼曰："将军中恶，使召夫人！"仆侍辟易[49]，无敢仰视。遂升堂，出翊札示柳氏[50]，挟之跨鞍马，逸尘断鞅[51]，倏忽乃至[52]。引裾而前曰[53]："幸不辱命。"四座惊叹。柳氏与翊执手涕泣，相与罢酒。

是时沙吒利恩宠殊等，翊、俊惧祸，乃诣希逸。希逸大惊曰："吾平生所为事，俊乃能尔乎？"遂献状曰[54]：

"检校尚书金部员外郎兼御史韩翊[55]，久列参佐[56]，累彰勋效[57]。顷从乡赋[58]，有妾柳氏，阻绝凶寇，依止名尼[59]。今文明抚运[60]，遐迩率化[61]。将军沙吒利凶恣挠法[62]，凭恃微功，驱有志之妾，干无为之政[63]。臣部将兼御史中丞许俊[64]，族本幽蓟[65]，雄心勇决，却夺柳氏，归于韩翊。义切中抱[66]，虽昭感激之诚[67]，事不先闻，固乏训齐之令[68]。"

寻有诏[69]，柳氏宜还韩翊，沙吒利赐钱二百万。柳氏归翊，翊后累迁至中书舍人[70]。

然即柳氏，志防闲而不克者[71]；许俊，慕感激而不达者也[72]。向使柳氏以色选，则当熊、辞辇之诚可继[73]；许俊以才举，则曹柯、渑池之功可建[74]。夫事由迹彰，功待事立。惜郁堙不偶，义勇徒激，皆不入于正[75]。斯岂变之正乎[76]？盖所遇然也。

[评析]

本篇故事的主角名"韩翊（yì）"。唐人高仲武《中兴间气集》、姚合《极玄集》、韦庄《又玄集》以及《新唐书》、南宋计有功《唐诗纪事》、元辛文房《唐才子传》等书都记唐代宗、德宗时有诗人"韩翃（hóng）"。唐末孟棨的《本事诗·情感第一》记韩翃与柳氏故事与本篇事同文异，说明所据是关于同一人的传闻，而"翃""翊"两个字因形似又极易弄混,如明毛晋刊《津逮秘书》中所收的《本事诗》即作"韩翊",传世唐人韦縠《才调集》亦作"韩翊"。所以这篇小说所写应是诗人韩翊的故事,"翃"字很可能是后世的抄误,不是作者的有意假托。

韩翊,字君平,南阳(今属河南)人,玄宗天宝十三载(754)进士及第,官至中书舍人。在代宗和德宗时,是有名的诗人,后来被称为"大历十才子"之一。《唐才子传》称他的诗"兴致繁富,如芙蓉出水,一篇一咏,朝士珍之"。其中最为人传诵的是一首题为《寒食》的小诗:"春城无处不飞花,寒食东风御柳斜。日暮汉宫传蜡烛,轻烟散入五侯家。"据说韩翊及第后做过淄青节度使侯希逸的幕僚,罢归后闲居十余年,与钱起、卢纶等会文唱和,游于驸马都尉郭暧之门。至大历九年(774)入汴宋节度使田神玉幕府为从事,后李忠臣、李希烈、李勉先后镇汴,韩翊一直滞留于幕府,仕途很不得意。德宗建中元年(780),拟制诰的官员缺人,德宗亲笔批下"与韩翊",恰巧当时有两个韩翊,还有一个任江淮刺史,执行的官员不知该与哪个韩翊,只得再向德宗请示,德宗批云:"春城无处不飞花,寒食东风御柳斜。日暮汉宫传蜡烛,轻烟散入五侯家。"又批曰:"与此韩翊。"这才当上了驾部郎中之知制诰。这段故事见于《本事诗》所记韩翊与柳氏故事之后。

《本事诗》作者孟棨自述其记韩翊与柳氏故事系文宗开成中闻于岭外刺史赵唯,而赵唯年近九十,"大梁夙将",自言所述皆目击。据考证,韩翊卒于贞元初(傅璇琮《唐代诗人丛考》),孟棨闻其事时,已是半个世纪后。本篇作者许尧佐之年辈则近接韩翊。许尧佐生平事迹见于《旧唐书》《新唐书》许康佐传后。《新唐书》谓康佐诸弟"皆擢进士第,而尧佐最先进,又举'宏辞',为太子校书郎"。据元稹《酬许五康佐》"蓬阁深沉省,荆门远慢州。课书同吏职,旅宦各乡愁"及"猿啼三峡雨,蝉报两京秋"等诗句，知许氏兄弟大约是峡州（治在今湖北宜昌）一带人。许尧佐举进士在贞元初，又贞元十年（794）登"贤良方正能直言极谏"科，至元和八年（813）为吉州司户参军，十一年（816）以左赞善大夫副使南诏，终谏议大夫。尧佐能文，循当时文人求官的路径，亦曾三入军幕。先是代宗贞元三年（787）入凤翔节度使邢君牙幕，后在贞元十二年（796）以协律郎为西川节度使韦皋判官，最后是贞元十六年（800）入泾原节度使刘昌幕府。此事涉及蕃将及边帅虞侯，军中必喜传说，尧佐或因入军幕而得闻。又因以文人而处军幕，与故事之主人公运命有相类之处，创作激情或因之而来。如是，则本篇应作于贞元时，距韩翃之卒时间不会太长。

在唐代小说中，本篇第一次出现豪侠形象，文中对许俊虽然着墨不多，却形神具备，呼之可出。晚明人所辑小说选集《虞初志》曾辑入本篇，书中有署名李卓吾眉批云："许中丞义勇纠纠，唯昆仑奴、古押衙二人千载可相伯仲。"晚唐裴铏写的《昆仑奴》和写到古押衙的薛调《无双传》都晚于本篇，创作上未必没有受过本篇的启示。不过，本篇并不是一篇豪侠故事，或者说重点不在于写"侠"。唐人尚侠，推崇负气仗义，"相逢意气为君饮，系马高楼垂柳边"。但唐代全盛期的侠风，其内容主要是建功立业，所谓"孰知不向边庭苦，纵死犹闻侠骨香"（唐王维《少年行》）。中唐人多少还受这种流风余韵的影响，所以篇末作者慨叹柳氏与许俊"郁堙不偶"，以为柳色当选，许才当达，实为借题发挥，与小说抒写男女之情的本来题旨无甚关系。

在本篇小说中，韩翃与柳氏这对乱世男女最终复合，是借助于一种偶然的外在力量，如果没有遇到仗义的好人，那么结果只能是悲剧。不过，这一结局的前提，首先是男女双方对感情的执着。在乱世暌隔中，只要有一方感情不专就必然导致情人的各奔前程而移情于新欢。而韩翃和柳氏的感情，又不能简单地理解为后世艳称的才子佳人式的爱情。柳氏原是李生的宠姬，可以随意将自己宠爱的女人当作一件赠品送给另一个男人，说明柳氏在李生那儿的所谓被宠，不过等同于一件可供把玩的器物，因此柳氏在李生那里不可能得到过真正的爱情。爱情不仅是一种肉体行为，更是一种心灵的拥合，一种心灵的体悟，不以心，而是以强力是得不到爱情的。柳氏之失陷于番将沙吒利，仅仅是一种肉体的被掠夺，在掠夺者的眼里，她也仅仅是一具玩物。正是因为尝味了一前一后没有爱情的遭遇，柳氏才能始终情系于韩翃，这种爱情是有其现实的感情为依据的。在这个意义上，本篇似可看作是作者对男女爱情的正面诠解。也正是因为男女双方忠实于爱情的美好情操，才感动了许俊为之冒险尽力。作者将这段男女离合当作佳话来描绘，正包含了对男女情爱的肯定。

　　本篇篇幅不甚长，然情节大开大合，情绪大起大落，诚如署名李卓吾的《虞初志》眉批所言："篇中喜处、惊处、恨处，种种画出。"韩翃与柳氏一类的悲欢离合，本是战乱频仍的中国历史的常见现象，然而将其作为小说创作的题材本篇则可称首倡，其手法也为后世小说所取资。宋人话本有《章台柳》（见宋罗烨《醉翁谈录》）。明熊龙峰刊小说四种中还有一本《苏长公章台柳传》，易韩翃为苏轼，易柳氏为章台柳，说苏轼先允娶章台柳，后又忘却，甚至抄袭了本篇韩翃赠柳氏的诗，写到了苏轼名下，故事也有相袭的痕迹，显然是受了本篇的影响。在戏剧方面，元杂剧有钟嗣成的《寄情韩翃章台柳》，已佚。宋元戏文有佚名的《韩翃章台柳》（或作《韩翃》，《九宫正始》有佚曲，近人钱南扬辑得佚曲六支），明人传奇有吴长儒《练囊记》，还有梅鼎祚《玉合记》、张四维《章台柳》也都写这个故事。清坊间有《章台柳》小说四卷十六回，演本篇故事，实据《玉合记》改编。

宋曾慥辑《类说》卷二八《异闻集》节题本篇名《柳氏述》。《绿窗女史》《龙威秘书》等本又题《章台柳传》。然其全文首见于《太平广记》卷四八五。此据李时人编校《全唐五代小说》（中华书局，2014年修订版）卷二二校录。

[注释]

①昌黎：古郡名，三国时魏置，郡治在今辽宁义县。北朝时，韩氏为昌黎郡望族，所以尽管韩翊（韩翃）本人是南阳（今属河南）人，但仍强调其郡望是昌黎。　②落托：同"落拓"，放浪不羁，不拘小节。唐吕岩《七言》之四二："琴剑酒棋龙鹤虎，逍遥落托永无忧。"　③羁滞：客居淹留。　④累：积累，积蓄。　⑤负气：以气节自负。唐代游侠之风甚盛，重友谊，讲信誉，急人之急，好打抱不平的人受到推崇，被称为"负气之士"。　⑥姬：妾。　⑦馆：作动词用，指供给人住处和饮食。　⑧当时之彦：负时誉的名士。彦，俊士、美士。《诗经·郑风·羔裘》："彼其之子，邦之彦兮。"《毛传》："彦，士之美称。"　⑨夫子：古代对男子的敬称。　⑩属意：犹言倾心，特指男女之爱悦。前蜀李珣《南乡子》词："暗里回眸深属意，遗双翠，骑象背人先过水。"　⑪秀才："秀才"之称，汉代即有，晋时有进士之举。唐代科举中有秀才科，始置于高祖武德四年（621），为诸科中名望最高者，由于所定标准太高，每次登第者仅一二人，遂使应试者望而却步。高宗永徽二年（651）因之停举，玄宗开元年间曾一度恢复，天宝初又再次废止。以后称"秀才"，或借以指进士，或指应试举子，甚至泛指一般的读书人。　⑫荐枕：侍寝的意思。《文选·宋玉〈高唐赋〉》："愿荐枕席。"唐李善注："荐，进也。欲亲于枕席，求亲昵之意也。"唐李白《相和歌辞·怨歌行》："荐枕娇夕

月，卷衣恋春风。"　⑬避席：离席起立。古人席地而坐，离席起立，以示恭敬。　⑭解衣辍食：解下你自己的衣服给我穿，放下你吃的食物给我吃。辍，放下。意思略同于"解衣推食"。《史记·淮阴侯列传》："汉王授我上将军印，予我数万众，解衣衣我，推食食我。"后因有"解衣推食"之语，形容受人特殊的恩惠。　⑮李坐于客位：底本原作"李坐翊于客位"，明万历刊本《艳异编》无"翊"字。按此时李坐于客位而让韩翊据主位，较符合文义，"翊"字或为衍文，因据以删。　⑯引满：斟满酒杯。　⑰资三十万：指三十万文钱。唐代货币以铜钱为基本单位。每一文钱的重量，唐初重二铢四累（十累为铢，二十四铢为两），千文称"一贯"，重六斤四两。以后钱的重量时有更改，但终唐之世，基本货币单位一直是钱。钱三十万，即三百贯。　⑱礼部侍郎杨度：礼部侍郎，唐代中央政府机关尚书省所属礼部的副长官，秩正四品下。礼部职掌全国关于礼、乐、教育的行政，以及外交、科举等事项。唐制，中央的全国性科举考试，开元以后，概由礼部侍郎主试，定取去，称"知贡举"。杨度，不详，疑为"杨浚"之误。据《登科记考》，天宝中知贡举者为杨浚。上第：唐代进士登科者，与明经、制科一样，有等第的区别，考中的统称"及第"，成绩优异，名次列前者称"上第"，犹言"优等"。《新唐书·选举志》："每问经十条，对策三道，皆通，为上第，吏部官之。"　⑲屏居：屏客独居。《史记·魏其武安侯列传》："魏其谢病，屏居蓝田南山之下数月。"间岁：隔了一年。　⑳岂宜以濯浣之贱，稽采兰之美乎：意为不宜因我之故，而耽误了你的应考做官。濯浣之贱，柳氏自称之谦辞，即"为你洗洗衣服的人"。稽，耽误。采兰之美，比喻及第的荣誉。《晋书·皇甫谧传》说武帝下诏征皇甫谧做官，谧上疏云："陛下披榛采兰，并收蒿艾，是以皋陶振褐，不仁者远。"后因以"采兰"比喻得士。　㉑清池:县名,隋开皇十八年(598)置,治在今河北沧县东南,明洪武时废。 ㉒盗覆二京:指玄宗时叛将安禄山在天宝十五载(756)攻陷洛阳、长安,玄宗逃往四川事。 ㉓侯希逸:营州人,唐肃宗时为平卢、淄青节度使,"安史之乱"后的中兴名将,曾参与讨平史思明之子史朝义,图形凌烟阁。后入京任检校尚书右仆射,大历末进封淮阳郡王。平卢:唐方镇,开元七年(719)置,治所在营州(今辽宁朝阳),上元二年(761)移治青州(今山东青州),号淄青平卢节度使,贞元四年(788)移治郓州(今山东东平县西北),元和十四年(819)还治青州。从侯希逸以后,平卢节度使府领淄、青、齐、海、登、莱、沂、密、曹、濮、兖、郓十二州地,但名义上仍称平卢节度使。 ㉔素藉翊名:久已闻说韩翊的盛名。"藉"与"籍"通,盛,此用作动词。《汉书·陆贾传》:"贾以此游汉廷公卿间,名声籍甚。"清王先谦补注引清周寿昌曰:"籍甚,《史记》作'藉盛',盖'籍'即'藉'。" ㉕书记:唐代节度使僚属中掌公文、章奏的官员。书记本身不是一种官位,多由主将奏请兼一个官衔,从下文可知韩翊有一个"检校尚书金部员外郎兼御史"的官衔。 ㉖宣皇帝:指唐肃宗李亨,肃宗谥号"文明武德大圣大宣孝皇帝"。神武:是恭维肃宗"神明英武"。返正:指肃宗至德二年(757)收复长安,朝廷还京师。 ㉗练囊:用白色的熟丝织品做的袋子。练,熟丝。麸(fū)金:细碎如麸子的碎金。麸子,谷类经磨面筛过后剩下的麦皮和碎屑。 ㉘章台柳:战国时秦国国都咸阳宫中有章台,汉代以其名长安的一条大道。《汉书·张敞传》:"时罢朝会,过走马章台街。"此"章台柳"喻指长安道旁的杨柳,只能任人攀折,同时也暗射柳氏的姓。 ㉙芳菲节:指花草芬芳的时节。 ㉚赠离别,古人有折杨柳赠行人的习俗。《三辅黄图·桥》:"霸桥在长安东,跨水作桥,汉人送客至此桥折柳赠别。"

㉛蕃将：即"番将"，唐代多用北方和西北等地边疆民族人为将领，称"番将"。蕃，旧指边疆民族。　㉜及希逸除左仆射（yè）：此处恐误"右仆射"为"左仆射"。侯希逸平史朝义后，好畋猎，信佛，于永泰元年（765）为部将李正己所逐，乃奉诏入朝，官检校尚书省右仆射。唐尚书省管领六部，长官为尚书令，因唐太宗李世民曾任此官，后即不设，以其副职左、右仆射主事，秩俱从二品，与中书、门下两省长官共行宰相事。㉝入觐：指朝见皇帝。中唐以后，方镇实际上形成地方割据，隐然和唐皇朝中央对立，镇将（节度使）不因特殊原因不入朝，以免被唐皇室羁留或削夺兵权。方镇的僚属，一般也多不入京，因此韩翊才不能早来长安接柳氏。侯希逸的入觐，是因为他的地盘已被部将李正己所占，所以他只好奉诏入朝。　㉞龙首冈：即龙首原，在长安北，汉萧何曾为刘邦营造未央宫于此。唐沈佺期《人日重宴大明宫赐彩缕人胜应制诗》："拂旦鸡鸣仙卫陈，凭高龙首帝城春。"　㉟驳牛，杂色的牛。辎軿（zī píng）：有顶盖和帷幕屏蔽的车子。《汉书·张敞传》："礼，君母出门则乘辎軿。"唐颜师古注："辎軿，衣车也。"辎，有帷盖的车；軿，有屏幕的车。㊱韩员外：指韩翊。员外，员外郎。韩翊官"金部员外郎"，故此处称"员外"。　㊲阻同车者：谓碍于同车的人，不便相见说话。　㊳诘旦：明天清晨。道政里门：道政里，唐代长安的坊里名。唐代长安里坊都有两个或四个门，称"里门"或"坊门"，当时实行夜禁，每日入夜坊门上锁，禁止通行，至次日五更三筹击鼓再开门，恢复交通。　㊴轻素：轻而薄的白色丝织品。　㊵香膏：掺以香料制成的脂膏。　㊶置：放下，放弃。　㊷辚辚（lín lín）：象声词，车行声。《楚辞·九歌·大司命》："乘龙兮辚辚，高驰兮冲天。"宋朱熹注："辚辚，车声。"　㊸合乐酒楼：饮宴聚会于酒楼。　㊹虞候：本为北魏时低级军官名，宇文泰相西魏，置虞

候都督。后世所设虞候之官，职掌不尽相同，唐代方镇设“都虞候”，为军中的执法官，也有为侍卫官。 ㊺缦胡：同“曼胡”，原为武士冠缨，一种粗而没有纹理的帽带。《庄子·说剑》：“然吾王所见剑士，皆蓬头突鬓，垂冠，曼胡之缨，短后之衣，瞋目而语难。”后因以“曼胡”作为武士装的代称。唐李白《侠客行》诗：“赵客缦胡缨，吴钩霜雪明。”许俊本是军官，此处说其穿上“缦胡”，化装成武士。 ㊻鞬（jiān）：古代马上藏弓矢的器具。《左传·僖公二十三年》：“其左执鞭弭，右属櫜鞬，以与君周旋。”晋杜预注：“櫜以受箭，鞬以受弓。” ㊼被衽：解开衣襟。“被”，同“披”。许俊为了装出奔跑急促的样子，所以解开衣襟。辔：驭马的缰绳。《诗经·邶风·简兮》：“有力如虎，执辔如组。” ㊽犯关：冲进大门。关，原意为门闩，引申为门户，此指大门。排闼（tà）：撞开内门。闼，指内门。 ㊾辟易：退避，避开。《史记·项羽本纪》：“赤泉侯为骑将，追项王，项王瞋目而叱之，赤泉侯人马俱惊，辟易数里。”唐张守节正义云：“言人马俱惊，开张易旧处，乃至数里。” ㊿札：书札，书信。 (51)逸尘断鞅（yāng）：形容马之急驰。逸尘，马奔跑时扬起尘土。逸，奔跑。断鞅，谓马身上的皮带都跑断了。鞅，套在马颈项上的皮带，一说指马腹上的皮带。 (52)倏（shū）忽：顷刻，指极短的时间。(53)引裾：谓撩起衣服的前襟，古人的一种礼节。 (54)状：向上级陈报情况的公文。 (55)检校尚书金部员外郎：隋唐时尚书省设六部二十四司，金部是户部中的一个司，主管库藏金宝和度量衡等事务，其负责官员为郎中，员外郎是其副职。但韩翊是方镇僚属，只有这个官的空衔，故称“检校”，并非实职。 (56)久列参佐：很久以来就列位幕僚。参佐，指参赞军务的幕僚。 (57)勋效：功绩。 (58)乡赋：唐代由州郡选送人才去应中央的科举考试，称“乡赋”“乡贡”，意思是地方上进贡的人才。 (59)依止：

托居,依居。止,居住。 ⑥⓪文明:谓文治孝化。唐杜光庭《贺黄云表》:"柔远俗以文明,慑凶奴以武略。"抚运:顺应时运。唐刘禹锡《为京兆李尹贺迁献懿二祖表》:"太祖景皇帝膺期抚运,启封于唐。" ⑥①遐迩率化:远近都受到教化。率,都。 ⑥②凶恣挠法:凶横放纵,破坏法律。挠法,枉法。《汉书·酷吏传·周阳由》:"所爱者,挠法活之;所憎者,曲法灭之。" ⑥③干无为之政:扰乱清平的政教。无为之政,即"无为之治",古代对政治清明的赞语。《论语·卫灵公》:"无为而治者其舜也与?夫何为哉?恭己正南面而已矣。"宋朱熹注:"无为而治者,圣人德盛而民化,不待其有所作为也。" ⑥④御史中丞:唐代中央监察和司法机关御史台的副长官,秩正五品上。此处称"兼"即是说许俊有一个"御史中丞"的空衔。 ⑥⑤幽蓟:幽州和蓟州。唐代幽州,治在今北京城区西南,蓟州州治则在今天津蓟州区,幽、蓟地旧为燕、赵之地,古人称其地多勇武侠义之士。 ⑥⑥义切中抱:正义之感,切于内心。中抱,衷心,怀抱。 ⑥⑦虽昭感激之诚:虽然显示了激于义愤的衷诚。感激,感动激发。 ⑥⑧训齐:训教整治。唐陆贽《论缘边守备事宜状》:"择将吏以抚宁众庶,修纪律以训齐师徒。" ⑥⑨寻:不久。 ⑦⓪中书舍人:中书省属官。唐制六员,正五品上,专掌诏诰,侍从制敕,宣旨劳问,授纳诉讼、文表,分判省事,为近侍文官,见《唐六典·中书省·中书舍人》。 ⑦①防闲:防,堤,用以制水;闲,围栏,用以制兽。引申为防备和阻隔。 ⑦②不达:指许俊没有能致位通达,以行其侠烈激奋之志。 ⑦③向使柳氏以色选,则当熊、辞辇之诚可继:谓柳氏如果因为自己的美色而入宫,则会表现出当熊、辞辇那样的后妃之德。当熊,汉元帝后宫冯婕妤(皇帝后宫的一种女官),一日随元帝去虎圈,一只熊跑出了圈外,左右贵人等都逃跑了,冯婕妤怕熊伤害元帝,独当熊而立,元帝重之,进封昭仪,见《汉书·外戚传·冯昭仪》。辞辇,指班婕妤辞谢了汉成帝要和她坐一车游园的命令，说古代贤君皆有名臣在侧，只有三代亡国之君才宠幸女色，所以她不愿和皇帝同车，见《汉书·外戚传·孝成班婕妤》。

⑭许俊以才举，则曹柯、渑（miǎn）池之功可建：谓如果许俊因为自己的才干而受到荐举，就会像曹沫、蔺相如那样为国家建立大功。春秋时曹沫为鲁庄公臣，鲁国三次被齐国战败，遂献邑地求和，与齐国会盟于柯（在今河南内黄东北），曹沫用匕首逼迫齐桓公归还了侵夺鲁国的地方。渑池，指战国时赵惠文王和秦王会盟于渑池（今河南渑池西），秦王恃其强大，欲辱赵王，令其鼓瑟，赵臣蔺相如也强迫秦王击缶，使赵王免于受辱。事见《史记·廉颇蔺相如列传》。　⑮惜郁堙（yīn）不偶，义勇徒激，皆不入于正：此谓柳氏和许俊虽然有与冯昭仪、班婕妤、曹沫、蔺相如同样的忠诚、勇烈，但因不遇于当时，不能作出如冯、班、曹、蔺那样的丰功伟绩，使他们的表现不能入于正道。郁堙，郁塞，道路阻隔。唐刘禹锡《奏记丞相府论举事》："言者谓天下少士，而不知养材之道，郁堙而不扬，非天不生材也。"　⑯斯岂变之正乎：谓柳氏和许俊的行为是在"衰变"中所表现出来的"正"，这是其所遇环境使然。古人论《诗经》有"变风""变雅"之说。"变风"指变"风"之正体，论者认为《诗经·国风》中从《邶风》至《豳风》等十三国作品皆为"变风"；"变雅"则与"正雅"相对，《诗经》中《大雅》和《小雅》中有些作品被定为"变雅"。《诗大序》曰："至于王道衰，礼义废，政教失，国异政，家殊俗，而变风、变雅作矣。"唐孔颖达疏："王道既衰，政出诸侯，善恶在于己身，不由天子之命，恶则民怨，善则民喜，故各从其国，有美刺之变风也。""《劳民》《六月》之后，其诗皆王道衰乃作，非制礼所用，故谓之变雅也。"一般认为，"变风""变雅"是周王朝王道衰微以后的表现，这里借"变"喻指唐王朝经安史之乱后，皇权衰微藩镇割据的局面。

李 娃 传

白 行 简

汧国夫人李娃①,长安之倡女也②。节行瑰奇③,有足称者,故监察御史白行简为传述④。

天宝中,有常州刺史荥阳公者⑤,略其名氏不书,时望甚崇⑥,家徒甚殷⑦。知命之年⑧,有一子,始弱冠矣⑨。隽朗有词藻⑩,迥然不群⑪,深为时辈推伏⑫。其父爱而器之,曰:"此吾家千里驹也⑬。"应乡赋秀才举⑭,将行,乃盛其服玩车马之饰,计其京师薪储之费⑮,谓之曰:"吾观尔之才,当一战而霸⑯。今备二载之用,且丰尔之给,将为其志也⑰。"生亦自负,视上第如指掌⑱。

自毗陵发⑲,月余抵长安,居于布政里⑳。尝游东市还,自平康东门入㉑,将访友于西南。至鸣珂曲㉒,见一宅,门庭不甚广,而室宇严邃㉓。阖一扉㉔,有娃方凭一双鬟青衣立㉕,妖姿要妙㉖,绝代未有。生忽见之,不觉停骖㉗,久之徘徊不能去。乃诈坠鞭于地,候其从者,敕取之㉘。累眄于娃㉙,娃回眸凝睇㉚,情甚相慕。竟不敢措辞而去。

生自尔意若有失,乃密征其友游长安之熟者㉛,以讯之。友曰:"此狭邪女李氏宅也㉜。"曰:"娃可求乎?"对曰:"李氏颇赡㉝,

前与通之者多贵戚豪族，所得甚广。非累百万㉞，不能动其志也。"生曰："苟患其不谐㉟，虽百万何惜！"

他日，乃洁其衣服，盛宾从而往。扣其门，俄有侍儿启扃㊱。生曰："此谁之第耶？"侍儿不答，驰走大呼曰："前时遗策郎也㊲！"娃大悦，曰："尔姑止之。吾当整妆易服而出。"生闻之私喜。乃引至萧墙间㊳，见一姥垂白上偻㊴，即娃母也。生跪拜，前致词曰："闻兹地有隙院㊵，愿税以居，信乎㊶？"姥曰："惧其浅陋湫隘㊷，不足以辱长者所处，安敢言直耶？"延生于迟宾之馆㊸，馆宇甚丽。与生偶坐㊹，因曰："某有女娇小，技艺薄劣，欣见宾客，愿将见之。"乃命娃出。明眸皓腕，举步艳冶㊺。生遽惊起，莫敢仰视。与之拜毕，叙寒燠㊻，触类妍媚㊼，目所未睹。复坐，烹茶斟酒，器用甚洁。

久之日暮，鼓声四动㊽。姥访其居远近。生绐之曰㊾："在延平门外数里㊿。"冀其远而见留也。姥曰："鼓已发矣。当速归，无犯禁㉛。"生曰："幸接欢笑，不知日之云夕，道里辽阔，城内又无亲戚。将若之何？"娃曰："不见责僻陋，方将居之，宿何害焉。"生数目姥，姥曰："唯唯㉒。"生乃召其家僮，持双缣，请以备一宵之馔。娃笑而止之曰："宾主之仪，且不然也㉝。今夕之费，愿以贫窭之家㊄，随其粗粝以进之㊅。其余以俟他辰㊆。"固辞，终不许。俄徙坐西堂，帏幕帘榻，焕然夺目，妆奁衾枕，亦皆侈丽㊇。乃张烛进馔，品味甚盛。彻馔㊈，姥起。生娃谈话方切，诙谐调笑，无所不至。生曰："前偶过卿门，遇卿适在屏间。厥后心常勤念，虽寝与食，未尝或舍。"娃答曰："我心亦如之。"生曰："今之来，非直求居而已。愿偿平生之志。但未知命也若何?”言未终，姥至，询其故，具以告。姥笑曰：“男女之际，大欲存焉(59)。情苟相得，虽父母之命，不能制也。女子固陋，曷足以荐君子之枕席(60)?”生遂下阶，拜而谢之曰：“愿以己为厮养(61)。”姥遂目之为郎(62)，饮酣而散。及旦，尽徙其囊橐(63)，因家于李之第。

自是生屏迹戢身(64)，不复与亲知相闻。日会倡优侪类(65)，狎戏游宴。囊中尽空，乃鬻骏乘及其家童(66)。岁余，资财仆马荡然。迩来姥意渐怠(67)，娃情弥笃。

他日，娃谓生曰：“与郎相知一年，尚无孕嗣。常闻竹林神者(68)，报应如响(69)，将致荐酹求之(70)，可乎?”生不知其计，大喜。乃质衣于肆(71)，以备牢醴(72)，与娃同谒祠宇而祷祝焉(73)。信宿而返，路出宣阳里(74)。策驴而后(75)，至里北门(76)，娃谓生曰：“此东转小曲中(77)，某之姨宅也。将憩而觐之(78)，可乎?”生如其言，前行不逾百步，果见一车门(79)。窥其际，甚弘敞(80)。其青衣自车后止之曰：“至矣。”生下，适有一人出访曰：“谁?”曰：“李娃也。”乃入告。俄有一妪至，年可四十余，与生相迎，曰：“吾甥来否?”娃下车，妪逆访之曰：“何久疏绝?”相视而笑。娃引生拜之。既见，遂偕入西戟门偏院。中有山亭，竹树葱蒨(81)，池榭幽绝。生谓娃曰：“此姨之私第耶?”笑而不答，以他语对。俄献茶果，甚珍奇。食顷，有一人控大宛(82)，汗流驰至，曰：“姥遇暴疾，颇甚，殆不识人(83)。宜速归。”娃谓姨曰：“方寸乱矣(84)。某骑而前去，当令返乘，便与郎偕来。”生拟随之，其姨与侍儿偶语(85)，以手挥之，令生止于户外，曰：“姥且殁矣。当与某议丧事以济其急。奈何遽相随而去?”乃止，共计其凶仪斋祭之用㊆。日晚，乘不至。姨言曰："无复命，何也？郎骤往觇之㊇，某当继至。"生遂往，至旧宅，门扃钥甚密，以泥缄之㊈。生大骇，诘其邻人。邻人曰："李本税此而居，约已周矣㊉，第主自收。姥徙居，而且再宿矣。"征徙何处，曰："不详其所。"生将驰赴宣阳，以诘其姨，日已晚矣，计程不能达㊊。乃弛其装服㊋，质馔而食㊌，赁榻而寝㊍。生恚怒方甚㊎，自昏达旦，目不交睫。质明㊏，乃策蹇而去㊐。既至，连扣其扉，食顷无人应。生大呼数四，有宦者徐出㊑，生遽访之："姨氏在乎？"曰："无之。"生曰："昨暮在此，何故匿之。"访其谁氏之第，曰："此崔尚书宅㊒。昨者有一人税此院，云迟中表之远至者㊓。未暮去矣。"生惶惑发狂，罔知所措㊔，因返访布政旧邸。

邸主哀而进膳。生怨懑㊕，绝食三日，遘疾甚笃㊖，旬余愈甚。邸主惧其不起，徙之于凶肆之中㊗。绵缀移时㊘，合肆之人共伤叹而互饲之。后稍愈，杖而能起。由是凶肆日假之㊙，令执穗帷㊚，获其直以自给㊛。累月，渐复壮。每听其哀歌，自叹不及逝者，辄鸣咽流涕不能自止，归则效之。生，聪敏者也。无何，曲尽其妙，虽长安无有伦比。

初，二肆之佣凶器者㊜，互争胜负。其东肆，车舆皆奇丽㊝，殆不敌，唯哀挽劣焉㊞。其东肆长知生妙绝，乃醵钱二万索顾焉㊟。其党耆旧㊠，共较其所能者，阴教生新声㊡，而相赞和㊢。累旬，人莫知之。其二肆长相谓曰："我欲各阅所佣之器于天门街㊣，以较优劣。不胜者罚直五万㊤，以备酒馔之用，可乎？"二肆许诺。乃邀立符契㊥，署以保证㊦，然后阅之。

士女大和会[119]，聚至数万。于是里胥告于贼曹[120]，贼曹闻于京尹[121]。四方之士，尽赴趋焉，巷无居人。自旦阅之，及亭午[122]，历举辇舆威仪之具[123]，西肆皆不胜，师有惭色[124]。乃置层榻于南隅[125]，有长髯者，拥铎而进[126]，翊卫数人[127]。于是奋髯扬眉，扼腕顿颡而登[128]，乃歌《白马》之词[129]。恃其夙胜[130]，顾眄左右，旁若无人，齐声赞扬之，自以为独步一时，不可得而屈也。有顷，东肆长于北隅上设连榻，有乌巾少年，左右五六人，秉翣而至[131]，即生也。整衣服，俯仰甚徐，申喉发调，容若不胜[132]。乃歌《薤露》之章[133]，举声清越[134]，响振林木。曲度未终，闻者歔欷掩泣。西肆长为众所诮，益惭耻。密置所输之直于前，乃潜遁焉。四坐愕眙[135]，莫之测也。

先是，天子方下诏，俾外方之牧[136]，岁一至阙下[137]，谓之入计[138]。时也，适遇生之父在京师，与同列者易服章窃往观焉[139]。有老竖[140]，即生乳母婿也，见生之举措辞气，将认之而未敢，乃泫然流涕。生父惊而诘之，因告曰："歌者之貌，酷似郎之亡子。"父曰："吾子以多财为盗所害。奚至是耶[141]？"言讫亦泣。及归，竖间驰往[142]，访于同党。曰："向歌者谁？若斯之妙欤？"皆曰："某氏之子。"征其名，且易之矣。竖凛然大惊，徐往，迫而察之[143]。生见竖，色动回翔[144]，将匿于众中。竖遂持其袂曰："岂非某乎？"相持而泣。遂载以归。

至其室，父责曰："志行若此，污辱吾门。何施面目[145]，复相见也？"乃徒行出，至曲江西杏园东[146]，去其衣服，以马鞭鞭之数百。生不胜其苦而毙。父弃之而去。其师命相狎昵者阴随之[147]，归告同党，共加伤叹。令二人赍苇席瘗焉[148]。至，则心下微温。举之，良久气稍通。因共荷而归，以苇筒灌勺饮，经宿乃活。月余，手足不能自举。其楚挞之处皆溃烂，秽甚，同辈患之。一夕，弃于道周[149]。行路咸伤之[150]，往往投其余食，得以充肠。十旬，方杖策而起。被布裘[151]，裘有百结，鹑缕如悬鹑[152]。持一破瓯，巡于闾里，以乞食为事。自秋徂冬，夜入于粪壤窟室，昼则周游廛肆[153]。

一旦大雪，生为冻馁所驱，冒雪而出，乞食之声甚苦，闻见者莫不凄恻。时雪方甚，人家外户多不发[154]。至安邑东门[155]，循里垣北转第七八[156]，有一门独启左扉，即娃之第也。生不知之，遂连声疾呼"饥冻之甚"，音响凄切，所不忍听。娃自阁中闻之[157]，谓侍儿曰："此必生也。我辨其音矣。"连步而出。见生枯瘠疥疠[158]，殆非人状。娃意感焉，乃谓曰："岂非某郎也？"生愤懑绝倒，口不能言，颔颐而已[159]。娃前抱其颈，以绣襦拥而归于西厢[160]。失声长恸曰："令子一朝及此，我之罪也！"绝而复苏。

姥大骇，奔至，曰："何也？"娃曰："某郎。"姥遽曰："当逐之。奈何令至此？"娃敛容却睇曰[161]："不然。此良家子也[162]。当昔驱高车，持金装[163]，至某之室，不逾期而荡尽[164]。且互设诡计，舍而逐之，殆非人行。令其失志，不得齿于人伦[165]。父子之道，天性也。使其情绝，杀而弃之。又困踬若此[166]。天下之人尽知为某也。生亲戚满朝，一旦当权者熟察其本末，祸将及矣。况欺天负人，鬼神不祐，无自贻其殃也。某为姥子，迨今有二十岁矣。计其赀[167]，不啻直千金[168]，今姥年六十余，愿计二十年衣食之用以赎身，当与此子别卜所诣[169]。所诣非遥，晨昏得以温清[170]。某愿足矣。"姥度其志不可夺，因许之。

给姥之余，有百金。北隅四五家税一隙院㊄。乃与生沐浴，易其衣服。为汤粥，通其肠；次以酥乳，润其脏。旬余，方荐水陆之馔㊄。头巾履袜，皆取珍异者衣之。未数月，肌肤稍腴㊄。卒岁㊄，平愈如初。

异时，娃谓生曰："体已康矣，志已壮矣。渊思寂虑㊄，默想曩昔之艺业㊄，可温习乎？"生思之，曰："十得二三耳。"娃命车出游，生骑而从。至旗亭南偏门鬻坟典之肆㊄，令生拣而市之㊄，计费百金，尽载以归。因令生斥弃百虑以志学㊄，俾夜作昼㊄，孜孜矻矻㊄。娃常偶坐，宵分乃寐㊄。伺其疲倦，即谕之缀诗赋㊄。二岁而业大就，海内文籍，莫不该览㊄。生谓娃曰："可策名试艺矣㊄。"娃曰："未也，且令精熟，以俟百战。"更一年，曰："可行矣。"于是遂一上登甲科㊄，声振礼闱㊄。虽前辈见其文，罔不敛衽敬羡㊄，愿友之而不可得。娃曰："未也。今秀士苟获擢一科第㊄，则自谓可以取中朝之显职㊄，擅天下之美名。子行秽迹鄙，不侔于他士㊄。当砻淬利器㊄，以求再捷，方可以连衡多士㊄，争霸群英。"生由是益自勤苦，声价弥甚。其年遇大比㊄，诏征四方之隽，生应直言极谏策科㊄，名第一，授成都府参军㊄。三事以降㊄，皆其友也。

将之官，娃谓生曰："今之复子本躯，某不相负也。愿以残年，归养老姥。君当结媛鼎族㊄，以奉蒸尝㊄。中外婚媾㊄，无自黩也㊄。勉思自爱，某从此去矣。"生泣曰："子若弃我，当自刭以就死㊄。"娃固辞不从，生勤请弥恳。娃曰："送子涉江，至于剑门㊄，当令我回。"生许诺。

月余，至剑门。未及发而除书至[204]，生父由常州诏入，拜成都尹[205]，兼剑南采访使[206]。浃辰[207]，父到。生因投刺[208]，谒于邮亭[209]。父不敢认，见其祖父官讳[210]，方大惊，命登阶，抚背恸哭。移时，曰："吾与尔父子如初。"因诘其由，具陈其本末。大奇之，诘娃安在。曰："送某至此，当令复还。"父曰："不可。"翌日，命驾与生先之成都[211]，留娃于剑门，筑别馆以处之。明日，命媒氏通二姓之好，备六礼以迎之[212]，遂如秦晋之偶[213]。

娃既备礼[214]，岁时伏腊[215]，妇道甚修，治家严整，极为亲所眷尚[216]。后数岁，生父母偕殁，持孝甚至。有灵芝产于倚庐[217]，一穗三秀[218]，本道上闻[219]。又有白燕数十[220]，巢其层甍[221]。天子异之，宠锡加等[222]。终制[223]，累迁清显之任[224]。十年间，至数郡[225]。娃封汧国夫人。有四子，皆为大官，其卑者犹为太原尹[226]。弟兄姻媾皆甲门[227]，内外隆盛，莫之与京[228]。

嗟乎！倡荡之姬，节行如是，虽古先烈女，不能逾也。焉得不为之叹息哉！予伯祖尝牧晋州[229]，转户部[230]，为水陆运使[231]，三任皆与生为代[232]，故谙详其事[233]。贞元中，予与陇西公佐话妇人操烈之品格[234]，因遂述汧国之事。公佐拊掌竦听[235]，命予为传。乃握管濡翰[236]，疏而存之[237]。

时乙亥岁秋八月[238]，太原白行简云。

[评析]

本篇作者白行简（776—826），字知退，行二十三。祖籍太原，后迁居华州下邽（今陕西渭南下邽镇），因为下邽人。元和二年（807）登进士第，四年授秘书省校书郎，九年入剑南东川节度使卢坦幕为掌书记，十二年卢坦卒后至江州伴其仲兄白居易，旋随之至忠州任所，十五年又随入朝。长庆元年（821）授左拾遗，迁主客员外郎，充度支郎中。四年迁司门员外郎。宝历元年（825）除主客郎中，二年改膳部郎中，冬末病卒。《旧唐书》《新唐书》附白居易传后。《旧唐书》谓其"文笔有兄风，辞赋尤称精密，文士皆师法之"。卒后，白居易整理其诗文，编成《白郎中集》二十卷，今不传。《全唐诗》录其诗七首，《全唐文》载其赋十八篇，敦煌藏卷又有其《天地阴阳交欢大乐赋》，然尤以本篇小说著名。其另有小说《三梦记》，论者或有疑，然实非托名。

本篇讲述的是妓女李娃和贵族青年荥阳生之间的遇合故事。狎妓冶游一类行为在唐代科举士子身上常有发生，并且不是科举士子的个人行为，而是新兴士子们的一种普遍的"行为方式"。陈寅恪就曾经指出过"唐之进士一科与娼妓文学有密切关系"。但是，本篇中李娃与荥阳生"通二姓之好"以至于"娃封汧国夫人"，在现实中则是几乎不可能的。按唐律婚配必须是门户相当："人各有耦，色类须同。良贱既殊，何宜配合。"（《唐律疏议》卷一四《户婚下》）这是以法律文告的方式正式明确了门阀相对于婚姻的必要性。到作者自陈小说写定的贞元（785—805）年间，重视门阀依然是一种强大的社会心理，这在小说中可以找到内证。荥阳公对荥阳生"杀而弃之"，当然有恨铁不成钢的失望情绪，但最根本的原因是"污辱吾门"，在荥阳公的意识里登第入仕比儿子的性命更为重要。与荥阳生关系更为密切的李娃也对门第看得很重，她对荥阳生饱含深情，但当荥阳生"将之官"的时候，她选择离开，理由是"君当结媛鼎族，以奉蒸尝。中外婚媾，无自黩也"。"结媛鼎族"是李娃离开心爱之人的重要缘由。小说以大团圆作为结局，不过是作者感慨其"操烈之品格"，而认为她应当拥有这样美好的结局。

荥阳生作为北朝以来门阀大族的成员，重门阀的社会习俗不允许他娶娼为妻。正因为这一点后人认为这篇小说是有寄托的。宋人刘克庄在《后村先生大全集·诗话（前集）》说："郑畋名相，父亚亦名卿，或为《李娃传》，诬亚为元和，畋为元和之子……亚为李德裕客，白敏中素怨德裕及亚父子，《娃传》必白氏子弟为之，托名行简，又嫁言天宝间事。"这就是说《李娃传》是"牛李党争"的产物，这篇小说是当年"牛李党争"中牛党攻讦李党中坚郑畋的谤书，犹言郑畋为娼妓所养。直到今天仍然有不少学者持这种观点。我们认为，这些说法不过是一种揣测，颇有索隐之嫌。在小说的素材来源中我们似乎可以找到最初的创作动因。唐元稹《元氏长庆集》卷十《酬翰林白学士代书一百韵》有句"翰墨题名尽，光阴听话移"及原注"尝于新昌里说《一枝花》话"。白居易任翰林学士为元和二年（807），卜居新昌里为元和三年，《一枝花》话讲的就是李娃的故事，白行简当和元稹、白居易一同听到《一枝花》话，并在稍后写下这一故事。因此，白行简的写作带有很大的偶然性，而非蓄意为之。如果一定要指出这部小说的创作主旨，我们认为应当是为了旌美节烈，从道德角度去赞颂女主人公。小说开篇即言："汧国夫人李娃，长安之倡女也。节行瑰奇，有足称者，故监察御史白行简为传述。"篇末又强调："嗟乎！倡荡之姬，节行如是，虽古先烈女，不能逾也。焉得不为之叹息哉……贞元中，予与陇西公佐话妇人操烈之品格，因遂述汧国之事。公佐拊掌竦听，命予为传。乃握管濡翰，疏而存之。"唐人传奇离史传不远，首尾两段议论相当于史传中的论赞，最能表明作者的写作动机。

小说成功塑造了李娃这一动人的人物形象。小说的开头只是描写了李娃像普通的妓女一样去"诱引宾客"，并与老鸨共同设下"倒宅计"将

"资财仆马荡然"的荥阳生摈弃,在品德上对李娃没有任何拔高。但她和荥阳生之间的"情甚相慕"已经得以展现,这是后续故事展开的内在基础。当荥阳生往而扣门,侍儿驰走大呼"前时遗策郎也",这一细节表明李娃经常与侍儿谈论荥阳生,并且亲昵的称之为"遗策郎"。如果以"设诡计,舍而逐之"为拐点,此前的李娃形象是美艳多情而又工于心计,之后李娃性格中多情的一面迅速增长,睿智冷静的性格也开始展现。当荥阳生乞讨偶然路过李娃住宅时,李娃能够"辨其音",接着"连步而出""前抱其颈,以绣襦拥而归""失声长恸"等一连串连续的动作,更表明李娃对荥阳生从未忘情。对此明屠隆评点道:"人情吐弃,娃独收之。狼藉之余,拥抱护持,长恸欲绝。谁谓语烟花中无贞女烈妇!"(《虞初志》卷四)当老鸨得知李娃收留了荥阳生,第一反应就是"当逐之"。李娃否决了老鸨的要求,并略带威胁地说:"生亲戚满朝,一旦当权者熟察其本末,祸将及矣。况欺天负人,鬼神不祐,无自贻其殃也。"这使得老鸨不能拒绝也不敢拒绝对荥阳生的收留。荥阳生高中得官之后,李娃又主动选择离开,理由是门户不当,荥阳生理当高娶,至此一个美艳、机巧、老练而又深情的李娃形象完美地呈现在读者面前。尤值称道的是,在整篇小说中李娃的形象是发展变化的,始终处于运动之中,直至情节完结时整个形象才完全丰满起来,这在唐人小说中是不多见的。后世对此颇多赞誉,明人李贽就曾对李娃收留荥阳生、助读辞婚这一段评价说:"汧国夫人说母卜居、买书劝读、倍业辞婚,若大经济若大主张,逼真女中侠烈也!谁谓没须眉中便无男子乎?"(《虞初志》卷四)正指出了李娃在此段情节中所表现出的"侠烈"个性。

　　李娃形象在唐人小说乃至整个中国古代小说中显得卓尔不群,加之情节曲折、摹写生动,浅俗而不粗鄙,因而广播于后世。宋元说话人喜讲本篇故事，《醉翁谈录》所录"说话"名目即有《李亚仙》（或作《李亚仙不负郑元和》），明人刻《燕居笔记》《小说传奇》均收有《郑元和嫖遇李亚仙记》，或承其而来。所谓郑元和、李亚仙之名当为说话人杜撰。据宋周密《武林旧事》、元陶宗仪《辍耕录》，宋官本杂剧和金院本有《病郑逍遥乐》，论者也以为取自本篇。元明以来更为戏曲所习演，杂剧有元石君宝《李亚仙花酒曲江池》（《元曲选》）、元高文秀《郑元和风雪打瓦罐》（《录鬼簿》著录）和明朱有燉《李亚仙花酒曲江池》，传奇有明徐霖《绣襦记》。本篇故事亦为其他小说、戏曲屡屡称引，成为熟典。甚或流播海外，东传日本时被改称《义妓传》，室町时代（1392—1568）又有小说《李娃物语》，除改变生活场景及个别人名外，几近《李娃传》之直译。

本篇《太平广记》卷四八四节引，注出《异闻集》。宋曾慥辑《类说》卷二八《异闻集》引，题《汧国夫人传》。唐李匡乂《资暇集》卷上则称引本篇名《节行倡娃传》，不知何据，或因文内"倡荡之姬，节行如是"而称之。论者或以为题中脱一"李"字，其原题应为《节行倡李娃传》。又，《彦周诗话》言元稹有《李娃行》诗，并引"髻鬟峨峨高一尺，门前立地看春风"句，宋陈师道撰、任渊注《后山诗注》卷二《徐氏闲轩》亦引"平常不是堆珠玉，难得门前暂徘徊"句。按当时颇有歌、传相配之习，著名如《长恨歌》与《长恨歌传》，《冯燕歌》与《冯燕传》等，如据元稹《李娃歌》推其原名或即《李娃传》。本篇原有单行本，明人尚有著录，惜已不传。此据李时人编校《全唐五代小说》（中华书局，2014年修订版）卷二三校录。

[注释]

①汧（qiān）国夫人：封号。汧国，指唐时的汧阳郡，天宝元年

(742）以陇州改置，治在汧源县（今陕西陇县），乾元元年（758）复为陇州。国夫人，唐制，国公及文武官一品的母亲和妻子封为"国夫人"，见《新唐书·百官志》。按唐制，封号上加地名，并非食那个地方的税收。李娃：娃，古代对美女的通称，不一定是名字，宋人"说话"称"李娃"为李亚仙（见宋罗烨《醉翁谈录》）。②倡女：妓女。倡，同"娼"。③节行：节操行为。瑰（guī）奇：珍奇，美好特出。④监察御史白行简为传述：史书未载白行简做过监察御史。据篇末作者的话，本文是贞元乙亥（十一年，795）秋八月写的。白行简是元和二年（807）进士，写本文时他尚未中进士，不可能任监察御史。此段三十一字很可能是后人传抄时加的识语。监察御史，唐中央监察机关御史台属官，职掌对行政、司法、军事及官吏的监察等职务，定制八员。⑤常州：即今江苏常州。荥（xíng）阳公："荥阳"是郑氏的郡望，郑氏是唐时著名的"五姓七族"之一，故说"荥阳公"犹言"郑公"，这里略去其名。荥阳，古郡名，三国魏正始三年（242）分河南郡置，治在荥阳县（今属河南），寻废，西晋泰始二年（266）复置，北齐改名成皋郡，后废。隋大业三年（607）复改郑州为荥阳郡。唐武德四年（621）改为郑州。⑥时望：当时的声望。《晋书·桓冲传》："谢安以时望辅政。"⑦家徒甚殷：仆役很多。殷，盛。⑧知命之年：五十岁。《论语·为政》："五十而知天命。"后人因称五十岁为"知命之年"。⑨弱冠：二十岁。据《礼记·曲礼》，古人二十岁行"冠礼"，表示进入成年，但因其时身体尚弱未壮，故称为"弱冠"。⑩隽朗有词藻：俊秀聪明且有文才。晋葛洪《抱朴子·博喻》："回、赐、游、夏，虽天才隽朗，而实须坟、诰以广志。"隽，同"俊"。⑪迥然不群：不同寻常。迥然，大不相同。⑫推伏：推许，佩服。伏，通"服"。⑬吾家千里驹：喻指本家族子侄中年青有为者。《三国志·魏书·曹休传》:"太祖(曹操)谓左右曰:'此(指曹休)吾家千里驹也。'使与文帝(曹丕)同止,见待如子。"千里驹,千里马。驹,马之少壮者。 ⑭应乡赋秀才举:由州郡保举去应进士科的考试。赋,古代贡士,《汉书·晁错传》:"今臣窜等乃以臣错充赋,甚不称明诏求贤之意。"唐代科举只在中央举行考试,每年由州郡保举若干人去参加,这种保举称"乡贡"或"乡赋"。秀才,本为唐初考试科目中的一种,与明经、进士、明法、书、算等科目并列,但贞观以后废止。故事发生的时间在天宝年间,不可能指秀才科,"秀才举"当是"进士举"的代称。唐李肇《国史补》卷下:"进士为时所尚久矣……其都会谓之举场,通称谓之秀才。" ⑮薪储之费:作客所需要准备的生活费用。 ⑯一战而霸:这里指一次考试就可以大魁天下。霸,称霸。 ⑰将为其志也:以帮助你志向的实现。 ⑱如指掌:像掌中指画一样容易。《晋书·文帝纪》:"帝笑曰:'取蜀如指掌……'" ⑲毗(pí)陵:常州的别称。隋大业初曾改常州为毗陵郡,治在晋陵县(今常州),唐武德三年(620)复称常州。 ⑳布政里:唐代长安的坊里名。据宋敏求《长安志》卷一○,布政里在朱雀大街第三街(即皇城西第一街)第四坊。 ㉑平康东门:平康里的东门。平康,长安里(坊)名,亦称"北里",在丹凤街,为妓女聚集地方,平康里有四门。 ㉒鸣珂曲:平康里的一条曲巷。唐孙棨《北里志》:"平康里,入北门,东回三曲即诸妓所居之聚也。妓中有铮铮者,多在南曲中曲。其循墙一曲,卑屑妓所居,颇为二曲轻斥之。"前写荥阳公子"自平康东门入,将访友于西南",途经鸣珂曲,则知鸣珂曲在平康里中南部,正是当时名妓居住的区域。 ㉓严邃:整肃深幽。 ㉔阖一扉:关着一扇门。 ㉕双鬟:头上梳着双鬟的婢女。古代女子将头发曲绕如环的发式叫"鬟"。青衣:古代以青色的衣服为卑贱者服,后遂称婢女为"青衣"。 ㉖妖姿要妙：姿容妖冶而美好。 ㉗骖（cān）：本义指三匹马驾的车子，这里代指马。 ㉘敕：命令。 ㉙眄（miàn）：斜视。 ㉚回眸：回顾。唐白居易《长恨歌》："回眸一笑百媚生，六宫粉黛无颜色。"眸，眼中瞳仁。凝睇：目不转睛地看。 ㉛征：求。 ㉜狭邪女：妓女。狭邪，同"狭斜"。狭邪，原指狭隘的小巷，古乐府《相逢行》中有"堂上置樽酒，作使邯郸倡"，后因以"狭邪"作为妓女居处的代称，又以"狭邪女"作为妓女的代称。 ㉝赡：富足。 ㉞百万：唐代以"（铜）钱"作为货币单位，千钱为"贯"，百万钱即一千贯。 ㉟苟患其不谐：只怕事情不成功。苟，犹"但"也。仅，只。谐，合，成功。 ㊱启扃：开门。 ㊲遗策郎：丢了马鞭子的少年郎。策，马鞭。 ㊳萧墙：古代宫室用以分隔内外的当门小墙。此系指一般住宅门内的屏墙，又称"萧屏""影壁"。《论语·季氏》："吾恐季孙之忧，不在颛臾，而在萧墙之内也。" ㊴姥（mǔ）：老妇。垂白上偻：白发下垂，弯腰曲背。垂白，谓白发下垂。《汉书·杜业传》："诚哀老姊垂白，随无状子出关。"唐颜师古注："垂白者，言白发下垂也。"上偻，驼背。 ㊵隙院：空房子。 ㊶信乎：真的吗？ ㊷湫（jiǎo）隘：低湿狭小。 ㊸延：引进，邀请。迟（zhì）宾之馆：招待宾客的房间。迟，招待。 ㊹偶坐：对坐。 ㊺艳冶：艳丽妖冶。南朝梁庾肩吾《长安有狭斜行》："少妇多艳冶，花钿系石榴。" ㊻叙寒燠（yù）：宾主相见时说些天气寒暖之类的应酬话。寒燠，寒暖。燠，暖。 ㊼触类妍媚：一举一动都美丽妩媚。触类，各种，每项。 ㊽日暮，鼓声四动：唐代长安实行"禁夜"，"昼漏尽，顺天门击鼓四百槌，讫，闭门。后更击六百槌，坊门皆闭，禁人行"（《唐律疏义》卷二六）。外出的人必须在鼓声停止以前赶回住所，鼓停以后仍在大街上行走，谓之"犯夜"，要受到处罚。 ㊾绐（dài）：欺骗。 (50)延平门：唐代长安外郭城西面有三个城门，北开远门，中金光门，南延平门。见《唐两京城坊考》。 (51)犯禁：违反“禁夜”令。参见上注㊽。 (52)唯唯：谦恭答应的声音。 (53)且不然也：不能如此。 (54)贫窭（jù）：贫贱，穷困。 (55)粗粝：粗饭。与上文“贫窭之家”等均为客气话。 (56)俟他辰：等其他时间。他辰，他日。 (57)侈丽：奢侈华丽。 (58)彻馔：撤去酒宴。彻，同“撤”。 (59)男女之际，大欲存焉：语出《礼记·礼运》：“饮食男女，人之大欲存焉。”大欲，谓男女之间的爱欲、情欲。 (60)荐君子之枕席：侍寝的意思。战国楚宋玉《高唐赋》：“闻君游高唐，愿荐枕席。” (61)厮养：仆役。劈柴为“厮”，做饭为“养”。《史记·张耳陈余列传》：“有厮养卒谢其舍中曰：‘吾为公说燕，与赵王载归。’”下南朝宋裴骃集解引三国吴韦昭注：“析薪为厮，炊烹为养。” (62)目之为郎：把他看作女婿。唐代习惯称女婿为“郎”，系从女儿的称呼。 (63)囊橐：行装。《诗经·大雅·公刘》：“于橐于囊。”《毛传》：“小曰橐，大曰囊。”指装东西的口袋之类的用具。 (64)屏迹戢身：不外出而藏身于家。屏，退；戢，藏。 (65)倡优侪（chái）类：指妓女、艺人一类的人。优，古代以乐舞、戏谑演出为职业的艺人。侪类，同类。 (66)骏乘：好马。 (67)迩来：近来。 (68)竹林神：唐时长安人很迷信的神，韩愈曾作《祭竹林神文》以求雨。唯不详其为何神。《穆天子传》：“天子西征，至于玄池，天子三日休于玄池之上，乃奏广乐，三日而终，是曰‘乐池’。天子乃树之竹，是曰‘竹林’。”或竹林神因此得名。 (69)报应如响：很灵验。如响，如声之有回响，喻有求必应。 (70)荐酹（lèi）：以酒食祭奠。荐，进献；酹，把酒洒在地上以示祭奠。 (71)质：抵押。肆：市场，店铺。 (72)牢醴：祭神的用品。牢，原指牛、羊、猪三牲。 (73)谒：祭拜。 (74)宣阳里：宣阳里在平康里南。据《长安志图》，平康里为朱雀大街东第三街（即皇城东第一街）第八坊，宣阳里是第九坊。
⑦⑤策驴而后：谓李娃乘车，荥阳公子骑驴跟在后面。后，随在后面的意思。 ⑦⑥至里北门：此处"里北门"指宣阳里北门。 ⑦⑦东转小曲：向东转的小巷。 ⑦⑧憩：休息。觐：拜见。 ⑦⑨车门：富贵人家大门旁供车马出入的门，门内可停车马。 ⑧⑩弘敞：宽敞。 ⑧①葱蒨（qiàn）：青翠茂盛。 ⑧②控大宛：骑着一匹快马。《史记·大宛列传》："（大宛）多善马，马汗血，其先天马子也。"大宛为西域国名，以产马著称，故称良马为"大宛"。 ⑧③殆：几乎。 ⑧④方寸：心，心思。 ⑧⑤偶语：相对私语。 ⑧⑥凶仪斋祭：丧事的斋供祭祀。 ⑧⑦骤往觇之：快去看一看。觇，视。 ⑧⑧缄之：封起来。 ⑧⑨约已周：租约已到期。周，终。 ⑨⑩计程：计算路上走的时间。程，路程。 ⑨①驰：解下。 ⑨②质馔而食：（用衣服）抵押换一顿饭吃。 ⑨③赁：租借。 ⑨④恚怒：生气，愤怒。 ⑨⑤质明：天刚亮。 ⑨⑥策蹇（jiǎn）：骑着劣驴。策，鞭策；蹇，跛，这里指跛脚的驴子或瘦弱的驴子。 ⑨⑦宦者：此指做官的人。 ⑨⑧尚书：官名。唐代中央政务机关称尚书省，下设吏、户、礼、兵、刑、工六部，各部的长官称"尚书"。 ⑨⑨迟：等候。 ⑩⑩罔知所措：不知所措，不知怎么办。 ⑩①怨懑：怨愤。懑，愤慨。《楚辞·庄忌〈哀时命〉》："幽独转而不寐兮，惟烦懑而盈匈（胸）。"汉王逸注："懑，愤也。" ⑩②遘疾甚笃：得病很重。 ⑩③凶肆：专售丧事用品并代丧家办理殡仪葬礼的店铺。 ⑩④绵缀：同"绵惙"，病情沉重，气息仅存。南朝宋刘义庆《世说新语·德行》："刘尹在郡，临终绵惙……"移时：过了些时日。 ⑩⑤假：借用。 ⑩⑥穗帷：设于灵柩前的帷帐之类。穗，细而稀疏的麻布。 ⑩⑦直：同"值"，工钱。 ⑩⑧佣：犹言经营、出租。凶器：指棺木和殡殓所用的器物。 ⑩⑨车轝：供殡殓用的车马、轿子等。 ⑩⑩哀挽：指出丧时唱的挽

歌。唐代有职业挽歌手,为办丧事人家唱挽歌。⑪醵(jù):凑集金钱。索顾:求雇。顾,同"雇"。⑫其党耆(qí)旧:指挽歌手行帮中的老手。耆,年老。⑬阴:暗地里。⑭赞和(hè):帮腔合唱。⑮阅:展览,陈列。天门街:即承天门街。长安宫城(西内)正殿南为承天门,"承天门外横街之南有南北二街曰承天门街",宽达百步(见《长安志》卷六、卷七)。⑯直五万:铜钱五万。直,同"值"。⑰符契:契约文书。⑱署:签名画押。⑲士女大和会:男女大集会。《尚书·康诰》:"四方民大和会。"⑳里胥:即里正。唐制,百户为里,置里正。贼曹:汉有"贼曹"官,掌水火、盗贼等事,为郡之佐吏,此代指唐代州郡管此类事的法曹参军。㉑京尹:京兆尹,唐代首都长安的长官行政。㉒亭午:正午。㉓辇舆威仪之具:此指丧葬用的车轿及仪仗等用具。㉔师:即下文的"西肆长",西肆老板。㉕层榻:叠榻而成的高台。榻,一种比床要窄和矮一些的坐卧用具。㉖拥铎(duó):拿着大铃。《国语·吴语》:"行头皆官师,拥铎拱稽,建肥胡,奉文犀之渠。"㉗翊卫:指助手、侍从。翊,辅佐。㉘扼腕顿颡(sǎng):拱手点头。颡,额,这里指头。㉙《白马》之词:指乐府歌辞《白马篇》。《白马篇》属乐府《杂曲歌·齐瑟行》,三国魏曹植有《白马篇》,其辞云:"白马饰金羁,连翩西北驰。借问谁家子,幽并游侠儿……父母且不顾,何言子与妻!名编壮士籍,不得中顾私。捐躯赴国难,视死忽如归。"宋郭茂倩《乐府诗集》谓曹植《白马篇》:"言人当立功立事,尽力为国,不可念私也。"后人拟作也多写"剑骑何翩翩,长安五陵间"一类侠烈题材,表现出一种慷慨悲壮的精神。古人以"素车白马"送葬,如《后汉书·范式传》载张劭死,将葬,"(范式)素车白马,号哭而来"。故取《白马篇》为挽歌。这里写西肆挽歌手"奋髯扬眉",唱了一支令人激昂振奋的歌,但他只是一种职业性的歌唱,并没有把自己的感情放进去。 ⑬夙:一向,向来。 ⑬秉翣(shà):拿着掌扇。翣,用羽毛装饰的长柄大扇,称"掌扇",古人仪仗所用。 ⑬不胜:不胜情。言其歌唱得很动情。 ⑬《薤(xiè)露》之章:《薤露》原为古代歌曲名,战国楚宋玉《对楚王问》:"其为《阳阿》《薤露》,国中属而和者数百人。"汉代入乐府,属《相和曲》,宋郭茂倩《乐府诗集》卷二七所载古辞为:"薤上露,何易晞。露晞明朝更复落,人死一去何时归?"言人命易尽,如同薤叶上的露水,薤叶上的露水晒干了明天还会有,人死以后什么时候才能归来呢?薤,一种多年生草本植物。汉代时《薤露》已用作挽歌。晋崔豹《古今注》卷中:"《薤露》《蒿里》并丧歌也,出田横门人。横自杀,门人伤之,为之悲歌,言人命如薤上之露,易晞灭,亦谓人死,魂魄归乎蒿里……至孝武时,李延年乃分为二曲,《薤露》送王公贵人,《蒿里》送士大夫庶人,使挽柩者歌之,世呼为挽歌。"。 ⑬清越:清朗悠扬。《礼记·聘义》:"其声清越以长。" ⑬愕眙(è chì):吃惊地看呆了。愕,惊讶;眙,直视,瞪着眼看。 ⑬俾(bǐ):使。外方之牧:州郡长官、刺史等。《礼记·曲礼》:"九州之长,入天子之国,曰'牧'。"后称州郡长官为"牧"。 ⑬岁一至阙下:每年到京城来一次。阙下,宫阙之下,借指京城。 ⑬入计:唐制,诸州刺史每年至长安报告政绩,由中央政府部门考察其得失,以定奖惩,称"入计"。计,犹"考核"。 ⑬易服章:换服装。指脱下官服,改穿便衣。服章,古代表示官阶身份的服饰。《左传·宣公十二年》:"君子小人,物有服章。"杜预注:"尊卑别也。" ⑭老竖:老仆。 ⑭奚:何,哪里。 ⑭间:乘间,乘机。 ⑭迫:靠近。 ⑭回翔:躲躲闪闪。 ⑭何施面目:把脸放在哪里,还有什么脸面? ⑭曲江:在长安外郭城东南乐游原南缘,因水流曲折所以叫曲江池，秦汉以来多在此建园林，唐开元中又加以疏浚，遂成唐京都人的游览胜地，进士放榜后宴于曲江亭成一时习俗。杏园：在曲江西南（今大雁塔南），朱雀大街东第三街第十四坊（通善坊），是当时新进士赐宴的地方。 ⑭狎昵者：亲近的人。 ⑭赍（jī）：持，携带。瘗：埋葬。 ⑭道周：路旁。 ⑮行路：走路的人。 ⑮被：同"披"。 ⑮悬鹑：鹑，鹌鹑，俗名秃尾。《太平御览》引孙卿子语曰："子夏家贫，衣若悬鹑。"后遂用"鹑衣""悬鹑"作为破衣服的代称或用来形容衣服之破烂。 ⑮廛（chán）肆：街市。 ⑮外户：外门，大门。 ⑮安邑东门：安邑坊的东门。安邑坊在长安东城，东市的南面。 ⑮循里垣北转第七八：沿着安邑坊的围墙向北转到第七八条巷子。此句下省"曲"字。 ⑮阁中：房内。古代称女子的闺房为"阁"。南朝梁元帝《乌栖曲》之四："兰房椒阁夜方开，那知步步香风逐。" ⑮疥疠：生疥癞疮。 ⑮颔颐：点头。"颔""颐"皆指下巴。这里颔作动词用。 ⑯绣襦：绣花短袄。

⑯敛容却睇：脸色严肃，转过目光。 ⑯良家子：好人家的子女。汉代称医、巫、商贾、百工以外的人家为"良家"。《史记·李将军列传》："而（李）广以良家子从军击胡。"唐司马贞索隐："如淳云：'非医、巫、商贾、百工也。'"后来由于社会变化，除娼优、罪犯、盗匪等人家，其他家世清白的人家皆可称"良家"。 ⑯金装：装满金钱的行李。 ⑯不逾期：不过一年。期，周年。 ⑯齿：序，列。人伦：泛指家庭及社会人与人之间的关系。《孟子·滕文公上》："人之有道也，饱食暖衣，逸居而无教，则近于禽兽，圣人（舜）有忧之，使契为司徒，教以人伦：父子有亲，君臣有义，夫妇有别，长幼有序，朋友有信。" ⑯困踬（zhì）：困顿潦倒。 ⑯赀：同"资"，财产。 ⑯不啻（chì）：不止。 ⑯别卜所诣：另选择住所。 ⑰温凊（qìng）：侍候问安。《礼记·曲礼》："凡

为人子之礼，冬温而夏凊。"后因以"温凊"代指侍奉长辈。凊，使其凉爽。 ⑰税一隙院：租一所空院子。 ⑰荐：进。水陆之馔：指鱼肉之类食物。 ⑰稍腴：稍丰满了一些。腴，胖，丰满。 ⑰卒岁：过了一年。 ⑰渊思寂虑：深思静想。渊思，深思。南朝梁柳恽《奉和萧子良〈登山望雷居士精舍〉》："芳猷动渊思，抚轼履高辰。" ⑰曩昔之艺业：过去的学业（科举文章）。 ⑰旗亭：市楼。汉唐时代都市中设市场以供交易，每于市场中垒土为台，上建层楼，设鼓、钲（锣），以供管理人员观察、管理集市，称"市楼"，又因其悬旗为标识，故称"旗亭。"《文选·张衡〈西京赋〉》："旗亭五重，俯察百队。"后引三国吴薛综注："……旗亭，市楼也。"北魏杨衒之《洛阳伽蓝记·龙华寺》："里有土台，高三丈，上有二精舍。赵逸云：'此台是中朝旗亭也，上有二层楼，悬鼓击之以罢市。'"唐代长安东、西二市设市楼，因市楼高耸，遂成为市场中一种标志性建筑物。唐王勃《临高台》："旗亭百队开新市，甲第千甍分戚里。"坟典：古代传说有《三坟》《五典》等古籍，此代指书籍。 ⑰市：买。 ⑰斥弃百虑以志学：摒除各种杂念，专心学习。 ⑱俾夜作昼：把夜晚当作白天一样利用，夜以继日。 ⑱孜（zī）孜矻（kū）矻：勤勉不懈，此形容勤苦攻读。 ⑱宵分：半夜。 ⑱缀诗赋：写诗赋。缀，联缀词句。 ⑱该览：遍览，广泛阅读。《后汉书·孔融传》："（融）性好学，博涉多该览。" ⑱策名试艺：报名参加科举考试。策，通"册"，策名，即在名册上写上名字，犹"报名"。 ⑱一上登甲科：一次应考就以甲等考中。唐代科举分等第，明经科分甲、乙、丙、丁四等，进士科分甲、乙两等（见《通典·选举三》）。甲科，即甲等、甲第。 ⑱礼闱：礼部的试场。唐时礼部掌贡举，明经科、进士科考试均由礼部侍郎主持。 ⑱罔：莫，无。敛衽：整敛衣服，表示恭敬的样子。 ⑱秀士：参加科举考试者的通称。擢：拔，考中。　⑲中朝：朝中。　⑪不侔：不同于，比不上。　⑫砻淬（lóng cuì）利器：此用来比喻要进一步砥砺磨炼学问。砻，以石磨刀剑；淬，淬火，铸刀剑时把烧红的制品浸入水中，急速冷却，使其质地坚硬。　⑬连衡：战国时张仪游说六国，劝说六国分别与秦国结盟，不要联合起来对付秦国，是一种有利于壮大秦国的战略，称"连横"。当时主张六国联合对付秦国称"合纵"。此处称"连衡"，是"结交"的意思。　⑭大比：《周礼·地官》："三年则大比，考其德行道艺，而兴贤能者。"这里代称唐代由皇帝特命举行的"制科"考试，进士、明经等科及第的人和现职官员均可参加，及格者可获得超次升迁。这种"制科"取中的人很少，每次不过十数人。　⑮直言极谏策科：唐代"制科"的著名科目之一，以向朝廷施政提出直率的批评建议为内容，参见《新唐书·选举志》。　⑯成都府参军：唐肃宗至德二年（757）因蜀郡为玄宗驻跸之地，故改蜀郡益州为成都府，称"南京"，直属中央。后去"南京"之称，仍称为"府"。天宝年间，实未有成都府。参军，府尹的属官。　⑰三事以降：自三公以下的官。三事，三公，古称三公为"三事大夫"，语出《诗经·小雅·雨无正》："三事大夫，莫肯夙夜。"唐以太尉、司徒、司空为三公。　⑱结媛鼎族：与高门贵族的女子结婚。媛，美女；鼎族，豪门贵族。　⑲奉蒸尝：主持祭祀之事，指主持家政。蒸尝，本指秋冬二祭。《礼记·王制》："天子诸侯宗庙之祭……秋曰尝，冬曰蒸。"后泛指祭祀。《后汉书·冯衍传》："春秋蒸尝，昭穆无列。"　⑳中外婚媾：犹言在姻族之间结亲。中外，指中表姻亲。唐代高门世族之间常通婚姻为表亲。荥阳公子家世是"时望甚崇"的高门，其中表亲也必定大都是世族。　㉑黩：污。　㉒自到：自杀。以刀割颈谓"到"。　㉓剑门：山门，在今四川剑阁县北。古代设有剑门关，地势险要，为自长安入蜀的门户，唐武则天时于此置剑门县。 ㉔除书：任命官吏的文书。 ㉕成都尹：成都府行政长官。 ㉖剑南采访使：剑南道采访处置使，官名。采访处置使本为唐中央派往地方考察治绩的官吏，中唐以后实际成为所属地方的最高行政长官。唐代剑南道辖今四川涪江流域以西，剑阁以南及甘肃、云南的一部分地区，治所在今成都市。 ㉗浃辰：十二天。浃，循环；辰，指自子至亥十二辰。《左传·成公九年》："浃辰之间，而楚克其三都。"晋杜预注："浃辰，十二日也。" ㉘投刺：投递名片。古代"刺"上例书官衔及三代姓名。 ㉙邮亭：传送文书的驿站及官员行道的馆舍。 ㉚官讳：官衔名字。 ㉛命驾：命令车驾，"出行"的代称。 ㉜六礼：古代社会结婚的六种礼仪：纳采、问名、纳吉、纳征、请期、亲迎（见《仪礼·士昏礼》）。六礼具全才算是正式合法的婚姻。 ㉝秦晋之偶：春秋时秦、晋两国世为婚姻，两姓通婚遂被称为"结秦晋之好"。这里意为给予李娃正式配偶的地位。 ㉞备礼：依礼成婚。 ㉟岁时伏腊：这里代指其主持家政，按封建礼制，这些都是主妇的责任。岁时，年节；伏腊，夏天的祭祀称"伏"，冬天的祭祀称"腊"。 ㊱眷尚：喜爱推崇。 ㊲灵芝：即紫芝，一种菌类，古人认为"倚庐"长出灵芝是祥瑞的表征。倚庐：古代为父母守丧时孝子临时居住的棚屋。《礼记·丧服礼》："父母之丧，居倚庐，不涂，寝苫枕凷，非丧事不言。" ㊳一穗三秀：本指禾本植物一茎上有三支禾实，此指灵芝一茎上有三个菌盖。 ㊴本道上闻：指荥阳公子故乡"道"一级政府把祥瑞报告皇帝。 ㊵白燕：白尾的燕子，古人以为瑞鸟。唐权德舆《大行皇太后挽歌词》："青鸟灵兆久，白燕瑞书频。" ㊶层甍（méng）：高耸的屋脊。 ㊷锡：赏赐。 ㊸终制：谓守孝期满。古礼规定，父母丧要守孝三年，在此期间，不能问外事，也不能做官，谓之"守制"。 ㊹清显之任：清望显要的官职。这里特指京官。唐代京官中的丞、郎及带有文学侍从性质的官和谏官都称"清望官",为时所重。　㉕至数郡:连做几郡的刺史。　㉖太原尹:太原府(治在今山西太原)的行政长官。太原为唐高祖李渊起兵的地方,唐以为"北京",与诸"道"并行。　㉗甲门:豪富权贵之家。　㉘莫之与京:无人可比。京,原为"大""盛"之意。《左传·庄公二十二年》:"八世之后,莫之与京。"唐孔颖达疏:"莫之与京,谓无以之比大。"㉙牧晋州:当晋州的长官。晋州,州治在今山西临汾。　㉚转户部:升入尚书省户部任职。㉛水陆运使:唐玄宗先天二年(713)置水陆运使,管理洛阳、长安间粮米运输事务。　㉜为代:前后任。　㉝谙详:熟悉。

㉞陇西公佐:指李公佐,"陇西"为其郡望。李公佐,唐代小说家,曾举进士,任过江淮从事,传世作品有《南柯太守传》等。　㉟拊掌:拍手,表示惊奇赞叹。竦听:敬听,意思是越听越生敬意。　㊱握管濡笔:执笔蘸墨。　㊲疏:详细记载。　㊳乙亥:唐德宗贞元十一年(795)。

南柯太守传

李公佐

东平淳于棼①，吴楚游侠之士②。嗜酒使气③，不守细行④。累巨产，养豪客⑤。曾以武艺补淮南军裨将⑥，因使酒忤帅⑦，斥逐落魄，纵诞饮酒为事⑧。家住广陵郡东十里⑨。所居宅南有大古槐一株，枝干修密，清阴数亩⑩。淳于生日与群豪大饮其下。

贞元七年九月⑪，因沉醉致疾。时二友人于坐扶生归家，卧于堂东庑之下⑫。二友谓生曰："子其寝矣！余将秣马濯足⑬，俟子小愈而去⑭。"生解巾就枕，昏然忽忽，仿佛若梦。见二紫衣使者⑮，跪拜生曰："槐安国王遣小臣致命奉邀。"生不觉下榻整衣，随二使至门。见青油小车⑯，驾以四牡⑰，左右从者七八，扶生上车，出大户，诣古槐穴而去⑱。

使者即驱入穴中，生意颇甚异之，不敢致问。忽见山川、风候、草木、道路⑲，与人世甚殊⑳。前行数十里，有郛郭城堞㉑。车舆人物，不绝于路。生左右传车者传呼甚严㉒，行者亦争辟于左右㉓。又入大城，朱门重楼，楼上有金书，题曰"大槐安国"。执门者趋拜奔走㉔。旋有一骑传呼曰："王以驸马远降㉕，令且息东华馆。"因前导而去。俄见一门洞开，生降车而入。彩槛雕楹㉖；华木珍果，列植于庭下；几案茵褥，帘帏肴膳，陈设于庭上。生心甚自悦。复有呼曰："右相且至[27]。"生降阶祗奉[28]。有一人紫衣象简前趋[29]，宾主之仪敬尽焉。右相曰："寡君不以弊国远僻[30]，奉迎君子，托以姻亲。"生曰："某以贱劣之躯，岂敢是望。"右相因请生同诣其所。行可百步，入朱门。矛戟斧钺，布列左右，军吏数百，辟易道侧。生有平生酒徒周弁者[31]，亦趋其中。生私心悦之，不敢前问。

右相引生升广殿，御卫严肃，若至尊之所[32]。见一人长大端严，居正位，衣素练服[33]，簪朱华冠[34]。生战栗[35]，不敢仰视。左右侍者令生拜。王曰："前奉贤尊命[36]，不弃小国，许令次女瑶芳奉事君子。"生但俯伏而已，不敢致词。王曰："且就宾宇[37]，续造仪式[38]。"有顷，右相亦与生偕还馆舍。生思念之，意以为父在边将[39]，因殁虏中[40]，不知存亡，将谓父北蕃交通[41]，而致兹事。心甚迷惑，不知其由。

是夕，羔雁币帛[42]，威容仪度[43]，妓乐丝竹，肴膳灯烛，车骑礼物之用，无不咸备。有群女，或称华阳姑，或称青溪姑，或称上仙子，或称下仙子，若是者数辈。皆侍从数十，冠翠凤冠[44]，衣金霞帔[45]，彩碧金钿[46]，目不可视。遨游戏乐，往来其间，争以淳于郎为戏弄。风态妖丽，言词巧艳，生莫能对。复有一女谓生曰："昨上巳日[47]，吾从灵芝夫人过禅智寺[48]，于天竺院观石延舞《婆罗门》[49]。吾与诸女坐北牖石榻上[50]，时君少年，亦解骑来看。君独强来亲洽[51]，言调笑谑。吾与穷英妹结绛巾，挂于竹枝上，君独不忆念之乎？又七月十六日，吾于孝感寺侍上真子，听契玄法师讲《观音经》[52]。吾于讲下舍金凤钗两只[53]，上真子舍水犀合子一枚[54]。时

唐人小说选 | 171

君亦讲筵中，于师处请钗合视之。赏叹再三，嗟异良久，顾余辈曰：'人之与物，皆非世间所有。'或问吾氏，或访吾里。吾亦不答。情意恋恋，瞩盼不舍。君岂不思念之乎？"生曰："中心藏之，何日忘之㊄。"群女曰："不意今日与君为眷属。"

复有三人，冠带甚伟，前拜生曰："奉命为驸马相者㊅。"中一人与生且故，生指曰："子非冯翊田子华乎㊆？"田曰："然。"生前，执手叙旧久之。生谓曰："子何以居此？"子华曰："吾放游㊇，获受知于右相武成侯段公，因以栖托㊈。"生复问曰："周弁在此，知之乎？"子华曰："周生，贵人也。职为司隶㊉，权势甚盛。吾数蒙庇护。"言笑甚欢。俄传声曰："驸马可进矣。"三子取剑佩冕服更衣之。子华曰："不意今日获睹盛礼。无以相忘也。"

又有仙姬数十，奏诸异乐，婉转清亮，曲调凄悲，非人间之所闻听。有执烛引导者，亦数十。左右见金翠步障㊀，彩碧玲珑，不断数里。生端坐车中，心意恍惚，甚不自安。田子华数言笑以解之。向者群女姑姊，各乘凤翼辇㊁，亦往来其间。至一门，号"修仪宫"。群仙姑姊亦纷然在侧，令生降车辇拜，揖让升降，一如人间。彻障去扇，见一女子，云号"金枝公主"。年可十四五，俨若神仙。交欢之礼，颇亦明显。

生自尔情义日洽，荣曜日盛，出入车服，游宴宾御㊂，次于王者。王命生与群寮备武卫，大猎于国西灵龟山。山阜峻秀，川泽广远，林树丰茂，飞禽走兽，无不蓄之。师徒大获㊃，竟夕而还。

生因他日，启王曰："臣顷结好之日，大王云奉臣父之命。臣父顷佐边将，用兵失利，陷没胡中，尔来绝书信十七八岁矣。王既知所在，臣请一往拜觐⑥。"王遽谓曰："亲家翁职守北土，信问不绝。卿但具书状知闻⑥，未用便去。"遂命妻致馈贺之礼，一以遗之⑥。数夕还答，生验书本意，皆父平生之迹。书中忆念教诲，情意委曲，皆如昔年。复问生亲戚存亡，闾里兴废⑥。复言路道乖远⑥，风烟阻绝。词意悲苦，言语哀伤。又不令生来觐，云："岁在丁丑，当与女相见⑩。"生捧书悲咽，情不自堪。

他日，妻谓生曰："子岂不思为政乎？"生曰："我放荡不习政事。"妻曰："卿但为之，余当奉赞⑪。"妻遂白于王。累日，谓生曰："吾南柯政事不理，太守黜废⑫，欲籍卿才⑬，可曲屈之。便与小女同行。"生敦授教命⑭。王遂敕有司备太守行李⑮。因出金玉、锦绣、箱奁、仆妾、车马，列于广衢⑯，以饯公主之行。生少游侠，曾不敢有望，至是甚悦。因上表曰：

"臣将门余子，素无艺术⑰。猥当大任⑱，必败朝章⑲。自悲负乘⑳，坐致覆䍰㉑。今欲广求贤哲，以赞不逮㉒。伏见司隶颍川周弁㉓，忠亮刚直，守法不回，有毗佐之器㉔。处士冯翊田子华㉕，清慎通变，达政化之源。二人与臣有十年之旧，备知才用，可托政事。周请署南柯司宪㉖，田请署司农㉗。庶使臣政绩有闻，宪章不紊也㉘。"

王并依表以遣之。

其夕，王与夫人饯于国南㉙。王谓生曰："南柯国之大郡，土地丰壤，人物豪盛，非惠政不能以治之。况有周、田二赞。卿其勉之，以副国念㉚。"夫人戒公主曰："淳于郎性刚好酒，加之少年，为妇之道，贵乎柔顺，尔善事之，吾无忧矣。南柯虽封境不遥，晨昏有间[91]，今日暌别[92]，宁不沾巾。"生与妻拜首南去，登车拥骑，言笑甚欢。

累夕达郡。郡有官吏、僧道、耆老、音乐、车舆、武卫、銮铃[93]，争来迎奉。人物阗咽[94]，钟鼓喧哗不绝。十数里，见雉堞台观，佳气郁郁。入大城门，门亦有大榜，题以金字，曰"南柯郡城"。入见朱轩棨户[95]，森然深邃。生下车省风俗，疗病苦，政事委以周、田，郡中大理。自守郡二十载，风化广被[96]，百姓歌谣，建功德碑[97]，立生祠宇[98]。王甚重之，赐食邑[99]，锡爵位[100]，居台辅[101]。周、田皆以政治著闻，递迁大位。生有五男二女，男以门荫授官[102]，女亦娉于王族。荣耀显赫，一时之盛，代莫比之。

是岁，有檀萝国者，来伐是郡。王命生练将训师以征之。乃表周弁将兵三万，以拒贼之众于瑶台城。弁刚勇轻进，师徒败绩。弁单骑裸身潜遁，夜归城，贼亦收辎重铠甲而还[103]。生因囚弁以请罪，王并舍之。是月，司宪周弁疽发背[104]，卒。生妻公主遘疾[105]，旬日又薨[106]。生因请罢郡，护丧赴国[107]。王许之，便以司农田子华行南柯太守事[108]。生哀恸发引[109]，威仪在途[110]，男女叫号，人吏奠馔[111]，攀辕遮道者不可胜数[112]。遂达于国。王与夫人素衣哭于郊，候灵舆之至。谥公主曰"顺仪公主"[113]。备仪仗羽葆鼓吹[114]，葬于国东十里盘龙冈。是月，故司宪子荣信，亦护丧赴国。

生久镇外藩[115]，结好中国[116]，贵门豪族，靡不是洽[117]。自罢郡还国，出入无恒[118]，交游宾从，威福日盛。王意疑惮之[119]。时有国人上表云：

"玄象谪见，国有大恐[120]。都邑迁徙，宗庙崩坏。衅起他族，事在萧墙[123]。"

时议以生佟僭之应也[122]。遂夺生侍卫，禁生游从，处之私第。生自恃守郡多年，曾无败政[124]，流言怨悖[125]，郁郁不乐。王亦知之，因命生曰："姻亲二十余年，不幸小女夭枉[125]，不得与君子偕老，良用痛伤[126]。"夫人因留孙自鞠育之[127]，又谓生曰："卿离家多时，可暂归本里，一见亲族。诸孙留此，无以为念。后三年，当令迎卿。"生曰："此乃家矣，何更归焉？"王笑曰："卿本人间，家非在此。"生忽若昏睡，瞢然久之[128]，方乃发悟前事，遂流涕请还。王顾左右以送生。生再拜而出，复见前二紫衣使者从焉。

至大户外，见所乘车甚劣，左右亲使御仆，遂无一人，心甚叹异。生上车，行可数里，复出大城。宛是昔年东来之途，山川原野，依然如旧。所送二使者，甚无威势，生逾怏怏[129]。生问使者曰："广陵郡何时可到？"二使讴歌自若，久乃答曰："少顷即至。"

俄出一穴，见本里闾巷，不改往日，潸然自悲[130]，不觉流涕。二使者引生下车，入其门，升自阶，己身卧于堂东庑之下。生甚惊畏，不敢前近。二使因大呼生之姓名数声，生遂发寤如初。见家之僮仆拥篲于庭[131]，二客濯足于榻，斜日未隐于西垣，余樽尚湛于东牖[132]。梦中倏忽，若度一世矣。

生感念嗟叹，遂呼二客而语之。惊骇，因与生出外，寻槐下穴。生指曰："此即梦中所经入处。"二客将谓狐狸木媚之所为祟[133]。遂命仆夫荷斤斧[134]，断拥肿[135]，折查梗[136]，寻穴究源。旁可袤丈[137]，有大穴，洞然明朗[138]，可容一榻。上有积土壤，以为城郭台殿之状。有蚁数斛[139]，隐聚其中。中有小台，其色若丹。二大蚁处之，素翼朱首，长可三寸。左右大蚁数十辅之，诸蚁不敢近。此其王矣，即槐安国都也。又穿一穴，直上南枝，可四丈，宛转方中⑭，亦有土城小楼，群蚁亦处其中，即生所领南柯郡也。又一穴，西去二丈，磅礴空圬⑭，嵌窑异状⑭。中有一腐龟，壳大如斗。积雨浸润，小草丛生，繁茂翳荟⑭，掩映振壳⑭，即生所猎灵龟山也。又穷一穴，东去丈余，古根盘屈，若龙虺之状⑭。中有小土壤，高尺余，即生所葬妻盘龙冈之墓也。追想前事，感叹于怀，披阅穷迹，皆符所梦。不欲二客坏之，遽令掩塞如旧。

是夕，风雨暴发。旦视其穴，遂失群蚁，莫知所去。故先言"国有大恐，都邑迁徙"，此其验矣。复念檀萝征伐之事，又请二客访其迹于外。宅东一里有古涸涧，侧有大檀树一株⑭，藤萝拥织，上不见日。旁有小穴，亦有群蚁隐聚其间。檀萝之国，岂非此耶？

嗟呼！蚁之灵异，犹不可穷，况山藏木伏之大者所变化乎？时生酒徒周弁、田子华并居六合县⑭，不与生过从旬日矣⑭。生遽遣家僮疾往候之。周生暴疾已逝，田子华亦寝疾于床⑭。生感南柯之浮虚，悟人世之倏忽，遂栖心道门⑮，绝弃酒色。后三年，岁在丁丑⑮，亦终于家。时年四十七，将符宿契之限矣⑮。

公佐贞元十八年秋八月，自吴之洛⑮，暂泊淮浦⑮，偶觌淳于生子楚⑮，询访遗迹，翻覆再三，事皆摭实⑮，辄编录成传，以资好事。虽稽神语怪，事涉非经⑮，而窃位著生⑮，冀将为戒。后之君子，幸以南柯为偶然，无以名位骄于天壤间云。

前华州参军李肇赞曰⑮："贵极禄位，权倾国都，达人视此⑯，蚁聚何殊。"

[评析]

本篇作者李公佐,字颛蒙,称陇西人,或"陇西"为其郡望。白行简《李娃传》小说曾提及李公佐:"贞元中,予与陇西公佐话妇人操烈之品格,因遂述汧国之事。公佐拊掌竦听,命予为传。乃握管濡翰,疏而存之。"知其贞元时与白行简侪辈交游。南宋陈振孙《直斋书录解题》著录其《建中河朔记》六卷,今已不传。其传世著作,除本篇外,尚有小说《庐江冯媪传》《古岳渎经》《谢小娥传》,又《类说》存其小说《燕女坟》节文。其小说曾叙其行迹:贞元十三年(797)游潇湘、苍梧,元和初中进士后,任江淮从事(江南西道都团练观察使从事)。元和六年(811)使京,与高铖等话冯媪遇鬼事,因撰小说《庐江冯媪传》。后改官江西判官,元和八年罢,东游金陵、常州、润州,与孟简等人话及李汤遇水怪事,九年春撰小说《古岳渎经》。元和十三年(818)夏归长安,再撰小说《谢小娥传》,记谢小娥传为父报仇事。《旧唐书·宣宗纪》大中二年(848)记扬州录事参军李公佐坐事削两任官,不知此李公佐是否与本篇作者为同一人。至晚唐五代,李复言《续玄怪录》、段成式《酉阳杂俎》及杜光庭《神仙感遇传》亦记有李公佐事迹,然多涉仙道之语,则其已成传说人物,所述自不可作为考证其生平之据。

公佐于时,才秀人微,平生萍飘蓬转,后世才以小说彰名。其所作五篇小说皆为可读之作,而内中又以本篇为最。然本篇所写生人梦入蚁穴之事,实亦滥觞于前人。《太平广记》卷四七四有一篇《卢汾》:

《妖异记》曰:夏阳卢汾,字士济。幼而好学,昼夜不倦。后魏庄帝永安二年七月二十日,将赴洛,友人宴于斋中。夜阑月出之后,忽闻厅前槐树空中,有语笑之音并丝竹之韵。数友人咸闻,讶之。俄见女子衣青黑衣，出槐中，谓汾曰："此地非郎君所诣，奈何相造也？"汾曰："吾适宴罢，友人闻此音乐之韵，故来请见。"女子笑曰："郎君真姓卢耳。"乃入穴中。俄有微风动林，汾叹讶之，有如昏昧。及举目，见宫宇豁开，门户迥然。有一女子衣青衣，出户谓汾曰："娘子命郎君及诸郎相见。"汾以三友俱入，见数十人各年二十余，立于大屋之中，其额号曰"审雨堂"。汾与三友历阶而上，与紫衣妇人相见。谓汾曰："适会同宫诸女，歌宴之次，闻诸郎降重，不敢拒，因此请见。"紫衣者乃命汾等就宴。后有衣白者、青黄者，皆年二十余，自堂东西阁出，约七八人，悉妖艳绝世。相揖之后，欢宴未深，极有美情。忽闻大风至，审雨堂梁倾折，一时奔散。汾与三友俱走，乃醒。既见庭中古槐，风折大枝，连根而堕。因把火照所折之处，一大蚁穴，三四蝼蛄，一二蚯蚓，俱死于穴中。汾谓三友曰："异哉！物皆有灵。况吾徒适与同宴，不知何缘而入。"于是及晓，因伐此树，更无他异。——出《穷神秘苑》。

《穷神秘苑》为唐焦璐（？—868）所辑书，现佚。《太平广记》引《穷神秘苑》逸文十余条，内容多记六朝时怪异之事。此篇注明原出《妖异记》，是书虽不见著录，据内容可知实为六朝志怪之书。

《南柯太守传》的故事情节比《卢汾》曲折、复杂，因而呈现出来的意象也不像《卢汾》那样简单显豁，不是"物皆有灵"可以概括的。这篇小说的整个故事是以主人公淳于棼酒醉之后梦入大槐安国为主线，淳于棼本是"游侠之士"，"曾以武艺补淮南军裨将"。却又因使酒而落魄，每日"纵诞饮酒为事"。接下来在大槐安国经历了娶公主、任太守、居台辅，"荣耀显赫，一时之盛，代莫比之"。之后又经历了征讨檀萝国败绩、公主夭亡、罢郡还国、备受疑惮。从这样的由盛而衰的巨大转变中，淳于梦体会到了"南柯之浮虚,悟人世之倏忽",用"栖心道门,绝弃酒色"的人生选择,传达了人生如梦幻的人生经验。

本篇题旨与沈既济《枕中记》略同,都是通过梦来喻指人生种种的虚幻。历来"南柯梦"就与"黄粱梦"并称,从利用梦这一中介来表达寓意的角度看,《南柯太守传》或许受到了《枕中记》的启示。本篇对后世亦有很大影响。宋人"话本"曾有《大槐王》(见《醉翁谈录》所载话本目录),南宋"说话人"竟有以李公佐为艺名者。又鲁迅《稗边小缀》云:"宋时,扬州已有南柯太守墓,见《舆地纪胜》(卷三七淮南东路)引《广陵行录》。"小说中的故事,被造成实在的"古迹",足证此篇在宋代的流行。明代汤显祖曾据本篇故事作《南柯记》传奇,为"临川四梦"之一。至今"一梦南柯"已成习用的成语。

本篇最早见记于唐李肇《国史补》卷下:"近代有造谤而著书,《鸡眼》《苗登》二文;有传蚁穴而称,李公佐《南柯太守》……皆文之妖也。"唐王谠《唐语林》卷二《文学》引作"李公佐《南柯太守传》"。传本则为《太平广记》卷四七五引,注出《异闻录》,题《淳于棼》。宋曾慥辑《类说》卷二八《异闻集》节引,亦题《南柯太守传》,知陈翰仍用原题。宋赵彦卫《云麓漫钞》称本篇为《大槐国传》,《古今事文类聚》后集卷二一、《群书类编故事》卷九节引,题《大槐宫记》。《太平广记》篇末有李肇赞语,未详何时、何人所加,为何与李肇《国史补》所言抵牾。此据李时人编校《全唐五代小说》(中华书局,2014年修订版)卷二三校录。

[注释]

①东平:东平郡,此指淳于棼的郡望或原籍。东平郡,南朝宋改东平国置,治在今山东东平。隋大业初改郓州为东平郡,治在郓城县,唐武德

初复改郓州，移至顺昌（今山东东平），天宝初又改为东平郡，乾元初废。淳于棼（fén）："淳于"为复姓，"棼"为名。　②吴楚：泛指春秋时吴国和楚国之地，即今长江中、下游江、浙及两湖一带。游侠：古称豪爽好结交，轻生重义，勇于为人排难解纷之人。唐王维《少年行》之一："新丰美酒斗十千，咸阳游侠多少年。"　③使气：谓感情冲动，不顾后果。　④细行：小节；小事。《尚书·旅獒》："不矜细行，终累大德。"孔传："轻忽小物，积害毁大，故君子慎其微。"　⑤豪客：侠客，勇士。唐李远《读〈田光传〉》诗："秦灭燕丹怨正深，古来豪客尽沾襟。"⑥补淮南军裨将：补授为淮南道驻军中的副将。补，补授。淮南，淮南道。唐初分全国为十道，今湖北省境内长江以北、汉水以东以及江苏、安徽两省境内长江以北、淮河以南地区，都属淮南道，淮南道大都督府设在扬州，肃宗乾元元年（758）改置淮南节度使，统领淮南道的军队。裨将，泛指副将、佐将。《汉书·项籍传》："梁为会稽将，籍为裨将。"唐颜师古注："裨，助也，相副助也。"　⑦使酒：仗着酒意乱说乱动。帅：指淮南道军队的统帅，即乾元以后的淮南节度使。　⑧纵诞：任性，放荡。《后汉书·窦融传》："融在宿卫十余年，年老，子孙纵诞，多不法。"⑨广陵郡：唐天宝元年（742）改扬州为广陵郡，治在江都县（今江苏扬州），乾元元年（758）复为扬州，是唐代极繁华的商业都会。　⑩阴：覆阴，遮蔽。　⑪贞元七年：公元791年。　⑫东庑（wǔ）：堂下东边的走廊。庑，厅堂周围的走廊、廊屋。　⑬秣（mò）马：饲马。濯：洗。⑭俟：等候。　⑮紫衣使者：唐代服制，管守门和接待、引导宾客的吏员，服紫绝（紫色粗绸）和紫布制成的衣衫（见《唐会要》卷三一），这里指这一类吏员，和唐代服紫袍的三品以上贵官不同。　⑯青油小车：车壁上涂饰青油的小车，即所谓"油壁车"，是唐代一种华贵的车子。青油，又称梓油，由乌桕树种仁所得的一种干性油，用于油漆。 ⑰四牡：四马。牡，公兽，此代指驾车的马。 ⑱诣：前往。 ⑲风候：风物气候。唐王勃《春思赋》："蜀川风候隔秦川，今年节物异常年。" ⑳甚殊：大为不同。 ㉑郛（fú）郭：外城，也泛指城市。堞（dié）：城上有射孔的短墙。 ㉒传车者传呼甚严：驾驭"传车"的人很威严地喝道。古代驿站设有专供往来官员使用的车辆称"传车"。《淮南子·道应训》："（秦始皇）具传车，置边吏。"古代贵官出门，用一些人役在前面递相吆喝，叫人们让路，称为"传呼"。 ㉓辟：同"避"。 ㉔执门者：守卫大门的人。 ㉕驸马：汉代置驸马都尉，掌管驾兵车的副马。魏晋以后，娶公主的人，例封驸马都尉，后因之通称公主的丈夫为"驸马"。 ㉖彩槛雕楹：彩绘的阑干，雕花的柱子。 ㉗右相：唐代中央政府机构主要由尚书、门下、中书三省组成，三省的长官例任宰相，中书省的长官定制二员，称中书令，在高宗时曾改称"西台右相"。 ㉘祗奉：恭敬地迎候。

㉙紫衣：唐代三品以上官员衣紫。象简：象牙制的手板。古代高级官员朝见皇帝时，手中握一块长方形的板，用以记事、备忘，叫作"笏"或"简"，按职位高下用象牙或竹木制成。 ㉚寡君：寡德之君王，对别国人称自己君王的谦称。弊国：同"敝国"，谦称。 ㉛平生酒徒：生平喝酒的朋友。徒，党徒，朋从。 ㉜至尊：至高无上的地位，古指帝王。汉贾谊《过秦论》："及至始皇……履至尊而制六合。" ㉝素练：白色绢帛。 ㉞簪：戴。此用为动词。 ㉟战栗：因恐惧、激动或寒冷而颤抖。

㊱贤尊：对人父的尊称，犹"令尊"。 ㊲宾宇：宾馆。 ㊳造：安排，办理。仪式：指婚礼。 ㊴在边将："在"疑为"佐"字，下文正作"父顷佐边将"。 ㊵殁：通"没"，沦没，此处意为失陷。虏：古代对敌方的篾称。 ㊶北蕃：唐代称突厥、契丹、奚、黑水靺鞨等北方少数民族

为“北蕃”。交通：暗中往来的意思。 ㊷羔雁币帛：举行婚礼时应用的仪物。古代用羊羔和雁作为贽见之礼，婚俗则以羔和雁作为男方送给女方的礼物。《周礼·春官·大宗伯》：“卿执羔，大夫执雁。”汉郑玄注：“羔，小羊，取其群而不失其类；雁，取其候时而行。”币帛，包括玉、马、皮、帛等物。 ㊸威容仪度：庄严的气派和仪式。此指隆盛的婚礼排场。 ㊹冠：戴，用作动词。凤冠：古代贵族妇女所带的礼帽，上有金、玉等制成的凤凰形饰物。汉制，只有太皇太后、皇太后、皇后入庙行礼时才能戴，后世贵族妇女和朝廷命妇则皆可用作礼帽。 ㊺霞帔（pèi）：古代妇女披在肩上的衣饰称“帔”，类似今天的披肩，“霞帔”即藻绘云霞之纹的“帔”。唐代曾称道士服为“霞帔”，宋以后则称命妇的礼服为“霞帔”。 ㊻金钿：嵌金花的首饰。南朝梁丘迟《敬酬柳仆射征怨》：“耳中解明月，头上落金钿。” ㊼上巳日：古人以为每年农历三月上旬的巳日，到河边去洗濯身子，可以祓除灾病和不祥，至汉代形成一个全国性的春天踏青游赏的节日。魏以后固定为三月三日，不再用巳日，但仍称“上巳”。唐代更把“上巳”规定为全年三个大节日之一。 ㊽禅智寺：唐代扬州著名的佛寺。又名上方寺、竹西寺。旧址在扬州城东北蜀冈，原为隋炀帝行宫，后舍为寺。唐杜牧《题扬州禅智寺》诗：“谁知竹西路，歌吹是扬州。” ㊾石延：底本作“右延”，据明刊《虞初志》本《南柯记》改，唐代西域石国人居长安，善舞，多以“石”为姓。此或指其族人。《婆罗门》：西域舞蹈，或以为即《霓裳羽衣》。西域有一种大型的乐舞曲称《婆罗门》，包括十八支舞曲，传至西凉，开元间西凉都督杨敬述敬献朝廷，玄宗改其名为《霓裳羽衣》，后甚为流行。 ㊿北牖（yǒu）：北窗。 (51)亲洽：亲近，亲热。 (52)法师：本指精通佛典善于说法的僧人，后成为对僧人的尊称。《观音经》：即《妙法莲华经》（《法华经》）

卷七第二十五品《观世音菩萨普门品》，中国佛教推崇观音，被单独抽出流传，名《观世音经》（见南朝梁僧祐《出三藏记集》卷四），唐代避李世民讳，称《观音经》。 (53)讲：讲座、讲席。唐开元后盛行寺庙定时“俗讲”，由僧人主讲，社会各阶层人皆可自由听讲，后由“讲经”发展为讲述故事及各种演唱，使当时的寺院成为特定的娱乐场所。舍：布施。 (54)水犀：兽名。水犀的皮和角可以制器具，极贵重。明李时珍《本草纲目》：“山犀居山林，人多得之；水犀出入水中，最为难得，并有二角。” (55)中心藏之，何日忘之：语出《诗经·小雅·隰桑》。 (56)相者：傧相，引导宾客、赞祝行礼的人。 (57)冯翊（píng yì）：此指田子华的郡望。冯翊，西汉所置郡名。唐人称籍贯一般多称郡望，即这一族在汉、魏、六朝以来的籍贯，故所言郡名，多古郡名。汉代冯翊名左冯翊，辖今陕西省中部长安县以西一带，和右扶风郡夹辅当时的首部长安，合称“三辅”。 (58)放游：纵游，漫游。《宋史·隐逸传·林逋》：“初放游江淮间，久之归杭州。” (59)栖托：寄托，安身。唐罗隐《秋寄张坤》：“未知栖托处，空羡圣明朝。” (60)司隶：古官名。周代秋官司寇的属官，汉代置司隶校尉，专管巡察京师及附近诸郡。唐代有“京畿采访使”的官，职务相当于古代的“司隶”。 (61)步障：亦名“步帐”，古代贵族女子出行时，用竹木张幕障蔽四周，因名。 (62)辇：指帝王后妃和皇族所乘的车子。 (63)宾御：宾客和驭手。《文选·鲍照〈东门行〉》：“离声断客情，宾御皆涕零。” (64)师徒：原指士卒。《左传·成公二年》：“畏君之震，师徒挠败。”下文有“师徒败绩”，即此。这里泛指参加狩猎的人众。 (65)觐：晚辈见长辈，下级见上级。 (66)书状：书信。 (67)一以遗之：专以遗之。 (68)闾里：里巷。 (69)乖远：相距甚远。 (70)女：同“汝”，你。 (71)赞：辅助，襄助。晋潘岳《夏侯常侍诔》：“内赞两宫，外宰黎蒸。”

⑫太守：官名，汉置，一郡的行政长官。　⑬籍：同"藉"，借助。《孟子·滕文公上》："助者，藉也。"汉赵岐注："藉者，借也，犹人相借力助之也。"　⑭敦授：敬受。　⑮有司：有关衙门。古代设官分职，各有专司，故称。　⑯广衢（qú）：大路。　⑰艺术：泛指六艺以及术数等各种技能技术。　⑱猥：骤然，突然。　⑲朝章：朝廷的典章、政事。　⑳负乘：即成语"负乘致寇"的缩略语。犹言不称职。　㉑覆餗（sù）：《易经·鼎卦》："鼎折足，覆公餗。"餗，鼎中的食物。"覆餗"原意为倾覆鼎中的珍馔，后用以喻力不胜任。　㉒不逮：不足之处。　㉓颍川：古郡名，秦置，故治在今河南禹州，后移河南许昌境。此言周弁之郡望。　㉔有毗佐之器：具有辅佐政务的才具。毗佐，辅助。《后汉书·庞参传》："毗佐于圣化。"　㉕处士：没有官爵的人。　㉖署：任官有试用性质称"署"。司宪：此代称管司法的官员。唐高宗龙朔二年（662）曾一度改中央监察机关御史台为宪台，御史大夫称大司宪，御史中丞称司宪大夫。"道"一级地方监察官员唐初称巡察使，后改为按察使，开元二十二年（734）又置采访处置使，留驻地方，任期三年，负责监察地方官吏并兼管司法。唐代州郡负责司法的官员称司法参军。　㉗司农：本为汉九卿之一，汉武帝时置大司农掌管钱、谷（财政、税收）等事项，沿至北齐设司农寺，设司农卿、少卿，隋唐沿之，然职责略不同。此用古代的官名，代指地方负责钱、谷的官员。唐代州郡设司仓参军等负责此类事务。　㉘宪章：法令，制度。　㉙国南：都城的南面。国，都城。　㉚副：相称，符合。　㉛晨昏有间：与父母离开的意思。晨昏，"昏定晨省"的省词。古礼规定，儿女晚上要为父母铺陈卧具，早上要向父母请安，称"昏定晨省"。　㉜暌别：分离，离别。　㉝耆老：年老望重的人。音乐：此代指乐队。銮铃：马项下系的铃，这里代指马。　㉞阗（tián）咽：喧

闹。 ⑨棨(qǐ)户：设有"棨戟"的大门。棨戟，有缯套或经过油漆的木戟。本为古代贵官出行时的仪仗，后列于府邸门庭。唐制，三品以上官，门口准立棨戟（见《旧唐书·张俭传》），从十支起，官愈高戟数愈多，皇帝宫殿门列二十戟。 ⑯风化：风教，风俗教化。 ⑰功德碑：颂扬功绩、德行的石碑。 ⑱生祠宇：为生人（活人）所建的祠堂。 ⑲食邑：亦称"采地"。皇帝把指定的城或乡、镇的常年赋税收入，赐给某一臣下，这样的城或乡、镇称为受赐者的"食邑"。唐代称食邑若干户，仅为虚封，只有称"食实封"，才有封户，得食租税。 ⑳爵位：爵号。唐制，爵分九等：一曰王，食邑万户，正一品；二曰嗣王、郡王，食邑五千户，从一品；三曰国公，食邑三千户，从一品。以下是开国郡公、开国县公、开国县侯、开国县伯、开国县子、开国县男。 ㉑台辅：古人以三台星（即泰阶星）比喻朝廷执权柄的大臣三公，故称辅政之三公大臣或宰相为"台辅"。中唐以来每授予藩镇大臣以宰相衔，以示尊礼。 ㉒门荫：凭借祖先的官爵功勋，子孙可依规定得到一定官位，称"门荫"，亦称官荫、荫补、任子。自汉以来，历代皆有。 ㉓辎重：随军运载的军用器械、粮秣等。铠甲：战士披挂于身上的防护衣。铁制者称"铠"，皮制者称"甲"。 ㉔疽(jū)发背：背上生疽。疽，一种很严重的毒疮。 ㉕遘(gòu)疾：生病。 ㉖旬日：十天。亦指较短的时日。 ㉗赴国：到京城去。国，国都。 ㉘行：代理。 ㉙发引：灵柩启行。唐杜甫《故范阳太君卢氏墓志》："以其载八月旬有一日发引，归葬于河南之偃师。" ㉚威仪：指公主发丧的仪仗。 ㉛奠馔：置食物以祭奠。 ㉜攀辕遮道：古代挽留官员去职的代词。意为攀附车辕，拦住去路。 ㉝谥(shì)：古代帝王、贵族、大臣或其他有地位的人死后，据其生前业绩评定的带有褒贬意义的称号。死谥之法，始于周代。《礼记·檀弓》：

"死谥，周道也。" ⑭羽葆：古代葬礼仪仗的一种。以鸟羽饰于柄头如盖。按规定，只有皇族和有大功勋的大臣才能用羽葆。见《礼记·丧大礼》。 ⑮久镇外藩：久为镇守一方的大员。古代有封地的王、侯称"外藩"。 ⑯中国：国中，指首都。 ⑰洽：融洽，和谐。 ⑱恒：常。 ⑲疑悼：怀疑畏惧。 ⑳玄象谪见，国有大恐：意为上天表现出谴责下方的征象，国家将有大的灾难。玄象，天象，谓日月星辰在天所成之象。谪，谴罚。见，同"现"。大恐，大的灾难。 (121)事在萧墙：萧墙，古代宫中隔离内外的当门小墙，臣僚朝见君王时到了萧墙下就要特别严肃恭敬，因为这里是距离君主很近的地方，因称"萧墙"。《论语·季氏》："吾恐季孙之忧，不在颛臾，而在萧墙之内也。"意为忧患不在外而在内，后来就称祸患从内部发生为"祸起萧墙"。此用其意。 (122)侈僭（jiàn）：奢侈逾分。古代官员的服用、住所等生活供应，都有一定的规格，超过这个规格的限制，被称为"侈僭"。 (123)败政：不良的政绩。 (124)流言怨悖（bèi）：私下说了一些怨望皇帝的话。悖，不逊、悖谬的意思。 (125)夭柱：夭折，短命早死。《新唐书·西域传·党项》："少死则曰夭柱，乃悲。" (126)良用痛伤：甚以为悲痛伤感。良，甚、很。 (127)鞠养：抚养。《诗经·小雅·蓼莪》："父兮生我，母兮鞠我。"《毛传》："鞠，养。" (128)瞢（méng）然：糊里糊涂的样子。 (129)生逾怏怏：淳于棼心里更加不高兴。生亦即淳于棼。 (130)潸（shān）然：流泪的样子。 (131)拥篲（huì）：拿着扫帚。篲，扫帚。 (132)湛：清澈而静止的样子。 (133)木媚：同"木魅"，树木的精怪。 (134)荷斤斧：拿着斧头。《说文》："斤，斫木斧也。" (135)拥肿：谓树上磊块突出的地方。 (136)查枿（chā niè）：树木砍伐过的再生枝。《文选·张衡〈东京赋〉》："山无槎枿。"三国吴薛综注："斜斫曰槎，斩而复生曰枿。"查，同"槎"；枿，同"蘖"，原指树木砍伐后所生的嫩芽。 ⑬袤(mào)丈：纵长一丈。 ⑱洞然：空空洞洞的样子。 ⑲斛(hú)：古代量器，宋代以前一斛为十斗。 ⑭宛转方中：曲曲折折从四面到正中间。 ⑭磅礴空圬(wū)：广大而中空，四面像涂过的墙一样平。磅礴，广大的样子。圬，涂饰墙壁。 ⑭嵌窞(dàn)异状：意为高高低低，形状奇异。嵌，如物外嵌而突出；窞，凹陷，深坑。 ⑭翳荟(yì huì)：形容草木茂盛，可为障蔽。翳，覆蔽；荟，丛生。 ⑭振：摇动，披拂。此形容繁茂的小草丛生在龟壳上的样子。 ⑭龙虺之状：龙蛇的形状。 ⑭檀树：一种材质坚硬的树木，古代用其木做车轴。上文记"檀萝国"，此写檀树上有"藤萝拥织"以呼应。

⑭六合县：隋开皇四年(584)以尉氏县改，治在今江苏南京六合区。 ⑭过从：朋友间的往来。 ⑭寝疾：卧病。 ⑮栖心道门：谓将心放在道门上，即一心学道。栖，止息。 ⑮丁丑：按上下文，此"丁丑"当指贞元十三年(797)。 ⑮宿契之限：以前约好的日期。指上大槐安国王后对淳于棼说的"后三年当令迎卿"的话。 ⑮自吴之洛：自吴郡赴洛阳。吴，今江苏苏州一带。 ⑮淮浦：淮河岸边。 ⑮偶觌(dí)淳于生子楚：底本作"偶觌淳于生貌"，疑有脱误。据文中所述，至贞元十八年淳于棼已卒，作者不可能再见到其人，故下文有"询访遗迹"语。此据明刊《虞初志》本《南柯记》改。意为偶然见到淳于棼的儿子淳于楚。觌，见，相见。 ⑮摭(zhí)实：据实，摘取事实。摭，摘取。 ⑮非经：不合儒家经典。《论语》曰："子不语怪、力、乱、神。" ⑮著生：犹言"贪生"。著，贪。唐韩愈《李花赠张十一署》："忆昔少年著游燕，对花岂省曾辞杯？" ⑮华州：故治在今陕西渭南华州区。参军：官名，隋、唐的参军为地方官的僚属。李肇：元和二年(807)为江西观察从事，七年任协律郎，十三年以监察御史充翰林学士，十五年加司勋员外

郎，长庆元年（821）坐与李景俭等于史馆饮酒，贬澧州刺史。长庆中历著作郎、左司郎中，大和初迁中书舍人，坐荐柏耆贬将作少监，卒于开成前。著有《翰林志》《唐国史补》。载籍未记其任华州参军，此或其贞元后期所任官职。赞：题赞、论赞，古代一种文体。在文章或字画上题几句有关的话，表示赞扬或抒发感慨，叫"赞"。　⑯达人：明智和通达事理之人。《左传·昭公七年》："圣人有明德者，若不当世，其后必有达人。"唐孔颖达疏："谓知能通达之人。"

莺莺传

元 稹

贞元中①,有张生者,性温茂②,美风容③。内秉坚孤,非礼不可入④。或朋从游宴⑤,扰杂其间,他人皆汹汹拳拳⑥,若将不及,张生容顺而已⑦,终不能乱。以是年二十三,未尝近女色。知者诘之,谢而言曰:"登徒子非好色者,是有凶行⑧。余真好色者,而适不我值⑨。何以言之?大凡物之尤者⑩,未尝不留连于心,是知其非忘情者也。"诘者识之⑪。

无几何,张生游于蒲⑫。蒲之东十余里,有僧舍曰普救寺⑬,张生寓焉。适有崔氏孀妇⑭,将归长安,路出于蒲,亦止于兹寺。崔氏妇,郑女也。张出于郑⑮,绪其亲⑯,乃异派之从母⑰。是岁,浑瑊薨于蒲⑱。有中人丁文雅⑲,不善于军,军人因丧而扰,大掠蒲人。崔氏之家,财产甚厚,多奴仆,旅寓惶骇,不知所托。先是,张与蒲将之党有善,请吏护之,遂不及于难。十余日,廉使杜确将天子命以总戎节⑳,令于军,军由是戢㉑。

郑厚张之德甚,因饰馔以命张㉒,中堂宴之。复谓张曰:"姨之孤嫠未亡㉓,提携幼稚。不幸属师徒大溃㉔,实不保其身。弱子幼女,犹君之生。岂可比常恩哉!今俾以仁兄礼奉见㉕,冀所以报恩也。"命其子曰欢郎，可十余岁，容甚温美。次命女："出拜尔兄，尔兄活尔。"久之，辞疾㉖。郑怒曰："张兄保尔之命。不然，尔且掳矣，能复远嫌乎㉗？"久之，乃至。常服晬容㉘，不加新饰，垂鬟接黛㉙，双脸销红而已㉚。颜色艳异，光辉动人。张惊，为之礼。因坐郑旁。以郑之抑而见也㉛，凝睇怨绝，若不胜其体者㉜。问其年纪。郑曰："今天子甲子岁之七月，终于贞元庚辰，生年十七矣㉝。"张生稍以词导之，不对。终席而罢。

张自是惑之，愿致其情，无由得也。崔之婢曰红娘，生私为之礼者数四㉞，乘间遂道其衷㉟。婢果惊沮㊱，腆然而奔㊲。张生悔之。翼日㊳，婢复至。张生乃羞而谢之，不复云所求矣。婢因谓张曰："郎之言，所不敢言，亦不敢泄。然而崔之姻族，君所详也。何不因其德而求娶焉㊴？"张曰："余始自孩提㊵，性不苟合。或时纨绮间居，曾莫流盼㊶。不为当年，终有所蔽㊷。昨日一席间，几不自持。数日来，行忘止，食忘饱，恐不能逾旦暮，若因媒氏而娶，纳采问名㊸，则三数月间，索我于枯鱼之肆矣㊹。尔其谓我何㊺？"婢曰："崔之贞慎自保，虽所尊不可以非语犯之㊻。下人之谋，固难入矣。然而善属文㊼，往往沉吟章句，怨慕者久之㊽。君试为喻情诗以乱之㊾。不然，则无由也。"张大喜，立缀《春词》二首以授之。

是夕，红娘复至，持彩笺以授张，曰："崔所命也。"题其篇曰《明月三五夜㊿》。其词曰：

"待月西厢下，迎风户半开。拂墙花影动，疑是玉人来㉠。"

张亦微喻其旨㉢。是夕，岁二月旬有四日矣㉣。崔之东有杏花一株，攀援可逾。既望之夕⁵⁴，张因梯其树而逾焉⁵⁵。达于西厢，则户半开矣，红娘寝于床。生因惊之。红娘骇曰："郎何以至？"张因绐之曰⁵⁶："崔氏之笺召我也，尔为我告之。"无几，红娘复来。连曰："至矣！至矣！"张生且喜且骇，必谓获济⁵⁷。及崔至，则端服严容，大数张曰："兄之恩，活我之家，厚矣。是以慈母以弱子幼女见托。奈何因不令之婢⁵⁸，致淫逸之词。始以护人之乱为义，而终掠乱以求之⁵⁹。是以乱易乱，其去几何？诚欲寝其词⁶⁰，则保人之奸，不义。明之于母，则背人之惠，不祥。将寄于婢仆，又惧不得发其真诚。是用托短章，愿自陈启。犹惧兄之见难⁶¹，是用鄙靡之词，以求其必至。非礼之动⁶²，能不愧心。特愿以礼自持，无及于乱！"言毕，翻然而逝⁶³。张自失者久之。复逾而出，于是绝望。

数夕，张生临轩独寝，忽有人觉之⁶⁴。惊骇而起，则红娘敛衾携枕而至，抚张曰："至矣！至矣！睡何为哉？"并枕重衾而去。张生拭目危坐久之⁶⁵，犹疑梦寐，然而修谨以俟⁶⁶。俄而红娘捧崔氏而至。至则娇羞融冶⁶⁷，力不能运支体⁶⁸，曩时端庄⁶⁹，不复同矣。是夕，旬有八日也。斜月晶莹，幽辉半床⁷⁰。张生飘飘然，且疑神仙之徒，不谓从人间至矣。有顷，寺钟鸣，天将晓。红娘促去，崔氏娇啼宛转，红娘又捧之而去，终夕无一言。张生辨色而兴⁷¹，自疑曰："岂其梦邪？"及明，睹妆在臂⁷²，香在衣，泪光荧荧然⁷³，犹莹于茵席而已⁷⁴。

是后又十余日，杳不复知。张生赋《会真诗》三十韵⁷⁵，未毕，而红娘适至，因授之，以贻崔氏。自是复容之⁷⁶。朝隐而出，暮隐而入，同安于曩所谓西厢者，几一月矣。张生常诘郑氏之情。则曰："知不可奈何矣，因欲就成之⁷⁷。"

无何，张生将之长安，先以情谕之。崔氏宛无难词⁷⁸，然而愁怨之容动人矣。将行之再夕⁷⁹，不可复见，而张生遂西下⁸⁰。

数月，复游于蒲，会于崔氏者又累月。崔氏甚工刀札⁸¹，善属文。求索再三，终不可见。往往张生自以文挑，亦不甚睹览。大略崔之出人者⁸²，艺必穷极，而貌若不知；言则敏辩，而寡于酬对。待张之意甚厚，然未尝以词继之⁸³。时愁艳幽邃⁸⁴，恒若不识，喜愠之容⁸⁵，亦罕形见。异时独夜操琴，愁弄凄恻⁸⁶。张窃听之。求之，则终不复鼓矣。以是愈惑之。

张生俄以文调及期⁸⁷，又当西去。当去之夕，不复自言其情，愁叹于崔氏之侧。崔已阴知将诀矣，恭貌怡声⁸⁸，徐谓张曰："始乱之，终弃之，固其宜矣。愚不敢恨。必也君乱之，君终之，君之惠也。则殁身之誓⁸⁹，其有终矣。又何必深感于此行？然而君既不怿⁹⁰，无以奉宁⁹¹。君常谓我善鼓琴，向时羞颜，所不能及。今且往矣，既君此诚⁹²。"因命拂琴，鼓《霓裳羽衣序》⁹³，不数声，哀音怨乱，不复知其是曲也。左右皆歔欷⁹⁴。崔亦遽止之⁹⁵，投琴，泣下流连⁹⁶，趋归郑所，遂不复至。明旦而张行⁹⁷。

明年，文战不胜⁹⁸，张遂止于京。因贻书于崔，以广其意¹⁰⁰。崔氏缄报之词¹⁰¹，粗载于此，曰：

"捧览来问，抚爱过深。儿女之情，悲喜交集。兼惠花胜一合¹⁰²，口脂五寸¹⁰³，致耀首膏唇之饰。虽荷殊恩，谁复为容¹⁰⁴？睹物增怀，但积悲叹耳。伏承使于京中就业¹⁰⁵，进修之道，固在便安。但恨僻陋之人，永以遐弃⑩⑥。命也如此，知复何言！自去秋已来，常忽忽如有所失。于喧哗之下，或勉为语笑，闲宵自处，无不泪零。乃至梦寐之间，亦多感咽离忧之思。绸缪缱绻⑩⑦，暂若寻常，幽会未终，惊魂已断。虽半衾如暖，而思之甚遥。一昨拜辞，倏逾旧岁⑩⑧。长安行乐之地，触绪牵情。何幸不忘幽微，眷念无斁⑩⑨。鄙薄之志，无以奉酬。至于终始之盟，则固不忒⑪⑩。鄙昔中表相因⑪，或同宴处，婢仆见诱，遂致私诚。儿女之心，不能自固。君子有援琴之挑⑪⑫，鄙人无投梭之拒⑪⑬。及荐寝席，义盛意深。愚陋之情，永谓终托。岂期既见君子，而不能定情。致有自献之羞，不复明侍巾帻⑪⑭。没身永恨，含叹何言！倘仁人用心，俯遂幽眇⑪⑮，虽死之日，犹生之年。如或达士略情，舍小从大，以先配为丑行，以要盟为可欺⑪⑯。则当骨化形销，丹诚不泯⑪⑰，因风委露，犹托清尘⑪⑱。存没之诚⑪⑲，言尽于此。临纸呜咽，情不能申。千万珍重，珍重千万！玉环一枚，是儿婴年所弄，寄充君子下体所佩⑫⑩。玉取其坚润不渝，环取其终始不绝。兼乱丝一絇⑫⑪，文竹茶碾子一枚⑫⑫。此数物不足见珍，意者欲君子如玉之真，弊志如环不解。泪痕在竹⑫⑬，愁绪萦丝。因物达情，永以为好耳。心迩身遐⑫⑭，拜会无期。幽愤所钟，千里神合。千万珍重！春风多厉，强饭为嘉⑫⑤。慎言自保⑫⑥，无以鄙为深念。"

张生发其书于所知，由是时人多闻之。所善杨巨源好属词⑫⑦，因为赋《崔娘诗》一绝云：

"清润潘郎玉不如⑫⑧，中庭蕙草雪销初⑫⑨。风流才子多春思，肠断萧娘一纸书[131]。"

河南元稹亦续生《会真诗》三十韵[132]，诗曰：

"微月透帘栊，萤光度碧空[133]。遥天初缥缈，低树渐葱胧[134]。龙吹过庭竹，鸾歌拂井桐[135]。罗绡垂薄雾，环佩响轻风[136]。绛节随金母，云心捧玉童[137]。更深人悄悄，晨会雨濛濛。珠莹光文履，花明隐绣龙[138]。瑶钗行彩凤，罗帔掩丹虹[139]。言自瑶华浦，将朝碧玉宫[140]。因游洛城北，偶向宋家东[141]。戏调初微拒，柔情已暗通。低鬟蝉影动[142]，回步玉尘蒙。转面流花雪[143]，登床抱绮丛[144]。鸳鸯交颈舞，翡翠合欢笼[145]。眉黛羞偏聚，唇朱暖更融。气清兰蕊馥[146]，肤润玉肌丰。无力慵移腕[147]，多娇爱敛躬[148]。汗流珠点点，发乱绿葱葱。方喜千年会，俄闻五夜穷[149]。留连时有恨，缱绻意难终。慢脸含愁态[150]，芳词誓素衷。赠环明运合[151]，留结表心同[152]。啼粉流宵镜，残灯远暗虫[153]。华光犹苒苒，旭日渐曈曈[154]。乘鹜还归洛，吹箫亦上嵩[155]。衣香犹染麝，枕腻尚残红。幂幂临塘草，飘飘思渚蓬[156]。素琴鸣怨鹤，清汉望归鸿[157]。海阔诚难渡，天高不易冲。行云无处所，萧史在楼中[158]。"

张之友闻之者，莫不耸异之[159]。然而张志亦绝矣。稹特与张厚，因征其词[160]。张曰："大凡天之所命尤物也，不妖其身[161]，必妖于人。使崔氏子遇合富贵，乘宠娇，不为云，不为雨，为蛟为螭[162]，吾不知其变化矣。昔殷之辛[163]，周之幽[164]，据百万之国，其势甚厚，然而一女子败之。溃其众，屠其身，至今为天下僇笑[165]。予之德不足以胜妖孽，是用忍情。"于是坐者皆为深叹。

后岁余，崔已委身于人⑯，张亦有所娶。适经所居，乃因其夫言于崔⑯，求以外兄见。夫语之，而崔终不为出。张怨念之，诚动于颜色。崔知之，潜赋一章，词曰：

"自从消瘦减容光，万转千回懒下床。不为旁人羞不起，为郎憔悴却羞郎。"

竟不之见。后数日，张生将行，又赋一章以谢绝云：

"弃置今何道，当时且自亲⑯。还将旧时意，怜取眼前人⑯。"

自是绝不复知矣。

时人多许张为善补过者。予常于朋会之中，往往及此意者⑰，夫使知者不为，为之者不惑。贞元岁九月⑰，执事李公垂宿于予靖安里第⑰，语及于是，公垂卓然称异⑰，遂为《莺莺歌》以传之⑰。崔氏小名莺莺，公垂以命篇⑰。

[评析]

本篇作者元稹（779—831），字微之，洛阳人。贞元九年（793）以明经及第，十九年登"书判拔萃科"，授秘书省校书郎。元和元年（806）中"才识兼茂明于体用科"第一，授左拾遗，旋出为河南县尉，四年除监察御史，五年贬江陵府士曹参军，九年移唐州从事，十年徙通州司马，十三年虢州长史，十四年还为膳部员外郎。穆宗立，转祠部郎中、知制诰，长庆元年（821）充翰林学士，拜中书舍人，寻迁工部侍郎，二年同平章事，居相位三月，出为同州刺史，次年迁浙东观察使、越州刺史。大和三年（829）入为尚书左丞，四年出为武昌军节度使兼鄂州刺史，次年卒于官。

元稹为当时名宦，《旧唐书》《新唐书》有传。自少嗜文学，与白居易酬唱，诗亦齐名，时号"元白"。生前曾自编诗文集多种，本集《元氏长庆集》一百卷，宋以后存六十卷。

北宋王铚《传奇辨证》（见宋赵德麟《侯鲭录》卷五）曾考证这篇小说中张生即元稹自己，本篇为作者自述。所考虽不乏穿凿，然后世论者，如南宋刘克庄《后村诗话》、明瞿佑《归田诗话》、明胡应麟《少室山房笔丛》等皆击掌附和，鲜有疑义。至鲁迅《中国小说史略》犹称："元稹以张生自寓，述其亲历之境。"实本篇系元稹以个人经历为基础的小说创作，张生既为假托，莺莺亦未必真名，自不可全然坐实。不过，男主角基于男女之情而"始乱之"，复以"终弃之"自饰道德，尤指斥女性为"尤物"，以"善补过"自诩，文过饰非，确可窥见作者之灵魂。

然本篇所写张生与莺莺间短暂的情爱十分真切动人。尤其是所写少男少女初次冲破礼俗樊篱时的感情和心理变化，以及张生与莺莺别后的悱恻缠绵和寄书的哀怨凄切，都文情俱妙，因为当时和后世的文人所倾赏。除本篇所载李绅、杨巨源诗，唐代还有杜牧《次会真诗三十韵》（今不传），及王涣、罗虬等人诗。宋时秦观、毛滂则付诸词调。赵德麟取其事谱成《商调蝶恋花》大曲十阕。宋官本杂剧段数有《莺莺六玄》，金人董解元作《西厢记诸宫调》。尤其是元代出现了王实甫杂剧《西厢记》，至明代李日华、陆采据之撰传奇《南西厢》，皆付诸舞台扮演，崔、张故事因之广播于天下。数百年间，除小说、戏曲外，其故事又一直藉鼓书、弹词等曲艺形式广为传唱，以致绘画、剪纸及各种民间工艺竞相以其为题材。唐代文言小说之影响于后世者，无疑当以本篇为最。

在中国小说史上，《莺莺传》亦是一篇值得重视的作品，在某种意义上,说它是后来泛滥的才子佳人小说始祖也未始不可。宋人说话已有演述《莺莺传》之话本(见宋罗烨《醉翁谈录》),而从元人宋梅洞《娇红传》、明人瞿佑《剪灯新话》中的情爱故事,至明清之际大量的"才子佳人小说",似都发脉于《莺莺传》。只是《莺莺传》以男女主角未能结合告终,尚能比较真实地反映生活,保留唐人正视现实不粉饰社会人生的气度,后来据之改编的戏曲及曲艺作品,则务要男女二人成婚,以避开对悲剧的心理承受。明清戏曲、小说更形成了"私订终身后花园,落难公子中状元",并最终大团圆结局的滥套。这种反映在小说、戏曲创作和欣赏中的心理变化,确是值得我们思考的。

《莺莺传》小说元稹本集不载,然曾单行,晚唐陈翰选入《异闻集》,宋曾慥辑《类说》卷二八节引《异闻集》,题《传奇》。全文首见于《太平广记》卷四八八。后世转载,或因书中有《会真诗》,又称《会真记》。此据李时人编校《全唐五代小说》(中华书局,2014年修订版)卷二四校录。

[注释]

①贞元:唐德宗李适(kuò)的年号(785—805)。 ②性温茂:性格温和美好。 ③风容:风采仪容。《魏书·李孝伯传》:"孝伯风容闲雅,应答如流,畅及左右甚相嗟叹。" ④内秉坚孤,非礼不可入:谓意志坚定而孤高,凡是不符合"礼"的事情都不被他所接受。内秉,秉性;孤,孤特高洁;礼,礼义道德。 ⑤朋从:朋辈。晋张华《上巳篇》:"朋从自远至,童冠八九人。" ⑥汹汹拳拳:形容争执喧闹无休无了的样子。汹汹,同"讻讻",形容喧扰争执的样子。汉桓宽《盐铁论·利议》:"辩讼公门之下,讻讻不可胜听。"拳拳,本指牢握不舍,这里是不休的意思。 ⑦容顺:表面随和敷衍。 ⑧登徒子非好色者,是有凶行:

战国楚人宋玉《登徒子好色赋》里攻击登徒子说，登徒子的妻子很丑，但登徒子却仍然同她生了五个孩子，因此"登徒子非好色者，是有淫行耳"。这里的"凶行"即"淫行"。张生借这个典故讥讽那些在游宴中"汹汹拳拳"的人不过和登徒子那样有"淫行"，并非真正"好色"，即并不真正懂得爱慕美丽。　⑨适不我值：恰恰我遇不到真的美色。值，遇。　⑩物之尤者：《左传·昭公二十八年》："夫有尤物，足以移人。苟非德义，则必有祸。"后因以"尤物"称美人。尤，特出。　⑪诘者识之：诘问的人认为这种见解是有识见的。　⑫蒲：蒲州，北周置，唐改为河中府，府治在今山西永济。　⑬普救寺：蒲州著名的佛寺，在今永济西北，紧邻古蒲州城址。寺始建于武则天时，名西永清院，据说五代后汉时改名"普济寺"，此处言"有僧舍曰普济寺"，疑为后人所改，元稹时似不应有此名。古寺历经重建，现寺为近年所建。　⑭孀妇：寡妇。　⑮张出于郑：张生的母亲姓郑。　⑯绪其亲：理一下亲属关系。　⑰异派之从母：不是嫡亲的姨母。即张生的母亲和崔夫人是郑姓中不同支的姐妹。　⑱浑瑊（jiān）薨于蒲：浑瑊，西域铁勒族人，唐肃宗、德宗朝屡立战功，封咸宁郡王。贞元元年（785）任河中绛州节度使。十二年，兼检校司徒、中书令衔，镇河中。贞元十五年（799）卒于任内。　⑲中人：宦官。丁文雅：当时浑瑊军的监军。唐代自玄宗开元以来便以宦官监军。　⑳廉使杜确将天子命以总戎节：《旧唐书·德宗纪》：贞元十五年"十二月庚午……浑瑊薨……丁酉，以同州刺史杜确为河中尹、河中绛州观察使"。廉使，观察处置使的别称。唐制，观察处置使的职务掌考察所辖地区的官吏和政务，没有节度使的地方，观察使也兼管军务。将，犹"持"；总戎节，总领军务。　㉑军由是戢（jí）：军队因此收敛。戢，收敛，止息，此指停止骚扰。　㉒饰馔以命张：铺排酒席召请张生。命，召。　㉓嫠

（lí）：寡妇。未亡：寡妇称"未亡人"。　㉔属（zhǔ）：近时。《汉书·李寻传》："故属者颇有变改，小贬邪猾。"唐颜师古注曰："属者，谓近时也。"师徒大溃：谓军队大乱。　㉕俾："俾其"的省语，即"使他们"。　㉖辞疾：借病推辞。　㉗远嫌：远避嫌疑。旧时男女不能随便在一起，有"不杂坐，不同椸枷（衣架），不同巾栉，不亲授"等礼教规定，见《礼记·曲礼》。　㉘睟（suì）容：容颜丰润，指天然光泽的脸色。睟，润泽的样子。《孟子·尽心上》："其生色也，睟然见于面。"汉赵岐注："睟然，润泽之貌也。"　㉙垂鬟接黛：当时少女的发式，环形发髻垂下接眉。《全唐诗》卷四二二元稹《恨妆成》："柔鬟背额垂，丛鬓随钗敛。凝翠晕蛾眉，轻红拂花脸。"黛，画眉用的黑色颜料，代指眉。　㉚双脸销红：两颊飞红。　㉛抑而见：指崔夫人硬叫她出来见人。抑，压抑，强迫。　㉜凝睇怨绝，若不胜其体：极言其娇嗔柔美的样子。凝睇怨绝，微微斜视的目光中充满嗔怨。若不胜其体，娇柔的好像承载不住自己的身体。《全唐诗》卷四二二元稹《莺莺》诗："殷红浅碧旧衣裳，取次梳头暗淡妆。夜合带烟笼晓日，牡丹经雨泣残阳。低迷隐笑原非笑，散漫清香不似香。频动横波嗔阿母，等闲教见小儿郎。"　㉝"今天子"三句：言莺莺生于唐德宗兴元元年甲子（784），到现在贞元十六年庚辰（800），已经十七岁了。　㉞数四：多次。　㉟乘间：找空隙。衷：衷情，心事。　㊱惊沮：惊慌失措。　㊲睍（tiǎn）然：害羞的样子。　㊳翼日：同"翌日"，第二天。　㊴因其德：凭借着她们对您的感激。德，感德。　㊵孩提：童年。　㊶纨绮间居，曾莫流盼：夹杂在妇女间，也不曾偷看过她们一眼。纨绮，精细有花纹的丝织品，上层社会妇女的衣服常用纨绮裁制，此因之以其代指妇女。　㊷不为当年，终有所蔽：想不到当年那样，今天到底被迷惑了。不为，即"不谓"，想不到。　㊸纳采问名：皆为古代婚姻程序。古礼规定，结亲须经纳采、问名、纳吉、纳征、请期等程序，然后才能举行婚仪（亲迎）。 ㊹索我于枯鱼之肆矣：意思是等到那个时候我早已死了。《庄子·外物》有一篇寓言，讲庄子碰到一条躺在干涸的车辙沟里的鱼，向庄子请求"斗升之水"，以求活命。庄子说，我要到吴越去，到时可引西江之水来接你出去。涸辙之鱼说："吾得斗升之水，然活耳，君乃言此，曾不如早索我于枯鱼之肆。"庄子是用这个寓言来说明"远水救不得近渴"的道理。后遂成为典故。枯鱼，干鱼。 ㊺尔其谓我何：你告诉我该怎么办。 ㊻虽所尊不可以非语犯之：虽然是其尊长也不可以对她说那些不正经的话。 ㊼属文：写文章。把东西连缀起来叫"属"，缀字成文，所以称作文章为"属文"。 ㊽怨慕：怨恨思慕。此指不满意已作而思慕作得更好。 ㊾喻情诗：情诗。乱之：打动她。 ㊿三五夜：即农历十五的晚上。 ㈤玉人：此言"所爱之人"。玉人原指貌美之人，卫玠及裴楷均因貌美被称为"玉人"，见《晋书·卫玠传》及南朝宋刘义庆《世说新语·容止》。后用来称所爱之人。唐权德舆《送卢评事婺州省觐》："客愁青眼别，家喜玉人归。" ㈥微喻：默会，隐隐体会到。 ㈦二月旬有四日：二月十四日。 ㈧既望：农历每月十五称"望"，既望，即十六日。 ㈨梯其树：以树为梯。 ㈩绐之：骗她，哄她。 ㈠获济：成功。渡河称"济"。 ㈡不令：不好，不省事。 ㈢掠乱：乘危要挟。 ㈣寝：隐瞒。 ㈤见难：为难。见，敬词。 ㈥非礼之动：违背礼义道德的行为。古代要求人们用礼义规范来约束自己的行为，有所谓"非礼勿视，非礼勿听，非礼勿言，非礼勿动"之说，见《论语·颜渊》。古人认为男女结合，须经"父母之命，媒妁之言"，故以男女私相交往为"非礼"的行为。 ㈦翻然而逝：转身快走，很快消失。 ㈧觉之：叫醒他。 ㈨危坐：端坐。 ㈩修谨而俟：打扮得整整齐齐，恭恭敬敬地等着。 ⑥⑦融冶：和乐艳丽。 ⑥⑧支体：肢体。 ⑥⑨曩时：过去。 ⑦⑩幽辉：月光。 ⑦⑪辨色而兴：看天色而起床。 ⑦⑫妆：指脂粉。 ⑦⑬荧荧然：微光闪烁的样子。 ⑦⑭莹：明亮。茵（yīn）席：褥子。 ⑦⑮《会真诗》三十韵：会真，遇仙的意思。唐人一般用"真""仙"称美艳女子，这里说张生写了《会真诗》，所以后人遂称这篇小说为《会真记》。三十韵，唐以来的格律诗，两句用一个韵脚，算一韵，三十韵，即有六十句的排律。 ⑦⑯复容之：谓莺莺又容纳了张生。 ⑦⑰知不可奈何矣，因欲就成之：意思说郑氏（崔母）知道了也无可奈何，只能成就这件事。 ⑦⑱宛无难词：表面上没有一句不乐意的话。宛，显然可见的情状。 ⑦⑲将行之再夕：临动身前两天的晚上。 ⑧⑳西下：长安在蒲州西面偏南，故自蒲州去长安称"西下"。 ⑧㉑甚工刀札：很善于文笔。中国古代最早用刀在龟甲、兽骨或竹木简上刻字，故后来用"刀札"称笔和纸，引申为写作。 ⑧㉒出人：示人，拿出来与人看。 ⑧㉓未尝以词继之：未曾以文辞和张生酬和。 ⑧㉔愁艳幽邃（suì）：相思之情深远。愁艳，艳情之愁，谓相思；幽邃，默静深沉。 ⑧㉕喜愠（yùn）：喜怒。 ⑧㉖凄恻：感触悲伤。南朝梁江淹《别赋》："是以行子断肠，百感凄恻。" ⑧㉗文调及期：到了科举考试的时候。调，选。 ⑧㉘怡声：犹"柔声"。《礼记·内则》："及所，下气怡声，问衣燠寒。" ⑧㉙殁身之誓：以身相守至死不分离的誓言。 ⑨㉚不怿（yì）：不愉快。 ⑨㉛无以奉宁：没有什么可以安慰你。 ⑨㉜既君此诚：满足你这个心愿。 ⑨㉝《霓裳羽衣序》：《霓裳羽衣》是唐代著名的大型舞曲，包括十八支曲调。原为西域音乐，名《婆罗门》，后由中亚传到西凉，开元年间西凉都督杨敬述敬献，玄宗将其改名为《霓裳羽衣》。序，乐章的前奏。 ⑨㉞歔欷：叹息，抽噎声。 ⑨㉟遽：急，立刻。 ⑨㊱流连：连续不断的样子。 ⑨㊲明旦：第二天天亮。 ⑨㊳文战不胜：科举考试没有考中。　㊾遂止于京：士子考试落第后留居长安是当时风习。宋钱易《南部新书》："长安举子自六月以后，落第者不出京，谓之过夏。多借静坊庙院及闲宅居住，作新文章，谓之夏课。"　㊿广：宽慰。《史记·屈原贾生列传》："自以为寿不得长，伤悼之，乃为赋以自广。"　101缄报：回书。　102花胜：古代妇女的发饰，以剪彩为之，犹如现在的绒花。《文选·曹植〈七启〉》："戴金摇之熠耀，扬翠羽之双翘。"唐李善注引晋司马彪《续汉书》："皇太后入庙先为花胜，上为凤凰，以翡翠为毛羽。"　103口脂：唇膏。唐代很流行口脂，男女均用。帝王于腊日赐大臣口脂、面药。　104谁复为容：意思是为谁去妆饰。《诗经·卫风·伯兮》："自伯之东，首如飞蓬。岂无膏沐，谁适为容？"　105伏承使于京中就业：从来信知道你就便在京中温习功课。伏承，谦辞，即"敬从来信知道"的意思。就业，研讨学问，长进学业。　106遐弃：远远抛弃。　107绸缪缱绻：缠绵恩爱。　108倏：疾速，很快。　109眷念无斁（yì）：思念不止，时刻想念。斁，厌。《诗经·周南·葛覃》："为絺为绤，服之无斁。"《毛传》："斁，厌也。"　110不忒（tè）：不变。　111中表相因：因为有表亲的关系。　112援琴之挑：西汉司马相如曾在卓文君家弹琴挑逗她，文君因此夜奔相如，事见《汉书·司马相如传》。　113投梭之拒：晋代谢鲲曾向邻家高氏女调情，高女拒绝，用织布梭子掷他，打掉了他的两个牙齿，事见《晋书·谢鲲传》。　114明侍巾帻（zé）：谓公开以妻子的身份出现。古代男女地位不平等，认为妻子的责任就在于侍奉丈夫，所以称作人妻子为"奉巾栉""侍巾帻"，意思是服侍他梳头戴巾。"巾帻"中的"巾"为动词；帻，即头巾。　115俯遂：优就，委曲成全。幽眇：深远，指内心深处的愿望。　116要盟：要，约。指永结同心的盟约。　117不泯：不灭。　118因风委露，犹托清尘：意思是说，我就是像落花一样飘坠萎谢于露草之中，但此情仍然会托付于清尘，依恋在你的脚下。表示对对方的爱情生死不渝。南朝宋鲍照《玩月城西门廨中》："归华先委露，别叶乍辞风。"三国魏曹植《七哀诗》："君若清路尘，妾若浊水泥。浮沉各异势，会合何时谐。愿为西南风，长逝入君怀，君怀良不开，贱妾当何依？"　⑲存没：生死。　⑳儿：当时青年妇女的自称。　㉑下体所佩：古人佩玉多垂于腰带下，行路时佩玉碰撞有声，故说"下体所佩"。　㉒乱丝：指头发。一絇（qú）：一缕，一束。絇，唐代量原丝的单位。《唐六典》："绢曰匹，布曰端，绵曰屯，丝曰絇"。　㉓文竹茶碾子：竹制的茶碾子。文竹，斑竹，即"湘妃竹"；茶碾子，碾茶用具，有槽有轮，可用银、铜、木等制作。唐人喜用茶砖，故用茶碾子。　㉔泪痕在竹：传说湘妃竹上的斑纹为舜帝二妃的泪痕，见《博物志》。这里借指自己，言思念之苦。　㉕心迩身遐：心近身远。　㉖强饭：勉力加餐。　㉗慎言自保：谨慎自保。言，语助词。　㉘杨巨源：字景山，蒲州人，贞元五年（789）进士及第，有诗名，与元稹、白居易、张籍友善，官至国子司业。　㉙清润潘郎玉不如：用潘岳、卫玠两人典故赞美张生才思清俊，风姿玉润。潘郎，晋代潘安，据说其貌美且长于文辞，后人因以"潘郎"为美男子和才子的代称。玉不如，"玉人"不如之意。东晋人卫玠，因貌美而被称为"玉人"。《晋书·卫玠传》云："总角乘羊车入市，见者皆以为玉人……玠妻父乐广，有海内重名，议者以为妇公冰清，女婿玉润。"　㉚蕙草：一种香草，古代常用来比喻美人，此处以"中庭蕙草"喻莺莺。雪销初：仲春季节，指崔张相遇的时候。　㉛萧娘：唐人常以"萧娘"为女子的泛称，犹称男子为"萧郎"。元稹《赠别杨员外巨源》："揄扬陶令缘求酒，结托萧娘只在诗。"　㉜河南：河南府（今河南洛阳）。唐开元元年（713）改洛州为河南府，治在今洛阳。　㉝微月透帘栊，萤光度碧空：意思是说，新月穿过窗帘，照入室内，夜空为月光所镀显得明亮。栊，窗棂；萤光，指月光；度，即"镀"。 ⑭遥天初缥缈，低树渐葱胧：远处的天空起初还很迷蒙，地上的树木随着月亮的升高越来越清晰。葱胧，同"葱茏"，草木青翠茂盛的样子。 ⑮龙吹过庭竹，鸾歌拂井桐：风吹庭前之竹，声如龙吟，鸾鸟也开始在井旁的梧桐树上歌唱。龙吹，犹"龙吟"，常用来形容笛韵，此指风吹竹子发出的声音；鸾，传说中凤凰一类的鸟。《埤雅》："鸾入夜而歌。" ⑯罗绡垂薄雾，环佩响轻风：罗衣垂曳，其状有如薄雾，风吹环佩，微微作响。 ⑰绛节随金母，云心捧玉童：此以天上的神仙喻指莺莺。绛节，赤节，传说中仙人的仪仗。金母，西王母，唐人把西王母看成是一个美丽多情的女仙。唐李贺《神仙曲》："春罗书字邀王母，共宴红楼最深处……犹疑王母不相许，垂雾妖鬟更传语。"这里用西王母喻莺莺。云心，云彩中间；玉童，仙童，借以喻莺莺的稚年玉貌。 ⑱珠莹光文履，花明隐绣龙：谓绣鞋上嵌有晶莹的明珠，还隐绣着龙纹。文履，绣鞋。 ⑲瑶钗行彩凤，罗帔掩丹虹：写莺莺行步姿态的轻盈和走近时照人的光艳。行走时头上形如彩凤的玉钗轻轻摆动，仿佛要起舞；所着的罗帔，五彩缤纷，有如虹霓。瑶，一种美玉。帔，古代妇女的一种肩饰，类似今天的披肩。 ⑭⓪言自瑶华浦，将朝碧玉宫：言莺莺从自己的住处向张生的住处走去。瑶华浦、碧玉宫，都是想象中仙人的住处。 ⑭①因游洛城北，偶向宋家东：说张生很有机缘。他之游蒲州得遇莺莺，就好像曹植西游洛北得遇宓妃；又仿佛偶然一行，就得到了像宋玉东邻之女那样美丽姑娘的青睐。曹植遇洛水女神宓妃，见其《洛神赋》。战国楚宋玉《登徒子好色赋》言其东家之女美胜天下，却独爱慕他，以至于登墙窥其三年。 ⑭②低鬟：低头。蝉影：形容发髻。古代妇女有一种发髻形式叫"蝉鬓"，晋崔豹《古今注》："魏文帝宫人绝所宠者,有莫琼树……琼树乃制蝉鬓,缥眇如蝉翼,故曰蝉鬓。"

⑭㊂花雪:艳若花,白如雪。 ⑭㊃绮丛:此处以"绮丛"代指穿绮衣的人。绮,细绫,古代华丽服装的衣料,因称华丽的衣服为"绮衣"。 ⑭㊄翡翠合欢:以翡翠雌雄合欢喻男女欢会。翡翠,一种毛羽美丽的鸟。据说其雄为翡,色赤;雌翠,色青。见《楚辞·招魂》汉王逸注、宋洪兴祖补注。

⑭㊅气清兰蕊馥(fù):气息清新如兰花的香气。 ⑭㊆慵:懒。 ⑭㊇敛躬:蜷曲身子。 ⑭㊈五夜穷:五更尽。 ⑮㊀慢脸:脸上无精打采。 ⑮㊁运合:命运连在一起。 ⑮㊂结:同心结。用绵带编成的连环回文样式的结子,用来表示爱情。 ⑮㊃啼粉流宵镜,残灯远暗虫:残夜对镜梳妆,涂抹的脂粉随泪留下,在昏暗的灯光下听见远处虫声唧唧。 ⑮㊄华光犹苒苒,旭日渐曈(tóng)曈:谓烛光还亮着,太阳已经升起来了。华光,烛光;苒苒,柔弱的样子,此形容烛辉的摇曳;曈曈,初升太阳渐渐亮起来的样子。

⑮㊅乘鹜还归洛,吹箫亦上嵩:以宓妃归洛浦、王子乔上嵩山喻两人的分别。鹜,水鸟;洛,洛浦。吹箫,指王子乔。传说周灵王太子王子乔好吹笙,曾上嵩山学道,一去三十年,后在缑氏山乘鹤仙去,见《列仙传》。

⑮㊆幂(mì)幂临塘草,飘飘思渚蓬:意思是崔、张两人的恋爱,有如临塘的青草,尽管眼前茂盛,终究要像蓬草一样随风飘散。幂幂,浅草盖满地的样子。渚蓬,小洲上的蓬草。 ⑮㊇素琴鸣怨鹤,清汉望归鸿:写莺莺和张生离别后相思的痛苦。怨鹤,指《别鹤操》,一种声调凄怨、表现离情别绪的琴曲。传说古代商陵牧子娶妻五年无子,父兄打算为他另娶,其妻痛苦不已,牧子伤感而作此曲,见晋崔豹《古今注》。清汉,碧空。望归鸿,古人以鸿雁为传书送信者的代称,典出《汉书·苏武传》。

⑮㊈行云无处所,萧史在楼中:写莺莺和张生难以重聚的境况。行云无处所,语出战国楚宋玉《高唐赋序》,文中谓楚怀王在高唐观梦见有神女来

和他短暂欢会，神女自称住在"巫山之阳""旦为朝云，暮为行雨"。此喻莺莺前途的难定。萧史在楼中，借用《列仙传》萧史故事。春秋时萧史善吹箫，秦穆公女弄玉被吸引，穆公遂把弄玉嫁给萧史，后来两人在楼上吹箫引凤，共同成仙而去。这里用萧史独在楼中喻张生失去莺莺。　⑱耸异：惊异。　⑲征其词：问他怎样解释。　⑯妖：祸害。　⑯蛟、螭（chī）：传说中与龙相似但带有妖气的善变化的灵物。　⑯殷之辛：殷代的帝辛，即纣王，商朝的末代君主。旧说他因为宠爱妲己而致亡国。⑯周之幽：周幽王姬宫涅，西周的末代君主，旧说他因为宠爱褒姒造成亡国。　⑯僇（lù）笑：耻笑。　⑯委身于人：谓出嫁。　⑯因其夫：通过她的丈夫。　⑯弃置今何道，当时且自亲：你已经遗弃了我，现在还有什么可说的，可是从前是你自己要来亲近我、追求我的。　⑯怜：爱。眼前人：指张生别娶的妻子。　⑰往往及此意：往往谈及张生遗弃莺莺的这个道理。　⑰贞元岁九月：指贞元二十年（804）九月，其时李绅至长安应试进士，曾宿于元稹宅中（见朱金城《白居易年谱》贞元二十一年条）。

⑰执事：对朋友的敬称。李公垂：即李绅，中唐诗人，字公垂，润州无锡（今属江苏）人，元和初进士，武宗时拜相，出为淮南节度使。与元稹、白居易交游很密。靖安里第：靖安里在长安朱雀门东第二街从北到南第五坊，元稹住宅在坊北街，元、白诗中经常提到，直到元稹拜相后才移居安仁里。　⑰卓然：特殊、特别的样子。　⑰《莺莺歌》：李绅的《莺莺歌》是七言古诗，金代董解元《西厢记诸宫调》录有四段四十二句："伯劳飞迟燕飞疾，垂杨绽金花笑日。绿窗娇女字莺莺，金雀娅鬟年十七。黄姑上天阿母在，寂寞霜姿素莲质。门掩重关萧寺中，芳草花时不曾出。""河桥上将亡官军，虎旗长戟交垒门，凤凰诏书犹未到，满城戈甲如云屯。家家玉帛弃泥土，少女娇妻愁被虏。出门走马皆健儿，红粉潜藏欲何处？

呜呜阿母啼向天，窗中抱女投金钿。铅华不顾欲藏艳，玉颜转莹如神仙。""此时潘郎未相识，偶住莲馆对南北。潜叹凄惶阿母心，为求白马将军力。明明飞诏五云下，将选金门兵悉罢。阿母深居鸡犬安，八珍玉食邀郎餐。千言万语对生意，小女初笄为姊妹。""丹诚寸心难自比，写在红笺方寸纸。寄与春风伴落花，仿佛随风绿杨里。窗中暗读人不知，剪破红绡裁作诗。还怕香风易飘荡，自令青鸟口衔之。诗中报郎含隐语，郎知暗到花深处。三五月明当户时，与郎相见花间路。"《全唐诗》卷四八三录了前八句，其题下注云："一作东飞伯劳西飞燕歌，为莺莺作。"由所存诗句知李绅的《莺莺歌》是配合本篇而作，犹白居易《长恨歌》与陈鸿《长恨歌传》。　⑰崔氏小名莺莺，公垂以命篇：此言李绅以"莺莺"之名作为其诗的题目。命篇，命题。

《湘中怨》解

沈亚之

《湘中怨》者,事本怪媚①,为学者未尝有述。然而淫溺之人②,往往不寤③。今欲概其论,以著诚而已④。从生韦敖⑤,善撰乐府⑥,故牵而广之,以应其咏⑦。

垂拱年中⑧,驾在上阳宫⑨。太学进士郑生⑩,晨发铜驼里⑪,乘晓月度洛桥⑫。闻桥下有哭声,甚哀。生下马,循声索之。见其艳女,翳然蒙袖曰⑬:"我孤⑭,养于兄嫂。嫂恶,常苦我。今欲赴水,故留哀须臾。"生曰:"能遂我归之乎⑮?"应曰:"婢御无悔⑯。"遂与居,号曰氾人⑰。能诵楚人《九歌》《招魂》《九辩》之书⑱,亦常拟其调,赋为怨句⑲,其词丽绝⑳,世莫有属者㉑。因撰《光风词》曰㉒:

"隆佳秀兮昭盛时㉓,播薰绿兮淑华归㉔。顾室荑与处萼兮㉕,潜重房以饰姿㉖。见稚态之韶羞兮,蒙长霭以为帏㉗。醉融光兮渺弥,迷千里兮涵洇湄㉘。晨陶陶兮暮熙熙㉙,舞婑娜之秾条兮,娉盈盈以披迟㉚。酡游颜兮倡蔓卉㉛,縠流倩电兮石发髓旎㉜。"

生居贫,氾人尝解箧㉝,出轻绡一端㉞,与卖,胡人酬之千金㉟。居数岁，生游长安。是夕，谓生曰："我湘中蛟宫之娣也㊱，谪而从君。今岁满，无以久留君所，欲为诀耳。"即相持啼泣。生留之，不能，竟去。

后十余年，生之兄为岳州刺史㊲。会上巳日㊳，与家徒登岳阳楼㊴，望鄂渚张宴㊵。乐酣，生愁吟曰：

"情无垠兮荡洋洋㊶，怀佳期兮属三湘㊷。"

声未终，有画舻浮漾而来㊸。中为彩楼，高百余尺，其上施帏帐，栏笼画饰。帷褰㊹，有弹弦鼓吹者，皆神仙娥眉，被服烟霓㊺，裙袖皆广长。其中一人起舞，含嚬凄怨㊻，形类泛人。舞而歌曰：

"溯青山兮江之隅㊼，拖湘波兮袅绿裾㊽。荷拳拳兮未舒㊾，匪同归兮将焉如㊿！"

舞毕，敛袖，翔然凝望。楼中纵观方怡，须臾，风涛崩怒，遂迷所往。

元和十三年㉛，余闻之于朋中，因悉补其词，题之曰《湘中怨》，盖欲使南昭嗣《烟中之志》㉜，为偶倡也㉝。

[评析]

本篇作者沈亚之，字下贤，吴兴（今浙江湖州）人。元和五年（810）赴京应试，黜于有司。十年始登进士第，泾原节度使李汇辟为掌书记，又入朝为秘书省正字。长庆元年（821）登贤良方正能直言极谏科，调栎阳尉，四年为福建都团练副使。大和三年（829）以殿中侍御史充沧德宣慰判官，坐事贬虔州南康尉，五年量移郢州司户参军，卒于官。尝游韩愈门下。李贺《送沈亚之歌》有"吴兴才人怨春风，桃花满陌千里红"句，杜牧、李商隐皆有拟沈下贤诗,可知其有才名于当时。《新唐书·艺文志》著录其《沈亚之集》九卷,传世《沈下贤集》有十二卷本和十卷本两种。

除本篇外,沈亚之所作小说还有《异梦录》《冯燕传》《感异记》《秦梦记》。杜牧《赠沈亚之》诗云:"斯人清唱何人和,草径苔芜不可寻。一夕小敷山下梦,水如环佩月如襟。"后两句显指亚之传奇《秦梦记》。可见在当时,沈亚之的小说作品已经脍炙人口。

唐朝是一个诗歌的时代,作为叙事艺术的小说,在创作方法和美学品格上与诗歌有着很大的不同。但唐代小说家和诗人基本上就是同一批科举士子,创作主体身份的重叠,使得唐人小说中的诗意化特点特别明显。而最善于在作品中创造诗意的莫过于本篇作者沈亚之了。这位被称为"工为情语,有窈窕之思"的作家,存世的五篇小说均有诗意浓郁的特征。

《感异记》男主人公沈警和张女郎姊妹共赋诗十首,五七言及骚体诗皆有,以诗贯串全文,融汇为笼罩全文的惆怅情绪。《秦梦记》写主人公梦入秦宫的经历,但与《南柯太守传》写人生如梦不同,而是写"情语"——弄玉公主死后,"泣葬一枝红"的挽歌和"白杨风哭兮"的铭词,分别以五言和骚体的形式,用秾丽艳绝的辞藻,抒写悲悼的情绪;而离国之前的歌一首、七绝一首,则充满迷离恍惚之思,这样在作品后半部涂上强烈的感情色彩,产生了诗意的效果。《异梦录》梦中美人的《阳春曲》和她的弓弯舞以及泫然而别,意韵悠长地渲染出这位被幽闭在大宅深第中的女鬼的寂寞凄清。

《〈湘中怨〉解》则可称为唐人小说中诗意最为浓郁的一篇作品。小说将人神之恋写得神秘、感伤,充满诗一般的浪漫色彩。作者在这个"怪媚"的故事中,没有掺入多少社会关系内容,大大简化了情节,也没有设计什么戏剧冲突，而是以抒情作为重心，在小说中追求草蛇灰线般的诗的意境。泛人是一个十足的诗性化的人物，她的出现与离去都显得神秘而匆忙。作为谪居人间的湘中蛟宫之娣，小说开始并未揭明她的身份，她的哭诉给全篇带来了悲怨的气氛。郑生见而怜爱并将其收留家中，但并不了解泛人的来历，一年之后泛人行将离去时才向郑生说明真相。作品在叙述这一过程时作了许多暗示：她与郑生的首次见面是在洛桥桥下，她喜欢吟诵的是《九歌》《招魂》《九辩》这些与湘水有关系的楚辞作品，能"常拟其调，赋为怨句，其词丽绝，世莫有属者"，还全文引入了她的《光风词》。泛人与郑生同居数年，作品也没有直笔描绘她的感受，只用《光风词》透露了其中的一些信息，用华丽幽古的语言抒写着翩翩仙子自由浪漫、天真快乐的青春气息。以"隆佳秀兮昭盛时，播薰绿兮淑华归。顾室荑与处萼兮，潜重房以饰姿"抒写她对青春年华的乐观满足与"女为悦己者容"的心理状态；"见稚态之韶羞兮，蒙长霭以为帏"揭示出她与郑生之间感情的默契和两情相悦；"晨陶陶兮暮熙熙，舞媃娜之秾条兮，娉盈盈以披迟"，表现出她的欢乐。泛人不得不离去及离去之后两人之间的相互思念之情也交代得有始有终，缠绵悱恻，哀婉动人。

郑生在与泛人离别十年后登上岳阳楼，仍然触景生情，情不自禁地吟诗"情无垠兮荡洋洋，怀佳期兮属三湘"，思念泛人。郑生的思念似乎感应了泛人，泛人从风波中涌出。然而作品没有安排两人作温馨的鹊桥会般的重聚，而是只有片刻、"须臾"间的"凝望"与"纵观"，然后，泛人便又"风涛崩怒，遂迷所往"。有情人天各一方，离别之情来不及诉说，相思之恨没有时间叹惋，其间的情态描写和景物描写，创造出梦幻般的凄迷艳断的意境。泛人再一次飘然而来，郑生与泛人之间的心灵与情感慰藉也在若有若无之间，透着一丝欣慰，更弥漫着浓重的凄凉。泛人唱的歌词抒发别后之相思，与郑生的愁吟互相融通，也增添了作品的哀怨，所谓"荷拳拳兮未舒，匪同归兮将焉如"！这首歌词从内容上来说，揭示了她当初离去的无奈，透露出她对郑生的深情和对命运的哀怨。从结构上来说，把它安排在结尾，不但将人物因不能重聚而产生的悲怨情绪带向高潮，也将读者为人物产生的惋惜和遗憾一并强化，使读者无由释怀的心情久久不能平静，进一步加强了全篇的感伤色彩。

可见，本篇之主旨已不是一般的表现男欢女爱或仙凡感通，而是着意追求一种情致：对美的向往憧憬和美的飘忽感、空幻感以及对于美得而复失的失落感、迷惘感。这种在一定程度上淡化情节主题、超越题材的小说算得上是诗化小说、抒情小说或意境小说。作品中融入的骚体诗歌辞藻华美、想象奇特、反复复沓，将人神恋爱写得朦胧美丽，同时又体现了作者之才情。

本篇载《沈下贤文集》卷二。唐末陈翰曾选入《异闻集》，《太平广记》卷二九八引，改题《太学郑生》。宋曾慥辑《类说》卷二八《异闻集》节题《湘中怨》。《文苑英华》卷三五八收《湘中怨解》，以《丽情集》参校。《艳异编》卷二水神部辑入，《情史》卷一九情疑类辑入时则改题《汜人》。此据李时人编校《全唐五代小说》（中华书局，2014年修订版）卷二五校录。

[注释]

①怪媚：奇异可爱。　②淫溺之人：这里指本篇中郑生那样专于儿女之情的人。淫溺，沉迷于癖好。　③不寤：不悟，不醒。　④著诚：表达自己的真实感情。　⑤从生：朋从，友生，过从来往的朋友。唐杜甫《客夜》诗："计拙无衣食，途穷仗友生。"韦敖：据《唐摭言》卷二，宝历二年（826）时有韦敖通过京兆府府试，但又被罢贡举，或其人也。

⑥乐府：汉以来称歌词为"乐府"。至唐代，古乐府歌谱都已散失，唐人常以流传下来的"乐府古题"，如《从军行》《将进酒》等来撰写歌行体古体诗。韦敖所作《湘中怨》大概就是这样的长篇歌行。　⑦应：配合。咏：此指韦敖的《湘中怨》诗。　⑧垂拱：唐睿宗李旦的年号（685—688），但是实际上武则天操纵政权，一般算作武则天的年号。　⑨驾：皇帝的车驾。上阳宫：唐代东都洛阳的宫室，在洛阳城外，禁苑东、皇城西。武则天执政时，多住于上阳宫。　⑩太学进士：指由太学推荐出来应进士科考试的太学生。唐中央政府官立的最高学府有三：国子馆、太学馆、四门馆，均直属唐代中央教育机关国子监。国子馆和太学馆，均专收贵族、高官子弟。太学在东、西两都（洛阳、长安）各设一所。　⑪铜驼里：唐代洛阳的坊里，在洛阳城东部，洛水北。　⑫洛桥：洛水上的桥，在洛阳。　⑬翳然蒙袖：用袖子遮住脸。　⑭孤：《礼记正义·深衣》注："三十以下无父称孤。"　⑮遂：从。《国语·晋语》："置而不遂。"注："从也。"　⑯婢御无悔：此谓像婢女一样侍候你也不后悔。⑰汜（sì）人：意为水边之人。汜，同"涘"。　⑱《九歌》《招魂》《九辩》：均为《楚辞》中的作品。《九歌》，屈原写的祭神曲。《招魂》，亦为屈原作。《九辩》，为宋玉所作。　⑲拟其调，赋为怨句：楚辞是战国时盛行于楚地的一种富于咏叹情味的诗体，有其特殊的调式和方言声韵。《九歌》《招魂》《九辩》等诗篇，或为祭神曲，或为招魂诗，或为抒写不平之作，因而都有悲凉哀怨的色彩。　⑳丽绝：好到极点。　㉑世莫有属（zhǔ）者：举世都难以为继。此极称汜人拟作楚辞的高妙。属，接续。㉒《光风词》："光风"一词出自《楚辞·招魂》："光风转蕙，泛崇兰些。"汉王逸注："光风，谓雨已日出而风，草木有光也。"　㉓隆佳秀兮昭盛时：意为盛大秀美的景色啊引领这繁盛的季节。隆：盛大。佳秀：秀

美的景色。昭:引领。盛时:繁盛的季节。 ㉔播薰绿兮淑华归:意为播种下香草啊收获芬芳。薰,薰草,古书经常提到的一种香草,或曰即"蕙草",又名"零陵香"。 ㉕顾:回想。室荑(tí)与处萼:此以"室荑"与"处萼"喻汜人自己。古人称未婚女子为"室女""处女";"荑"为初生的茅草、草芽,"萼"指花朵。故"室荑""处萼"当指少女。 ㉖潜重房以饰姿:此谓在深宫里装饰自己美丽的姿容。 ㉗见稚态之韶羞兮,蒙长霭以为帏:窥见我天真的情态显得那样娇美,不由得蒙上长长的云雾像帏帐一样掩盖我的羞涩。韶羞,娇美羞涩貌。霭,云气。 ㉘醉融光兮渺弥,迷千里兮涵泂湄:陶醉于水光荡漾的无际烟波,眼光在分不清流水和浅滩的一片晴明中迷乱。融光,明亮的光;渺弥,水流旷远貌。泂,水流的样子;湄,水草丛生的洲际、水边。 ㉙晨陶陶兮暮熙熙:早晨欢乐啊傍晚高兴。 ㉚舞婑(wǒ)娜之秾条兮,娉(pīng)盈盈以披迟:舞态像柳条那样柔媚,动和静都那样轻盈娇美。婑娜,轻柔美好。"婑",女子貌美。娉,形容女子姿态美好。披迟,指舞态的动和静。 ㉛酡(tuó)游颜兮倡蔓卉:脸上带着沉醉于欢乐的红晕歌唱百草繁生。酡,醉容红润的样子。《楚辞·招魂》:"美人既醉,朱颜酡些。"倡,同"唱"。蔓,这里作繁茂。卉,草的总称。 ㉜縠(hú)流倩电兮石发髓旋:绉纱样的波纹闪耀着美丽的光华,水藻游移地到处生长。縠,绉纱,这里形容水面平静的波纹。倩电,比喻夕阳在水面反射出的光华。石发,生于岸边的水草。髓旋,形容水草的游移摇荡。髓,同"随"。 ㉝箧(qiè):竹或藤编制的箱子。 ㉞缯(zēng):丝织品的总名。端:古代布帛的计量单位,唐代五丈为一端。 ㉟胡人:唐代对外贸易发达,这里的胡人即指外国商人。 ㊱蛟宫:此谓龙宫。娣(dì):古代姬妾间相互称呼,年长者称"姒",年幼者称"娣"。此自称自己是龙宫里的姬侍婢妾。 ㊲岳州：辖地在今湖南省岳阳、平江一带，州治在今岳阳市。㊳上巳：古人以为每年农历三月上旬的巳日，到河边去洗濯身子，可以袚除灾病和不祥，至汉代形成一个全国性的春天踏青游赏的节日。魏以后固定为三月三日，不再用巳日，但仍称“上巳”。唐代更把“上巳”规定为全年三个大节日之一。 ㊴家徒：家里人。岳阳楼：唐玄宗时张说所建，是岳阳的名胜，临洞庭湖，可以俯瞰洞庭。 ㊵鄂渚：长江中的洲渚，在今湖北武昌黄鹤矶以西。战国楚屈原《楚辞·九章·涉江》：“乘鄂渚而反顾兮，欸秋冬之绪风。” ㊶无垠（yín）：广阔无边、没有边际。垠，边际。荡：这里指情思的飞扬。 ㊷属（zhǔ）：连接。三湘：漓湘、潇湘、蒸湘合称，指整个湘江。湘江上游与漓水同源合流，称漓湘；中段至零陵县西合潇水，称潇湘；再经衡阳北面，合蒸水，称蒸湘。 ㊸画舻：船头彩绘的大船。舻，船头。 ㊹褰（qiān）：揭起。 ㊺被服烟霓：穿着像烟霞彩虹一样的衣服。烟霓，形容衣服的轻盈、透明、华彩。 ㊻嚬（pín）：同“颦”，皱眉。 ㊼溯（sù）：逆流而上。山之隅：山角。㊽拖：写船溯流急上，波随船尾的景象。袅：此写舞时绿色裙裾在风中摇曳。 ㊾荷拳拳兮未舒：本句借荷叶卷曲的形象，形容汜人自己的心情。 ㊿匪：同“非”，不能。焉如：哪里去呢？ (51)元和十三年：即公元818年。元和，唐宪宗李纯年号（806—820）。 (52)南昭嗣：即南卓。初游学于吴、楚，大和二年（828）登贤良方正能直言极谏科，与杜牧同榜（见《唐会要》卷七六），官拾遗，以诤谏贬为松滋令。历婺、蔡二州刺史，大中中（847—859），官黔南观察使。豪放自任，能诗，精于音乐，著有《羯鼓录》，今存。《烟中之志》：即《烟中志》，今不传，宋人《绿窗新话》有“谢生娶江中水仙”条，略叙其故事：“《〈烟中怨〉解》：越溪有渔者杨父，一女绝色。年十四，能诗，每吟不过两句。人问：‘胡不终篇？'答曰：'无奈情思缠绕，至两句即思迷，不复为继。'有谢生求娶，父曰：'吾女宜配公卿。'谢曰：'谚云：少女少郎，相乐不忘；少女老翁，苦乐不同。且安有少年公卿耶？'父曰：'吾女为词，多不过两句，子能续之，称吾女意，则妻矣。'乃命女奴示其篇曰：'珠帘半床月，青竹满林风。'谢续曰：'何事今宵景，无人解与同？'女曰：'天生吾夫。'遂偶之。后七年，夫妇每相乐必对泣，多欲引泛江湖。春日，女忽题曰：'春尽花随尽，其如自是花。'谢曰：'何故为此不祥之句？'女曰：'吾不久于人间矣，君且续之。'谢续曰：'从来说花意，不过此容华。'女曰：'逝水难驻，千万自保。'即以首枕生膝，瞑目而逝。谢感伤不已。后二年，江上烟波溶曳，见女立于江中，曰：'吾本水仙，谪居人间，今复为仙。后倘思郎，即复谪下，不得为仙矣。'"宋人曾慥辑《类说》也引了这个故事，注云："出《丽情集》。"《丽情集》所收多唐人小说名篇，南卓的这一作品在当时想也是轰动一时。这个故事在宋代也颇流行，而且仍用《烟中怨》的题目。宋秦观有《烟中怨》诗，即记此事。略云："鉴湖楼阁与云齐，楼中女儿名阿溪。十五能为绮丽句，平生未解出幽闺。谢郎巧思诗裁剪，能使佳人动幽怨。琼枝璧月结芳期，斗帐双双成眷恋。"又《调笑令》曲子云："眷恋，西湖岸，湖面楼台侵云汉。阿溪本是飞琼伴，风月朱扉斜掩。谢郎巧思诗裁剪，能动芳怀幽怨。"显然也是咏这个故事的。　㊽偶倡：相比美的作品。倡，同"唱"。因为《湘中怨》和《烟中怨》都有诗，所以说"唱"。

霍小玉传

蒋 防

大历中①,陇西李生名益②,年二十,以进士擢第③。其明年,拔萃④,俟试于天官⑤。夏六月,至长安,舍于新昌里⑥。生门族清华⑦,少有才思,丽词嘉句,时谓无双。先达丈人⑧,翕然推伏⑨。每自矜风调⑩,思得佳偶,博求名妓,久而未谐。

长安有媒鲍十一娘者,故薛附马家青衣也⑪,折券从良⑫,十余年矣。性便辟⑬,巧言语,豪家戚里⑭,无不经过,追风挟策⑮,推为渠帅⑯。常受生诚托厚赂,意颇德之⑰。

经数月,李方闲居舍之南亭。申未间⑱,忽闻扣门甚急,云是鲍十一娘至。摄衣从之⑲,迎问曰:"鲍卿今日何故忽然而来?"鲍笑曰:"苏姑子作好梦也未⑳?有一仙人,谪在下界,不邀财货㉑,但慕风流。如此色目㉒,共十郎相当矣。"生闻之惊跃,神飞体轻,引鲍手且拜且谢曰:"一生作奴,死亦不惮㉓。"因问其名居。鲍具说曰:"故霍王小女㉔,字小玉,王甚爱之。母曰净持。净持,即王之宠婢也。王之初薨,诸弟兄以其出自贱庶,不甚收录㉕。因分与资财,遣居于外,易姓为郑氏,人亦不知其王女。姿质秾艳,一生未见;高情逸态㉖,事事过人;音乐诗书,无不通解。昨遣某求一好儿郎，格调相称者。某具说十郎。他亦知有李十郎名字，非常欢惬。住在胜业坊古寺曲㉗，甫上车门宅是也㉘。已与他作期约。明日午时，但至曲头觅桂子㉙，即得矣。"

鲍既去，生便备行计。遂令家僮秋鸿，于从兄京兆参军尚公处假青骊驹、黄金勒㉚。其夕，生浣衣沐浴㉛，修饰容仪，喜跃交并，通夕不寐。迟明㉜，巾帻㉝，引镜自照，惟惧不谐也。徘徊之间，至于亭午㉞。遂命驾疾驱，直抵胜业。

至约之所，果见青衣立候，迎问曰："莫是李十郎否？"即下马，令牵入屋底，急急锁门。见鲍果从内出来，遥笑曰："何等儿郎，造次入此㉟？"生调诮未毕㊱，引入中门。庭间有四樱桃树，西北悬一鹦鹉笼，见生入来，即语曰："有人入来，急下帘者！"生本性雅淡，心犹疑惧，忽见鸟语，愕然不敢进㊲。逡巡㊳，鲍引净持下阶相迎，延入对坐。年可四十余，绰约多姿㊴，谈笑甚媚。因谓生曰："素闻十郎才调风流，今又见容仪雅秀，名下固无虚士㊵。某有一女子，虽拙教训㊶，颜色不至丑陋，得配君子，颇为相宜。频见鲍十一娘说意旨，今亦便令永奉箕帚㊷。"生谢曰："鄙拙庸愚，不意顾盼㊸，倘垂采录㊹，生死为荣。"

遂命酒馔，即令小玉自堂东阁子中而出㊺。生即拜迎。但觉一室之中，若琼林玉树，互相照耀㊻，转盼精彩射人㊼。既而遂坐母侧。母谓曰："汝尝爱念'开帘风动竹，疑是故人来㊽'。即此十郎诗也。尔终日吟想，何如一见。"玉乃低鬟微笑㊾，细语曰："见面不如闻名。才子岂能无貌？"生遂连起拜曰："小娘子爱才，鄙夫重色。两好相映，才貌相兼。"母女相顾而笑，遂举酒。数巡㊿，生起请玉唱歌。初不肯，母固强之。发声清亮，曲度精奇(51)。

酒阑，及暝(52)，鲍引生就西院憩息。闲庭邃宇(53)，帘幕甚华。鲍令侍儿桂子、浣沙与生脱靴解带。须臾，玉至，言叙温和，辞气宛媚。解罗衣之际，态有余妍(54)，低帏昵枕，极其欢爱。生自以为巫山、洛浦不过也(55)。中宵之夜(56)，玉忽流涕观生曰："妾本倡家，自知非匹。今以色爱，托其仁贤。但虑一旦色衰，恩移情替(57)，使女萝无托(58)，秋扇见捐(59)。极欢之际，不觉悲至。"生闻之，不胜感叹。乃引臂替枕，徐谓玉曰："平生志愿，今日获从，粉骨碎身，誓不相舍。夫人何发此言！请以素缣(60)，著之盟约。"玉因收泪，命侍儿樱桃褰幄执烛(61)，授生笔研(62)。玉管弦之暇(63)，雅好诗书，筐箱笔研，皆王家之旧物。遂取绣囊，出越姬乌丝栏素缣三尺以授生(64)。生素多才思，援笔成章。引谕山河(65)，指诚日月(66)，句句恳切，闻之动人。染毕(67)，命藏于宝箧之内。自尔婉娈相得(68)，若翡翠之在云路也(69)。如此二岁，日夜相从。

其后年春，生以书判拔萃登科(70)，授郑县主簿(71)。至四月，将之官(72)，便拜庆于东洛(73)。长安亲戚，多就筵饯。时春物尚余，夏景初丽，酒阑宾散，离恶萦怀(74)。玉谓生曰："以君才地名声(75)，人多景慕(76)，愿结婚媾，固亦众矣。况堂有严亲，室无冢妇(77)，君之此去，必就佳姻，盟约之言，徒虚语耳。然妾有短愿，欲辄指陈。永委君心，复能听否？"生惊怪曰："有何罪过，忽发此辞？试说所言，必当敬奉。"玉曰："妾年始十八，君才二十有二，迨君壮室之秋(78)，犹有八岁。一生欢爱，愿毕此期。然后妙选高门，以谐秦晋(79)，亦未为晚。妾便舍弃人事，剪发披缁(80)，夙昔之愿，于此足矣。"生且愧且感，不觉涕流。因谓玉曰："皎日之誓[81]，死生以之，与卿偕老，犹恐未惬素志[82]，岂敢辄有二三[83]。固请不疑，但端居相待。至八月，必当却到华州[84]，寻使奉迎，相见非远。"更数日，生遂诀别东去。

到任旬日，求假往东都觐亲[85]。未至家日，太夫人已与商量表妹卢氏[86]，言约已定。太夫人素严毅，生逡巡不敢辞让，遂就礼谢，便有近期[87]。卢亦甲族也[88]，嫁女于他门，聘财必以百万为约[89]，不满此数，义在不行。生家素贫，事须求贷，便托假故，远投亲知，涉历江淮，自秋及夏。生自以孤负盟约，大愆回期[90]。寂不知闻，欲断其望。遥托亲故，不遗漏言。

玉自生逾期，数访音信。虚词诡说，日日不同。博求师巫，遍询卜筮[91]，怀忧抱恨，周岁有余。羸卧空闺[92]，遂成沉疾。虽生之书题竟绝[93]，而玉之想望不移，赂遗亲知，使通消息。寻求既切，资用屡空，往往私令侍婢潜卖箧中服玩之物，多托于西市寄附铺侯景先家货卖[94]。曾令侍婢浣沙将紫玉钗一只[95]，诣景先家货之，路逢内作老玉工[96]，见浣沙所执，前来认之曰："此钗，吾所作也。昔岁霍王小女将欲上鬟[97]，令我作此，酬我万钱。我尝不忘。汝是何人，从何而得？"浣沙曰："我小娘子即霍王女也。家事破散，失身于人。夫婿昨向东都，更无消息。怳怏成疾[98]，今欲二年。令我卖此，赂遗于人，使求音信。"玉工凄然下泣曰："贵人男女，失机落节[99]，一至于此。我残年向尽，见此盛衰，不胜伤感。"遂引至延先公主宅[100]，具言前事。公主亦为之悲叹良久，给钱十二万焉。

时生所定卢氏女在长安，生既毕于聘财，还归郑县。其年腊月,又请假入城就亲。潜卜静居[100],不令人知。有明经崔允明者[102],生之中表弟也,性甚长厚。昔岁常与生同欢于郑氏之室,杯盘笑语,曾不相间,每得生信,必诚告于玉。玉常以薪刍衣服,资给于崔。崔颇感之。生既至,崔具以诚告玉。玉恨叹曰:"天下岂有是事乎!"遍请亲朋,多方召致。生自以愆期负约,又知玉疾候沈绵,惭耻忍割[103],终不肯往。晨出暮归,欲以回避。玉日夜涕泣,都忘寝食,期一相见,竟无因由。冤愤益深,委顿床枕[104]。自是,长安中稍有知者。风流之士,共感玉之多情;豪侠之伦[105],皆怒生之薄行。

时已三月,人多春游。生与同辈五六人诣崇敬寺玩牡丹花[106],步于西廊,递吟诗句。有京兆韦夏卿者[107],生之密友,时亦同行。谓生曰:"风光甚丽,草木荣华。伤哉郑卿,衔冤空室!足下终能弃置,实是忍人。丈夫之心,不宜如此。足下宜为思之!"叹让之际[108],忽有一豪士,衣轻黄纻衫[109],挟朱弹[110],丰神隽美,衣服轻华,唯有一剪头胡雏从后[111],潜行而听之。俄而前揖生曰:"公非李十郎者乎?某族本山东[112],姻连外戚[113]。虽乏文藻,心尝乐贤。仰公声华[114],常思觏止[115]。今日幸会,得睹清扬[116]。某之敝居,去此不远,亦有声乐,足以娱情。妖姬八九人,骏马十数匹,唯公所欲。但愿一过。"生之侪辈[117],共聆斯语,更相叹美。因与豪士策马同行,疾转数坊,遂至胜业。

生以近郑之所止,意不欲过,便托事故,欲回马首。豪士曰:"敝居咫尺,忍相弃乎?"乃挽挟其马[118],牵引而行。迁延之间,已及郑曲。生神情恍惚,鞭马欲回。豪士遽命奴仆数人[119],抱持而进。

疾走推入车门，便令锁却，报云："李十郎至也！"一家惊喜，声闻于外。

先此一夕，玉梦黄衫丈夫抱生来，至席，使玉脱鞋。惊寤而告母。因自解曰："鞋者，谐也。夫妇再合。脱者，解也，既合而解，亦当永诀。由此征之，必遂相见，相见之后，当死矣。"凌晨，请母妆梳。母以其久病，心意惑乱，不甚信之。俛勉之间[120]，强为妆梳。妆梳才毕，而生果至。玉沉绵日久，转侧须人[121]。忽闻生来，歘然自起[122]，更衣而出，恍若有神。遂与生相见，含怒凝视，不复有言。羸质娇姿，如不胜致[123]，时复掩袂[124]，返顾李生。感物伤人，坐皆欷歔[125]。

顷之，有酒肴数十盘，自外而来。一座惊视，遽问其故，悉是豪士所致也。因遂陈设，相就而坐[126]。玉乃侧身转面，斜视生良久，遂举杯酒，酬地曰[127]："我为女子，薄命如斯。君是丈夫，负心若此。韶颜稚齿[128]，饮恨而终。慈母在堂，不能供养。绮罗弦管，从此永休。征痛黄泉[129]，皆君所致。李君李君，今当永诀！我死之后，必为厉鬼，使君妻妾，终日不安！"乃引左手握生臂，掷杯于地，长恸号哭数声而绝。母乃举尸，置于生怀，令唤之，遂不复苏矣。

生为之缟素[130]，旦夕哭泣甚哀。将葬之夕，生忽见玉穗帷之中，容貌妍丽，宛若平生。着石榴裙[131]，紫褡裆[132]，红绿帔子[133]。斜身倚帷，手引绣带，顾谓生曰："愧君相送，尚有余情。幽冥之中，能不感叹。"言毕，遂不复见。明日，葬于长安御宿原[134]。生至墓所，尽哀而返。

后月余，就礼于卢氏。伤情感物，郁郁不乐。夏五月，与卢氏偕行,归于郑县。至县旬日,生方与卢氏寝,忽帐外叱叱作声。生惊视之,则见一男子,年可二十余,姿状温美,藏身映幔,连招卢氏。生惶遽走起㉝,绕幔数匝,倏然不见㉞。

生自此心怀疑恶,猜忌万端,夫妻之间,无聊生矣。或有亲情㉟,曲相劝喻,生意稍解。后旬日,生复自外归,卢氏方鼓琴于床,忽见自门抛一斑犀钿花合子㉝,方圆一寸余,中有轻绢,作同心结㉞,坠于卢氏怀中。生开而视之,见相思子二㊵,叩头虫一㊶,发杀觜一㊷,驴驹媚少许㊸。生当时愤怒叫吼,声如豺虎,引琴撞击其妻,诘令实告㊹。卢氏亦终不自明。尔后往往暴加捶楚㊺,备诸毒虐,竟讼于公庭而遣之㊻。

卢氏既出㊼,生或侍婢媵妾之属,暂同枕席,便加妒忌。或有因而杀之者。生尝游广陵,得名姬曰营十一娘者,容态润媚㊽,生甚悦之。每相对坐,尝谓营曰:"我尝于某处得某姬,犯某事,我以某法杀之。"日日陈说,欲令惧己,以肃清闺门。出则以浴斛覆营于床㊾,周回封署,归必详视,然后乃开。又畜一短剑,甚利,顾谓侍婢曰:"此信州葛溪铁㊿,唯断作罪过头!"大凡生所见妇人,辄加猜忌,至于三娶,率皆如初焉。

[评析]

本篇作者蒋防,字子微,一作子徵,义兴(今江苏宜兴)人。以善诗文称,因李绅、元稹荐举,长庆元年(821)自右补阙充翰林学士,二年加司封员外郎,三年加知制诰,四年元稹、李绅遭贬,防亦坐谪汀州刺史,改连州刺史。大和二年(828)迁袁州刺史。后行迹失考,其卒年当在大和、开成中。《全唐文》收其赋及杂文一卷，《全唐诗》收其诗十二首，还有诗文等散见于他籍。其作品以本篇小说流传最广，甚得赞誉。

唐末宋初又传有《霍小玉歌》，未详何人所作，今已不传。《片玉集》卷一《荔枝香》清陈元龙注引《丽情集·小玉歌》："西北槛前挂鹦鹉，笼中报道李郎来。"《锦绣万花谷》前集卷一七《美人》引《霍小玉歌》："衣飘豆蔻减浓香，脸射芙蓉失娇色。"当为其佚句。

与许尧佐《柳氏传》相同，本篇男主角李益，亦为当时诗人。篇中称"陇西李生名益"，"陇西"系李益的郡望，益实为姑臧（今甘肃武威）人，字君虞。约生于玄宗天宝中（749年左右），卒于文宗大和初（827年左右）。大历四年（769）进士，调郑县尉，累官秘书少监、集贤殿学士、礼部尚书。益长于诗歌，时称"文章李益"，与李贺齐名，并与韩翃一样，被列入"大历十才子"。《新唐书》《旧唐书》皆有李益传，《旧唐书》谓其"少有痴病，而多猜忌，防闲妻妾，过为苛酷，而有散灰扃户之谭闻于时，故时谓妒痴为'李益疾'"。和本篇结尾所写情节一致。又本篇所叙，亦有与李益经历相合者，论者或以为本篇所写为实事，或以为出自寻隙泄怨。

然不论本篇小说本事是否与李益有关，所写确实反映了当时上层社会男女情爱及婚姻关系之真实，其所表现出来的逼视现实人生的力量和人道精神都是具有时代意义的。小说称小玉为霍王小女，自然是假托高门，前人多已言明。明人编《艳异编》将本篇故事列入"妓女部"可证。小说中的李益并非不爱出身低贱的小玉，然而他一方面要忍痛放弃自己之所爱，另一方面又一手制造了小玉的悲剧，将自己推上了道德良心的审判席。这两败俱伤的悲剧结果的造成，虽然主要与李益的人格缺陷有关，其背景则无疑是当时门第等级制度及这种制度所造成的社会氛围。因此本篇同情一个弱女子的不幸命运，就不仅是对造成其不幸命运的男子的鞭挞，亦是对这一社会现实的控诉以及对其本质的揭露。

在题材上，本篇则是中国小说中表现男子薄幸背约致使女子陷入惨死的最早一篇。类似的故事以后在中国小说戏曲中重复出现，都说明这在以男权为中心的中国古代实在是经常发生的悲剧。只是明清同类题材的小说戏曲则十之八九要加上一个大团圆的光明尾巴，多少反映了后世作者不同于唐人的心态。明代戏曲家汤显祖据本篇故事作《紫钗记》传奇，也要续上《剑合》《钗圆》，显然也表现出对唐人生活与精神心理的隔膜。至于清人潘炤据本篇所撰传奇《鸟阑誓》，以《复凡》《仙缘》收束，实在只能称为荒诞无稽了。

本篇曾被晚唐陈翰收入《异闻集》，宋曾慥辑《类说》节引，全文首见于《太平广记》卷四八七，篇名皆作《霍小玉传》。然如小说中所言小玉出于霍王，本应姓李，其又云其"易姓为郑氏"，则应称"郑小玉"（小说写其所居名"郑曲"，又呼其为"郑卿"），均无叫"霍小玉"之理。故周绍良疑本篇原名应为《霍王女小玉传》，或《霍王小玉传》，甚是，然无信据。此据李时人编校《全唐五代小说》（中华书局，2014年修订版）卷二六校录，篇名亦仍其旧。

[注释]

①大历：唐代宗李豫年号（766—779）。　②陇西：李益的郡望。　③以进士擢第：通过进士科考试，考中。唐代科举选士有秀才、明经、进士、明法、明书、明算等科，其中进士科最难考取，但出路最好，为时所尚。唐代科举录取分等第，故考中称"擢第"。　④拔萃（cuì）：唐代科举及第，算有了出身，取得做官资格。但要经过一定的期限才能选官，如不足限，通过"制科"或吏部的考试也可授官。"拔萃"就是吏部的一种

考试。《通典》卷十五《选举》："试文三篇，谓之宏词；试判（撰拟公文的判词）三条，谓之拔萃，亦曰超绝。词美者，得不拘限而授职。"

⑤天官：本为周置六官之一，总摄百官，职司类似后代的吏部。《周礼·天官冢宰》："乃立天官冢宰，使帅其属，而掌邦治。"故后世用"天官"代指尚书省六部之一的吏部。唐武则天光宅元年（684）曾改吏部为"天官"，后复为吏部。吏部职掌全国文官的任命、升降和铨选等事务。

⑥新昌里：唐长安东城延兴门内北街第一坊。　⑦门族清华：出身在高贵的名门大族。门族，门第和宗族。清华，清贵显赫。陇西李氏为唐时所谓"五姓七族"之一。据《旧唐书·李益传》，李益为肃宗朝宰相李揆的族子。　⑧先达丈人：有地位声望的前辈先生。先达，有德行学问的前辈。唐年融《赠浙西李相公》："文章政事追先达，冠盖声华美昔贤。"丈人，古代对老人的尊称。《论语·微子》："子路从而后，遇丈人以杖荷蓧。"三国魏何晏集解引汉包咸曰："丈人，老人也。"　⑨翕然：一致。⑩自矜（jīn）：自负。风调：指人的品貌才情。　⑪故薛驸马：据《新唐书·诸公主列传》，肃宗女萧国公主下嫁郑巽，又嫁薛康衡，再嫁回纥英武威远可汗。因公主已改嫁，故称薛康衡为"故薛驸马"。驸马，即"驸马"。青衣：婢衣。古代以青衣为贱者服，后遂用"青衣"称婢女。⑫折券从良：谓毁掉卖身文契，即赎身，取得平民的身份。　⑬便（pián）辟：善于逢迎谄媚。《论语·季氏》："友便辟。"宋邢昺疏："便辟，巧辟人之所忌，以求容媚者也。"辟，同"避"。　⑭戚里：帝王外戚聚居的地方。汉高祖刘邦曾徙外戚家于长安，名其地为"戚里"，见《史记·万石张叔列传》。后因以"戚里"借指外戚和外戚居地。《文选·左思〈魏都赋〉》："亦有戚里，置宫之东。"唐吕延济注："戚里，外戚所居之地。"　⑮追风挟策：为男女风情之事打探消息、出主意，包括做媒、

撮合一类事。追风,谓闻风而追逐。 ⑯渠帅:魁首,首领。 ⑰意颇德之:谓很想感谢他。 ⑱申未间:申时到未时之间。古代将一天分为"子、丑、寅、卯、辰、巳、午、未、申、酉、戌、亥"十二个时辰,每个时辰约现在的两小时。申未间,约在下午三时左右。 ⑲摄衣:穿起衣服,整饬衣装。汉王粲《七哀诗》之二:"独夜不能寐,摄衣起抚琴。" ⑳苏姑子:大约是当时对青年男子的一种昵称,或带有戏谑成分的称呼,未详。 ㉑不邀财货:不希求金钱财物。 ㉒如此色目:犹言"像这样的人"。色目,泛指人的身份、品貌、才行等。唐高彦休《阙史》卷上:"既悟大喜,访于词场,则云有濮阳愿者,为文甚高,且有虚誉。时搜访草泽,方急色目,雅在选中。" ㉓一生作奴,死亦不惮:谓终身作奴仆,就是死也心甘情愿。惮,不惧,不在乎。 ㉔故霍王:唐高祖子李元轨封霍王,武后垂拱四年(688)坐谋逆,与长子绪俱死,中宗神龙初封绪子晖为嗣霍王(见《册府元龟》卷二八四)。 ㉕不甚收录:不大愿意收纳。 ㉖高情逸态:高雅的情致,安逸的仪态。 ㉗胜业坊:在唐长安朱雀大街第四街,即皇城东之第二街。曲:坊内巷子。 ㉘甫上车门宅:巷头上有车门的宅子。甫上,头上。车门宅,有车门的宅子。车门,富贵人家大门旁供车马出入的门,门内宽敞,可停车马。 ㉙至曲头觅桂子:到巷口找叫桂子的婢女。 ㉚从兄:堂兄。京兆参军:京兆府参军。参军,是唐代军府和地方衙门的僚属,多员,分掌录事、司兵、司法、司仓等各项职务。尚公:《新唐书》卷七二《宰相世系表》李氏姑臧大房条有"益,秘书少监",又有"上公,秘书监",则"上公"为李益堂兄,此"尚公"或即"上公",时任京兆府参军。勒:马笼头。 ㉛浣衣:洗衣。 ㉜迟明:黎明。 ㉝巾帻:戴上头巾。巾,动词。 ㉞亭午:正午。 ㉟造次:随便冒失。 ㊱调俏:打趣,说俏皮话。 ㊲愕然:吃惊的样子。 ㊳逡巡：迟疑不决，徘徊不进。 ㊴绰（chuò）约：柔婉美好的样子。《庄子·逍遥游》："肌肤若冰雪，绰约若处子。" ㊵名下固无虚士：名不虚传，名副其实的意思。语出《陈书·姚察传》，姚察是南朝名士，出使于北周，刘臻问他关于《汉书》的疑问十余条，姚详为分析讲解，有理有据，以致刘臻佩服地说："名下定无虚士。" ㊶拙教训：没有受到好的教育。 ㊷奉箕帚：做洒扫一类的事。旧时认为女子出嫁是做家务和侍奉丈夫的，故以"奉箕帚"作为"当妻妾"的谦辞。 ㊸不意顾盼：没料到被看得起。 ㊹倘垂采录：倘若被选中。垂，用作敬词，犹"俯"。 ㊺阁子：此指房里面隔出来的单独房间。 ㊻琼林玉树，互相照耀：谓一双男女皆如玉树临风，互相影照，无限光彩。琼，美玉；玉树，古用以称美佳子弟，语出南朝宋刘义庆《世说新语·言语》。唐杜甫《题柏大兄弟山居屋壁》："叔父朱门贵，郎君玉树高。" ㊼转盼：眼睛的动态，此指眼神。 ㊽开帘风动竹，疑是故人来：此为唐李益《竹窗闻风寄苗发司空曙》中的句子。全诗是："微风惊暮坐，临牖思悠哉。开门复动竹，疑是故人来。时滴枝上露，稍沾阶下苔。何当一入幌，为拂绿琴埃。"宋吴曾《能改斋漫录》所引"开门复动竹"句与此处有异。 ㊾低鬟：低头。鬟，女子的发髻。 ㊿数巡：斟过几遍酒。 ○51曲度：歌曲的节拍音调。《后汉书·马援传》："多聚声乐，曲度比诸郊庙。"唐李贤注："曲度，谓曲之节度也。"宋乐史《杨太真外传》："曲度清越，真仙府之音。" ○52酒阑：酒宴结束，人尚未散尽之际。暝：晚。 ○53闲：宽大。邃：深。 ○54余妍：体态无限娇美。南朝齐刘绘《咏博山香炉诗》："复有汉游女，拾羽弄余妍。" ○55巫山：巫山神女。战国楚宋玉《高唐赋序》说，楚怀王游云梦泽，疲倦了在高唐观午睡，梦见神女来荐枕席，神女自称住在"巫山之阳"。洛浦：洛水之滨。相传伏羲氏之女溺死洛水为神,名为宓妃。曹植《洛神赋》曾描写他和宓妃在洛浦相会的情形。

㊗中宵之夜:半夜。 ㊗恩移情替:恩爱之情转移、消失。替,消亡,消失。《国语·鲁语上》:"今先君俭而君侈,令德替矣。"三国吴韦昭注:"替,灭也。" ㊗女萝无托:犹言失去依靠。女萝,松萝,地衣类植物,须攀附在其他植物上生长。《诗经·小雅·頍弁》:"茑与女萝,施于松柏。"后以喻女子倚托丈夫。《古诗十九首》:"与君为新婚,兔丝附女萝。" ㊗秋扇见捐:扇子到秋天被丢掉。见,被;捐,弃。传说汉成帝班婕妤失宠,作《团扇怨》,其辞云:"新制齐纨素,皎洁如霜雪。裁成合欢扇,团团似明月。出入君怀袖,动摇微风发。常恐秋节至,凉飙夺炎热。弃捐箧笥中,恩情中道绝。"后因以"秋扇见捐"喻妇女以色衰被弃。 ㊗素缣:白色的绢。 ㊗褰帏(wò):撩起帐幔。 ㊗笔研:笔砚。研,即"砚"。 ㊗管弦之暇:音乐之外的空闲时间。管弦,管乐和弦乐,此代指音乐。 ㊗越姬乌丝栏素缣:越国女子织的带有黑丝格的素色细绢。唐李肇《国史补》:"越人……绫纱妙称江左矣。""又,宋、亳间有织成界道绢素,谓之乌丝栏、朱丝栏。"今浙江一带春秋时属越国。越姬,越地的女子。 ㊗引谕山河:引山河来比喻恩情的深厚。 ㊗指诚日月:指着日月发誓,表示相爱的诚挚。 ㊗染:写。 ㊗婉娈(luán):亲爱,男女缠绵。晋陆机《于承明作与士龙》:"婉娈居人思,纡郁游子情。" ㊗若翡翠之在云路:像翡翠鸟一样在空中比翼而飞。翡翠,一种毛羽美丽的鸟。《楚辞·招魂》:"翡翠珠被,烂齐光些。"汉王逸注:"雄曰翡,雌曰翠。"宋洪兴祖补注:"翡,赤羽雀;翠,青羽雀。" ㊗书判拔萃:唐代科考制科之一,主要考书法和文理。登科:考中,登第。

㊗郑县:唐代郑县在今陕西渭南华州区,为华州治。主簿:县令的属官,管理文书簿籍等。 ㊗之官:赴任。之,往。 ㊗拜庆:唐人习俗,离家

日久而回去探望父母叫"拜家庆",尤以登科以后回家"拜庆"最为时人所重视。东洛:唐以洛阳为东都,故称之为"东洛"。 ⑭离恶萦怀:离情满怀。离恶,离别时的恶劣情绪。 ⑮才地:才能和门第。地,同"第"。《晋书·王恭传》:"(王恭)自负才地高华,恒有宰辅之望。" ⑯景慕:景仰羡慕。 ⑰冢妇:本指嫡长子妇,《礼记·内则》:"冢妇所祭祀宾客,每事必请于姑。"这里指正妻。 ⑱壮室之秋:娶妻的适当年龄。《礼记·曲礼》:"三十曰壮,有室。"有室,就是娶妻,故古人有"三十而娶"的说法。 ⑲秦晋:春秋时秦、晋两国世为婚姻,后因以"秦晋"代指婚姻。 ⑳剪发披缁:即出家为尼。缁,黑色的衣服,僧尼皆着缁衣,所以"披缁"就是出家的意思。 ㉑皎日之誓:即指着太阳发的誓言。"皎"同"皦"。语出《诗经·王风·大车》:"谓予不信,有如皦日。" ㉒惬:满足。 ㉓二三:三心二意。《诗经·卫风·氓》:"士也罔极,二三其德。" ㉔却到:返回到。 ㉕东都:洛阳(今属河南)。唐代以洛阳为东都。觐亲:探亲,拜见父母。 ㉖太夫人:指李益的母亲。商量:计议,此似特指议亲。 ㉗遂就礼谢,便有近期:于是到卢家去谢婚,并商定在短期内举行婚礼。 ㉘甲族:世家大族。甲,古代天干序词的第一位,指头等。 ㉙百万:唐代以铜钱为货币单位,百万,即百万钱。千钱为"贯",百万,一千贯。 ㉚大愆(qiān)回期:大大超过了约定的归期。 ㉛卜筮:原为古人卜卦以问凶吉的两种方法。以艾火灼烧龟甲来卜卦叫"卜";以蓍草来占卜叫"筮"。这里泛指当时的一些占卜形式。 ㉜羸(léi):瘦弱。 ㉝书题:书信。《南史·周山图传》:"(周山图)于书题甚拙,谨直少言,不尝说人短长。" ㉞寄附铺:寄售物品的店肆。 ㉟紫玉钗:紫玉制成的钗子。紫玉,紫颜色宝玉。 ㊱内作:宫廷内制造器物的作坊称"内作",因代指在内作中做工的工匠。⑨⑦上鬟：即上头。古代习俗，女子十五岁算成年。《礼记·内则》："女子十有五年而笄。""笄"就是"簪"，即把原来披垂的头发梳成发髻，以簪约束，故俗语称为"上头"。五代花蕊夫人《宫词》："年初十五最风流，新赐云鬟便上头。" ⑨⑧悒怏：忧郁不快。 ⑨⑨失机落节：犹说失势倒霉。失机，失去机遇；落节，吃亏，受损失。《全唐五代小说》卷八八《李陵变文》："其时匈奴落节，输汉便宜，直至黄昏，收兵不了。" ⑩⓪延先公主：唐代公主无"延先"，唯肃宗女郜国公主，始封"延光"，见《新唐书》卷八三。故此或为"延光"之误。 ⑩①潜卜静居：暗地里找了一处僻静的住所。 ⑩②明经崔允明：中过"明经"科的崔允明。明经，唐代科举科目的一种。主要考经义、时务策，比进士容易考，但出路较差。明经及第后亦不能立即授官，未授官时只能称其为"明经"。 ⑩③惭耻忍割：因为感到惭愧、羞耻而忍心割舍。 ⑩④委顿：衰弱，病困。 ⑩⑤豪侠之伦：豪侠之辈。伦，辈，类。 ⑩⑥崇敬寺玩牡丹花：游赏牡丹乃唐代长安习俗。唐李肇《国史补》中："京城（长安）贵游尚牡丹，三十余年矣。每春暮，车马若狂，以不耽玩为耻。"崇敬寺，在长安朱雀大街第二街靖安坊，其处牡丹颇为著名。唐白居易《寄微之百韵》："唐昌玉蕊会，崇敬牡丹期。" ⑩⑦京兆韦夏卿：韦夏卿，实有其人，京兆（长安）万年人。大历中举贤良方正高等，授高陵主簿，后曾任常、苏二州刺史及检校工部尚书、东都留守、太子少保等。《新唐书》《旧唐书》有传。 ⑩⑧让：责备，责问。《左传·桓公八年》："夏，楚子合诸侯于沈鹿，黄、随不会，使蓬章让黄。" ⑩⑨衣轻黄纻衫：黄衫为唐时少年豪士流行之服。唐杜甫《少年行》："黄衫年少宜来数，不见堂前东逝波。"纻，苎麻织成的布。 ⑩⑩朱弹：朱红色的弹弓。为唐代侠士常携的武器。 ⑩⑪剪头胡雏：西、北方少数民族的少年。唐代奴仆多剪发，李白《梁园吟》："平头奴子摇大扇，五月不热疑清秋。"　⑫族本山东：古代称华山（今属陕西）或崤山（今属河南）以东地区为"山东"，一般指黄河中下游平原，包括今河北、山西、山东、河南等地区，有时也泛指战国秦以外的六国领土。大约从北魏开始，山东世家大族逐渐得势，直至唐代仍保持着相当的势力威望，故当时以出身山东世族相夸耀。　⑬外戚：指皇帝的母党和妻党戚属。　⑭声华：声誉，声名才华。　⑮觏（gòu）止：遇见，会见。止，语助词。《诗经·召南·草虫》："亦既见止，亦既觏止，我心则降。"《毛传》："止，语辞；觏，遇。"　⑯清扬：本用来形容人的眉目清秀。《诗经·郑风·野有蔓草》："有美一人，清扬婉兮。"清，指目美；扬，指眉美。引申为对人的敬辞，犹说"尊容"。　⑰侪辈：同辈，这里指同行的人。　⑱挽：拉着。　⑲遽：急，速，赶快。　⑳俛（mǐn）勉：勉强。　㉑转侧须人：行动要人扶持。　㉒欻然：忽然。　㉓如不胜致：柔弱而又有无限意态情致。　㉔掩袂：以袖遮面，此处当指擦泪。　㉕欷歔（xī xū）：叹气，抽噎。　㉖相就：主动靠近，主动亲近。　㉗酹地：浇酒地面，表示发誓。　㉘韶颜稚齿：年轻美貌。韶，美。　㉙征痛黄泉：犹言带着痛苦死去。征痛，受惩罚，"征"同"惩"。黄泉，犹言"地下"。　㉚为之缟素：替她戴孝。缟素，白色丧服。　㉛石榴裙：朱红色的裙子。南朝梁何思澄《南苑逢美人》："风卷蒲桃带，日照石榴裙。"　㉜裲（kè）裆：唐代妇女穿的一种装饰性外衣，无袖，形制如现在的背心而略长。《新唐书·车服志》："武舞绯丝布大袖，白练裲裆。"　㉝帔子：古代妇女披在肩上的衣饰，类似今天的披肩。《释名·释衣服》："帔，披也，披之肩背，不及下也。"　㉞御宿原：也称"御宿川""樊川"，在长安城南。"御宿"因汉武帝而得名，曾被辟为皇家园林。《文选·扬雄〈羽猎赋〉》："武帝广开上林，东南至宜春、鼎湖、御宿、昆吾。"唐李善注引《三秦记》："樊川，一名御宿。""樊川"之名早于"御宿"因汉初樊哙食邑于此而得名。　⑬惶遽：恐惧慌张。　⑯倏然：忽然。　⑰亲情：有亲戚关系的人。　⑱斑犀钿花合子：镶嵌着金花的斑犀角盒子。合，即"盒"。　⑲同心结：用锦带打成的连环回文样式的结子，用以象征两性情爱。《隋书·宣华夫人传》："（隋炀帝）太子遣使者赍金合子，帖纸于际，亲署封字，以赐夫人……合中有同心结数枚。"　⑭相思子：一般以为即红豆，大如豌豆，微扁，古人用来表相思。唐王维《相思》："愿君多采撷，此物最相思。"但"郎君子"亦名"相思子"。《本草纲目集解》："李珣云：'郎君子，生南海，有雌雄，状如杏仁，青碧色。欲验真假，口内含热，放醋中，雌雄相逐，逡巡便合，即下卵如粟状者，真也，亦难得之物。'李时珍曰：'顾玠《海槎录》云：相思子，状如螺，中实如石，大如豆，藏箧笥，积岁不坏。若置醋中，即盘旋不已。案此即郎君子也。'"又见清潘衍桐《两浙輶轩续录》卷二八。　⑭叩头虫：一种小甲虫，全身黑褐色，尾端稍细，用手指压其身体，头部振动很像叩头。唐封演《封氏闻见记》说，唐代又名"窃虫"。据明刘侗《促织志》，其虫"形刚而性媚"。　⑭发杀觜（zī）：觜，鸟吻，通"嘴"。清康熙周氏赖古堂刻本《因树屋书影》卷五载："发杀觜，似媚药无疑，然不知为何物，亦不见于他书。"　⑭驴驹媚：清王士禛《池北偶谈》卷二三引宋僧赞宁《物类相感志》云："凡驴驹初生未堕地，口中有一物，如肉，名媚。妇人带之能媚。"　⑭诘：查究。　⑭捶楚：同"棰楚"，泛指用杖或鞭子抽打。捶，通"棰"，鞭子；楚，原为四五尺高的小灌木，用来做成打人的刑杖或小杖也称"楚"。此均作动词。　⑭遣之：即休她回娘家。　⑭出：休。古代男子单方面解除婚姻关系叫"出"，意思是把妻子从家里赶出去。按封建礼法，丈夫有权借口妻子犯

"七出之条"（无子、淫佚、不事舅姑、口舌、盗窃、妒忌、恶疾）把她休回娘家。 ⑭润媚：温润妩媚。 ⑭浴斛：澡盆。斛，原指斗斛，古代量器，其状如圆桶而有双耳，亦指斛形盆钵。宋孙光宪《北梦琐言》卷五："归登尚书每浴，皆屏左右，自于浴斛中坐移时。" ⑮信州：唐置，故治在今江西上饶。葛溪铁：葛溪，古县名，隋改弋阳，其地所产刀剑唐宋甚知名。《太平广记》卷三一二引《三水小牍》："（薛）用弱有葛溪宝剑"。《说郛》卷六一宋陶穀《清异录》："上饶葛溪铁，精而工细，余中表以剪刀二柄遗赠，皆交股屈环，遇物如风。"

王涣之

薛 用 弱

　　开元中，诗人王昌龄、高适、王涣之齐名①。时风尘未偶②，而游处略同③。一日天寒微雪，三诗人共诣旗亭④，贳酒小饮⑤。忽有梨园伶官十数人⑥，登楼会宴⑦。三诗人因避席隈映⑧，拥炉火以观焉⑨。俄有妙妓四辈，寻续而至，奢华艳曳，都冶颇极⑩。旋则奏乐，皆当时之名部也⑪。

　　昌龄等私相约曰："我辈各擅诗名，每不自定其甲乙⑫，今者可以密观诸伶所讴，若诗入歌词之多者，则为优矣。"

　　俄而一伶拊节而唱⑬，乃曰：

　　　　"寒雨连江夜入吴，平明送客楚山孤。洛阳亲友如相问，一片冰心在玉壶。"⑭

昌龄则引手画壁曰："一绝句。"

　　寻又一伶讴之曰：

　　　　"开箧泪沾臆，见君前日书。夜台何寂寞，犹是子云居。"⑮

适则引手画壁曰："一绝句。"

　　寻又一伶讴曰：

"奉帚平明金殿开，强将团扇共徘徊。玉颜不及寒鸦色，犹带昭阳日影来。"⑯

昌龄则又引手画壁曰："二绝句。"

涣之自以得名已久，因谓诸人曰："此辈皆潦倒乐官⑰，所唱皆《巴人下俚》之词耳，岂《阳春白雪》之曲⑱，俗物敢近哉！"因指诸妓之中最佳者曰："待此子所唱，如非我诗，吾即终身不敢与子争衡矣⑲。脱是吾诗⑳，子等当须列拜床下，奉吾为师。"因欢笑而俟之。

须臾，次至双鬟发声㉑，则曰：

"黄沙远上白云间，一片孤城万仞山。羌笛何须怨杨柳，春风不度玉门关。"㉒

涣之即撽歈二子曰㉓："田舍奴㉔，我岂妄哉？"因大谐笑。

诸伶不喻其故，皆起诣曰："不知诸郎君何此欢噱㉕？"昌龄等因话其事。诸伶竞拜曰："俗眼不识神仙，乞降清重㉖，俯就筵席。"三子从之，饮醉竟日。

[评析]

本篇作者薛用弱，称河东（今山西永济）人。《新唐书·艺文志》著录薛用弱《集异记》三卷，注云："字中胜，长庆光州刺史。"《太平广记》卷三一二引晚唐皇甫枚《三水小牍》之《徐焕》云："弋阳郡东南有黑水河……大和中，薛用弱自仪曹郎出守此郡，为政严而不残。"弋阳郡即光州。据此，知其长庆、大和时曾任礼部员外郎或郎中、光州刺史。本篇选自薛用弱《集异记》。《集异记》又名《古异记》，今传《顾氏文房小说》二卷本。另外，《太平广记》收有佚文数十则。

本篇主人公王涣之，唐人《国秀集》及《唐诗纪事》《唐才子传》等皆作"王之涣"，本篇"王涣之"或为抄误。王之涣（688—742），字季凌，郡望晋阳（今山西太原），以五世祖任绛州刺史，遂占籍绛郡（今山西新绛）。以门荫补冀州衡水主簿，受人诬构，因拂衣去官，足迹遍黄河南北数千里。开元二十年（732）曾流寓蓟北，与高适交游。晚年经亲友劝说，补文安县尉。天宝元年（742）逝于官舍，年五十五。据当时人记载，王之涣为人慷慨豪侠，平生好击剑纵酒，开元时诗名籍甚，"传乎乐章，布在人口"。曾游边地，尤长于边塞诗。可惜绝大部分作品都已散佚，今仅存诗六首，但皆为脍炙人口的名篇，如本篇中的《凉州词》和《登鹳雀楼》"白日依山尽"一绝，至今仍然家传户诵。

唐代是诗的国度，文人中，甚至整个社会都弥漫着诗的气息。本篇传神地描画出唐代文人诗酒宴乐的风尚，当时梨园乐妓对诗人佳作的熟悉和赏叹，邂逅之间的融洽，烘染出唐代诗歌繁荣的气氛，读起来令人神往。虽然有人曾考证不可能有三人唱和之事，但当时诗人唱和确属常事。如白居易就曾记开元时王之涣与王昌龄、崔国辅"联唱迭和，名动一时"（《故滁州刺史赠刑部尚书荥阳郑公墓志铭》）。小说实不必苛求生活中必有其事，艺术的真实在于其是否传达出当时真实的生活风貌和时代精神。

本篇虽然情节不繁，但其中人物的声音笑貌溢出纸面，产生了极大的艺术感染力。以后"旗亭画壁"遂成为文学熟典，亦有不少人将其演为戏曲。金院本有《闹旗亭》，杂剧如明张龙文《旗亭宴》、恒居士《喝彩获名姬》及清人裘琏《旗亭馆》、唐英《旗亭饮》、谢堃《黄河远》等，传奇如郑之文《旗亭记》、金兆燕《旗亭记》等，都据本篇敷衍。本篇见于传本《集异记》卷下。此据李时人编校《全唐五代小说》（中华书局，

2014年修订版）卷二八校录。

[注释]

①王昌龄：字少伯，京兆万年（今陕西西安）人。唐玄宗开元十五年（727）进士及第，补秘书省校书郎；二十二年登博学宏词科，授汜水尉；二十七年贬岭南，出为江宁丞。天宝中贬龙标（今湖南洪江）尉。"安史之乱"后还江东，道出亳州，为刺史闾丘晓杀害。有诗名于当时，与李白、王维、綦毋潜等交往。诗以七言绝句著名，原集散佚，《全唐诗》辑其诗四卷，另有佚诗。高适：字达夫，史称其渤海蓨（今河北景县）人，实渤海为其郡望，其籍贯殊难断言。少贫寒潦倒，开元七年（719）前后，西游长安，求仕无成，乃东归梁宋，北上蓟门。天宝三载（744），与李白、杜甫同游；十二载，河西节度使哥舒翰辟其为掌书记。安史乱起，以监察御史佐守潼关。玄宗幸蜀，奔行在，以侍御史擢谏议大夫。至德元年（756），拜淮南节度兼采访使。乾元元年（758）左除太子少詹事，留司东都。历彭州刺史、蜀州刺史、剑南西川节度使、刑部侍郎、左散骑常侍。永泰元年（765）卒，封渤海县侯。诗与岑参齐名，称唐代边塞诗之代表。现存《高常侍集》十卷，《全唐诗》辑其诗为四卷。

②风尘未偶：谓奔走求官未得。未偶，未遇，这里指未遇赏识自己的权势者。　③游处略同：指互为诗友，时时同游同止（处）。　④旗亭：汉唐时市场垒土台建楼于上，为观察指挥市场之所在，称市楼，其内置鼓钲，又悬旗于上，故又称旗亭，为市场标识性建筑。唐代酒楼亦称旗亭，或因其建有楼阁又上悬酒旗之故。唐李贺《开愁歌》："旗亭下马解秋衣，请贳宜阳一壶酒。"　⑤贳（shì）酒：赊酒。　⑥梨园：唐玄宗教练宫廷乐舞伎人的地方，其所教练的艺人称为"梨园弟子"。见《新唐书·礼乐志》。伶官：掌管伎乐歌舞的官员。　⑦会宴：相聚宴饮。　⑧避席隈映：

离开座席往角落处躲开。隈,角落;映,隐蔽。 ⑨拥炉:围炉取暖。 ⑩都冶:漂亮而妖艳。 ⑪名部:指有名的乐曲。 ⑫甲乙:高下,顺序。 ⑬拊节:打拍子。节,音乐中控制节奏之具,如拍板。 ⑭"寒雨连江夜入吴"四句:此为王昌龄任江宁丞时所作七绝《芙蓉楼送辛渐》二首之一,芙蓉楼古址在今江苏镇江西北角(见《元和郡县志》卷二五)。本诗前两句说,辛渐北归洛阳,作者寒夜陪他由江宁到镇江,第二天清晨在芙蓉楼与他分离,遥望去路,远山孤峙,有孤零之感。平明,天亮时。后两句是说,请辛渐告诉洛阳亲友,自己没有忘却操守,行动和内心就像玉壶盛冰那样莹洁清明。"玉壶"和"冰"喻人之品格。唐姚崇《冰壶诫》:"夫洞澈无瑕,澄空见底,当官明白者,有类是乎!故内怀冰清,外涵玉润,此君子冰壶之德也。" ⑮"开箧泪沾臆"四句:这是高适五言古诗《哭单(shàn)父梁九少府》的首四句。单父,县名,在今山东单县。少府,县尉的别称。本诗头两句写对亡友的思念,后两句想象其在地下生活的寂寥。夜台,夜里孤寂的坟台。子云,汉代文学家扬雄的字。 ⑯"奉帚平明金殿开"四句:这是王昌龄《长信秋词》五首之一。《乐府诗集》题为《长信怨》,编于《相和歌辞·楚调曲·班婕妤》之后。长信,汉宫名。《汉书·外戚传》载,成帝时,赵飞燕姊妹入宫,班婕妤失宠,因请至长信宫侍奉太后。失意后,婕妤曾作《自悼赋》,又婕妤有《怨歌行》,写其哀怨。本诗以班婕妤身世写宫怨。奉帚,指做洒扫一类的事,这里是服侍太后的意思。"强将团扇共徘徊",用班婕妤《怨歌行》意,其词曰:"新制齐纨素,皎洁如霜雪。裁成合欢扇,团团似明月。出入君怀袖,动摇微风发。常恐秋节至,凉飙夺炎热。弃捐箧笥中,恩情中道绝。"昭阳,成帝和赵飞燕姊妹居住的殿名。"昭阳日影",象征成帝的宠幸。 ⑰潦倒:本为颓废、失意,此作差劲、低能解。 ⑱《巴人下里》《阳春白雪》：古歌曲名。《巴人下里》即《下里巴人》，战国时楚国民间俗曲。传说宋玉受人攻讦，因作《对楚王问》，以唱歌为喻，表示自己"曲高和寡"。谓有人在郢都唱歌，先唱《下里巴人》，跟着和唱者有几千人；又唱比较文雅的《阳阿薤露》，跟着和唱的少到几百人；最后唱高雅的《阳春白雪》，跟着和唱的人就只有几十个人了。　⑲争衡：犹说量轻重、较高低。衡，秤杆。　⑳脱：假如，倘或。　㉑双鬟：指头上梳着两个鬟的歌妓。古代女子将头发曲绕如环，挽成髻，叫"鬟"。　㉒"黄沙远上白云间"四句：这是王之涣的一首乐府诗，题为《出塞》，一作《凉州词》，抒写塞外荒凉景色和将士久戍思家的苦闷心情，也寓有对朝廷的怨意。"黄沙"一作"黄河"，何者为是，有争论，当以"黄沙"为胜。因玉门关已距黄河很远，且以黄沙怒卷白云写塞外风光较有实感。万仞，极言其高，古以八尺为仞。羌笛，古乐器，言出羌族（西北少数民族），长一尺四寸，有三、四、五孔诸说。杨柳，指乐府《横吹曲》中的《折杨柳》，调子很哀怨。"羌笛何须怨杨柳"，羌笛何必吹那哀怨的《折杨柳》呢！或以杨柳指实物，意含双关。因"春风不度"，所以塞外无杨柳，责在春风，怎能怨杨柳呢？"春风不度"，语亦双关，"言恩泽不及于边塞"（明杨慎《升庵诗话》卷二）。玉门关，在今甘肃敦煌西，唐时玉门关外即是塞外。　㉓撇歈（yé yú）：同"揶揄"，嘲弄。　㉔田舍奴：乡下佬。嘲骂人的话。　㉕欢噱（jué）：欢快地大笑。噱，大笑。　㉖降清重：降低身份。清重，指清高贵重的身份，邀请人的客套话。

杜子春

牛僧孺

杜子春者，周、隋间人①。少落魄，不事家产，然以心气闲纵②，嗜酒邪游③，资产荡尽，投于亲故，皆以不事事之故见弃④。方冬，衣破腹空，徒行长安中，日晚未食，彷徨不知所往，于东市西门，饥寒之色可掬⑤，仰天长吁。有一老人策杖于前，问曰："君子何叹？"子春言其心，且愤其亲戚疏薄也，感激之气，发于颜色⑥。老人曰："几缗则丰用⑦？"子春曰："三、五万则可以活矣。"老人曰："未也，更言之。""十万。"曰："未也。"乃言："百万。"曰："未也。"曰："三百万。"乃曰："可矣。"于是袖出一缗，曰："给子今夕，明日午时俟子于西市波斯邸⑧，慎无后期⑨。"及时，子春往，老人果与钱三百万，不告姓名而去。

子春既富，荡心复炽，自以为终身不复羁旅也⑩，乘肥衣轻⑪，会酒徒，征丝竹歌舞于倡楼⑫，不复以治生为意⑬。一二年间，稍稍而尽。衣服车马，易贵从贱，去马而驴，去驴而徒，倏忽如初。

既而复无计，自叹于市门。发声而老人到，握其手曰："君复如此，奇哉！吾将复济子，几缗方可？"子春惭不对，老人因逼之，子春愧谢而已。老人曰："明日午时，来前期处。"子春忍愧而往，得钱一千万。未受之初，愤发以为从此谋生，石季伦、猗顿小竖耳⑭。钱既入手，心又翻然，纵适之情⑮，又却如故。不三四年间，贫过旧日。

复遇老人于故处，子春不胜其愧，掩面而走，老人牵裾止之⑯，曰："嗟乎！拙谋也。"因与三千万，曰："此而不痊，则子贫在膏肓矣⑰。"子春曰："吾落魄邪游，生涯罄尽⑱。亲戚豪族，无相顾者，独此叟三给我，我何以当之？"因谓老人曰："吾得此，人间之事可以立，孤孀可以衣食，于名教复圆矣⑲。感叟深惠，立事之后，唯叟所使。"老人曰："吾心也。子治生毕，来岁中元⑳，见我于老君双桧下㉑。"子春以孤孀多寓淮南，遂转资扬州，买良田百顷，郭中起甲第㉒，要路置邸百余间，悉召孤孀分居第中，婚嫁甥侄，迁祔旅榇㉓，恩者煦之㉔，仇者复之。

既毕事，及期而往。老人者方啸于二桧之阴㉕，遂与登华山云台峰㉖。入四十里余，见一居处，室屋严洁，非常人居。彩云遥覆，鸾鹤飞翔。其上有正堂，中有药炉，高九尺余，紫焰光发，灼焕窗户。玉女九人㉗，环炉而立。青龙白虎㉘，分据前后。其时日将暮，老人者不复俗衣，乃黄冠绛帔士也㉙，持白石三丸、酒一卮遗子春㉚，令速食之讫。取一虎皮铺于内西壁，东向而坐，戒曰："慎勿语，虽尊神、恶鬼、夜叉、猛兽、地狱㉛，及君之亲属为所囚缚，万苦皆非真实，但当不动不语耳，安心莫惧，终无所苦。当一心念吾所言。"言讫而去。子春视庭，唯一巨瓮，满中贮水而已。

道士适去，而旌旗戈甲，千乘万骑，遍满崖谷来，呵叱之声动天。有一人称大将军，身长丈余，人马皆着金甲，光芒射人。亲卫数百人，拔剑张弓，直入堂前，呵曰："汝是何人，敢不避大将军!"左右竦剑而前㉜，逼问姓名，又问作何物，皆不对。问者大怒，催斩，争射之，声如雷，竟不应。将军者拗怒而去㉝。

俄而猛虎、毒龙、狻猊、狮子、腹蛇万计㉞，哮吼拿攫而争前㉟，欲搏噬㊱，或跳过其上。子春神色不动。有顷而散。既而大雨滂澍㊲，雷电晦暝，火轮走其左右，电光掣其前后，目不得开。须臾，庭际水深丈余，流电吼雷，势若山川开破，不可制止。瞬息之间，波及坐下。子春端坐不顾。未顷而散。将军者复来，引牛头狱卒，奇貌鬼神，将大镬汤而置子春前㊳，长枪刃叉，四面周匝，传命曰："肯言姓名即放，不肯言，即当心叉取置之镬中。"又不应。因执其妻来，摔于阶下㊴，指曰："言姓名免之。"又不应。乃鞭捶流血，或射或斫，或煮或烧，苦不可忍。其妻号哭曰："诚为陋拙，有辱君子。然幸得执巾栉㊵，奉事十余年矣，今为尊鬼所执，不胜其苦。不敢望君匍匐拜乞，望君一言，即全性命矣。人谁无情，君乃忍惜一言。"雨泪庭中，且咒且骂，子春终不顾。将军曰："吾不能毒汝妻耶？"令取锉碓㊶，从脚寸寸挫之㊷。妻叫哭愈急，竟不顾之。将军曰："此贼妖术已成，不可使久在世间。"敕左右斩之。

斩讫，魂魄被领见阎罗王㊸，王曰："此乃云台峰妖民乎？"促付狱中，于是熔铜、铁杖、碓捣、砲磨、火坑、镬汤、刀山、剑林之苦㊹，无不备尝。然心念道士之言，亦似可忍，竟不呻吟。狱卒告受罪毕，王曰："此人阴贼，不合得作男身，宜令作女人。"配生宋州单父县丞王勤家㊺。生而多病，针灸医药之苦，略无停日。亦尝坠火堕床，痛苦不济，终不失声。俄而长大，容色绝代，而口无声，其家目为哑女，亲戚相狎⑯，侮之万端，终不能对。同乡有进士卢珪者，闻其容而慕之，因媒氏求焉。其家以哑辞之，卢曰："苟为妻而贤，何用言矣，亦足以戒长舌之妇⑰。"乃许之。卢生备礼亲迎为妻，数年，恩情甚笃，生一男，仅二岁，聪慧无敌。卢抱儿与之言，不应。多方引之，终无辞。卢大怒曰："昔贾大夫之妻鄙其夫才，不笑尔。然观其射雉，尚释其憾⑱。今吾陋不及贾，而文艺非徒射雉也⑲，而竟不言。大丈夫为妻所鄙，安用其子！"乃持两足，以头扑于石上，应手而碎，血溅数步。子春爱生于心，忽忘其约，不觉失声云："噫！"

"噫"声未息，身坐故处，道士者亦在其前，初五更矣。其紫焰穿屋上天，火起四合，屋室俱焚。道士叹曰："措大误余乃如是⑳！"因提其髻投水瓮中。未顷火息。道士前曰："出。吾子之心，喜怒哀惧恶欲，皆能忘也。所未臻者，爱而已。向使子无'噫'声，吾之药成，子亦上仙矣㉑。嗟乎，仙才之难得也！吾药可重炼，而子之身犹为世界所容矣。勉之哉！"遥指路使归。子春强登基观焉，其炉已坏，中有铁柱大如臂，长数尺。道士脱衣，以刀子削之。

子春既归，愧其忘誓，复自效以谢其过，行至云台峰，绝无人迹，叹恨而归。

[评析]

本篇作者牛僧孺（780—848），字思黯，安定鹑觚（今甘肃灵台）

人,一说陇西狄道(今甘肃临洮)人。贞元二十一年(805)进士及第,元和三年(808)登贤良方正科对策第一,释褐伊阙尉,迁监察御史,累官至考工员外郎、集贤殿直学士。穆宗立,以库部郎中知制诰,改御史中丞,长庆二年(822)任户部侍郎,明年同中书门下平章事。敬宗即位,封奇章郡公,拜集贤殿大学士,出为鄂州刺史、武昌军节度使。文宗大和四年(830)还朝为兵部尚书同平章事,五年加门下侍郎、弘文馆大学士,六年出为扬州大都督府长史、淮南节度副大使、知节度事。开成二年(837)改东都留守,次年拜尚书左仆射,四年出镇襄州,任山南东道节度使,会昌时累贬至循州长史。宣宗时,移衡州、汝州长史,还为太子少师。大中二年(848)卒。生平见《新唐书》《旧唐书》本传。僧孺出将入相,为当时名宦,在朝与李德裕朋党相争,史称"牛李党争",为"牛党"领袖。又能诗善文,原有文集五卷,今已不传,诗文见于《全唐文》《全唐诗》,尤以小说集《玄怪录》名著于后世。

本篇主人公名"杜子春",史载杜子春确有其人,今所见有关杜子春事迹的最早的记载,出自唐贾公彦《序周礼废兴》所引《马融传》:

> 时众儒并出共排,以为非是。唯歆独识,其年尚幼,务在广览博观,又多锐精于《春秋》,末年乃知其周公致太平之迹,迹具在斯。奈遭天下仓卒,兵革并起,疾疫丧荒,弟子死丧,徒有里人河南缑氏杜子春尚在。永平之初,年且九十,家于南山,能通其读,颇识其说,郑众、贾逵往受业焉。众、逵洪雅博闻,又以经书记转相证明为解。

这段材料有些地方并不准确,如称杜子春是刘歆的"里人"。刘歆祖籍江苏沛县,出生于长安,和杜子春出生地河南缑氏(今河南偃师南)相距甚远。但所说的基本史实则应当可信:西汉末刘歆传《周礼》于杜子春，杜子春又传于郑兴、郑众等，杜子春还著有《周官注》。《周官注》虽早已亡佚，但在郑玄的《周礼注》中引了188条，可以大致了解杜子春学说的一般面目。杜子春师从刘歆，郑兴、郑众、贾逵等经学大师，又经由杜子春而将周礼学发扬光大，可以说杜子春是两汉之交《周礼》承传链条中的一环。但经学家杜子春与炼丹得道之事似乎毫无关系，因此本篇作者不过借其名而已，或许题名根本与经学家杜子春无关。

本篇讲洛阳人杜子春落魄、遇仙、修炼而最终失败的故事，叙述凡人修炼，因"爱"这一俗世情怀的难以割舍而无法成功。明人李诩在《戒庵老人漫笔》卷三中以为这一故事受到唐玄奘《大唐西域记》卷七"婆罗痆斯国"中的"烈士池及传说"的影响：

> 施鹿林东行二三里，至窣堵波，傍有涸池，周八十余步，一名救命，又谓烈士。闻诸先志曰：数百年前有一隐士，于此池侧结庐屏迹，博习技术，究极神理。能使瓦砾为宝，人畜易形。但未能驭风云，陪仙驾。阅图考古，更求仙术。其方曰："夫神仙者，长生之术也。将欲求学，先定其志。筑建坛场，周一丈余，命一烈士，信勇昭著，执长刀，立坛隅，屏息绝言，自昏达旦。求仙者中坛而坐。手按长刀，口诵神咒，收视反听，迟明登仙，所执铦刀，变为宝剑。陵虚履空，王诸仙侣，执剑指麾，所欲皆从。无衰无老，不病不死。"是人既得仙方，行访烈士。营求旷岁，未谐心愿。后于城中，遇见一人，悲号逐路。隐士睹其相，心甚庆悦。即而慰问："何至怨伤？"曰："我以贫窭，佣力自济，其主见知，特深信用，期满五岁，当酬重赏。于是忍勤苦，忘艰辛。五年将周，一旦违失，既蒙笞辱，又无所得，以此为心，悲悼谁恤？"隐士命与同游，来至草庐。以术力故，化具肴馔。已而令入池浴，服以新衣。又以五百金钱遗之，曰："尽

当来求,幸无外也。"自时厥后,数加重赂,潜行阴德,感激其心。烈士屡求效命,以报知己。隐士曰:"我求烈士,弥历岁时。幸而会遇,奇貌应图。非有他故,愿一夕不声耳。"烈士曰:"死尚不辞,岂徒屏息?"于是设坛场,受仙法,依方行事,坐待日曛。曛暮之后,各司其务。隐士诵神咒。烈士按铦刀。殆将晓矣,忽发声叫。是时空中火下,烟焰云蒸。隐士疾引此人入池避难。已而问曰:"诫子无声,何以惊叫?"烈士曰:"受命后,至夜分,昏然若梦,变异更起。见昔事主躬来慰谢。感荷厚恩,忍不报语。彼人震怒,遂见杀害。受中阴身。顾尸叹惜。犹愿历世不言,以报厚德。遂见托生南印度大婆罗门家,乃至受胎出胎,备经苦厄,荷恩荷德,尝不出声。洎乎受业、冠婚、丧亲、生子,每念前恩,忍而不语。宗亲戚属,咸见怪异。年过六十有五,我妻谓曰:'汝可言矣。若不语者,当杀汝子。'我时惟念已隔生世,自顾衰老,唯此稚子。因止其妻、令无杀害,遂发此声耳。"隐士曰:"我之过也。此魔娆耳。"烈士感恩,悲事不成,愤恚而死。免火灾难,故曰救命。感恩而死,又谓烈士池。

本篇中烈士经受了受胎、出胎、受业、冠婚、丧亲、生子的过程,最后因制止老妻杀子发出声音而导致考验失败,醒悟后发觉只在须臾间。《大唐西域记》作为玄奘的见闻记录带有较浓的佛理性,本非刻意的文学创作,意在阐明"人生无常,佛法难求",其对烈士生于困顿,隐士对其资助只作简单讲述:"数加重赂,潜行阴德。"而《杜子春》中则对如何数加资助,详加描述。作者增加了杜子春两次荡尽家产,直至第三次才改过自新的情节,同时也把杜子春在梦境中接受的各种考验更加细化。小说中写对杜子春的诸般考验,写得恣肆汪洋,动人心魄,而且一气呵成,体现了唐人小说"施之藻绘,扩其波澜""叙述宛曲,文辞华艳"。

但故事背景由西域改为中土，人物也改为大家熟悉的国人。对于本篇的主旨有不同的理解。原来作者的本意似乎是为了宣扬成仙不易的仙道观念。宋人《太平广记》中将本篇收在卷一六"神仙门"，表明在宋人看来杜子春故事也是用来宣扬仙道思想的。唐人小说中情节与《杜子春》相似的还有《传奇·韦自东》《河东记·萧洞玄》等，这些故事中都有一个相似的设置：为炼丹药寻找一个守炉人，最后因守炉人不能经受住考验而炼丹失败。符箓丹鼎是道家的重要活动，这些小说以炼丹为情节设置的核心，就足以表明他们是服务于仙道思想的。但其中无意间传达了"人性"是不可泯灭的道理，实际上更值得重视。

本篇对后世产生了重要的影响。直接让杜子春进入故事的有：《醒世恒言·杜子春三入长安》、《绿野仙踪》第七十三回《守仙炉六友烧丹药》，以及日本芥川龙之介的同名小说《杜子春》。借鉴杜子春故事的有：《喻世明言·张道陵七试赵升》、《醒世恒言·李道人独步云门》、《警世通言·旌阳宫铁树镇妖》、《吕祖全传》、清代胡介祉《广陵仙》传奇、岳端《扬州梦》传奇以及朝鲜半岛许筠（1569—1618）的《南宫先生传》。这些作品与原作有不同程度的差异，也体现出本篇在意蕴上的丰富性。

本篇见于《太平广记》卷一六，然注出《续玄怪录》。《玄怪录》宋人避始祖玄朗讳，改称《幽怪录》，今存明书林松溪陈应翔刻本《幽怪录》四卷，四十四则，《杜子春》篇在焉。宋曾慥辑《类说》卷一一《幽怪录》节引，题《贫居膏肓》。《岁时广记》卷二九节引题《感仙叟》，作《续玄怪录》。《三洞群仙录》卷六节引《幽怪录》，题《子春膏肓》。今人多据《太平广记》将本篇归于《续玄怪录》，误。陈刻《幽怪录》虽出元明，然其避宋讳，可知原出宋本；宋曾慥辑《类说》虽晚出于《太平广记》，然其所引《玄怪录》篇什有不见于《太平广记》和陈刻本者，知所据当为另传宋本。陈刻本与宋曾慥辑《类说》所引之本均将本篇列为首篇,难言均为误植。且《续玄怪录》作者李复言乃落魄举子,故其书多穷达命定之慨叹,气度风格亦多与本篇不类,故应据陈刻本及宋曾慥辑《类说》将本篇归《玄怪录》。此据李时人编校《全唐五代小说》(中华书局,2014年修订版)卷三〇校录。

[注释]

①周:指北周(557—581)。隋:杨坚所建隋朝(581—618)。②闲纵:好悠闲逸乐,放纵自己。③邪游:不正当的游乐。古人称娼妓居住的小街曲巷为"狭邪","邪游"即指"狭邪之游"。④不事事:不干正事。前一个"事"作动词。⑤饥寒之色可掬:脸上饥寒的样子十分明显。两手相合捧物曰"掬",置于"可"字后,用以形容情状可见、可感。宋洪迈《夷坚乙志·海中红旗》:"舟人摆手令勿语,愁怖之色可掬。"⑥颜色:表情,神色。《论语·泰伯》:"正颜色,斯近信矣。"⑦缗:货币单位。唐时以铜钱为基本货币单位,一枚铜钱称一文,唐初重二铢四累。铜钱方孔,以绳贯穿,千文一串,穿钱的绳索叫"缗",因称千钱为"缗"。一缗重六斤四两。⑧波斯邸:亦称"波斯店""波斯馆",隋唐时波斯等西域商人开设于长安西肆的店铺。《云笈七签》卷一一三:"(二舅)乃与一拄杖,曰:'将此于波斯店内取钱。'"波斯,即今西亚之伊朗,南临波斯湾和阿曼湾,公元前2世纪就与中国有商业往来,唐代尤盛。⑨无后期:不要后于约定时间,即"不要迟到"的意思。⑩羁旅:流寓他乡称"羁旅",此谓生活无着落。⑪乘肥衣轻:坐着骏马驾的车子,穿着轻暖的皮袍,喻豪华的生活。语出《论语·雍也》:"赤之适齐也,乘肥马,衣轻裘。"⑫倡楼:古代表演歌舞杂技的场所,亦指倡女所居处。前蜀魏承班《满宫花》词:"王孙何处不归来,

应在倡楼酗酊。" ⑬治生：经营家业，谋生计。《史记·淮阴侯列传》："（韩信）始为布衣时，贫无行，不得推择为吏，又不能治生商贾，常从人寄食饮。" ⑭石季伦：晋石崇字季伦，以富可敌国，生活奢华著称。猗顿：战国时的大富商。《史记·货殖列传》："猗顿用盬盐起……与王者埒富。"小竖：小子，对人的鄙称。 ⑮纵适：恣意安适。《三国志·蜀志·简雍传》："在先主坐席，犹箕踞倾倚，威仪不肃，自纵适。" ⑯裾：衣襟。 ⑰贫在膏肓（huāng）：犹言贫病已入膏肓，无药可救之意。成语有"病入膏肓"，谓病在"膏之上，肓之下"，药力不可及，故无法医治，语出《左传·成公十年》。古称心尖上的脂肪为"膏"；心脏与隔膜之间为"肓"。 ⑱生涯：此指财产。《旧五代史·晋书·张希崇传》："其生涯并付亲子，所讼人与朋奸者，委法官以律定刑。" ⑲名教：礼教，伦理纲常。 ⑳中元：农历七月十五。道教于此日作斋醮，僧寺作盂兰盆会。唐韩鄂《岁华纪丽·中元》："道门宝盖，献在中元；释氏兰盆，盛于此日。" ㉑老君：指华山北峰下老君犁沟。从青柯坪登华山云台峰（北峰），需迤东经回心石、千尺㡀、百尺峡、老君犁沟等险道，故下文有"遂与登华山云台峰"语。老君犁沟东边是陡峭的石壁，西边是深邃莫测之幽壑，自上而下，高约五百七十余级。俗传老子修炼时，见开山凿道不易，于是驱其所乘青牛一夜犁成此道，因得此名。双桧：两棵桧树。桧，一名圆柏，柏科常绿乔木，寿命可长达数百年。 ㉒郭：原指外城，代指城。甲第：上等住宅。 ㉓迁祔（fù）："祔"恐"柎"之笔误。迁祔，迁柩附葬。祔，合葬。《礼记·檀弓上》："周公盖祔。"汉郑玄注："祔，谓合葬。"唐孔颖达疏："周公以来，盖始祔葬。"旅榇（chèn）：客死者的灵柩。榇，古指内棺，后代指棺材。 ㉔煦（xù）：恩惠。唐玄宗《诫励宗室诏》："堂侄余庆，承煦绍宗，行淹祚洽。" ㉕啸：撮口发出长声称"啸"。南朝宋刘义庆《世说新语·栖逸》："阮步兵啸闻数百步。" ㉖华山云台峰：华山位于陕西华阴南，古称西岳，以奇拔峻秀名于天下。云台峰即华山北峰，是总绾华山三主峰落雁（南峰）、朝阳（东峰）、莲花（西峰）的要枢，三面悬绝，仅一岭南通。 ㉗玉女：本称仙女，此借指女道童。 ㉘青龙白虎：此处大概指绘有青龙、白虎图案的旗幡。古以青龙、白虎、玄武、朱雀为"四灵"。又道家称炼丹用的丹砂汞为青龙，铅为白虎。 ㉙黄冠绛帔士：道士。黄冠绛帔，指道士的冠服。道士所戴束发之冠用金属或木制成，其色尚黄。绛，深红色。帔，此指一种袍服，与古代女子类似披肩的"帔"不同，道士之帔称"霞帔"，因有云霞纹饰而得名。《道藏》所载《一切道经音义妙门由起》引《三洞奉道科戒》："大洞法师，元始冠，黄裙紫褐，如上清法，五色云霞帔。三洞讲法师，元始冠，黄褐，九色云霞帔。"亦与女子服饰的"霞帔"不同。 ㉚卮（zhī）：古代的一种酒器，犹酒杯。 ㉛夜叉：梵语译音，佛经中所写到的一种形象丑陋的恶鬼，能食人，后受佛教教化而成护法之神，列为天龙八部众之一，见《维摩诘经·佛国品》。 ㉜竦（sǒng）剑：执剑。《楚辞·九歌·少司命》："竦长剑兮拥幼艾，荪独宜兮为民正。"汉王逸注："竦，执也。" ㉝拗（yù）怒：抑制怒气。《全唐五代小说》卷四一李复言《李卫公靖》："一奴从西廊出，愤气勃然，拗怒而立。" ㉞狻猊（suān ní）：即狮子。晋郭璞注《穆天子传》卷一"狻猊"："师子，亦食虎豹。" ㉟拏攫（jué）：抓取，夺取。鸟兽以爪抓拿、捉取叫"攫"。 ㊱搏噬（shì）：搏击咬噬。搏，捕捉；噬，啃、咬。 ㊲滂澍（shù）：形容雨大。滂，水大无边；澍，倾泻。 ㊳大镬（huò）：大锅。镬，古代无足鼎，用以烹煮，后亦用为烹人的刑具。汤：沸水，此用作动词。 ㊴捽（zuó）：投，摔。 ㊵执巾栉：为人妻子的谦语。“奉巾栉”，即侍候人洗脸梳头。 ㊶锉：锉刀，切削工具。碓（duì）：捶击工具。 ㊷挫（cuò）：斩、剁。 ㊸阎罗王：即阎王。佛教称主管地狱的神，汉译为“阎罗”，后习称阎王、阎罗王。

㊹熔铜、铁杖、碓捣、硙（wèi）磨、火坑、镬汤、刀山、剑林：佛教有十八层地狱之说，谓地狱中有各种酷刑，入地狱者，随其业报轻重而受诸刑。此处所列皆诸般毒刑：熔铜，以熔化的铜汁灌入受刑者之口；碓捣，将受刑者置于碓（臼）中击捣；硙磨，将受刑者塞进磨中研磨；镬汤，将受刑人放进盛满热水的大锅中烹煮。 ㊺宋州单父县：今山东单县。隋开皇十六年（596）置宋州，治在睢阳（今河南商丘），辖今河南商丘、虞城、睢县及山东单县、曹县等地，唐代沿之。 ㊻狎：戏谑，狎玩。 ㊼长舌之妇：好说闲话搬弄是非的妇人。语出《诗经·大雅·瞻卬》：“妇有长舌，维厉之阶。” ㊽“昔贾大夫”四句：用贾国大夫射雉故事。《左传·昭公二十八年》引叔向讲的一个故事，谓有一个贾国的大夫长得很丑，他美丽的妻子很不高兴，三年都不说不笑。有一次，他们驾车出去游玩，贾大夫一箭就射中了一只野鸡，他的妻子很满意，从此开始说笑。大夫，春秋时代对一般任官职者的通称；雉，野鸡。 ㊾文艺：撰述写作方面的才能。晋葛洪《抱朴子自叙》：“洪祖父学无不涉，究测精微，文艺之高，一时莫伦。” ㊿措大：詈语，蔑称贫寒失意的读书人。

51上仙：道教谓升仙得道为“上仙”。语出《庄子·天地》：“千岁厌世，去而上仙。”

崔玄微

郑还古

天宝中，处士崔玄微洛苑东有宅①。耽道②，饵木苓三十载③。因药尽，领童仆入嵩山采之④。采毕方回，宅中无人，蒿莱满院。时春季夜阑⑤，风月清朗，不睡，独处一院，家人无故辄不到。

三更后，忽有一青衣人云："在苑中住，欲与一两女伴，过至上东门表姨处⑥，暂借此歇，可乎？"玄微许之。

须臾，乃有十余人，青衣引入⑦。有绿裳者前曰："某姓杨。"指一人曰："李氏"，又一人曰"陶氏"，又指一绯衣小女曰"姓石名醋醋"。各有侍女辈。玄微相见毕，乃命坐于月下，问出行之由。对曰："欲到封十八姨，数日云欲来相看，不得，今夕众往看之。"坐未定，门外报封家姨来也，坐皆惊喜出迎。杨氏云："主人甚贤，只此从容不恶，诸处亦未胜于此也。"玄微又出见，封氏言词冷冷，有林下风气⑧。遂揖入坐，色皆殊绝，满坐芳香，酹酹袭人⑨。处士命酒⑩，各歌以送之⑪。玄微志其二焉⑫。有红裳人与白衣送酒，歌曰：

"皎洁玉颜胜白雪，况乃当年对芳月。沉吟不敢怨春风，自叹容华暗消歇⑬。"

又白衣人送酒，歌曰：

"绛衣披拂露盈盈，淡染燕脂一朵轻。自恨红颜留不住，莫怨春风道薄情。"

至十八姨持盏，性轻佻，翻酒污醋醋衣裳。醋醋怒曰："诸人即奉求⑭，余不奉求。"拂衣而起。十八姨曰："小女子弄酒！"皆起，至门外别，十八姨南去，诸子西入苑中而别。玄微亦不至异。

明夜又来，云欲往十八姨处。醋醋怒曰："何用更去封妪舍！有事只求处士，不知可乎？"醋醋又言曰："诸女伴皆住苑中，每岁多被恶风所挠，居止不安，常求十八姨相庇。昨醋醋不能低回⑮，应难取力⑯。处士倘不阻见庇，亦有微报耳。"玄微曰："某有何力，得及诸女？"醋醋曰："但处士每岁岁日，与作一朱幡⑰，上图日月五星之文⑱，于苑东立之，则免难矣。今岁已过，但请至此月二十一日平旦⑲，微有东风则立之，庶夫免于患也⑳。"处士许之。乃齐声曰："不敢忘德！"拜谢而去，处士于月中随而送之。逾苑墙，乃入苑中，各失所在。

依其言，至此日立幡。是日东风刮地，自洛南折树飞沙，而苑中繁花不动。玄微乃悟诸女曰姓杨、李、陶，及衣服颜色之异，皆众花之精也。绯衣名醋醋，即石榴也。封十八姨，乃风神也。后数夜，杨氏辈复来愧谢㉑。各裹桃李花数斗，劝崔生服之："可延年却老。愿长于此住，卫护某等，亦可致长生。"

至元和初，处士犹在，可称年三十许人。言此事于时人，得不信也。

又尊贤坊田弘正宅[22]，中门外有紫牡丹成树，发花千万朵。花盛时，每月夜，有小人五六，长尺余，游于花上。如此七八年，人将掩之，辄失所在。

[评析]

本篇作者郑还古，著有《博异志》。《新唐书·艺文志》著录《博异志》，谓谷神子撰。宋晁公武《郡斋读书志》记本书序称作者名"还古"，自称谷神子。顾氏文房翻刻宋本《博异志》"谷神子纂"下有"名还古"三字，或为宋人原注，明胡应麟谓即郑还古（《少室山房笔丛》），近人余嘉锡曾详考之（《四库提要辨证》），今多从此说。唐时还有冯廓、裴铏等亦号谷神子，则均非《博异志》作者。

据唐人各种记载，还古称荥阳人，初"家青齐间"，遇乱归于洛阳（唐赵璘《因话录》卷三），元和登进士（《唐诗纪事》卷四八），曾任河中从事，贬吉州掾（《诗话总龟》引唐卢环《抒情诗》），后长期闲居，入京赴选除国子博士（《唐诗纪事》《逸史》）。善书法，开成五年（840）曾书《唐常侍裴公碑》（宋赵明诚《金石录》卷一〇），故其时尚在世，其卒当在会昌末、大中初。《全唐诗》收其诗三首。

服食烧炼，秦汉方士即认为为修仙之要道，服食草木金石之药品，尤为学道者所重。本篇中，崔玄微给予了花精们以庇护，花精们对其感谢方式也是"各裹桃李花数斗，劝崔生服之"，并且说服食她们带来的桃花李花"可延年却老……亦可致长生"。小说中崔玄微保护花精们的方式则是道家的"符箓祈祷禳禁劾"之术——"作一朱幡，上图日月五星之文""是日东风刮地，自洛南折树飞沙，而苑中繁花不动"。

不过，尽管本篇描写充溢了道教色彩，却不是张扬道教之作。小说艺术上也是成功的,不仅将自然之物拟人化,矛盾冲突充满机趣,而且在简单的情节设置中将人物表现得也十分成功,其中最有个性的人物当然是石醋醋——石榴精。花精们虽然"每岁多被恶风所挠",不得不"常求十八姨相庇",然而十八姨"性轻佻",每每侮辱众人,众花精多采取委曲求全的态度,只有石醋醋"拂衣而起",并愤怒地表示自己的态度:"诸人即奉求,余不奉求。"当然石醋醋除了有骨气,不愿意忍受侮辱之外,她还是有策略的。第二天诸花精提议再去封十八姨处寻求庇护时,她提出了"何用更去封姁舍!有事只求处士"的新方案。用动之以情("每岁多被恶风所挠,居止不安,常求十八姨相庇。昨醋醋不能低回,应难取力"),晓之以利("亦有微报耳")的方式成功说服了崔玄微。

本篇故事写"每岁多被恶风所挠,居止不安"是诸花精的实际处境,她们为了安身"常求十八姨相庇"。小说中记录了红裳人(桃花)与白衣人(李花)送酒歌。这两支歌的歌词有"沉吟不敢怨春风""莫怨春风道薄情"两句,表面上是"不敢怨春风",实际上则是埋怨春风的薄情摧残。其结局不是"自叹容华暗消歇",就是"自恨红颜留不住",年华难保的哀怨心情溢于言表。可即便就是在这样的处境中,还得对风神十八姨敬酒献歌,所以作者对她们充满同情。

本篇以人性化来写花妖,在中国古代小说中,是花妖树怪形象演进中的重要转折点,对后世小说创作影响颇大。此前各种作品中的花妖树怪,要么就是像《山海经》一样"奢侈谈神怪,百无一真",如:"三株树在厌火北,生赤水上,其为树如柏,叶皆为珠。一曰其为树若彗。"(《山海经》)要么多以不祥的异物形象出现,如《太平广记》收录的《鲜卑女》(卷四一六),赤苋化为男子与凡人女子交往,被发现后赤苋被铲除。《光化寺客》(卷四一七)百合花精化成女子与凡人男子交往,被发现后百合花被铲除。《邓珪》（卷四一七）蒲桃树精化成人形只在晚上出现与人交流，也遭受了发现后被除掉的命运。《苏昌远》（卷四一七）荷花精化为女子与人交往，同样在发现后被人除掉。他们都是作为不祥的异物被清除的，而且这些花妖树怪被清除之后，与之交往的人也基本病亡，这样又反过来证明了他们是不祥的异物。

《崔玄微》和《太平广记》这些篇章存在着两个重要的区别：一是花妖树怪和人类能够善意的相处，崔玄微能够为花妖树怪们提供帮助，即便就是在"悟诸女曰……皆众花之精也"，帮助也依然继续，与此同时花妖树怪也对崔玄微进行了回报；二是上面这些篇目中花妖树怪的性别有男有女，而《崔玄微》中出现的四个花精全为女性。有了这两个转变，小说中的花妖树怪则逐渐受到人们的怜爱，乃至成为至情至美的精灵。到了《聊斋志异》花妖的形象就更加丰富，她们不仅姿色绝美，才艺出众、见识高远，而且和她们的相遇还会给书生们带来异常美满的爱情婚姻生活，如《黄英》《葛巾》《荷花三娘子》等，此时这些花妖已近乎花仙。稍晚于《聊斋志异》的《红楼梦》，林黛玉为绛珠仙草下凡，彻底变成不食人间烟火的仙子。

本篇故事在后世的作品中有相当大的影响。清李汝珍白话长篇小说《镜花缘》中风神与百花仙子的冲突完全得自于本篇，拟话本《醒世恒言》中《灌园叟晚逢仙女》篇对本篇仅作极少改动。清人还把本篇故事改编成戏曲，有吴阶《护花幡》、万承纪《护花铃》、堵庭棻《卫花符》等。

本篇《太平广记》卷四一六引，注出"《酉阳杂俎》及《博异记》"，题同。宋曾慥辑《类说》卷二四《博异志》节题《众花之精》。《古今事文类聚》前集卷三、《群书类编故事》卷一节引《封十八姨》，讹作《传异记》。《锦绣万花谷》后集卷三七节引《众花之精》《红衣人歌》,皆作《博异记》。《永乐大典》卷五八三九节引《花精》,亦作《博异记》。故本篇为《博异记》原作当无疑。《酉阳杂俎》续集卷三所记与本篇略同,或为段成式节录本文,或为后人误植。本篇据李时人编校《全唐五代小说》(中华书局,2014年修订版)卷三五校录。

[注释]

①洛苑:唐代东都洛阳的皇家园林,在洛阳西北。隋名会通苑,唐初改芳华苑,武则天改称神都苑。 ②耽道:专心于神仙道术的修炼。 ③饵:食用。木伏苓:即茯苓,因寄生在松木上,所以又叫作木茯苓。 ④嵩山:五岳中的中岳,在今河南登封北。 ⑤阒(qù):形容寂静。《曲江夜思》:"林塘阒寂偏宜夜,烟火稀疏便似村。" ⑥上东门:唐时,洛阳东城有三门,北面的一门为"上东门"。 ⑦青衣:指婢女。下文的"绿裳""绯衣"都指的是花精,下文说"各有侍女辈"也表明她们不是婢女。小说末尾:"玄微乃悟诸女曰姓杨、李、陶,及衣服颜色之异,皆众花之精也。绯衣名醋醋,即石榴也。"说明全文一共有四个花精出场,分别是"绿裳"杨花精、"白衣"李花精、"红裳"桃花精(陶氏)、"绯衣"石榴精(石醋醋)。 ⑧言词泠(líng)泠,有林下风气:泠泠,清凉,战国楚宋玉《风赋》:"清清泠泠,愈病析酲。"这里指的是言谈清逸脱俗。"有林下风气",典出《世说新语》:"谢遏绝重其姊,张玄常称其妹,欲以敌之。有济尼者,并游张、谢二家。人问其优劣?答曰:'王夫人神情散朗,故有林下风气。顾家妇清心玉映,自是闺房之秀。'"余嘉锡案:"林下,谓竹林名士也……此言王夫人虽巾帼,而有名士之风。" ⑨馞(bó)馞:形容香气浓郁。 ⑩命酒:吩咐人准备酒食。 ⑪送之:敬酒。 ⑫志:记录下来。 ⑬"皎洁玉颜胜白雪"四句:突出的

是"雪白"的自然属性,这应该是李花精的自拟。下文的"绛衣披拂露盈盈,淡染燕脂一朵轻"中"绛衣""燕脂"云云突出的是红色,"绛衣披拂露盈盈"应当是红衣花精(桃花精)的自拟。因此这两首诗的位置倒错了。　⑭奉求:奉承。　⑮低回:顺承,奉承的意思。　⑯取力:获得帮助。　⑰朱幡:红色的旗幡。朱为正色。　⑱日月五星之文:就是画上日月五星的图案,日月五星是七曜,有阴阳五行的符号象征意义。朱幡上图日月五星之文,是道教符箓之术。　⑲平旦:清晨,用地支即酉时。　⑳患:忧患,麻烦。这里的程度较重,是灾祸的意思。　㉑愧谢:对他人给予的照顾感到惭愧,并示感谢。　㉒田弘正:唐卢龙人,字安道。宪宗时任魏博、成德等节度使,累功进封检校司徒、同中书门下平章事,封沂国公,赐谥忠愍。《新唐书》《旧唐书》皆有传。

定 婚 店

李复言

杜陵韦固①,少孤,思早娶妇,多歧求婚②,必无成而罢。

贞观二年③,将游清河,旅次宋城南店④,客有以前清河司马潘昉女见议者⑤。来日先明⑥,期于店西龙兴寺门。固以求之意切,且往焉⑦。

斜月尚明,有老人倚布囊,坐于阶上,向月检书。固步覘之⑧,不识其字,既非虫篆八分科斗之势⑨,又非梵书⑩,因问曰:"老父所寻者何书?固少小苦学,世间之字,自谓无不识者。西国梵字,亦能读之。唯此书目所未觌⑪,如何?"老人笑曰:"此非世间书,君因何得见?"固曰:"非世间书,则何也?"曰:"幽冥之书。"固曰:"幽冥之人,何以到此?"曰:"君行自早,非某不当来也。凡幽吏皆掌人生之事,掌人可不行冥中乎?今道途之行,人鬼各半,自不辨尔。"固曰:"然则君又何掌?"曰:"天下之婚牍耳⑫。"固喜曰:"固少孤,常愿早娶,以广胤嗣⑬。尔来十年,多方求之,竟不遂意。今者,人有期此,与议潘司马女,可以成乎?"曰:"未也。命苟未合,虽降衣缨而求屠博⑭,尚不可得,况郡佐乎?君之妇,适三岁矣,年十七,当入君门。"因问:"囊中何物?"曰:"赤绳子耳。以系夫妻之足。及其生，则潜用相系，虽仇敌之家，贵贱悬隔，天涯从宦，吴楚异乡，此绳一系，终不可逭⑮。君之脚，已系于彼矣，他求何益？"曰："固妻安在？其家何为？"曰："此店北，卖菜陈婆女耳。"固曰："可见乎？"曰："陈尝抱来，鬻菜于市。能随我行，当即示君。"

及明，所期不至。老人卷书揭囊而行⑯。固逐之，入菜市，有眇妪⑰，抱三岁女来，弊陋亦甚。老人指曰："此君之妻也。"固怒曰："煞之可乎⑱？"老人曰："此人命当食天禄⑲，因子而食邑⑳，庸可煞乎㉑！"老人遂隐。固骂曰："老鬼妖妄如此！吾士大夫之家，娶妇必敌㉒。苟不能娶，即声妓之美者，或援立之，奈何婚眇妪之陋女。"磨一小刀子，付其奴曰："汝素干事，能为我煞彼女，赐汝万钱。"奴曰："诺。"明日，袖刀入菜行中，于众中刺之而走。一市纷扰，固与奴奔走获免。问奴曰："所刺中否？"曰："初刺其心，不幸才中眉间。"

尔后固屡求婚，终无所遂。又十四年，以父荫参相州军㉓。刺史王泰俾摄司户掾㉔，专鞫词狱㉕，以为能，因妻以其女，可年十六七，容色华丽。固称惬之极。然其眉间常贴一花子㉖，虽沐浴寝处，未尝暂去。岁余，固讶之，忽忆昔日奴刀中眉间之说，因逼问之。妻潸然曰㉗："妾郡守之犹子也㉘，非其女也。畴昔父曾宰宋城㉙，终其官。时妾在襁褓，母兄次没，唯一庄在宋城南，与乳母陈氏居，去店近，鬻蔬以给朝夕㉚。陈氏怜小，不忍暂弃。三岁时，抱行市中，为狂贼所刺。刀痕尚在，故以花子覆之。七八年前，叔从事卢龙㉛，遂得在左右，仁念以为女嫁君耳。"固曰："陈氏眇乎？"曰："然。何以知之？"固曰："所刺者固也。"乃曰："奇也！命也！"因尽言之，相敬愈极。

后生男鲲，为雁门太守㉜，封太原郡太夫人㉝。乃知阴骘之定㉞，不可变也。

宋城宰闻之，题其店曰"定婚店"。

[评析]

本篇作者李复言，自言陇西人。宋钱易《南部新书》载开成五年（840）李景让典贡举，有李复言以《纂异》一书纳省卷，被斥罢举，即其人也。《纂异》当为复言所撰《续玄怪录》之原名。其他事迹则仅于《续玄怪录》佚文中略见：元和十二年（817）在长安寓再从妹夫武宝益宅，大和二年（828）秋至岐州求荐，四年游巴南，与进士沈田会于蓬州，六年秋在长安。厄于科第多年，终无成就，大约至大中时犹在世。论者或谓《续玄怪录》作者即大和时岭南节度使李谅，误。《续玄怪录》之《张老》有"贞元进士李公者，知盐铁院，闻从事韩准大和初与甥侄语怪，命余纂而录之"语，此"李公"即指李谅，或李复言曾游于李谅门下。

《续玄怪录》，宋人避讳，改称《续幽怪录》，《新唐书·艺文志》等著录五卷，《郡斋读书志》等著录十卷，今传南宋临安尹家书棚刊本四卷二十三则，已非原帙，《太平广记》中尚存有佚文。《续玄怪录》是续牛僧孺《玄怪录》之作。在此书问世前不久，牛僧孺以宰相之尊，创作了小说集《玄怪录》，一时有不少人追踪撰作，李复言明标其书系继牛僧孺而作。也许是因为书名的原因，《续玄怪录》长期与牛僧孺《玄怪录》并行流传，以致篇目多有混淆。本篇见于南宋传本，各种选本也皆题为《续玄怪录》，应为不误。

本篇《古今事文类聚》后集卷一三节引，题《月下老》。《群书类编故事》卷八节题《月下老人》，《锦绣万花谷》前集卷一八节题《赤绳婚牍》，《分门古今类事》卷一六节题《韦固赤绳》。讲的是一个婚姻命中注定的故事，经历了宣示预言、反抗预言、验证预言三个阶段。杜陵韦固想早点娶亲，却总是不能成功。有人替他提亲，约定好了时间和地点相见。他求亲心切，天尚未大亮就出发了，碰巧遇见了掌管天下婚姻簿的老人。老人告诉韦固："君之妇，适三岁矣，年十七，当入君门。"这个预言是非常荒诞的，韦固的情况是"愿早娶，以广胤嗣"，更何况对方还是一个三岁小孩！在月下老人的指点下，韦固看到了他预言中的妻子："有眇妪，抱三岁女来，弊陋亦甚。"韦固因怒骂老人"妖妄"而欲杀女子。这是对预言的反抗。又十四年，韦固终于娶得"称惬之极"的妻子。因"眉间常贴一花子"这一细节，韦固起了疑心，一再追问之下真相大白，而今的"容色华丽"就是当日的"眇妪之陋女"。月下老人的预言得到验证。故事在验证月下老人预言的同时也就顺理成章地得出"阴骘之定，不可变也"的结论。

小说中所宣扬的婚姻命定论古今都有着广泛的社会心理基础。例如：唐人就认为，命运不是自己可以确定和改变的，一切在冥冥之中早已确定，所谓"天下之事皆前定"（《感定录·李泌》），"人事固有前定"（《续定命录·韩皋》）。事无巨细，大到功名富贵，"一官一名，皆是分定"（《会昌解颐·鞠思明》），小到一天的饮食，"生人一饮一啄，无非前定"（《续玄怪录·掠剩使》），全都不能脱离命运的轨迹，"事无大小，皆前定矣"（《闻奇录·杜悚外生》）。《太平广记》"定数"门共十五卷，收录一百五十二篇作品，其中绝大部分都是唐人所写，可以看出唐人对天命

唐人小说选 | 263

的敬畏。

婚姻是一件大事,唐人的这种命定观必然表现在婚姻观上,"伉俪之道,亦系宿缘"(《玉堂闲话·灌园婴女》)。这种观念,在唐人小说中多有呈现。《续定命录·李行修》《续玄怪录·郑虢州騊夫人》《前定录·武殷》《玉堂闲话·灌园婴女》等都是这类作品(《太平广记》"定数"门)。这些故事所宣扬的思想都如《郑虢州騊夫人》说结尾所言:"结缡之亲,命固前定,不可苟求。"

如果本篇亦如其他作品那样,叙述主人公如何在命运的安排下完成前定的婚姻,那么不管其中有多少离奇的情节,作者所要表现的思想和作品呈现的艺术都会显得很平庸。这篇小说却描写主人公预知命运却偏要与命运抗争,最后不得不屈服于命运,这就显出命运难以违抗、人谋的徒费心机,情节的戏剧性增强了小说的感染力,使小说成为一篇出色的命运喜剧。

本篇是唐人小说中最具民间影响力的一篇,所宣扬的姻缘乃命中注定的思想在今天依然有广泛的影响。"月下老人""婚姻簿""千里姻缘一线牵"等说法至今仍然广为流传。本篇南宋时就被广泛引用,历代文人骚客也多援用本篇为典故。明人刘东生《月下老世间配偶》、何楳《翠钿记》等戏文中也均有月老故事的演绎,明人小说《金玉奴棒打薄情郎》亦是在这一故事基础上进行演绎。《定婚店》的故事甚至走出了国门,美国学者阿彻·泰勒在《命中注定的妻子》一文中比对了全世界四十多个月老故事异文,认为它们都源于本篇。此据李时人编校《全唐五代小说》(中华书局,2014年修订版)卷四一校录。

[注释]

①杜陵：古县名，西汉改杜县置，因宣帝筑陵于东原故名，三国魏复杜县，地在今陕西西安市东南，唐为京郊。这里指韦固的族望。 ②多歧：多方面，多种渠道。 ③贞观二年：公元628年。 ④宋城：县名，在今河南商丘南，唐时为宋州治所。 ⑤清河司马：清河郡的司马。司马，唐代州、郡刺史属官，位在别驾、长史下，一般为五六品官。议：议婚。 ⑥先明：天亮以前。 ⑦旦：破晓，天尚未大亮。《左传·成公十六年》："旦而战，见星未已。" ⑧步觇：走到跟前窥看。 ⑨虫篆、八分、科斗：均为古汉字字体。虫篆，即"虫书"，为秦书八体之一。《汉书·艺文志》"虫书"，唐颜师古注："虫书，谓为虫鸟之形。"八分，即"八分书"，也称"分书"，字体似隶而体势多波磔，相传为秦时上谷人王次仲所造。科斗，即"科斗书""科斗文"，以其笔画头粗尾细如蝌蚪而名，其名起于汉郑玄，魏晋间盛行此种字体。之势：书法体势。 ⑩梵书：印度古文字，书体右行，又叫"梵文""梵字"。 ⑪觌（dí）：见。 ⑫婚牍：婚姻簿。牍，原指供书写的木片，后用以代指简簿。 ⑬胤（yìn）嗣：后嗣。胤，后代。 ⑭降衣缨：此指降下士大夫的身份。衣缨，士大夫的穿戴。古代士大夫有规定的冠服，后遂以"衣冠""衣缨"指士大夫。缨，冠带。屠博：屠夫。博，即博士，旧时指从事某种职业的人。 ⑮逭（huàn）：逃。 ⑯揭囊：将口袋搭在肩上。揭，拿，举。 ⑰眇妪（yù）：瞎了一只眼的老妇人。 ⑱煞：同"杀"。 ⑲食天禄：即享用皇家的俸禄，指其当为官宦的妻子。 ⑳因子而食邑：因儿子的缘故得到封号，指其后来"封太原郡太夫人"。古代卿大夫收其封地赋税而食，叫"食邑"。后世臣下得到皇帝的封号，虽不一定再自征赋税，但仍称"食邑"。 ㉑庸：岂。 ㉒敌：匹敌，相等。此指门户相

当。　㉓以父荫参相州军：因为父亲的余荫当了相州的参军。荫，古代官僚子孙因先代官爵而授官。相州，唐代辖境相当今河北成安、广平和魏县西南部，河南安阳市、汤阴、林州、内黄及濮阳西南部地，治所在安阳（今河南安阳）。参军，唐代诸王、诸卫、军府及地方政府皆置参军，为重要僚属。上、中州设录事参军及功、仓、户、兵、法、士六曹参军，下州设司仓、司法、司户三曹参军。　㉔俾摄司户掾（yuàn）：使其代理司户参军。俾摄，使代理。掾，古代属官的统称，"司户掾"就是司户参军。　㉕鞫（jū）：审。　㉖花子：古代妇女的面饰，以纸、绢及云母等剪成花形贴于面部以为饰。据五代后唐马缟《中华古今注》谓此俗始于秦时，唐段成式《酉阳杂俎》谓武后时上官婉儿始以花子掩面上点迹。　㉗潸（shān）：泪流的样子。《诗经·小雅·大东》："潸焉出涕。"　㉘郡守：太守，这里指刺史。犹子：侄子、侄女，此指侄女。　㉙畴昔：往昔。宰宋城：做宋城县令。宰，原指卿大夫私邑的长官，后代指县令。　㉚给（jǐ）朝夕：供给每天的吃用。　㉛叔从事卢龙：叔父做卢龙从事。从事，州刺史之佐吏。卢龙，唐方镇名，又称范阳镇，玄宗时十藩镇之一，治所在幽州（今北京市西南），唐置卢龙节度使，辖地在今北京及河北唐山、承德一带。　㉜雁门：雁门郡，战国时赵武灵王置，隋开皇初废，大业初改代州为雁门郡，治所在雁门县（今山西代县），唐武德元年复为代州，天宝初复改为雁门郡，治所仍在代县。　㉝太原郡太夫人：唐代命妇封爵，最高为国夫人，次为郡夫人，三品以上官员的母、妻可封郡夫人。按规定，封号前要加上郡之名称。　㉞阴骘（zhì）之定：阴界所注定的。骘，排定。

陈季卿

李 玫

　　陈季卿者,家于江南。辞家十年,举进士,志不能无成归。羁栖辇下①,鬻书判给衣食②。

　　常访僧于青龙寺③,遇僧他适④,因息于暖阁中⑤,以待僧还。有终南山翁⑥,亦伺僧归,方拥炉而坐,揖季卿就炉。坐久,谓季卿曰:"日已晡矣⑦,得无馁乎⑧?"季卿曰:"实饥矣,僧且不在,为之奈何?"翁乃于肘后解一小囊,出药方寸⑨,止煎一杯,与季卿曰:"粗可疗饥矣。"季卿啜讫⑩,充然畅适,饥寒之苦,洗然而愈⑪。

　　东壁有《寰瀛图》⑫,季卿乃寻江南路⑬,因长叹曰:"得自渭,泛于河,游于洛,泳于淮、济于江⑭,达于家,亦不悔无成而归。"翁笑曰:"此不难致。"乃命僧童折阶前一竹叶,作叶舟,置图中渭水之上,曰:"公但注目于此舟,则如公向来所愿耳。然至家,慎勿久留。"

　　季卿熟视久之,稍觉渭水波浪,一叶渐大,席帆既张,恍然若登舟。始自渭及河,维舟于禅窟兰若⑮,题诗于南楹云⑯:

　　"霜钟鸣时夕风急,乱鸦又望寒林集。此时辍棹悲且吟⑰,

独向莲花一峰立⑱。"

明日,次潼关⑲。登岸,题句于关门东普通院门云⑳:

"度关悲失志,万绪乱心机。下坂马无力㉑,扫门尘满衣。计谋多不就,心口自相违。已作羞归计,还胜羞不归。"

自陕东,凡所经历,一如前愿。旬余至家,妻子兄弟拜迎于门。夕有《江亭晚望》诗,题于书斋云:

"立向江亭满目愁,十年前事信悠悠。田园已逐浮云散,乡里半随逝水流。川上莫逢诸钓叟,浦边难得旧沙鸥。不缘齿发未迟暮㉒,吟对远山堪白头。"

此夕,谓其妻曰:"吾试期近,不可久留。"即当进棹,乃吟一章别其妻云:

"月斜寒露白,此夕去留心。酒至添愁饮,诗成和泪吟。离歌凄凤管㉓,别鹤怨瑶琴㉔。明夜相思处,秋风吹半衾。"

将登舟,又留一章别诸兄弟云:

"谋身非不早,其奈命来迟。旧友皆霄汉㉕,此身犹路岐㉖。北风微雪后,晚景有云时。惆怅清江上,区区趁试期。"

一更后,复登叶舟,泛江而逝。兄弟妻属恸哭于滨,谓其鬼物矣。一叶漾漾,遵旧途至于渭滨。乃赁乘㉗,复游青龙寺,宛然见山翁拥褐而坐,季卿谢曰:"归则归矣,得非梦乎?"翁笑曰:"后六十日方自知。"而日将晚,僧尚不至,翁去,季卿还主人㉘。

后二月,季卿之妻子,赍金帛自江南来,谓季卿厌世矣㉙,故来访之。妻曰:"某月某日归,是夕作诗于西斋,并留别二章。"始知非梦。明年春,季卿下第东归,至禅窟及关门兰若,见所题两篇，翰墨尚新。

后年，季卿成名㉚，遂绝粒㉛，入终南山去。

[评析]

　　本篇作者李玫，正史无传。大约大和、大中、咸通年间在世。《纂异记》中的《齐君房》一篇称"大和元年，李玫习业在龙门天竺寺"。唐康骈《元相国谒李贺》："自大中、咸通之后，每岁试春官者千余人……如何植、李玫……以文章著美……皆苦心文华，厄于一第。"由此可知，李玫甚有文才，多次应试却未能及第。宋人钱易《南部新书》壬集曰："李纹者早年受王涯恩，及为歙州巡官时，涯败，因私为诗以吊之。末句云：'六合茫茫皆汉土，此身无处哭田横。'乃有人欲告之。因而《纂异记》记中有《喷玉泉幽魂》一篇，即甘露之四相也。""李纹"为"李玫"之误。钱易认为李玫曾受王涯的恩惠，官推官，大约不是空穴来风。吊四相应当是事实，李玫作有小说《喷玉泉幽魂》一篇，即《太平广记》中收录的《许生》篇，旨在为"甘露之变"中遇害的四相鸣冤。其在大和中应试不第，或与《喷玉泉幽魂》得罪了宦官势力有关。

　　本篇讲述的是陈季卿的一次奇遇：因功名蹭蹬长安而不得归家，一日访僧于青龙寺，遇见"终南山翁"。因为陈季卿有"饥寒之苦"，道士"出药方寸"助其疗饥。陈季卿思归，道士又折竹叶成舟相送，助其返江南，探亲后又回到长安。

　　后世对本篇的关注点多在终南山翁的法力，特别是竹叶舟的神奇。多种类书、小说总集、选集乃至诗歌总集、选集和道教经典著作摘引或节录，但标题都不是"陈季卿"，而改为《竹叶舟》《仙翁叶舟》《瀛寰图》等。如宋佚名编撰的《锦绣万花谷》后集卷二六节引此故事，题《竹叶舟》，与"仙舟""野人舟"等一起收入"舟航"条，突出的正是道士作竹叶舟的奇幻。对道术的关注，在以《陈季卿》故事为基础改编的元杂剧表现得更为明显。《陈季卿悟道竹叶舟》是元人范康所作的一部神仙道化剧，小说中的终南山翁被具体化为吕洞宾，并成为主角。杂剧明显地表示了对道术的推重。明臧懋循对《竹叶舟》则作了带有晚明的时代气息的改编，虽然对道术的态度由推崇向贬斥转变，但聚焦点并没有改变。

然而本篇的凄凉哀婉的情调，不是搜奇猎异可以概括的。小说开始就交代了陈季卿窘困的生活状况"羁栖辇下，鬻书判给衣食"。他去青龙寺拜访僧人，僧人不在，他就得忍受"饥寒之苦"。在乘竹叶舟归乡探亲的来回路上，他共作诗五首，五首诗更将他内心的悲苦凄凉全盘托出。题于南楹章，用"乱鸦又望寒林集"来表现归心急切。题于关门东普通院门章，离家更近了，内心却徘徊在"羞归"和"羞不归"之间。《江亭晚望》是到家之后的内心展现。十年漂泊在外，归家本应欣喜若狂，可陈季卿却沉浸在"满目愁"当中，颈联颔联四句八景极写斗转星移的沧桑感。当晚又告别妻子兄弟，分别赠诗二首。留给妻子的诗作抒发的是相思之情，用"月斜寒露白"的凄冷色调加以衬染。别兄诗，感叹的是功名难成。

探究陈季卿生活窘迫的原因是很容易的。他"羁栖辇下"，饱受"饥寒之苦"的原因是"举进士"；他回家后不得与家人团聚，必须马上返京的理由是"试期近，不可久留"。可以说导致他肉体上饥寒之苦，精神上离愁别绪的直接原因是科举考试。考虑到李玫以"文章著美"却"厄于一第"的遭遇，就有理由推测：李玫在落第书生陈季卿身上放入了自己科举的经历和感慨。如果说本篇是以形象的方式对科举进行了心酸的控诉，李玫的另一篇作品《韦鲍生妓》则借江淹、谢庄之口对中晚唐以来科举考试过分的偏重诗赋予以批评：

> 吾闻今之求聘之礼缺，是贡举之道骤矣。贤不肖同途焉，才不才汩汩焉。隐岩穴者，自童髫穷经，至于白首焉；怀方策者，自壮岁力学，讫于没齿。虽每岁乡里荐之于州府，州府贡之于有司，有司考之诗赋。蜂腰鹤膝，谓不中度；弹声韵之清浊，谓不律。虽有周孔之贤圣，班马之文章，不由此制作，靡得而达矣。然皇王帝霸之道，兴亡理乱之体，其可闻乎？今足下何乃赞扬今之小巧，而骤张古之大体？况予乃"诉皓月长歌"之手，岂能拘于雕文刻句者哉。

这段文字有五层含义：一、抨击科举取士制度使得古时"求聘之礼""贡举之道"消亡。二、指出其造成的结果是"贤不肖同途""才不才汩汩"，根本不能选拔人才。三、科举取士的毛病在于考试取决于诗赋："有司考之诗赋……虽有周孔之贤圣，班马之文章，不由此制作，靡得而达矣。"如果"诗赋"作不好，即便有周孔之才，也是没有出头之日的。这里的"诗赋"指的是"律赋"，其特点是讲求对偶，重视声韵，限时限韵。条件极为苛刻，很难达到。四、指出了诗赋取士的后果："皇王帝霸之道，兴亡理乱之体"的不可闻。五、表明自己的态度，不屑于"雕文刻句"。从这一段话来看，作者对取士制度是经过深思熟虑的，并不完全是牢骚式的抱怨。如果说李玫是中国小说史上较早对科举取士制度进行反思的人，恐怕并不过分。

李玫虽然反对以诗赋取士，但是他的小说中却有大量的诗歌，无形中露出了他唐代文人的本色。本篇主人公的结局是入终南山修道，但在入山之前，却安排了成名这一环节，又有多少是补偿心理的体现。

本篇《太平广记》卷七四"道术四"题《陈季卿》，注出《纂异记》。宋曾慥辑《类说》卷一九《异闻录》节题《寰瀛图》。《绀珠集》

卷一引《异闻实录》节题《竹叶舟》。《古今事文类聚》续编卷二七、《群书类编故事》卷二〇节引《异闻录》，并题《仙翁叶舟》。《锦绣万花谷》后集卷二六节引《异闻录》，题《竹叶舟》。此据李时人编校《全唐五代小说》（中华书局，2014年修订版）卷四九校录。

[注释]

①羁栖：淹留他乡。唐杜甫《熟食日示宗文宗武》："消渴游江汉，羁栖尚甲兵。"②鬻书判：犹言卖文。唐代每年要举行官员的铨选，由吏部主持，考试项目有"身言书判"四项。程序是先试书判，也就是书法和判案的文辞，叫"试"，通过者查看"身"和"言"，称为"铨"。铨选的关键是书判，尤其是"判"，判就是"判词"，考察官员如何处理狱讼。判词用四六骈文，故应试者在考前要练习或背诵判词，因而有人买现成的判词以供习诵。 ③青龙寺：唐代长安著名的佛寺，在长安城新昌坊东南隅。始建于隋开皇二年（582），原名灵感寺，唐景云二年（711）改名青龙寺，寺内高僧如道世、法朗等皆有名于佛教史，北宋元祐元年（1086）以后寺被毁。 ④他适：往他处去，外出。 ⑤暖阁：与大屋子隔开而又相联通的小房间，因可设炉取暖而得名。唐许浑《同韦少尹伤故卫尉李少卿》："香街宝马嘶残月，暖阁佳人哭晓风。" ⑥终南山翁：住在终南山的老人。终南山，秦岭的主峰之一，在长安（今西安城南），故一称南山。唐时有不少读书人隐居终南山读书，或在终南山以冀征召，故有"终南捷径"之说。 ⑦日已晡：太阳西移已至申时，此指太阳西移至申时的视觉位置。晡，申时，大约现在的十五时至十七时。 ⑧馁（něi）：饥饿。 ⑨方寸：一寸见方。古代量药有方寸匕。 ⑩啜（chuò）讫：吃了以后。啜，吃。唐韩愈《送穷文》："子饭一盂，子啜一觞。" ⑪冼（xiǎn）然：安适貌。 ⑫寰瀛图：古代的全国地图。寰瀛，天下。

唐刘禹锡《八月十五日夜玩月》："天将今夜月，一遍洗寰瀛。" ⑬江南路：唐贞观元年（627）分全国为十道，内"江南道"辖境相当于今浙江、福建、江西、湖南等省及江苏、安徽长江以南的一部分和贵州东北部地区；开元二十一年（733）又分全国为十五道，原江南道分江南东道、江南西道和黔中道三道。北宋至道三年（997）始置江南路。疑此处"江南路"原为"江南道"，宋人误改。 ⑭渭：渭河，黄河支流。河：黄河。洛：洛水。淮：淮河。江：长江。 ⑮禅窟兰若：佛寺。禅窟，即禅师窟，禅门，僧人聚集习禅之所。兰若，寺院，梵语音译"阿兰若"的省称，意为寂静无苦恼烦乱之处。 ⑯楹：廊柱。 ⑰辍棹：停船。辍，停止。 ⑱莲花一峰：华山西峰称莲花峰，海拔二千零八十二米，秀丽险峻，唐人刘得仁《监试莲花峰》诗"太华万余重，岧峣只此峰"，即指此。 ⑲潼关：在今陕西潼关北，地处黄河渡口，扼长安至洛阳驿道的要冲，是汉代以来东入中原和西出关中、西域的必经之地及关防要隘。 ⑳普通院：当为一佛寺，未详。 ㉑坂：山坡，斜坡。 ㉒迟暮：原指黄昏，比喻人之晚年、暮年。语出《楚辞·离骚》："惟草木之零落兮，恐美人之迟暮。" ㉓离歌：凤管，笙箫的美称。 ㉔别鹤怨瑶琴：《别鹤操》是一种声调凄怨、表现离情别绪的古琴曲。传说古代商陵牧子娶妻五年无子，父兄打算为他另娶，其妻痛苦不已，牧子伤感而作此曲，见晋崔豹《古今注》。 ㉕旧友皆霄汉：谓旧时的朋友皆在高位。霄汉，喻指身在京都或担任高官。唐杜牧《书怀寄中朝往还》诗："霄汉几多同学伴？可怜头角尽卿材！" ㉖此身犹路岐：不知自己的路怎么走。路岐，岔路，岔道。 ㉗赁乘：租了车马。乘，泛指车马。 ㉘还主人：回到租住的房子里。 ㉙厌世：去世、死的婉辞。 ㉚成名：唐代称科举中式为"成名"。唐张籍《送李馀及第后归蜀》诗："十年人咏好诗章，今日成名出举场。" ㉛绝粒：犹言"辟谷"。道家以摒除火食、不进五谷求得延年益寿的修养术。晋孙绰《游天台山赋序》："非夫遗世玩道，绝粒茹芝者，乌能轻举而宅之。"唐韩偓《赠湖南李思齐处士》诗："知余绝粒窥仙事，许到名山看药炉。"

无双传

薛 调

唐王仙客者，建中中朝臣刘震之甥也。初，仙客父亡，与母同归外氏①。震有女曰无双，小仙客数岁，皆幼稚，戏弄相狎②，震之妻常戏呼仙客为王郎子③。如是者凡数岁，而震奉孀姊及抚仙客尤至。一旦，王氏姊疾且重，召震约曰："我一子，念之可知也。恨不见其婚宦。无双端丽聪慧，我深念之。异日无令归他族。我以仙客为托。尔诚许我，瞑目无所恨也。"震曰："姊宜安静自颐养④，无以他事自挠⑤。"其姊竟不痊⑥。仙客护丧，归葬襄邓⑦。服阕⑧，思念："身世孤子如此⑨，宜求婚娶，以广后嗣。无双长成矣。我舅氏岂以位尊官显，而废旧约耶？"于是饰装抵京师⑩。

时震为尚书租庸使⑪，门馆赫奕⑫，冠盖填塞⑬。仙客既觐，置于学舍，弟子为伍⑭。舅甥之分⑮，依然如故，但寂然不闻选取之议。又于窗隙间窥见无双，姿质明艳，若神仙中人。仙客发狂，唯恐姻亲之事不谐也。遂鬻囊橐⑯，得钱数百万⑰。舅氏舅母左右给使⑱，达于厮养，皆厚遗之⑲。又因复设酒馔，中门之内，皆得入之矣。诸表同处⑳，悉敬事之。遇舅母生日，市新奇以献，雕镂犀玉㉑，以为首饰。舅母大喜。又旬日，仙客遣老妪，以求亲之事闻于舅母。舅母曰："是我所愿也，即当议其事。"又数夕，有青衣告仙客曰："娘子适以亲情事言于阿郎㉒，阿郎云：'向前亦未许也。'模样云云，恐是参差也㉓。"仙客闻之，心气俱丧，达旦不寐，恐舅氏之见弃也。然奉事不敢懈怠。

一日，震趋朝，至日初出，忽然走马入宅㉔，汗流气促，唯言："锁却大门，锁却大门！"一家惶骇，不测其由。良久，乃言："泾原兵士反，姚令言领兵入含元殿㉕，天子出苑北门㉖，百官奔赴行在㉗。我以妻女为念，略归部署。疾召仙客与我勾当家事㉘，我嫁与尔无双。"仙客闻命，惊喜拜谢。乃装金银罗锦二十驮，谓仙客曰："汝易衣服，押领此物出开远门㉙，觅一深隙店安下㉚。我与汝舅母及无双出启夏门㉛，绕城续至。"仙客依所教。至日落，城外店中待久不至。城门自午后扃锁㉜，南望目断㉝。遂乘骢，秉烛绕城至启夏门。门亦锁，守门者不一，持白棓㉞，或立或坐。仙客下马，徐问曰："城中有何事如此？"又问："今日有何人出此？"门者曰："朱太尉已作天子㉟。午后有一人重戴㊱，领妇人四五辈，欲出此门。街中人皆识，云是租庸使刘尚书。门司不敢放出㊲。近夜，追骑至，一时驱向北去矣。"仙客失声恸哭，却归店。三更向尽，城门忽开，见火炬如昼，兵士皆持兵挺刃，传呼斩斫使出城㊳，搜城外朝官。仙客舍辎骑惊走㊴，归襄阳，村居三年。

后知克复㊵，京师重整，海内无事，乃入京，访舅氏消息。至新昌南街㊶，立马彷徨之际，忽有一人马前拜。熟视之，乃旧使苍头塞鸿也。鸿本王家生㊷，其舅常使得力，遂留之。握手垂涕。仙客谓鸿曰："阿舅、舅母安否？"鸿云："并在兴化宅㊸。"仙客喜极云：“我便过街去。”鸿曰：“某已得从良㊹，客户有一小宅子㊺，贩缯为业。今日已夜，郎君且就客户一宿。来早同去未晚。”遂引至所居，饮馔甚备。至昏黑，乃闻报曰：“尚书受伪命官㊻，与夫人皆处极刑。无双已入掖庭矣㊼。”仙客哀冤号绝，感动邻里。谓鸿曰：“四海至广，举目无亲戚，未知托身之所。”又问曰：“旧家人谁在？”鸿曰：“唯无双所使婢采苹者，今在金吾将军王遂中宅。”仙客曰：“无双固无见期。得见采苹，死亦足矣。”由是乃刺谒㊽，以从侄礼见遂中㊾，具道本末，愿纳厚价以赎采苹。遂中深见相知，感其事而许之。仙客税屋，与鸿、苹居。塞鸿每言：“郎君年渐长，合求官职。悒悒不乐，何以遣时？”仙客感其言，以情恳告遂中。遂中荐见仙客于京兆尹李齐运㊿。齐运以仙客前衔，为富平县尹，知长乐驿(51)。

累月，忽报有中使押领内家三十人往园陵(52)，以备洒扫，宿长乐驿，毡车子十乘下讫。仙客谓塞鸿曰：“我闻宫嫔选在掖庭，多是衣冠子女(53)。我恐无双在焉。汝为我一窥，可乎？”鸿曰：“宫嫔数千，岂便及无双(54)。”仙客曰：“汝但去，人事亦未可定。”因令塞鸿假为驿吏，烹茗于帘外。仍给钱三千，约曰：“坚守茗具，无暂舍去(55)。忽有所睹，即疾报来。”塞鸿唯唯而去。宫人悉在帘下，不可得见之，但夜语喧哗而已。至夜深，群动皆息。塞鸿涤器构火，不敢辄寐。忽闻帘下语曰：“塞鸿，塞鸿，汝争得知我在此耶(56)？郎健否？”言讫呜咽。塞鸿曰：“郎君见知此驿。今日疑娘子在此，令塞鸿问候。”又曰：“我不久语。明日我去后，汝于东北舍阁子中紫褥下(57)，取书送郎君。”言讫，便去。忽闻帘下极闹，云：

"内家中恶㊽。"中使索汤药甚急,乃无双也。塞鸿疾告仙客,仙客惊曰:"我何得一见?"塞鸿曰:"今方修渭桥㊾。郎君可假作理桥官,车子过桥时,近车子立。无双若认得,必开帘子,当得瞥见耳。"仙客如其言,至第三车子,果开帘子,窥见,真无双也。仙客悲感怨慕,不胜其情。

塞鸿于阁子中褥下得书送仙客。花笺五幅,皆无双真迹,词理哀切,叙述周尽。仙客览之,茹恨涕下㊿:"自此永诀矣。"其书后云:"常见敕使说富平县古押衙㉑,人间有心人。今能求之否?"

仙客遂申府㉒,请解驿务归本官㉓。遂寻访古押衙,则居于村墅。仙客造谒见古生㉔。生所愿,必力致之,缯彩宝玉之赠,不可胜纪。一年未开口。秩满㉕,闲居于县。古生忽来,谓仙客曰:"洪一武夫,年且老,何所用?郎君于某竭分㉖。察郎君之意,将有求于老夫。老夫乃一片有心人也。感郎君之深恩,愿粉身以答效。"仙客泣拜,以实告古生。古生仰天,以手拍脑数四,曰:"此事大不易。然与郎君试求,不可朝夕便望。"仙客拜曰:"但生前得见,岂敢以迟晚为限耶?"

半岁无消息。一日,扣门,乃古生送书。书云:"茅山使者回㉗。且来此。"仙客奔马去,见古生,生乃无一言。又启使者,复云:"杀却也。且吃茶。"夜深,谓仙客曰:"宅中有女家人识无双否?"仙客以采苹对。仙客立取而至。古生端相,且笑且喜云:"借留三五日。郎君且归。"后累日,忽传说曰:"有高品过㉘,处置园陵宫人。"仙客心甚异之,令塞鸿探所杀者,乃无双也。仙客号哭,乃叹曰:"本望古生。今死矣,为之奈何!"流涕嘘欷,不能自己。

是夕更深，闻叩门甚急。及开门，乃古生也。领一箬子入㊉，谓仙客曰："此无双也。今死矣。心头微暖，后日当活，微灌汤药，切须静密。"言讫，仙客抱入阁子中，独守之。至明，遍体有暖气。见仙客，哭一声遂绝㊆。救疗至夜，方愈。古生又曰："暂借塞鸿于舍后掘一坑。"坑稍深，抽刀断塞鸿头于坑中。仙客惊怕。古生曰："郎君莫怕。今日报郎君恩足矣。比闻茅山道士有药术㊁。其药服之者立死，三日却活。某使人专求，得一丸。昨令采苹假作中使，以无双逆党㊂，赐此药令自尽。至陵下，托以亲故，百缣赎其尸㊃。凡道路邮传㊄，皆厚赂矣，必免漏泄。茅山使者及舁箬人㊅，在野外处置讫㊆。老夫为郎君，亦自刎。君不得更居此。门外有檐子一十人㊇，马五匹，绢二百匹。五更挈无双便发㊈，变姓名，浪迹以避祸㊉。"言讫，举刀，仙客救之，头已落矣。遂并尸盖覆讫。未明发，历西蜀下峡㊇，寓居于渚宫㊈。悄不闻京兆之耗㊉，乃挈家归襄邓别业，与无双偕老矣，男女成群。

噫，人生之契阔会合多矣㊉，罕有若斯之比。常谓古今所无。无双遭乱世籍没㊄，而仙客之志，死而不夺。卒遇古生之奇法取之，冤死者十余人。艰难走窜，后得归故乡，为夫妇五十年，何其异哉！

[评析]

本篇作者薛调（830—872），河中宝鼎人。大中时进士及第，咸通元年（860）为右拾遗内供奉（《资治通鉴》卷二五〇），十一年自户部员外郎加驾部郎中，充翰林承旨学士，次年加知制诰，十三年（872）卒于官

(《重修承旨学士壁记》)。调美姿貌,为人宽恕,卒年四十三(《唐语林》卷四),传世仅《无双传》。

本篇讲述王仙客与刘无双的爱情故事,在争取幸福婚姻的道路上,先是遭到无双父亲刘震的阻挠,接着遇到泾原兵变,无双被收入掖庭,最后得到"有心人"古押衙的帮助,终得圆满,"男女成群""为夫妇五十年"。本篇在唐人小说中或许算不上最上乘之作,但其在艺术上有着自己的特色。

首先,本篇将王刘二人的爱情故事叙述得曲折动人。在唐人小说中,表现爱情婚恋主题的篇章数量众多,虽如《李娃传》《莺莺传》《霍小玉传》等文情并茂的优秀之作也不在少数,但与它们相比较,本篇故事更加婉转多变,情节一波三折,甚至带有奇异色彩。明人胡应麟就评论本篇"事大奇而不情"(《少室山房笔丛·庄岳委谈下》),认为其情节的曲折跌宕已违背人情常理,鲁迅先生亦是认为本篇"颇有增饰,稍乖事理"(《中国小说史略》)。《莺莺传》等篇章聚焦于讲述一"情事",或以"词"胜(《莺莺传》)、或以"情"胜(《李娃传》)、或以"痴"胜(《霍小玉传》)等,各有擅场,而本篇则以"曲"胜,创作者似乎更加注重情节的委曲跌宕,而较少用心于对"情事"本身的直接描写。也正因为如此,本篇故事在以情节引人的同时也削弱了对男女主人公形象的塑造,可谓得失参半。

其次,本篇将爱情婚恋题材与豪侠故事有机融合。唐人小说中,本有专门讲述游侠义士的豪侠类作品,《红线》《聂隐娘》《虬须客传》等皆为名篇,婚恋类作品亦有专讲。但随着小说创作的发展,两类题材出现逐步融合的态势,借豪侠来扭转情节、促成有情人或者惩治负心汉成为一种写作模式,本篇也是其中一例。当王刘爱情因为朱泚之乱、无双被困掖庭而濒临绝望之际，无双从宦官处听得富平县古押衙乃"人间有心人"，然后以花笺留言给仙客让他去求访之。不过，本篇中接下来对于古押衙豪侠行为的描写，不似《柳氏传》中许俊"挟之（柳氏）跨鞍马，逸尘断鞅，倏忽乃至"、《霍小玉传》中黄衫豪士"遽命奴仆数人，抱持（李益）而进，疾走推入车门，便令锁却"那么简单，而是用了将近三分之一的篇幅来叙述他是如何解救无双、促成二人结合的，这倒是更像豪侠小说《昆仑奴》对磨勒排除重重困难、帮助主人崔生与勋臣之姬红绡结为夫妇的写法，所不同者在二人的义助方式——磨勒在"力"、古押衙在"智"。

最后，本篇成功塑造了古押衙的人物形象。本篇虽名曰《无双传》，但在实际叙述中主要围绕男主角王仙客展开故事情节，由于用较多篇幅叙述古押衙营救无双的经过，无意中反而将次要人物古押衙塑造成了经典形象。当古押衙得知王仙客意图后"一年未开口"，表明他是深思熟虑之后才答应帮助，这种踌躇正说明他是一个沉稳庄重、心思细密之人，也因此才有可能想到用诈死的方法把无双从重重宫禁中解救出来。《虞初志》对此评道："若于此容易承认，便只是一莽男子，如何干得大事！"救出无双之后，本已事成恩报，古押衙完全可以全身而退，但他为了避免泄露王刘二人行踪，不仅坑杀知情者塞鸿，亦自断头颅于仙客面前，甚或"冤死"十余人，用一种异乎寻常、近乎残忍的方式帮助王刘二人顺利逃脱。这种情节在给读者以强大的震撼的同时，也将古押衙的性格推向极致，让人读后印象深刻。借助本篇小说，古押衙的形象深入人心，北宋初期钱易曾说"古押牙（衙）者，富平人，有游侠之才，多奇计，往往通于宫禁"（《南部新书》卷一），说明唐代以后古押衙的奇闻异事已经在民间广为流传。

情节的曲折离奇、古押衙的经典形象以及王仙客对爱情的忠贞品格，都使得《无双传》在后来的讲唱文学、小说、戏曲中屡屡被改作，产生了广泛影响。如作为宋代说话底本的《绿窗新话》卷上有《王仙客得到无双》条，注云出《丽情集》。宋人罗烨的《醉翁谈录》癸集卷之一，收录《无双王仙客终谐》，较《绿窗新话》更为详尽。戏剧方面，《无双传》从宋代就被作为歌舞表演的题材。《丽情集》录有无名氏《无双歌》，秦观"调笑转踏"歌词中有一支专咏无双故事，元人吴莱作有《观唐薛调〈刘无双传〉戏作刘无双歌》(《渊颖吴先生文集》卷二)。在元代戏文中则有佚名《王仙客》和白寿《无双传》两种，皆有佚曲，存于明徐庆卿撰、钮少雅订的《汇纂元谱南曲九宫正始》。明代陆粲、陆采兄弟作《明珠记》传奇，故事略有增补，写无双的父亲未死，后来在赴成都时，在锦江中与王仙客的船相撞，于是遂得团圆，这显然只是一个传奇剧例有的大团圆结局。梁辰鱼因不满《明珠记》中王仙客和采苹相会的一折，重写单出南杂剧《无双补传》(《远山堂剧品》)。清人改作更多，如杨豆村传奇《无双传》、崔应阶传奇《双仙记》等，清初李渔曾改写《明珠记》第二十五出的"煎茶"，将塞鸿改为使女采苹(《闲情偶寄》卷二)。

本篇《太平广记》卷四八六引，题下注薛调撰。北宋张君房《丽情集》曾载本篇，《绿窗新话》卷上节引，题《王仙客得到无双》。《丽情集》又载《无双歌》。《片玉集》卷二《浪淘沙》注引《丽情集·无双歌》云："庭下梨花雪四垂。"卷六《诉衷情》注引《无双歌》云："红帘如水隔神仙，月清露冷隔茶烟。茶烟未灭帘中语，一寸深心暗与传。"未详歌为何人所作。《艳异编》卷二三收《无双传》，不题撰人；《虞初志》卷四亦收，题裴铏说撰，误。又，《新编分门古今类事》卷一六、《绿窗女史》、重编《说郛》等亦收本篇，均取之《广记》。《宝文堂书目》《百川书志》曾著录单行本。此据李时人编校《全唐五代小说》(中华书局，2014年修订版）卷五七校录。

[注释]

①外氏：母亲的娘家。　②狎：亲近。　③郎子：本为对他人之子或英俊少年的美称。《南史·虞寄传》："寄字次安，少聪敏。年数岁，客有造其父，遇寄于门，嘲曰：'郎子姓虞，必当无智。'寄应声曰：'文字不辨，岂得非愚！'"唐人称女婿为"郎子"。　④颐养：保养、将息。颐，本来指面颊，吃东西时面颊要运动，所以《易经》的颐卦解为自养的卦象。　⑤自挠：自找烦恼。挠，烦恼。　⑥不瘥：不愈。　⑦襄邓：襄州和邓州一带。襄州，西魏置，故治即今湖北襄阳；邓州，治在今河南邓州。　⑧服阕（què）：三年守孝期满。古代礼教规定，父母之丧要穿三年丧服，三年服满称"服阕"。　⑨孤子：孤单。　⑩饰装：整理行装。　⑪租庸使：玄宗时置，全称"勾当租庸地税使"，负责全国税收事务。唐代曾实施"租庸调"的税收制：征收的谷物称"租"；丝绢、绵、麻等称"调"，义务劳役称"庸"。租庸使一般都由尚书省户部的负责长官尚书或侍郎兼任，故此称"尚书租庸使"。建中时实已废租庸调法，改行两税法，但官名仍沿旧称。　⑫门馆：接待宾客的馆舍。赫奕：富丽堂皇。　⑬冠盖：代指高官。冠，朝冠；盖，车盖。　⑭弟子为伍：与刘震的子弟在一起。　⑮分：情分。　⑯鬻囊橐：卖掉行李箱子。　⑰得钱数百万：唐代以铜线为货币的基本单位。据李翱元和末年《改税法疏》称："建中元年，初定两税……当时绢一匹为钱四千，米一斗为钱二百。"　⑱左右给（jǐ）使：身边亲近的侍从、使女。　⑲遗（wèi）：赠送礼物。　⑳诸表：此泛指外家的亲戚。表，表亲。　㉑犀：犀牛角。　㉒娘子：婢女对夫人的尊称。亲情事：亲事。阿郎：婢女称呼自家老爷，此称刘震。　㉓模样云云，恐是参差（cēn cī）：看样子，恐怕事情有差错。参

差,差池,差错。 ㉔至日初出,忽然走马入宅:唐制,早朝在五更天未明时,百官都集于朝门等待上朝。日初出时,应是早朝刚开始的时候,此时如果不是有特殊的事情,作为大臣的刘震是不应该回家的。 ㉕泾原兵士反,姚令言领兵入含元殿:此言德宗时的朱泚之乱。泾原,泾州和原州,唐泾州即今甘肃东部泾川地,原州地当今甘肃平凉西,六盘山一带。唐置"泾原节度使",屯重兵以备西北边,为唐四重镇之一。姚令言,河中人,先为泾原节度使马璘部使,建中元年(780),以泾州牙前兵马使任泾原节度使。建中三年(782)淮宁军节度使李希烈拥兵据许州(今河南许昌)叛唐,次年朝廷诏诸道兵马讨伐李希烈。姚令言率泾原兵参与讨伐,十月领兵过长安。泾原兵以赏薄为由大掠长安,攻进宫廷,德宗李适仓促出奔奉天(今陕西乾县)。姚令言据宫廷,拥立当时住在长安的太尉朱泚为帝,朱泚任姚令言为侍中,关内元帅。兴元元年(784),朱泚败死,姚令言亦被泾原士卒杀死。含元殿,唐代大明宫的正殿之一,正对丹凤门。 ㉖苑北门:唐代宫城的北面有一块备皇帝狩猎的区域,称禁苑。苑北门,即禁苑的北门。因为乱兵从南面正门攻进宫门,所以德宗只好从后门出奔。 ㉗行在:古代皇帝离开都城所住的地方称"行在"。这里指奉天。 ㉘勾当:料理,安排。 ㉙开远门:唐代长安西面靠北的城门。 ㉚深隙店:隐蔽的、不显眼的旅店。 ㉛启夏门:唐代长安南面靠东的城门。 ㉜扃锁:关门上锁。 ㉝目断:久望不见。 ㉞白梧:白色的大木棒。梧,同"棒"。 ㉟朱太尉已作天子:朱太尉指朱泚。朱泚,唐幽州昌平人,曾为卢龙节度使李怀仙部将,大历七年(772)为卢龙节度使,九年入朝,德宗即位,封遂宁郡王,以太尉领泾原节度使。建中三年(782)朱泚弟朱滔叛唐,泚被召回长安并受监视。次年姚令言领泾原兵入长安,德宗出逃,姚迎朱泚入宫。入宫次日朱泚自称权知六军,第四天下令禁朝官出长安城门，第七天，自称大秦皇帝。第二年（兴元元年，784）朱泚改国号汉，六月，唐将李晟收复长安，朱泚败走彭原，为其部将所杀。　㊱重戴：在襄头巾上复戴一冠。这是唐代普通人的打扮。㊲门司：守城门的官吏。　㊳斩斫使：指朱泚诛杀唐宗室及大臣的使者。史载，朱泚称帝后"杀郡王、王子、王孙凡七十七人"，又"诛朝士之窜匿者，以胁其余"（见《资治通鉴》卷二二八）。　㊴辎骑：辎重、驮马。㊵克复：兴元元年（784）唐将李晟收复长安，德宗还朝。　㊶新昌南街：为刚进长安东门（临延兴门）的大街，因靠近新昌里而得名。自襄阳入长安，正应进东门。　㊷家生：古代卖身奴婢所生的子女称"家生奴"或"家生婢"，仍为奴婢身份。　㊸兴化宅：在兴化里的房子。唐代长安兴化里在皇城南面。　㊹从良：古代奴仆通过某种途径赎身，摆脱对主人的人身依附关系，恢复一般人的身份，称"从良"。　㊺客户：指塞鸿从良后客居长安之家。　㊻受伪命官：指在朱泚之乱中，当了朱泚任命的官。　㊼已入掖庭：即没入宫中为宫婢。掖庭，指宫廷中的偏屋，宫女所居。唐制，大臣犯罪被抄家籍没者，妻女皆没入宫廷为宫婢。　㊽刺谒：写了名帖去谒见。刺，名帖。　㊾从侄：本家侄子。王仙客和王遂中同姓，年辈较晚，故称侄。唐人重门族，同族的关系很被重视。　㊿李齐运：唐宗室，德宗兴元元年（784）收复长安，以齐运为京兆尹，官至礼部尚书，卒赠尚书左仆射。　㉛齐运以仙客前衔，为富平县尹，知长乐驿：李齐运根据仙客以前的官衔，任命其为富平县尹，（临时）主管长乐驿的驿务。前衔，原官的官衔。唐王谠《唐语林》卷八："官衔之名，盖兴近代。当时选曹补授，须存资历，闻奏之时，先具旧官名品于前，次书拟官于后，使新旧相衔不断，故曰官衔。"富平，今陕西富平，唐时直属京兆府。县尹，即县令。长乐驿，长安附近的驿站。唐代的驿站为官办，负责供应因公过往的官吏的马匹,并招待食宿。 �52中使:由宫廷派出的使臣,皆由宦官担任。内家:唐人熟语,称宫人为"内家"。园陵:皇帝的墓园。此当指元陵,德宗父代宗葬富平檀山。富平在长安北,去富平要经过长乐驿。 �53衣冠子女:官宦人家子女。 �54便及:正好挑上。 �55无暂舍去:一忽儿也不要离开。暂,一忽儿。 �56争:怎。唐人熟语。 �57阁子:房间里面用木板等物隔出来的地方。 �58中恶:谓人被恶气所中而致病,一般指突然发作的晕厥、呕吐等症状。 �59渭桥:渭河上的桥。渭河流经长安北面。 �60茹恨:含恨,饮恨。 �61敕使:传宣皇帝敕命(圣旨)的宦官。押衙:本为官吏名,管领仪仗、侍卫的武职人员。宋钱易《南部新书》云:"古押牙(衙)者,富平人,有游侠之才,多奇计,往往通于宫禁。"钱书多记逸闻,古押衙当时似已诵在人口,可能实有其人。 �62申府:备公文向京兆府申请。 �63请解驿务归本官:请求解除主管长乐驿的差使,回任富平县尹的本职。 �64造谒:登门拜访。 �65秩满:任期届满。 �66竭分(fèn):对我的情分深厚得无以复加。 �67茅山使者:派到茅山去的人。茅山,在今江苏句容市东南。 �68高品:品秩很高的大官。 �69篼(dōu)子:竹制小轿。 �70绝:气绝。 �71比:近时,近日。 �72逆党:逆臣的亲属。指无双父刘震降朱泚事。 �73百缣:百匹缣。双经双纬的丝织物。 �74道路邮传:这里指所经过的道路上的驿站。邮传,即驿站。 �75舁(yú)篼人:抬竹轿子的人。舁,抬。 �76处置:如上文"处置园陵宫人"的用法。指杀死。 �77檐子:轿夫。檐,通"担"。唐人称肩舆(轿子)为"担子",是妇女常用的交通工具,通常两人肩抬。 �78挈(qiè):携带。 �79浪迹:远远地躲开,流浪。 �80历西蜀下峡:谓王仙客和无双迁居西蜀之后,再下三峡出川。西蜀,指四川,因在中国西部,故称。峡,三峡,一般指瞿塘峡、巫峡、西陵峡，在长江上游，四川、湖北省交界一带，夹江危峙，北魏郦道元《水经注》载其绵延长七百里。　㉛渚（zhǔ）宫：本为春秋时楚成王所建的宫殿，在郢都（今江陵）之南。这里指湖北江陵。　㉜耗：消息。　㉝契阔：长久的别离。　㉞籍没：编成簿籍，按册没收，即抄家。这里指无双被抄家并没入宫廷为宫婢。

红 线

袁 郊

红线，潞州节度使薛嵩家青衣①，善弹阮咸②，又通经史。嵩遣掌笺表③，号曰"内记室"④。时军中大宴，红线谓嵩曰："羯鼓之音颇悲⑤，调其声者必有事也。"嵩亦明晓音律，曰："如女所言⑥。"乃召而问之。云："某妻昨夜亡，不敢乞假。"嵩遽遣放归⑦。

时至德之后，两河未宁⑧，初置昭义军⑨，以釜阳为镇⑩，命嵩固守，控压山东⑪。杀伤之余，军府草创⑫。朝廷复遣嵩女嫁魏博节度使田承嗣男⑬，又遣嵩男娶滑毫节度使令狐彰女⑭。三镇互为姻娅⑮，人使日浃往来⑯。时田承嗣尝患热毒风⑰，遇夏增剧。每曰："我若移镇山东，纳其凉冷，可缓数年之命。"乃募军中武勇十倍者得三千人⑱，号"外宅男"，而厚恤养之。常令三百人直州宅⑲。卜选良日，将并潞州⑳。

嵩闻之，日夜忧闷，咄咄自语，计无所出。时夜漏将传㉑，辕门已闭㉒，杖策庭除㉓，唯红线从行。红线曰："主自一月，不遑寝食㉔。意有所属㉕，岂非邻境乎？"嵩曰："事系安危，非尔能料。"红线曰："某虽贱品，然亦有解主忧者。"嵩闻其语异，乃曰："我知汝是异人，我暗昧也。"嵩乃具告其事曰："我承祖父遗业㉕，受国家厚恩，一旦失其土疆，即数百年勋伐尽矣㉗。"红线曰："易尔，不足劳主忧也。乞放某一到魏郡，看其形势，觇其有无㉘。今一更首途㉙，三更可以复命。请先定一走马㉚，兼具寒暄书㉛，其他即俟某却回也㉜。"嵩大惊曰："然事若不济，反速其祸，奈何？"红线曰："某之行，无不济者。"乃入闺房，饰其行具。梳乌蛮髻㉝，攒金凤钗㉞，衣紫绣短袍。系青丝轻履㉟，胸前佩龙文匕首，额上书太乙神名㊱。再拜而行，倏忽不见㊲。

嵩乃反身闭户，背烛危坐。常时饮酒数合㊳。是夕举觞㊴，十余不醉。忽闻晓角吟风㊵，一叶堕露㊶。惊而试问，即红线回矣。嵩喜而慰问曰："事谐否？"曰："不敢辱命。"又问曰："无伤杀否？"曰："不至是㊷。但取床头金合为信耳㊸。"红线曰："某子夜前三刻㊹，即到魏郡。凡历数门，遂及寝所。闻外宅男止于房廊㊺，睡声雷动。见军士卒，步于庭庑㊻，传呼风生㊼。某发其左扉，抵其寝帐。田亲家翁止于帐内，鼓跌酣瞑㊽。头枕文犀㊾，髻包黄縠㊿。枕前露囊㉛，一七星剑，剑前仰开一金盒，盒内书生身甲子与北斗神名㉜。复著名香及美珍，散覆其上。扬威玉帐㉝，但期心豁于生前㉞，同梦兰堂㉟，不觉命县于手下㊱。宁劳擒纵，只益伤嗟㊲。时则蜡炬光凝㊳，炉香烬煨㊴。侍人四布，兵器森罗。或头触屏风，鼾而韸者㊵；或手持巾拂，寝而伸者。某攀其簪珥㊶，縻其襦裳㊷，如病如昏，皆不能寤㊸。遂持金合。既出魏城西门，将行二百里。皆铜台高揭，而漳水东注，晨飙动静，斜月在林㊹。忧往喜还，顿忘于行役；感知酬德，聊副于心期㊺。所以夜漏三时㊻，往反七百余里。入危邦，经五六城，冀灭主忧，敢言其苦？"

嵩乃发使，遗承嗣书曰：

"昨夜有客从魏中来云：自元帅头边获一合，不敢留驻⑦，谨却封纳⑱。"

专使星驰⑲，夜半方到。见搜捕金合，一军忧疑。使者以马挝叩门⑩，非时请见⑪。承嗣遽出，乃以金合授之。奉承之时⑫，惊怛绝倒⑬。遂驻使者止于宅中，狎以宴私⑭，多其锡赉⑮。明日，遣使赍缯帛三万匹、名马二百匹，他物称是⑯，以献于嵩曰："某之首领，系在恩私⑰，便宜知过自新，不复更贻伊戚⑱。专膺指使⑲，敢议姻亲⑳。役当奉毂后车㉑，来则麾鞭前马㉒。所置纪纲仆㉓，号为外宅男者，本防他盗，亦非异图。今并脱其甲裳，放归田亩矣。"由是一两月内，河北、河南信使交至㉔。

忽一日，红线辞去。嵩曰："汝生我家，而今欲安往㉕？又方赖女，岂可议行？"红线曰："某前世本男子，学江湖间，读神农药书㉖，救世人灾患。时里有孕妇，忽患蛊症㉗。某以芫花酒下之㉘，妇人与腹中二子俱毙，是某一举杀其三人。阴功见诛㉙，降为女子。使身居贱隶，气禀贼星㉚。所幸生于公家，今十九年矣。使身厌罗绮㉛，口穷甘鲜。宠待有加，荣亦甚矣。况国家建极㉜，庆且无疆㉝。此辈背违天理㉞，当尽弭患㉟。昨往魏郡，以示报恩。两地保其城池，万人全其性命。使乱臣知惧，烈士安谋㊱。在某一妇人，功亦不小。固可赎其前罪，还其本身。便当遁迹尘中㊲，栖心物外㊳，澄清一气㊴，生死常存。"嵩曰："不然，遗尔千金为居山之所给。"红线曰："事关来世，安可预谋？"嵩知不可驻留，乃广为

饯别⁽¹⁰⁰⁾。悉集宾客,夜宴中堂。嵩以歌送红线酒,请坐客中冷朝阳为辞曰⁽¹⁰¹⁾:

"采菱歌怨木兰舟⁽¹⁰²⁾,送客魂消百尺楼。还似洛妃乘雾去⁽¹⁰³⁾,碧天无际水空流。"

歌毕,嵩不胜悲。红线反袂且泣⁽¹⁰⁴⁾,因伪醉离席,遂亡其所在。

[评析]

本篇作者袁郊,蔡州郎山人。宪宗宰相袁滋子。《新唐书》表七四记袁郊字之乾(或曰字之仪,误),曾官虢州刺史。《唐诗纪事》卷六五谓其"咸通时为祠部郎中"。其生平事迹多与其兄袁都相混淆,《新唐书·袁滋传》记袁郊翰林学士,又同书《艺文志》注袁郊字之仪,翰林学士,疑皆为袁都之误也。袁郊著述可信者唯《甘泽谣》。《直斋书录解题》记《甘泽谣》云:"所记凡九条,咸通戊子(九年,868)自序,以其春雨泽应,故有甘泽成谣之语,遂以名其书。"《全唐诗》收其佚诗四首。

本篇故事中的红线女,在节度使田承嗣蓄谋吞并薛嵩时,只身潜入"侍人四布,兵器森罗"的田氏寝帐,盗取"金合",阻止了一场蓄势待发的战乱。身为女奴,却充当豪侠,以一人之力,消弭灾祸。这种构思情节的大胆与新奇,既与作者不以身份论英雄的思想相关联,同时也反映了当时人们对处于藩镇割据、战乱频仍中的唐王朝已绝望,转而求助于侠义之士去主持正义、打抱不平、除恶扬善、恢复和平生活的普遍心理。因而,红线女不仅仅是单纯的出身卑贱、富有修养、武艺高强的侠女,其形象本身更具有浓重的时代色彩。红线女武艺精湛,人格超凡拔俗,确使故事充满浪漫色彩,然其不避艰危、知恩图报的行为尚未超出战国游侠之士的"士为知己者死"的精神境界。其前世为男身,今世以女身赎罪的轮回果报观念未免又使文章陷入荒诞不经的神秘之中，同时也透露出作者男尊女卑的庸陋观念，使得作品的价值大打折扣。

《红线》故事，宋以来文人多用为典故。宋代话本有《红线盗印》，见《醉翁谈录·小说开辟》所列的话本目中，归入"妖术"类。故事中红线所盗的"合"，变成了"印"。宋皇都风月主人编的话本故事集《绿窗新话》，收入此篇，题作《薛嵩重红线拨阮》，文字约略同唐人原著。在戏剧方面，明人梁辰鱼有《红线女》杂剧，后人又将此剧与梁辰鱼的《红绡记》（已佚）杂剧合并作《双红记》。在诗歌方面如清人乐钧作有《咏红线》诗（《青芝山馆诗集》）。

宋曾慥辑《类说》卷三六节题《歌妓红线》。《绀珠集》卷一一、《白孔六帖》卷二四节题《红线》。《姬侍类偶》卷上节题《红线掌笺》。《海录碎事》卷七下节题《内记室》。本篇今传本《甘泽谣》文与《太平广记》文略异。又，宋人《古今诗话》亦载红线事，前云："唐节度使薛嵩，有人献小鬟，十三岁，左右手俱有纹，隐若红线，因号为红线。"（《诗话总龟》前集卷四一引）《唐诗纪事》卷三〇载冷朝阳咏红线诗，亦云"手纹隐起如红线"。不见传本及《太平广记》，或本篇流传中文字阙失，或另有善本，不可知矣。

此据李时人编校《全唐五代小说》（中华书局，2014 年修订版）卷六二校录。

[注释]

①潞州节度使薛嵩：薛嵩（？—773），唐绛州万泉（在今山西万荣）人。唐太宗、高宗时大将薛仁贵孙。嵩父曾官范阳节度使，后罢官。安禄山的叛乱，嵩亦在军中，为邺郡节度使，守相州。宝应元年（762）降唐，诏为相州刺史，后以检校尚书右仆射领相、卫、洺、邢等州节度使，

军号"昭义"。在任感恩奉旨，累封高平郡王，卒赠太保。昭义军节度使后来驻潞州，所以这里从习惯称薛嵩为"潞州节度使"。潞州：唐郡名，也称上党郡，州所在今山西长治。宋计有功《唐诗纪事》卷三〇《冷朝阳》："潞州节度薛嵩，有青衣善弹阮咸琴。手纹隐起如红线，因以名之。"疑原文应有"手纹隐起如红线，因以名之"句。　②阮咸：古代乐器，类似"琵琶"，因系晋人阮咸所创制，故称"阮咸"，简称"阮"。《国史纂异》云："元行冲宾客为太常少卿时，有人于古墓中得铜物，似琵琶而身正圆，莫有识者。元视之曰：'此阮咸所造乐也。'乃令匠人改以木为，声清雅，今呼为阮咸者是也。"　③掌笺表：职掌文书（笺）、章奏（表）。　④内记室：记室，犹秘书。红线为家内婢女，故称"内记室"。　⑤羯（jié）鼓：羯族所常用的打击乐器，故名。羯鼓形制如漆桶，横置在座子上，两头都可以敲击，在唐代十分盛行，唐人有羯鼓乐曲。俱见唐南卓《羯鼓录》。　⑥女：汝，第二人称代词。　⑦遽：立即。　⑧至德之后，两河未宁：至德，唐肃宗李亨年号（756—758）。安禄山、史思明叛乱后，黄河以北大部地区被叛军占领。至德二年（757）九月郭子仪收复长安，十月收复洛阳。但史思明及安、史余部在河北、河中（今山西、陕西一带地区）仍保有强大势力，时降时叛。两河，指河中、河北。　⑨昭义军：薛嵩降唐后，代宗大历初年赐其军号"昭义"。　⑩以釜阳为镇：以釜阳作为节度使军府的所在地。釜阳，即滏阳，唐时磁州州治（即今河北磁县）。　⑪山东：这里所说的山东，指太行山以东，河北、山东及河南大部地区均包括在内。当时安、史余部在这些地区当节度使。薛嵩辖区正当唐代京畿区与山东之间，而且薛嵩比较靠拢唐皇室，所以唐王朝想依靠他来控制"山东"。　⑫军府：将帅的府署。《三国志·魏志·崔琰传》："涿郡孙礼，卢毓始入军府。"草创：刚刚开始建立。 ⑬魏博节度使田承嗣：田承嗣（705—779），卢龙（今河北卢龙）人，原为安禄山部将，与薛嵩等同时降唐，封贝、博、沧、瀛等州防御使，加同中书门下平章事、雁门郡王。赐其军号"天雄"，军府设魏州（今河北魏县），称魏博（博州）节度使。后薛嵩死后，他又兼并相、磁、卫、洺等州。朝廷于大历十年（775）发兵征讨，不久罢兵。田承嗣的子孙，割据其地一直到宪宗元和十五年（820）。唐朝廷所以使薛嵩女嫁田承嗣之子，是为使他们互相牵制。 ⑭滑亳节度使令狐彰：滑亳节度使，即滑、亳、魏、博节度使，军府设滑州。魏、博二州实际上在田承嗣统辖下，令狐彰的地盘是不大的。令狐彰，富平（今陕西富平）人，也是安、史余部，降唐后封滑、亳、魏、博节度使，御史大夫，霍国公。令狐彰和薛嵩都是比较靠拢唐中央的，所以唐朝廷企图通过他们来牵制田承嗣。 ⑮姻娅：或作"姻亚"。《左传·昭公二十五年》注："婿父曰姻，两婿相谓曰亚。"后用作姻亲的通称。 ⑯日浃（jiā）往来：来往很频繁。古代以干支记日，自甲日至癸日十天，叫作"浃日"。浃，一周。 ⑰热毒风：中医病名。由感受湿热和风邪致病。 ⑱募军中武勇十倍者得三千人：《新唐书·田承嗣传》称承嗣任魏博节度使时"不数年，有众十万。又择趫秀强力者万人，号牙兵"。这里的记述是有一些历史影子的。 ⑲直：值班，守卫。 ⑳并：此处指吞并。 ㉑夜漏将传：言夜间将开始报更、点的时候，即黄昏以后。漏，古代一种计时器，即"铜壶滴漏"，一昼夜为百刻。夜间起更以后，每一更，每一刻都敲击一种梆子以报时，叫作"传点"。 ㉒辕门：古代帝王出行在外停宿，以车为藩篱，以车辕相向为门，称为辕门。行军驻扎地也仿此立辕门，后世官署外门也泛称为辕门。 ㉓杖策庭除：拄着拐杖在院里走来走去。杖，此用作动词，犹"拄着"。策，拐杖。庭除，阶前院子里。除，阶。 ㉔不遑：无暇，没有闲暇。这里指没有心思。《诗经·小雅·四牡》："王事靡盬,不遑启处。"　㉕意有所属(zhǔ):心里有事。所属,这里犹"所注意的事情"。　㉖我承祖父遗业:薛嵩祖父薛仁贵,为唐太宗、高宗时大将,封平阳郡公;伯父薛讷为玄宗时大将,官至朔方行军大总管;父薛楚玉,开元年间官范阳节度使。　㉗勋伐:功绩。《史记·高祖功臣侯者年表序》:"太史公曰:'古者人臣功有五品,以德立宗庙定社稷曰勋;以言曰劳;用力曰功;明其等曰伐,积日曰阅。'"因以"勋伐"通称功绩。晋葛洪《抱朴子·逸民》:"凡所谓志人者,不必在乎禄位,不必显乎勋伐也。"　㉘觇:窥探。　㉙首途:启程。　㉚走马:能飞骑来去的送信人。走,古文里本作"跑"的意思讲。　㉛寒暄书:问候信。　㉜却回:返回。　㉝乌蛮髻:乌蛮为唐时居住在云南东南部一带的少数民族。唐樊绰《蛮书》卷四云:"施蛮,本乌蛮种族也……妇人从顶横分其发,当额并顶后各为一髻。"乌蛮髻,大约即是这种分发为两髻的发式。　㉞攒(zǎn)金凤钗:用金凤钗别住发髻。攒,原义为簇聚,这里是说插钗以簇发。　㉟屦(jù):鞋子。　㊱太乙神:道教神,亦作"太一"。《史记·封禅书》索隐引汉宋均云:"太一,北极神之别名。"按《楚辞·九歌》有《东皇太一》篇,注云:"天之尊神。"原为古代我国南方崇奉的天帝神。额上写神名,表示请这位神来"护身"。　㊲倏忽:很快地,忽然。　㊳合(gě):计量单位,十合为一升。　㊴举觞(shāng):举杯。　㊵晓角吟风:军中黎明的号角在风中开始吹响。　㊶一叶坠露:好像一片叶子上掉下一滴露水。此形容红线从空中回来动作之轻。　㊷不至是:不致如此。　㊸金合:金盒。合,同"盒",下同。信:证据。这里意指有去过田承嗣床头的证据,暗示薛嵩有能力派人去刺杀田承嗣。　㊹子夜前三刻:约当十一点四十分左右。古人计时法,分一昼夜为子、丑、寅、卯等十二个时辰，十二个时辰共为一百刻，一个时辰约八刻多一点。 ㊺止：休息。 ㊻庭庑：堂下四周的廊屋。 ㊼传呼风生：古代夜间守卫的士卒，要传呼口令。风生，形容传呼的威势。 ㊽鼓趺（fū）：一只脚架在另一只脚上，犹言“交叉着脚”。鼓，《说文》：“鼓，郭也。”南唐徐锴注：“郭者，覆冒之意。”趺，同“跗”，足背。瞑：同“眠”。 ㊾文犀：谓有花纹的犀牛皮枕头。古人枕头，多用坚质的东西制成，如“瓷枕”“漆枕”。“犀枕”是最贵重的。 ㊿髻包黄縠：发髻上包着绉纱。古时男子蓄发，于头顶绾髻，睡时去冠，即以纱、绢之类包头。 (51)橐：盛物的口袋。《诗经·大雅·公刘》：“迺裹糇粮，于橐于囊。”《毛传》：“小曰橐，大曰囊。” (52)生身甲子：即年庚八字。北斗神：道教以为北斗主管人的生死。把年庚八字和北斗神名写在一起，带在身上，犹“护身符”，以为可得神佑。 (53)玉帐：古代有一种军事巫术叫“玉帐术”，用之推算将帅的帐幕应设置的方位，以为按此方位安设，就像玉一样的坚不可破，后人因称主帅所居之地为“玉帐”。 (54)但期心豁于生前：只求在生前心情痛快（随心所欲）。 (55)兰堂：内室。 (56)县：悬。 (57)宁劳擒纵，只益伤嗟：哪里用得着费事打仗来俘虏你，只是为其感到悲叹而已。宁，哪里；擒纵，偏义复词，犹擒。 (58)蜡炬光凝：烛光暗淡。蜡烛不断燃烧凝结成烛花而光亮减弱。 (59)炉香烬煨：炉里的香也已烧成灰烬。 (60)鼾（hān）而亸（duǒ）：垂着脑袋打呼。亸，低垂。 (61)珥：耳饰，耳环之类。 (62)縻（mí）其襦裳：把他们的衣裙系在一起。縻，系；襦，短袄；裳，裙。 (63)寤：醒。 (64)铜台高揭：铜雀台高耸地矗立着。铜台，铜雀台，曹操于东汉建安十五年（210）所建，故址在今河北临漳县西，正当釜阳（薛嵩驻地）与魏州（田承嗣驻地）之间。漳水东注：漳水即漳河。上游清漳河、浊漳河皆发源于山西省东部，流至河北、河南两省与山西交界处合流,称漳河,东流经河北临漳县注入卫河。晨飙(biāo):早晨的大风。斜月:西斜的落月。自"铜台高揭"以下四句,写途中所见,视野辽阔,给人以一种在空中飞行的感受。 ⑥⑤聊副于心期:总算达成了心里的愿望。 ⑥⑥夜漏三时:夜里的更漏过了三个时辰。古代分一天为十二个时辰,每个时辰相当于两小时。 ⑥⑦留驻:留住。 ⑥⑧却:送还。封纳:封好交上。 ⑥⑨星驰:连夜赶去。 ⑦⑩马挝(zhuā):马鞭。 ⑦⑪非时请见:不按见客的时间请求见(田承嗣)。 ⑦⑫奉承之时:奉送、馈赠之际。 ⑦⑬惊怛(dá)绝倒:惊骇得几乎要扑倒在地上。怛,惊愕的意思。 ⑦⑭狎以宴私:即"狎之以私宴"。谓举行私宴表示亲近。 ⑦⑮锡赉(lài):赏赐。 ⑦⑯他物称是:别的礼物也和上文的缯帛、名马价值相当。 ⑦⑰某之首领,系在恩私:我的脑袋全靠您的恩情(才得保住)。 ⑦⑱不复更贻伊戚:不再自找苦恼。成语有"自贻伊戚",语出《诗经·小雅·小明》:"心之忧矣,自贻伊戚。"贻,送、给;伊,语助词,无义;戚,忧愁、苦恼。 ⑦⑲专膺(yīng)指使:一心一意接受您的指挥差遣。膺,受。 ⑧⑩敢议姻亲:哪里敢以姻亲的平等地位自居。 ⑧⑪役当奉毂(gǔ)后车:有事差遣就跟在车子后面侍奉。役,差遣;奉,捧;毂,轮轴。奉毂,犹言推轮,表示仆从的意思。 ⑧⑫来则麾鞭前马:假如来我这里,就在马前,做您的前驱。按古代贵官当行,例由部下或仆役做前驱。 ⑧⑬纪纲仆:即管家的仆人。《左传·僖公二十四年》载秦穆公派兵护送晋文公重耳回国的事,"秦伯送卫于晋三千人,实纪纲之仆"。注谓:"诸门户仆隶之事,皆秦卒共之,为之纪纲。"后人因称仆人为"纪纲之仆"。纪纲,原为法纪、纲领之意,引申作管理、总管的意思。 ⑧⑭河北、河南:按薛嵩(泽、潞)驻地,唐时属河东及河北两道。田承嗣辖区则属河北道(魏博方镇为河朔三镇之一),都不在黄河以南。这里,河北当指田承嗣方面。河南或指宣武节度使，但与本文故事无关。或即以薛嵩驻地为"河南"，则与史实不合，或系"河东"之误，待考。　⑧安往：何往。　⑧学神农药书：谓学医。传说中上古帝王神农氏，曾尝百草，是中药的发明人。中药药书最早有《神农本草经》，载药物三百六十五种，大约在汉代编成，今已佚。　㊗蛊（gǔ）症：即蛊胀、鼓胀。中医病名，一种由于脾胃虚弱，不能运化而致腹中结成硬块的病。蛊，原义是一种毒虫，人中蛊毒，即腹中胀满而病，所以称腹胀的病叫"蛊症"。腹中结硬块，叫"症"。　⑧芫（yuán）花酒：用芫花为主药制成的药酒。芫花是一种落叶灌木的花，紫色，管状，有毒，入中药。功能利血脉、行水，主治心腹胀满等症，但超过剂量就会使病人中毒。　⑧阴功：迷信的人指在人间所做而在阴间可以记功的好事。唐吴筠《游仙》诗之五："岂非阴功著，乃致白日升。"　⑨气禀贼星：古人认为有些特殊的人都上应星宿。这里因红线盗金盒，故取"贼"义，说"气禀贼星"。气，气质。禀，禀受。贼星，妖星，彗星。《吕氏春秋·明理》："有天干，有贼星，有斗星，有宾星。"　㉑厌：同"餍"，满足的意思。　㉒国家建极：此为唐朝建国的意思。极，北极星，古人常用作帝位的代称。建极即"建皇帝位"，犹言"立国"。　㉓庆且无疆：谓正洪福无边。庆，福；且，将；疆，边界。　㉔此辈：指田承嗣之流拥兵独立者。　㉕弭患：消灭灾患。这里指消除田承嗣所掀起的兵祸。　㉖烈士安谋：使武士们放下图谋作乱的念头。烈士，这里指武勇之士，谓当时这些军阀部下的兵将。　㉗遁迹尘中：犹言避世。从人世脱身，离开人世。　㉘栖心物外：把自己的心思归宿到尘世事物以外的"清静境界"中去。即是说去除俗念。　㉙澄清：谓摒除杂念。一气：使气归于一，"一"用作动词。道家认为静心炼气，可以长生不死。给：给用，生活费。　⑩广为饯别：大规模地为其饯行。　⑩冷朝阳：辛文房《唐才子传》云：朝阳，金陵人，大历四年（769）进士及第，不待调官而归。在当时极负才名。　⑩②采菱歌怨木兰舟：采菱，指《采菱曲》。古乐府《江南弄》的七曲之一，梁武帝制曲辞。木兰，一种高丈余的落叶乔木，即紫玉兰树，花紫色而芬芳。以木兰为舟，取其芬芳。《述异记》云："木兰川在浔阳江中，多木兰树……七里洲中有鲁班刻木兰为舟。"古人习惯，常于开船启行时作乐，歌唱送别。这句正写这种惜别的境界，因为红线是女子，所以用"采菱歌"的典故。　⑩③洛妃：洛水女神宓妃。传说洛水女神是伏羲氏的女儿，名叫宓妃。三国魏曹植曾作《洛神赋》，叙述他梦见洛水女神的事，形容洛神云："翩若惊鸿，婉若游龙。"这里借洛神以形容红线。　⑩④反袂：用衣袖拭泪。

聂 隐 娘

裴 铏

聂隐娘者，唐贞元中魏博大将聂锋之女也①。年方十岁。有尼乞食于锋舍，见隐娘，悦之，云："问押衙乞取此女教②。"锋大怒叱尼，尼曰："任押衙铁柜中盛，亦须偷去矣。"及夜，果失隐娘所向③。锋大惊骇，令人搜寻，曾无影响④。父母每思之，相对涕泣而已。

后五年，尼送隐娘归，告锋曰："教已成矣，子却领取。"尼欻亦不见。一家悲喜，问其所学。曰："初但读经念咒，余无他也。"锋不信，恳诘。隐娘曰："真说又恐不信，如何？"锋曰："但真说之。"曰："隐娘初被尼挈，不知行几里，及明，至大石穴之嵌空⑤，数十步寂无居人，猿猱极多⑥，松罗益邃⑦。已有二女，亦各十岁，皆聪明婉丽⑧，不食，能于峭壁上飞走，若捷猱登木⑨，无有蹶失⑩。尼与我药一粒，兼令长执宝剑一口，长二尺许，锋利吹毛⑪，令剸逐二女攀缘⑫，渐觉身轻如风。一年后，刺猿猱，百无一失。后刺虎豹，皆决其首而归。三年后，能飞，使刺鹰隼⑬，无不中。剑之刃渐减五寸，飞禽遇之，不知其来也。至四年，留二女守穴，挈我于都市，不知何处也。指其人者，一一数其过，曰：

'为我刺其首来，无使知觉，定其胆⑭，若飞鸟之容易也。'受以羊角匕首，刃广三寸，遂白日刺其人于都市，人莫能见。以首入囊，返主人舍，以药化之为水。五年，又曰：'某大僚有罪⑮，无故害人若干，夜可入其室，决其首来。'又携匕首入室，度其门隙，无有障碍，伏之梁上，至瞑，持得其首而归。尼大怒曰：'何太晚如是？'某云：'见前人戏弄一儿可爱，未忍便下手。'尼叱曰：'已后遇此辈，先断其所爱，然后决之。'某拜谢。尼曰：'吾为汝开脑后，藏匕首而无所伤，用即抽之。'曰：'汝术已成，可归家。'遂送还。云：'后二十年，方可一见。'"锋闻语，甚惧。后遇夜即失踪，及明而返。锋已不敢诘之，因兹亦不甚怜爱。

忽值磨镜少年及门⑯，女曰："此人可与我为夫。"白父，父不敢不从，遂嫁之。其夫但能淬镜⑰，余无他能。父乃给衣食甚丰，外室而居。数年后，父卒。魏帅稍知其异⑱，遂以金帛署为左右吏⑲，如此又数年。

至元和间，魏帅与陈许节度使刘昌裔不协⑳，使隐娘贼其首㉑。隐娘辞帅之许㉒。刘能神算，已知其来，召衙将，令："来日早，至城北候一丈夫、一女子。各跨白黑卫㉓，至门，遇有鹊前噪，丈夫以弓弹之不中，妻夺夫弹，一丸而毙鹊者，揖之，云：'吾欲相见，故远相祗迎也。'"衙将受约束㉔，遇之。隐娘夫妻曰："刘仆射果神人㉕，不然者，何以洞吾也㉖？愿见刘公。"刘劳之㉗，隐娘夫妻拜曰："合负仆射，万死㉘。"刘曰："不然，各亲其主，人之常事。魏今与许何异，顾请留此，勿相疑也。"隐娘谢曰："仆射左右无人，愿舍彼而就此，服公神明也。"知魏帅之不及刘。刘问其所须，曰："每日只要钱二百文足矣。"乃依所请。忽不见二卫所之，刘使人寻之，不知所向。后潜收布囊中㉙，见二纸卫，一黑一白。

后月余，白刘曰："彼未知住㉚，必使人继至。今宵请剪发，系之以红绡㉛，送于魏帅枕前，以表不回。"刘听之。至四更，却返，曰："送其信了，后夜必使精精儿来杀某及贼仆射之首，此时亦万计杀之，乞不忧耳。"刘豁达大度，亦无畏色。是夜明烛，半宵之后，果有二幡子㉜，一红一白，飘飘然如相击于床四隅。良久，见一人自空而踣㉝，身首异处。隐娘亦出曰："精精儿已毙。"拽出于堂之下，以药化为水，毛发不存矣。隐娘曰："后夜当使妙手空空儿继至。空空儿之神术，人莫能窥其用，鬼莫得蹑其踪㉞，能从空虚之入冥㉟，善无形而灭影。隐娘之艺，故不能造其境。此即系仆射之福耳㊱。但以于阗玉周其颈㊲，拥以衾，隐娘当化为蠛蠓㊳，潜入仆射肠中听伺，其余无逃避处。"刘如言。至三更，瞑目未熟，果闻项上铿然声甚厉。隐娘自刘口中跃出，贺曰："仆射无患矣！此人如俊鹘㊴，一抟不中㊵，即翩然远逝，耻其不中。才未逾一更，已千里矣。"后视其玉，果有匕首划处，痕逾数分。自此刘转厚礼之。

自元和八年㊶，刘自许入觐㊷，隐娘不愿从焉，云："自此寻山水，访至人㊸。"但乞一虚给与其夫㊹。刘如约，后渐不知所之。及刘薨于统军㊺，隐娘亦鞭驴而一至京师柩前，恸哭而去。

开成年㊻，昌裔子纵除陵州刺史㊼，至蜀栈道㊽，遇隐娘，貌若当时。甚喜相见，依前跨白卫如故。语纵曰："郎君大灾，不合适此㊾。"出药一粒，令纵吞之，云："来年火急抛官归洛，方脱此祸，吾药力只保一年患耳。"纵亦不甚信，遗其缯彩㊿，隐娘一无所受，但沉醉而去。后一年，纵不休官，果卒于陵州，自此无复有人见隐娘矣。

[评析]

本篇作者裴铏，号谷神子。《崇文总目》《新唐书·艺文志》小说家类著录《传奇》，俱作裴铏撰。《新唐志》注云"高骈从事"。《云笈七签》卷八八载《道生旨》，题"谷神子裴铏述"，据其辞，知其早年曾隐于钟陵郡西山，道号谷神子。《全唐文》卷八〇五收裴铏《天威径新凿海派碑》，作于咸通九年（868）九月，小传云："咸通中为静海军节度高骈掌书记，加侍御史内供奉。"当据原碑题署。《唐诗纪事》卷六七记其乾符五年（878）以御史大夫为成都节度副使，作《石室诗》。其任成都节度副使当在乾符五年前。《宝刻类编》卷六著录其所撰《惠廉禅师重修净众寺碑》，当亦作于乾符五年前。盖因五年正月高骈由西川节度使改任荆南节度使离开成都，继任者崔安潜诛杀高骈亲信，裴铏或改他任，或随骈离蜀，不可能留职成都。

本篇与《红线》《昆仑奴》是唐人侠义小说中最受人们欢迎的三大名篇。比较而言，本篇更为奇诡荒诞。然从隐娘身为将门之女，忽遭老尼窃掠，归后不仅熟谙剑法，而且精通变幻之术，又卷入藩镇争斗的传奇经历中，我们不难看出中唐时期藩镇割据、嚣张跋扈、争权夺利、私养剑客、仇杀异己的社会现实。纵使剑侠武艺高超，深通变幻之术，对于罪行累累的大官僚，可以夜决其首，成为名声显赫的英雄，然究其行为实质，不过充当了藩镇发泄私愤的杀人工具而已。

从本篇对陈许节度使刘昌裔持肯定的态度，可以看出作者心中自有褒贬。刘昌裔生平见《旧唐书·刘昌裔列传》及《旧唐书·德宗纪》。在军阀中他算是一个听命朝廷、安守本分的人。魏博节度使没有点名，只称"魏帅"，从时代上来推算，"魏帅"当指田弘正。田家从田承嗣开始，四世相传统治魏博近六十年。田氏家族都是拥兵自重、残民以逞的土皇帝，田弘正在军队哗变中被杀。小说在叙述中没有点明两家的是非顺逆，但从聂隐娘弃魏帅而就刘昌裔，表面看似乎出于对刘"神明"的佩服，实际上则是隐含了作者的政治态度。只是由于作者本人也是藩镇中的一个成员，这些事情他不宜作出过于明显的评判，只能对政治色彩予以淡化处理。

为本篇故事增添亮色的情节应属隐娘作为将军之女而能主动选择一个贫贱的磨镜郎作为终身伴侣，侠女的这一行为所传达的意旨远非作者为表现其超凡拔俗、不同世人的精神境界所能概括。从唐代森严的门阀制度考察，这种行为无疑表现了作者在一定程度上意欲突破门阀观念束缚的思想。

本篇对剑侠的武功描写极为夸张，并富有神秘色彩。如隐娘深谙剑术，能于缝隙入室，以药化人成水，能开后脑为穴藏匕首，来去无踪，助刘昌裔毙杀精精儿，避妙手空空儿之术，化蠛虫入人之腹，等等。这些奇特的想象不仅对后世的侠义小说产生了影响，而且被神魔小说所仿效。据宋罗烨《醉翁谈录》载，宋人有《西山聂隐娘》话本，明凌濛初《初刻拍案惊奇》卷四《程元玉店肆代偿钱，十一娘云冈纵为谭侠》取此内容为引子，清尤侗《黑白卫》杂剧据此篇改编。

明人辑袁郊小说集《甘泽谣》中有本篇。据清初周亮工《书影》卷一，今本《甘泽谣》系明人自《太平广记》中抄出。然核之《太平广记》，其卷一九四引本篇，明注出《传奇》，又北宋佚名《渔樵闲话》（旧题苏轼撰）上篇云："裴铏《传奇》尝记一事甚怪者……"下述本篇故事。因知本篇确应为裴铏小说集《传奇》中之一篇。明人从《太平广记》中辑本篇入袁郊《甘泽谣》，实为凑九篇之数，以符袁书之旧，非确实也。此据李时人编校《全唐五代小说》（中华书局，2014年修订版）卷六四校录。

[注释]

①魏博：唐代方镇，魏（州）博（州）节度使军府的简称，广德元年（763）为收降安禄山叛军余众而设的河北三镇之一，治在魏州（今河北大名东北）。辖境屡有变动，较长期领有魏、博、贝、卫、澶、相六州，跨今河北、山东、河南广大地区。首任魏博节度使为田承嗣，卢龙（今属河北）人，为降唐的安禄山部将。他和其子田绪、孙田季安等曾割据这一带直到宪宗元和十五年（820）。朝廷曾于大历十年（775）发兵征讨，无功而罢。　②押衙：管领仪仗侍卫的武官，这里用作对武官的敬称。③向：去向。　④曾无影响：没有一点消息。　⑤大石穴之嵌空：大石洞。嵌空，形容玲珑幽峭之貌。唐杜甫《铁堂峡》诗："修纤无垠竹，嵌空太始雪。"清仇占鳌注："嵌空，玲珑貌。"　⑥猿狖（yòu）：指猿猴一类。狖，长尾猿，战国楚屈原《九歌·山鬼》："雷填填兮雨冥冥，猿啾啾兮狖夜鸣。"　⑦松萝：地衣类植物，常寄生松树上，丝状，蔓延下垂。⑧婉丽：秀美，柔美。　⑨猱（náo）：猿类兽名。《尔雅·释兽》："猱，猿，善援。"　⑩蹶（jué）：倒，颠仆。　⑪锋利吹毛：锋利到"吹毛可断"。　⑫剸：同"专"。　⑬隼（sǔn）：鸟名，凶猛善飞。　⑭定其胆：安定自己的胆量，即"放大胆"。　⑮大僚：大官。　⑯磨镜少年：古代以青铜铸镜，日久镜面昏暗，必须磨光才能使用，故有专门磨镜的工匠。⑰淬（cuì）镜：磨镜的一道工序，此指磨镜技术。　⑱魏帅：指魏博

节度使。⑲署为左右吏：任命聂隐娘夫妇为随从左右的军吏（侍卫）。⑳陈许节度使刘昌裔：陈，陈州，州治在今河南淮阳县，辖今河南东部一带；许，许州，州治在今河南许昌市，辖今河南南部一带。刘昌裔，字光后，太原阳曲人，原为陈州刺史，原陈许节度使上官说死后，军中推他继任陈许节度使，诏封检校工部尚书。㉑贼其首：取他的脑袋。㉒之许：去许州。陈许军府，史称在陈州，或此时驻许州。㉓卫：驴子的别名。㉔受约束：接受命令。㉕仆射：官名。唐代中央政府最高行政机关尚书省设左右仆射，为尚书省的副长官。刘昌裔后以"检校尚书左仆射"被召回京师，这里作者把刘昌裔后来的官衔安到前面了。㉖洞吾：看穿我们。㉗劳之：慰问他们。㉘合负仆射，万死：即"负仆射合万死"。合，应当，应该。㉙收：同"搜"。㉚住：住手。㉛绡：一种生丝织品。㉜幡：长方而下垂的旗帜，此指幡状物，飘带。㉝踣（bó）：扑倒。㉞蹑（niè）其踪：跟随他的踪迹。㉟从空虚之入冥：犹言能腾空而行，上天下地。冥，指极高极深之所在。㊱此即系：这就靠。㊲以于阗玉周其颈：用于阗玉围住你的脖子。于阗，西域国名，在今新疆和田，以产玉著名。周，用作动词，围。㊳蠛蠓（miè měng）：一种小飞虫，比蚊小，喜欢乱飞，亦称"蠓虫"。㊴鹘（hú）：一种猛禽，飞行疾速。一说即"隼"，猎人饲之，使捕鸟兔。㊵一抟（tuán）：一击。㊶元和八年：公元813年。㊷入觐：进京朝见皇帝。元和八年，刘昌裔被宪宗以"检校尚书左仆射兼左龙武统军"被召入朝，事见《新唐书》《旧唐书》本传。左龙武军为唐代京畿禁卫六军之一。㊸至人：得道的人。《庄子·天下》："不离于真，谓之至人。"㊹虚给：谓给一个挂名不做事的差使，拿一份薪俸。㊺刘薨于统军：刘昌裔入觐至长安附近长乐驿即称疾归私第，不久即病死，死时的官衔是"检校尚书左仆射兼左龙武统军"。　㊻开成：唐文宗李昂的年号（836—840）。　㊼陵州：州治在今四川仁寿。　㊽蜀栈道：从陕西入四川的道路，有一段是用木板凌空架在山边上搭成道路，称"栈道"。　㊾不合适此：不该到这里来。　㊿缯彩：丝绸。

虬须客传

裴 铏

　　隋炀帝之幸江都也①，命司空杨素守西京②。素骄贵③，又以时乱④，天下之权重望崇者，莫我若也⑤，奢贵自奉，礼异人臣。每公卿入言，宾客上谒，未尝不踞床而见⑥，令美人捧出⑦。侍婢罗列，颇僭于上⑧。末年愈甚，无复知所负荷⑨，有扶危持颠之心⑩。

　　一日，卫公李靖以布衣上谒⑪，献奇策⑫。素亦踞见。公前揖曰："天下方乱，英雄竞起。公为帝室重臣，须以收罗豪杰为心，不宜踞见宾客。"素敛容而起谢公⑬，与语大悦，收其策而退。

　　当公之骋辩也。一妓有殊色⑭，执红拂，立于前，独目公⑮。公既去，而执拂者临轩指吏曰⑯："问去者处士第几⑰，住何处？"公具以对。妓诵而去。

　　公归逆旅⑱。其夜五更初，忽闻叩门而声低者。公起问焉，乃紫衣戴帽人，杖揭一囊⑲。公问："谁？"曰："妾，杨家之红拂妓也。"公遽延入。脱衣去帽，乃十八九佳丽人也。素面画衣而拜⑳。公惊答拜。曰："妾侍杨司空久，阅天下之人多矣，无如公者。丝萝非独生，愿托乔木㉑，故来奔耳。"公曰："杨司空权重京师，如何？"曰："彼尸居余气㉒，不足畏也。诸妓知其无成，去者众矣。

彼亦不甚逐也。计之详矣，幸无疑焉。"问其姓，曰："张。"问其伯仲之次㉓。曰："最长。"观其肌肤、仪状、言词、气性，真天人也。公不自意获之，愈喜愈惧，瞬息万虑不安，而窥户者无停屦㉔。数日，亦闻追访之声，意亦非峻㉕。乃雄服乘马㉖，排闼而去㉗。

将归太原㉘，行次灵石旅舍㉙。既设床，炉中烹肉且熟。张氏以发长委地㉚，立梳床前。公方刷马。忽有一人，中形，赤须而虬㉛，乘蹇驴而来㉜。投革囊于炉前，取枕欹卧，看张梳头。公怒甚，未决，犹刷马。张熟视其面，一手握发，一手映身摇示公㉝，令勿怒。急急梳头毕，敛衽前问其姓㉞。卧客答曰："姓张。"对曰："妾亦姓张。合是妹。"遽拜之。问第几，曰："第三。"因问："妹第几？"曰："最长。"遂喜曰："今多幸逢一妹。"张氏遥呼："李郎且来见三兄！"公骤拜之㉟。

遂环坐。曰："煮者何肉？"曰："羊肉。计已熟矣。"客曰："饥。"公出市胡饼㊱，客抽腰间匕首，切肉共食。食竟，余肉乱切送驴前食之，甚速。客曰："观李郎之行，贫士也。何以致斯异人㊲？"曰："靖虽贫，亦有心者焉。他人见问，故不言。兄之问，则不隐耳。"具言其由。曰："然则将何之？"曰："将避地太原。"曰："然吾故非君所能致也㊳。"曰："有酒乎？"曰："主人西㊴，则酒肆也。"公取酒一斗。既巡，客曰："吾有少下酒物，李郎能同之乎？"曰："不敢。"于是开革囊，取一人头并心肝。却收头囊中，以匕首切心肝，共食之。曰："此人天下负心者，衔之十年㊵，今始获之。吾憾释矣。"又曰："观李郎仪形器宇，真丈夫也。亦闻太原有异人乎？"曰："尝识一人，愚谓之真人也㊶。其余，将帅而已。"

曰：“何姓？”曰：“靖之同姓。”曰：“年几？”曰：“仅二十。”曰：“今何为？”曰：“州将之子㊷。”曰：“似矣。亦须见之。李郎能致吾一见乎？”曰：“靖之友刘文静者㊸，与之狎。因文静见之可也。然兄何为？”曰：“望气者言太原有奇气㊹，使访之。李郎明发，何日到太原？”靖计之日㊺，曰：“达之明日，日方曙，候我于汾阳桥㊻。”言讫，乘驴而去，其行若飞，回顾已失。公与张氏且惊且喜。久之，曰：“烈士不欺人㊼，固无畏。”促鞭而行。

及期，入太原，果复相见，大喜，偕诣刘氏。诈谓文静曰：“以善相者思见郎君㊽，请迎之。”文静素奇其人，一旦闻有客善相，遽致使迎之。使回而至，不衫不履㊾，裼裘而来㊿，神气扬扬，貌与常异。虬须默居末坐，见之心死，饮数杯，招靖曰：“真天子也！”公以告刘，刘益喜，自负。既出，而虬须曰：“吾得十八九矣。然须道兄见。李郎宜与一妹复入京。某日午时，访我于马行东酒楼下。下有此驴及瘦驴，即我与道兄俱在其上矣。到即登焉。”又别而去。公与张氏复应之。

及期访焉，宛见二乘(51)。揽衣登楼，虬须与一道士方对饮，见公惊喜，召坐。围饮十数巡，曰：“楼下柜中有钱十万，择一深隐处驻一妹。某日复会我于汾阳桥。”如期至，即道士与虬须已到矣。俱谒文静。时方弈棋，揖而话心焉(52)。文静飞书迎文皇看棋(53)。道士对弈，虬须与公傍侍焉。俄而文皇到来，精采惊人，长揖而坐。神气清朗，满坐风生，顾盼炜如也(54)。道士一见惨然(55)，下棋子曰：“此局全输矣！于此失却局哉！救无路矣(56)！复奚言(57)！”罢弈而请去。既出，谓虬须曰：“此世界非公世界，他方可也。勉之。勿以为念。"因共入京。虬须曰:"计李郎之程,某日方到。到之明日,可与一妹同诣某坊曲小宅相访㊳。李郎相从一妹,悬然如磬㊴。欲令新妇祗谒㊵,兼议从容㊶,无前却也㊷。"言毕,吁嗟而去。

公策马而归。即到京,遂与张氏同往。乃一小版门子,叩之,有应者,拜曰:"三郎令候李郎一娘子久矣。"延入重门,门愈壮。婢四十人,罗列廷前。奴二十人,引公入东厅。厅之陈设,穷极珍异,箱中妆奁冠镜首饰之盛,非人间之物。巾栉妆饰毕,请更衣,衣又珍异。既毕,传云:"三郎来!"乃虬须纱帽裼裘而来,亦有龙虎之状,欢然相见。催其妻出拜,盖亦天人耳。遂延中堂,陈设盘筵之盛,虽王公家不侔也㊸。四人对馔讫,陈女乐二十人,列奏于前,似从天降,非人间之曲。

食毕,行酒。家人自东堂舁出二十床㊹,各以锦绣帕覆之。既陈,尽去其帕,乃文簿钥匙耳。虬须曰:"此尽宝货泉贝之数㊺。吾之所有,悉以充赠。何者?欲于此世界求事,或当龙战三二十载㊻,建少功业。今既有主,住亦何为?太原李氏,真英主也。三五年内,即当太平㊼。李郎以奇特之才,辅清平之主㊽,竭心尽善,必极人臣㊾。一妹以天人之姿,蕴不世之艺㊿,从夫之贵,以盛轩裳㉛。非一妹不能识李郎,非李郎不能荣一妹。起陆之贵,际会如期㉜,虎啸风生,龙吟云萃㉝,固非偶然也。持余之赠,以佐真主,赞功业也㉞,勉之哉!此后十年,当东南数千里外有异事,是吾得事之秋也。一妹与李郎可沥酒东南相贺㉟。"因命家童列拜,曰:"李郎一妹,是汝主也!"言讫,与其妻从一奴,乘马而去。数步,遂不复见。

公据其宅，乃为豪家，得以助文皇缔构之资㊻，遂匡天下㊼。贞观十年，公以左仆射平章事㊽。适南蛮入奏曰㊾："有海船千艘，甲兵十万，入扶馀国㊿，杀其主自立。国已定矣。"公心知虬须得事也。归告张氏，具衣拜贺，沥酒东南祝拜之。乃知真人之兴也，由英雄所冀。况非英雄者乎？人臣之谬思乱者，乃螳臂之拒走轮耳㉛。我皇家垂福万叶㉜，岂虚然哉。或曰："卫公之兵法，半乃虬须所传耳。"

[评析]

　　本篇作者裴铏，生平见《聂隐娘》"评析"。本篇在中国古代是一篇流传很广的小说。20世纪初，新文化运动兴起之始，北大教授胡适于1918年3月15日在北大作了一次《论短篇小说》的演讲，后刊于1918年5月15日出版的《新青年》第4卷5号。其第二节"中国短篇小说略史"中便提出中国至本篇开始，才出现了完整意义的短篇小说。虽然因为胡适所读过的唐代短篇小说很少，所以这一说法并不准确，但亦可因此看出这篇小说的影响。另外，胡适在这次讲演中还讲错了两个地方，一是这篇小说的篇名，二是这篇小说的作者。而这也是在胡适之前已经产生，迄今为止仍然在延续的错误。

　　胡适在讲演中谈到本篇时称"张说《虬髯客传》"，实际上这篇作品是晚唐裴铏所作，题目则是《虬须客传》，而不是《虬髯客传》。其错误的来源在于明代的《说郛》卷三四《豪异秘纂》收本篇，题《扶馀国王》，署张说撰，明刻《虞初志》也题为张说撰。其实，在中国古代，较之张说作流传更广的是杜光庭作《虬髯客传》的说法。《太平广记》卷一九三引本篇，题《虬髯客》，注出《虬髯传》。《太平广记引用书目》有

《虬髯客传》，不注作者姓名。后世如明代《顾氏文房小说》所收本篇，之所以署杜光庭撰，在于《道藏》所收的《神仙感遇传》中确实有一篇《虬须客传》，内容虽然同于本篇，文字却要简略得多。不过，杜光庭《神仙感遇传》是一部杂采他书的著作，其中许多作品都是从其他人的著述中抄略而来。据考证，这篇小说的原作实出于晚唐人裴铏的《传奇》。南宋朱胜非《绀珠集》卷一一节引裴铏《传奇》十七篇，内有《红拂妓》，又叶迁珪《海录碎事》卷七引《红拂妓》、周守忠《姬侍类偶》卷下引《红拂择主》，亦云出《传奇》，则宋人所见裴铏《传奇》内确有本篇。实杜光庭《神仙感遇传》中所收《虬须客传》应为本篇之略写。另外，像本篇这样宣扬李世民"真天子也"，以为李唐之有天下出于天授，不可以力争之的观念，只能属于晚唐人裴铏，杜光庭处于五代割据时代，且为前蜀王建手下的户部侍郎，其时唐朝已亡，自然不会这样说，甚至也不可能有这种想法。

至于这篇小说的题目，不仅宋人《崇文总目》已作《虬须客传》，在此之前的唐苏鹗《苏氏演义》也有："近代学者著《张虬须传》，颇行于世。"甚至《道藏》中杜光庭的抄撮之作也作《虬须客传》。更何况，古代载籍中多有"虬须"一词，而无"虬髯"之说，"须"可"虬"，而"髯"似少有成"虬"状也。故在先题目中的"虬髯"当为"虬须"字之误。

本篇所记当然也不是历史事实，而是出于小说家的创造。据史书，唐高祖李渊，大业十一年（615）始官山西河东抚慰大使。十二年十二月留守太原，此时杨素已卒十年。本篇下文言李靖与红拂出奔即遇虬须，谈太原州将之子（指太宗李世民），与史实不合。又大业元年（605），炀帝首次去江都时，杨素正负责营建东京（洛阳），无留守西京事，亦不官司空。炀帝第二、三次去江都，则杨素已死，见《通鉴》及《隋书·杨素传》。本篇为小说，原不必与史实尽符。但杨素死时（大业二年），天下还没有乱，这里的记叙只是一种文学典型环境的创造，而非史实。不过这种环境对于隋末的历史时代，是把握了本质的。

唐卫国公李靖（571—649），字药师，京兆三原（今陕西三原）人，隋名将韩擒虎之甥。初仕隋，为殿内直长。《新唐书》本传记云：

>（靖）大业末为马邑丞，高祖击突厥，靖察有非常志，自囚上急变（即向隋廷举发李渊起兵造反），传送江都。至长安，道梗。高祖已定京师，将斩之，靖呼曰："公起兵为天下除暴乱，欲就大事，以私怨杀谊士乎？"秦王亦为请，得释。引为三卫，从平王世充，以功授开府。

可见他并没有去太原投奔李氏的事，作品的故事是作者的创造。李靖入唐后，曾平王世充，平江南萧铣，后又东平辅公祏，北破突厥，拓唐国境自阴山北至大漠。以功累迁尚书右仆射，封代国公。太宗贞观八年（634）吐谷浑入寇，以李靖为帅讨平之，改封卫国公，进开府仪同三司（唐从一品散官。唐制品级之尊崇，以此为极），卒赠司徒、并州都督，陪葬昭陵，谥景武。唐代对于李靖的传说特别多，如李复言《续玄怪录·李卫公靖》条称靖代龙神行雨。本篇所记亦很可能有传说作为故事的基础。

尽管本篇故事与史实出入较大，虚构成分较多，但其主旨却很明朗，正如结末所言："人臣之谬思乱者，乃螳臂之拒走轮耳。我皇家垂福万叶，岂虚然哉。"显然是作者有感于晚唐形势而发。然文章令人心仪之处并非于此，而在于三个豪侠形象的塑造。三侠中最为光彩熠熠的创造当属红拂女。作为一名侍姬的红拂，不仅有远远超过杨素的善识英雄的慧眼，因而大胆选中李靖并决定自己的婚姻，而且还敢于冒大不韪私奔李靖。在她的眼中，大司空杨素是"尸居余气"，而当时的婚姻制度，在她面前则完全失去了威力。红拂的叛逆性使她成为唐人小说里的一个典型的女性形象，难怪曹雪芹在《红楼梦》的开头（第二回），要把她归入作为贾宝玉前驱的系列古人之中。

本篇名为《虬髯客传》，显然受史传文学之影响。但就写法而言，小说却打破了传记型的传统写法，为小说摆脱史传文学的束缚迈出了一大步。故事不是从主人翁的身世介绍开始，而是从生活的横断面切入，从男女主角的邂逅写起，虬髯客的来历也始终没有作详细交代，作者一鳞一爪地写去，让读者自己一点一点凑成一个完整的形象。

本篇的影响极为广泛。明冯梦龙有《女丈夫》传奇（墨憨斋原刻《新曲十种》本）。张凤翼有《红拂记》传奇（《六十种曲》本）。张太和亦有《红拂记》，然已佚。凌濛初有杂剧"红拂三传"：《识英雄红拂莽择配》（《北红佛》，有明刻套印本）、《李卫公慕忽姻缘》（《慕忽姻缘》，已佚）及《虬髯翁》（《正本扶馀国》，有崇祯刻《盛明杂剧》本）。而风尘三侠的事迹自宋以来即形于辞章，用为典故。从脍炙人口之长远广泛，可见这篇作品的艺术魅力之大。此据李时人编校《全唐五代小说》（中华书局，2014年修订版）卷六四校录。

[注释]

①隋炀帝之幸江都：隋炀帝杨广，隋朝第二代皇帝，在位十四年（604—618），618年三月在江都为其臣下宇文化及所杀。605、610、616年隋炀帝曾三次游江都。江都，今扬州，当时是中国对外贸易和海上交通的门户，号称天下第一繁华都会。　②司空：周官制六卿之一，汉官制三公之一。隋唐官制，司空与司徒、太尉等官号，仅为尊崇的虚衔，无实

职。杨素（？—606）：字处道，华阴人。初仕北周，至车骑大将军。后从隋文帝杨坚定天下，善用兵，多权略，功第一，加上柱国，封越国公，拜仆射（宰相），久握朝政。文帝初立长子勇为太子，次子杨广勾结杨素，使文帝废勇，改立广为太子。文帝死，史疑系杨广与杨素共同谋杀。炀帝立，大业元年（605）进杨素为尚书令，二年拜司徒，改封楚公，即于此年七月卒，赠太尉公，谥景武。守西京：隋朝以大兴（今陕西西安）为国都，炀帝营洛阳为东京（又称东都），遂称长安为西京。此言杨素守西京，不符史实，大业元年（605）炀帝游江都，杨素奉命建洛阳，并不在西京，以后两次炀帝游江都时，杨素已经去世，更无杨素守西京之事。③素骄贵：《资治通鉴》卷一七九云："杨素弟约及从父文思、文纪、族父忌，并为尚书列卿，诸子无汗马之劳，位至柱国、刺史。广营资产，自京师及诸方都会处，邸店、碾硙、便利田宅，不可胜数。家僮千数，后庭妓妾曳绮罗者以千数。第宅华侈，制拟宫禁，亲故吏布列清显，既废一太子及一王，威权愈盛，朝臣有违忤者，或至诛夷；有附会及亲戚，虽无才用，必加进擢。朝廷靡然，莫不畏附。"④时乱：据岑仲勉《隋唐史》卷上统计，隋末起义群雄计四十八人，其中最早者起兵于大业六年（610），其时杨素已去世。⑤莫我若也：没有人能和我一样。⑥踞床：伸开腿坐在床榻上。从春秋以来，古人延接宾客，在正式场合都采用跪坐的姿势，伸开双腿称"箕踞"，是极其傲慢的表现。⑦美人捧出：此谓在侍姬的簇拥下出来。美人，妃嫔的称号。⑧僭于上：此处说杨素晚年的作风仪度，颇多逾越他自己身份的行为。僭，《说文》："以下拟上，僭之本义也。"⑨无复知所负荷：已经忘记其应该担负的责任。⑩有扶危持颠之心：意思是说杨素当时颇以"拨乱反正"自任，也就是说有乘乱取隋而代之的野心。⑪卫公李靖：李靖（571—649），字药师，京兆三原

(今陕西三原)人,隋名将韩擒虎之甥。初仕隋,入唐后屡立功绩,累迁尚书右仆射,封代国公。太宗贞观八年(634)击败吐谷浑,改封卫国公,进开府仪同三司。布衣:指没有做官的平民。我国古代丝织品是官员穿的,平民要到老年才许穿着丝织品,一般只许穿麻布,所以以布衣作为平民的代称。 ⑫策:计谋、主意。 ⑬敛容:正容,显示出端庄的样子。谢:道歉。 ⑭妓:这里指贵族家里的女乐、歌姬。 ⑮目:看。 ⑯临轩:在窗前。轩,窗槛。 ⑰第几:排行第几。唐人重族姓,一般都以堂房兄弟姊妹排行,熟人即以行第相称呼。 ⑱逆旅:客店、旅社。 ⑲杖揭一囊:木杖上挑着一个口袋。揭,挑着。 ⑳画衣:彩绣的衣服,唐代是极华贵的服饰。 ㉑丝萝非独生,愿托乔木:犹言愿意跟你、嫁给你。丝,菟丝,蔓生草本植物,多攀缘别的植物生长。萝,女萝,松萝,也是一种蔓生植物。乔木,高大的树木。《文选·古诗》:"与君为新婚,兔丝附女萝。"后因以丝萝附于乔木比喻婚姻关系。 ㉒尸居余气:只留一口气的行尸走肉。《晋书·宣帝纪》:"司马公(懿)尸居余气,形神已离,不足虑也。" ㉓伯仲之次:排行第几。古以"伯、仲、叔、季"称兄弟排行,"伯"为长,"仲"为次。 ㉔屦:鞋子。这里指脚步。 ㉕峻:严急。 ㉖雄服:穿上男子的衣服。 ㉗排闼:推门。 ㉘太原:今山西太原。隋大业十一年(615)炀帝任李渊为山西河东抚慰大使,十二年加太原留守,总山西河东的军政全权。 ㉙灵石:县名,在太原西南,隋唐时从长安到太原的必经之地。 ㉚委地:拖到地上。 ㉛赤须而虬:须发红色而弯曲。虬,原意谓有角的小龙,借以称蜷曲的胡须。唐人传说太宗李世民虬须。宋钱易《南部新书》:"太宗文皇帝,虬须上可挂一弓。"唐段成式《酉阳杂俎》前集卷一云:"太宗虬须,尝戏张弓挂矢。" ㉜蹇驴:劣驴。 ㉝一手映身:一只手隐藏在身后。 ㉞敛衽

(rèn)：整肃衣襟，以表示敬礼。古代称女子行礼为"敛衽"。㉟骤拜：急忙拜见。㊱胡饼：上着胡麻（芝麻）的硬壳烧饼。㊲异人：指红拂。这里意犹杰出人物。㊳然吾故非君所能致也：但是我却不是你所能招致到的人。意谓不可能随李靖去太原。㊴主人西：旅店主人房子的西面。㊵衔之：恨他。衔，怀恨。㊶真人：道家称得道的人为"真人"。如《庄子·天下篇》："关尹、老聃乎！古之博大真人哉！"这里犹言"真命天子"。㊷州将：指太原的守将。唐高祖李渊在起兵前任隋太原留守。㊸刘文静（568—619）：字肇仁，武功（今陕西武功）人。隋大业末年为晋阳（今山西太原）令，唐高祖李渊镇太原，文静与其子李世民深相结纳。《新唐书》本传称其对裴寂称誉太宗云："唐公子非常人也，豁达神武，汉高祖、魏太祖之徒欤！殆天启之也。"后与世民定策，首议起兵，并推动李渊。李渊称大将军，以文静为大将军府司马，受命与突厥连和，得兵二千骑。高祖即位后，擢纳言（门下省的长官，即宰相），封鲁国公。武德二年（619）因爵位低于裴寂而怨望，家人告发其与巫为妖法诅咒，又为裴寂所谮，被杀，籍其家。㊹望气者：会望云气的人。古代以为皇帝、将相之类的人所在的地方，天上会出现一种"气"，望气者望见这种"气"就可以判断下面有什么人。㊺计之日：计算到达太原的日子。㊻汾阳桥：在太原城东。㊼烈士：豪侠、侠义之士。㊽郎君：汉朝制度，食禄二千石以上的官，其子任为郎，所以称贵人之子为郎君。这里指李世民。㊾不衫不履：没有穿单衣和鞋。衫，单衣，罩在皮袍外的衣服。㊿裼（xī）裘：披着皮袍子。裼，解开外衣露出内衣，或去衣见体。㉛二乘：两匹坐骑，此指上文所说的二驴。㉜话心：谈心。㉝文皇：唐太宗李世民最初的谥号称"文皇帝"，故唐人多称其为"文皇"。㉞炜（wěi）如：光明炫耀的样子。㉟惨然：

沮丧的样子。 ⑤救无路：围棋术语，一块棋子被敌方所围将被吃掉的时候，须设法投子使之冲出围困叫"救"。这里是双关语，兼指虬须欲争天下的事业。 ㊼复奚言：还有什么话可说呢！ ㊽坊曲：唐代长安实行坊（里）制。坊（里）四面开门，中有十字街，通官道。坊（里）中小巷称"曲"。 ㊾悬然如磬：形容贫困，犹言"家徒四壁"。语出《国语·鲁语》："室如悬磬。"注："悬磬，言鲁府藏空虚，但有榱梁，如悬磬也。"按，"磬"同"罄"。《说文》："罄，器中空也。"故以悬磬喻空屋。 ㊿新妇：《尔雅·释亲》："女子谓兄之妻为嫂，弟之妻为妇。"注："犹今言新妇是也。"虬须既与红拂认为妹，故自谦称其妻作新妇。祗：敬。 ⑥议从容：这里承上文"李郎相从一妹，悬然如磬"言，议从容，犹言商量办法。 ⑥无前却：不要先推辞。 ⑥不侔：不能相比，不及。 ⑥舁出二十床：抬出二十个几案。舁，抬。床，安放器物的支架、几案等。南朝陈徐陵《〈玉台新咏〉序》："翡翠笔床，无时离手。" ⑥泉贝：钱。《周礼·地官》疏："泉与钱，今古异名。"贝，钱的代称。古代曾以贝壳作货币。 ⑥龙战：《易经·坤卦》："上六，龙战于野，其血玄黄。"这里指争夺政权的战争。 ⑥三五年内，即当太平：三五年之内，天下就会太平。指李世民统一天下。 ⑥清平之主：廉洁公正的君主。 ⑥必极人臣：在臣子里面必定是地位最高的。 ⑦蕴不世之艺：有着不平常的才能。 ⑦以盛轩裳：犹言极其荣华富贵。轩，有座舱的车，古代大夫以上的官所乘。裳，冠裳，指官服。 ⑦起陆之贵，际会如期：一出仕就会贵显，君臣将如期遇合。《诗经·卫风·考槃》的末章："考槃在陆，硕人之轴。"《毛传》训："考"为"成"，"槃"为"乐"，"轴"为"进"。《考槃》一诗，《毛传》以来都以为是咏贤者隐居之乐的。这里的"起陆"，即用这个典故，意谓从隐居出仕。 ⑦虎啸风生，龙吟云萃：这里比喻英雄和"真主"的会合,承上"际会如期"句。《易经·乾卦》:"云从龙,风从虎。"疏:"龙是水畜,云是水气,故龙吟则景云出,是云从龙也;虎是威猛之兽,风是震动之气,此亦是同类相感,故虎啸则谷风生。"　㉔赞:襄助,帮助建立功业。　㉕沥酒:洒酒于地。　㉖缔构之资:指经营帝业的资财。　㉗匡:匡救,平定。　㉘左仆射:唐代中央政府的最高行政机关为尚书省,首长称尚书令,其副称左、右仆射。以唐太宗曾为尚书令,其后臣下不敢居此位,即以左右仆射为首长。　㉙南蛮:指南部的邻国及少数民族。《太平广记》本此句作"东南蛮奏"。　㉚扶馀国:唐时无此国名,唯据《后汉书》卷八五《东夷列传》等载籍记载,公元前2世纪至5世纪有"夫馀国",其前期王城在今吉林省吉林市附近,后期王城在吉林省长春市附近,至5世纪东扶馀国为高句丽所灭。据朝鲜半岛古代史书《三国史记》和《三国遗事》记载,公元前37年,扶馀王子朱蒙因与其他王子不和,逃离扶馀国建立了高句丽国。故后世或称高句丽为"扶馀之别种"(《旧唐书》卷一四九)。钱静方《小说丛考·红拂记传奇考》条云:"考新、旧《唐书》,并无扶馀国,惟高丽、百济并云扶馀之别种,高丽国中有扶馀城。武德七年,高丽王建武惧伐其国,乃筑长城,东北自扶馀城,西南至海,千有余里。是高丽方据扶馀城以自固,岂他人所得袭而有之也。"实本篇虬须领兵占领扶馀国云云,实为作者虚拟之事,非写实也。　㉛螳臂之拒走轮:《韩诗外传》:"齐庄公出猎,有螳螂举足将搏其轮,问其御(马车夫)曰:'此何虫也?'御曰:'此是螳螂也。其为虫,知进而不知退,不量力而轻就敌。'"　㉜万叶:万世。

孙 恪

裴 铏

广德中①,有孙恪秀才者,因下第②,游于洛中③。至魏王池畔④,忽有一大第⑤,土木皆新,路人指云:"斯袁氏之第也。"恪迳往叩扉,无有应声。户侧有小房,帘帷颇洁,谓伺客之所⑥。恪遂褰帘而入。良久,忽闻启关者,一女子,光容鉴物,艳丽惊人,珠初涤其月华,柳乍含其烟媚,兰芬灵濯,玉莹尘清⑦。恪疑主人之处子⑧,但潜窥而已。女摘庭中之萱草⑨,凝思久立,遂吟诗曰:

"彼见是忘忧,此看同腐草。青山与白云,方展我怀抱。"

吟讽惨容。后因来褰帘,忽睹恪,遂惊惭入户。使青衣诘之曰:"子何人,而夕向于此?"恪乃语以税居之事⑩,曰:"不幸冲突⑪,颇益惭骇,幸望陈达于小娘子。"青衣具以告。女曰:"某之丑拙,况不修容,郎君久盼帘帷,当尽所睹⑫,岂敢更回避耶?愿郎君少伫内厅,当暂饰装而出。"恪慕其容美,喜不自胜,诘青衣曰:"谁氏之子?"曰:"故袁长官之女,少孤,更无姻戚⑬,唯与妾辈三五人据此第耳。小娘子见求适人⑭,但未售也⑮。"良久,乃出见恪,美艳愈于向者所睹。命侍婢进茶果,曰:"郎君即无第舍,便可迁囊橐于此厅院中。"指青衣谓恪曰："少有所须，但告此辈。"恪愧荷而已⑯。恪未室⑰，又睹女子之妍丽如是，乃进媒而请之，女亦忻然相受⑱，遂纳为室。

袁氏赡足⑲，巨有金缯⑳，而恪久贫，忽车马焕若㉑，服玩华丽，颇为亲友之疑讶，多来诘恪，恪竟不实对。恪因骄倨㉒，不求名第㉓，日洽豪贵㉔，纵酒狂歌。如此三四岁，不离洛中。忽遇表兄张闲云处士，恪谓曰："既久睽间㉕，颇思从容㉖，愿携衾绸㉗，一来宵话㉘。"张生如其所约。及夜半将寝，张生握恪手，密谓之曰："愚兄于道门，曾有所授，适观弟词色㉙，妖气颇浓，未审别有何所遇？事之巨细，必愿见陈，不然者，当受祸耳。"恪曰："未尝有所遇也。"张生又曰："夫人禀阳精，妖受阴气，魂掩魄尽，人则长生；魄掩魂消，人则立死。故鬼怪无形而全阴也，仙人无影而全阳也。阴阳之盛衰，魂魄之交战，在体而微有失位，莫不表白于气色。向观弟神采，阴夺阳位，邪于正腑，真精已耗，识用渐隳㉚，津液倾输，根蒂荡动，骨将化土，颜非渥丹㉛，必为怪异所铄，何坚隐而不剖其由也㉜？"恪方惊悟，遂陈娶纳之因。张生大骇曰："只此是也，其奈之何！"恪曰："弟忖度之㉝，有何异焉？"张曰："岂有袁氏海内无瓜葛之亲哉㉞？又辨慧多能㉟，足为可异矣！"遂告张曰："某一生遭迍㊱，久处冻馁㊲，因滋婚娶，颇似苏息，不能负义，何以为计？"张生怒曰："大丈夫未能事人，焉能事鬼？传云'妖由人兴'，人无衅焉㊳，妖不自作。且义与身孰亲？身受其灾，而顾其鬼怪之恩义，三尺童子，尚以为不可，何况大丈夫乎？"张又曰："吾有宝剑，亦干将之俦亚也㊴，凡有魍魉㊵，见者灭没，前后神验，不可备数。诘朝奉借㊶，倘携密室，必睹其狼狈，不下昔日王君携宝镜而照鹦鹉也㊷。不然者，则不断恩爱耳。"明日，恪遂受剑。张生告去，执手曰："善伺其便。"恪遂携剑，隐于室内，而终有难色。

袁氏俄觉，大怒而责恪曰："子之穷愁㊸，我使畅泰㊹，不顾恩义，遂兴非为。如此用心，则犬彘不食其余，岂能立节行于人世也？"恪既被责，惭颜惕虑㊺，叩头曰："受教于表兄，非宿心也㊻。愿以饮血为盟，更不敢有他意。"汗落伏地。袁氏遂搜得其剑。寸折之，若断轻藕耳。恪愈惧，似欲奔迸㊼。袁氏乃笑曰："张生一小子，不能以道义诲其表弟，使行其凶险，来当辱之。然观子之心，的应不如是。然吾匹君已数岁也，子何虑哉？"恪方稍安。后数日，因出，遇张生，曰："无何使我撩虎须，几不脱虎口耳！"张生问剑之所在，具以实对，张生大骇曰："非吾所知也。"深惧而不敢来谒。

后十余年，袁氏已鞠育二子㊽，治家甚严，不喜参杂㊾。后恪之长安，谒旧友人王相国缙㊿，遂荐于南康张万顷大夫为经略判官㉛，挈家而往。袁氏每遇青松高山，凝睇久之㉜，若有不快意。到端州㉝，袁氏曰："去此半程，江壖有峡山寺㉞，我家旧有门徒僧惠幽居于此寺㉟，别来数十年。僧行夏腊极高㊱，能别形骸㊲，善出尘垢㊳。倘经彼设食㊴，颇益南行之福。"恪曰："然！"遂具斋蔬之类。及抵寺，袁氏欣然易服理妆，携二子诣老僧院，若熟其迳者。恪颇异之。遂将碧玉环子以献僧曰："此是院中旧物。"僧亦不晓。及斋罢，有野猿数十，连臂下于高松，而食于生台上㊵，后悲啸扪萝而跃。袁氏恻然㉛，俄命笔题僧壁曰：

> "刚被恩情役此心，无端变化几湮沉。不如逐伴归山去，长啸一声烟雾深。"

乃掷笔于地，抚二子，咽泣数声，语恪曰："好住！好住！吾当永诀矣！"遂裂衣化为老猿，追啸者跃树而去，将抵深山，而复返视。

恪乃惊惧，若魂飞神丧。良久，抚二子一恸。乃询于老僧。僧方悟："此猿是贫道为沙弥时所养㉒。开元中，有天使高力士经过此㉓，怜其慧黠㉔，以束帛而易之㉕。闻抵洛京，献于天子。时有天使来往，多说其慧黠过人，长驯扰于上阳宫内㉖，及安、史之乱，即不知所之。於戏㉗！不期今日更睹其怪异耳！碧玉环者，本诃陵胡人所施㉘，当时亦随猿颈而往，今方悟矣！"恪遂惆怅，舣舟六七日㉙，携二子而回棹㉚，不复能之任也㉛。

[评析]

本篇作者裴铏，生平见《聂隐娘》。《龙威秘书》及《古今说海》均收本篇，名《袁氏传》，题顾夐撰。顾夐是五代时人，仕前蜀为茂州刺史，后蜀时官至太尉，以善填词著称，《花间集》收有其词。顾夐生活时代较裴铏晚，除本篇外，也未见有其他传奇小说作品，大概是这两种丛书妄题撰人。

本篇叙写极富人情味的老猿精化人故事。考其形象渊源，与我国民族文化积淀不无关系。关于猿猴被"人（神）化"，早在战国末的《吕氏春秋·博志篇》中就有记载。其文曰："荆廷尝有神曰猿。"荆王请养由基射之。西汉《淮南子·说山》载同一传说，又有了养由基"始调弓矫矢，未发而猿拥柱号矣"的进一步描写。到东汉赵晔编《吴越春秋》则出现了猿化为老人与越处女斗剑的故事。魏晋南北朝尚志怪，这类传说更得发展，如题为前秦王嘉撰、南朝梁萧绮录的《拾遗记》就记述了一个能忆轩辕时事，知过去未来，完全被神化的白猿。关于白猿化人的故事在南北朝时已被熔铸成文学典故，到唐代时更成熟典。因此，"猿化人"被小说家作为题材并和当时社会生活联系起来写入小说中，是最自然不过之事。此外，唐代和印度交通频繁，两国文化交流接触亦多。印度是佛教的发祥地，流行在唐代民间的变文、俗讲、佛曲、俗曲中间，有很多印度文化的痕迹，唐人传奇的题材，也有一部分受到印度故事的影响。由于佛经中有猴王的故事，流行民间的史诗中也有神通广大的猴子。

  唐人小说中涉及人神（鬼、妖）恋爱题材的作品不少，然有如本篇这样综合许多人妖相爱的情节，既写出主人公妖气，又不乏人情的却不多见。袁氏在张闲云镇妖宝剑的威胁下镇定自若，并将宝剑折得寸断，自己却安然无恙，她与孙恪的分手是她主动离开，并非外界的拆散。这就一反古人爱情小说描写人妖爱情生活，往往被别人破坏的传统写法，从而为下文表现袁氏复杂的内心世界、突出其人情味和人性美留下了足够的空间。袁氏身为异类，自有其热爱大自然的本性，这从她的出场诗"青山与白云，方展我怀抱"中就可以看出；但她又是一个情感丰富的女子，渴望深厚真挚的感情，这就使她陷入了在大自然与人世情感之间作出选择的两难境地。当孙恪向她表达爱慕之情时，她欣然接受，并一往情深，即使孙恪听信表兄之言欲谋杀之，她也予以谅解，并好言抚慰，使孙恪终于情志坚定，可以说袁氏的爱情和婚姻生活是美满的。但她终于决定斩断情缘，离开尘世，化猿归山，回到无拘无束的大自然中去。按理说，袁氏应该感到快乐，但她却"抚二子，咽泣数声""将抵深山，而复返视"，举手投足间又不无对人世的留恋。至此，作者将一个既爱恋丈夫、孩子又怀念山林的猿女的内心矛盾完全展示了出来。作者虚构故事的高超技巧姑且不论，单就其将袁氏的世俗之恋写得那么凄楚动人，又将袁氏的归去写得恋恋不舍，便可见其本人内心的入世与出世的矛盾。

本篇直接影响到元杂剧作家郑廷玉，他有《孙恪遇猿》杂剧，见元钟嗣成的《录鬼簿》。

本篇《古今事文类聚》后集卷三七节引，题《孙恪娶猿》，注见《续世说》及《传奇》。《太平广记》卷四四五引本篇，题《孙恪》，注出《传奇》。此据李时人编校《全唐五代小说》（中华书局，2014年修订版）卷六六校录。

[注释]

①广德：唐代宗年号（763—764）。　②下第：应科举考试而落榜。　③洛中：洛阳，唐时为东都。　④魏王池：在洛阳南，洛水溢出为池，是唐时洛阳的胜地。唐太宗把这池赏给他的儿子魏王泰，所以叫作魏王池。　⑤大第：大宅院。　⑥伺客之所：会客室。　⑦珠初涤其月华：月光流泻在明珠之上。柳乍含其烟媚：新柳笼罩在烟雾之中。兰芬灵濯：兰花刚经雨水洗过更加芬芳秀美。玉莹尘清：美玉晶莹得仿佛一尘不染。以上四句均形容女子美丽。　⑧处子：未出嫁的女子。　⑨萱草：俗称金针菜，又叫忘忧草。据说这种草食之可以叫人忘掉忧愁。　⑩税居：租房子住。　⑪冲突：冒犯。　⑫当尽所睹：一定是什么都看见了。　⑬姻戚：姻亲。《后汉书·皇后纪上·和熹邓皇后》："而宗门广大，姻戚不少。"　⑭适人：嫁人。　⑮未售：未出嫁。　⑯愧荷：惭愧地接受这样的厚待。荷，承受别人的恩惠。　⑰未室：没有娶妻成家。　⑱忻然：愉快的样子。《史记·周本记》："姜原出野，见巨人迹，心忻然说，欲践之，践

之而身动如孕者。"　⑲赡足：富足，充足。　⑳金缯：金钱绸缎。　㉑焕若：光耀的样子。　㉒骄倨（jù）：傲慢不恭。倨，傲慢。　㉓名第：功名科第。　㉔洽：沾湿、浸润。这里是接触的意思。　㉕睽间：分离，不得见面。睽，同"暌"。　㉖从容：原指舒缓不急迫的样子，这时引申作恳谈、畅谈解。　㉗衾䌷：泛指被褥等卧具。衾，被。䌷，本作"裯"，单被。　㉘宵话：夜谈。　㉙词色：言语和神态。　㉚识用渐㱩（huī）：识见与才能渐渐衰退。识用，见识与才能。《北齐书·恩倖传·高阿那肱》："肱才伎庸劣，不涉文史，识用尤在士开之下。"㱩，毁坏。　㉛渥（wò）丹：润泽光艳的朱砂。多形容红润的面色。《诗经·秦风·终南》："颜如渥丹，其君也哉！"汉郑玄笺："渥，厚渍也，颜色如厚渍之丹，言赤而泽也。"　㉜坚隐：执意隐瞒。　㉝忖度：推测。《诗经·小雅·巧言》："他人有心，予忖度之。"　㉞瓜葛之亲：指辗转相牵连的亲戚关系和社会关系。　㉟辨慧：聪明。　㊱邅迍：此处指困顿不得志。　㊲冻馁：饥寒交迫。《墨子·非命上》："是以衣食之财不足，而饥寒冻馁之忧至。"　㊳衅（xìn）：缝隙，空子。　㊴干将：古剑名。相传春秋时吴有干将、莫邪夫妇善铸剑，为阖闾铸阴阳剑，阳曰"干将"，阴曰"莫邪"，干将藏阳剑献阴剑。吴王视为重宝。事见汉赵晔《吴越春秋·阖闾内传》。俦亚：同类。　㊵魍魉：古代传说中的精怪、鬼怪。　㊶诘朝：第二天早晨。《左传·僖公二十八年》："戒尔车乘，敬尔君事，诘朝将见。"晋杜预注："诘朝，平旦。"　㊷王君携宝镜而照鹦鹉：故事见于隋王度《古镜记》：王度得了一面宝镜，借宿在程雄家里。程家有一个美丽的侍婢，名叫鹦鹉，见古镜而惊恐，用镜一照，原来是个千年狐狸精。　㊸穷愁：潦倒困顿。　㊹畅泰：欢畅安适。　㊺惭颜惕虑：满脸羞愧，内心忧惧。惭颜，愧色。惕虑，忧虑。　㊻宿心：本来的心意，向来的心宿。《后汉书·皇后纪上·和熹邓皇后》："上欲不欺天愧先帝，下不违人负宿心。" ㊼奔迸（bèng）：此谓逃跑。 ㊽鞠育：生育。 ㊾参杂：混合、夹杂。这里指被外事打扰。 ㊿相国：对宰相的称呼。王缙：唐代诗人王维之弟，字夏卿，诗文与王维齐名，代宗时曾任宰相。性贪冒，曾因受贿事败露，几乎被处死。 (51)南康：唐州名，即今广东省德庆县。经略判官：经略使属下的判官。经略，唐于边州置经略使，为边防的军事长官。判官，各路经略下设判官，职位略低于副使。 (52)凝睇：目不转睛地望着。 (53)端州：唐县名，在今广东省境内，所出砚石很有名，称端砚。 (54)江壖（ruán）：江边。壖，水边地。峡山寺：在端州。唐初诗人沈佺期曾写过《峡山寺赋》，序中描写寺的景色："连山夹江，颇有奇石，飞泉回落，悉从梅竹下。过渡口，至山顶，石道数层，斋房浴室，渺在云汉。" (55)门徒僧：由贵族豪门供养的寺僧。唐朝贵族豪门，都和僧寺有固定关系，称门徒僧的，即这一寺僧人由这一豪门供养，故一称门养。遇到这一家人有凶丧事故，就由该寺僧人到丧家诵经。 (56)夏腊：僧人的年岁称夏腊。和俗家称年龄为春秋一样，僧人以夏、腊二季为安息的时候，所以用夏腊纪年。 (57)能别形骸：能够忘掉形骸，意思是精神可以不依肉体而独立的存在与活动。表示道行高。形骸，人的肉体。 (58)善出尘垢：善于解脱一切烦恼。尘垢，指人间一切烦恼。 (59)设食：备办饭食。(60)生台：给禽兽施生饭（佛家于食前为众生施放少许食物，叫生饭）之处。在僻静人稀的地方，设置台案，摆上饭，任禽兽啄食，称为生台，又名生盘。 (61)恻然：凄楚伤心的样子。 (62)沙弥：小和尚。 (63)天使：天子的使者。高力士：唐玄宗最宠幸的太监，后被李辅国所谗，流配巫州。宝应元年（762），遇赦归，病死途中。 (64)慧黠：聪明而狡猾。 (65)束帛：一捆绸子。古时把帛的两端对卷起来，合成一两，就是一匹，五两为一束,叫作束帛。易:交换。 ⑯上阳宫:唐皇宫,唐高宗时建,在今河南洛阳。《隋书·地理志》"河南郡""桃林"注曰:"有上阳宫。"盖沿虢都旧名。 ⑰於戏:感叹词,音义皆同于"呜呼"。 ⑱诃陵:唐时南方国名,在今马来半岛,一说在今爪哇岛。 ⑲舣(yǐ)舟:停船。舣,使船靠岸。 ⑳回棹(zhào):回船。棹,桨。 ㉑之任:赴任。指前去做官。

崔 护

孟棨

博陵崔护①，姿质甚美②，而孤洁寡合③。

举进士下第④，清明日，独游都城南，得居人庄⑤。一亩之宫⑥，而花木丛萃⑦，寂若无人。扣门久之，有女子自门隙窥之，问曰："谁耶？"以姓字对，曰："寻春独行⑧，酒渴求饮。"女入，以杯水至，开门设床命坐⑨，独倚小桃斜柯伫立⑩，而意属殊厚⑪，妖姿媚态，绰有余妍⑫。崔以言挑之，不对，彼此目注者久之。崔辞去，送至门，如不胜情而入，崔亦眷盼而归⑬。嗣后绝不复至。及来岁清明日⑭，忽思之，情不可抑，迳往寻之⑮。门院如故，而已锁扃之。因题诗于左扉曰：

去年今日此门中，人面桃花相映红。人面不知何处去，桃花依旧笑春风。

后数日，偶至都城南，复往寻之。闻其中有哭声，扣门问之，有老父出曰："君非崔护邪？"曰："是也。"又哭曰："君杀吾女。"护惊怛⑯，莫知所答。老父曰："吾女笄年知书⑰，未适人，自去年以来，常恍惚若有所失。比日与之出⑱，及归，见左扉有字，读之，入门而病，遂绝食数日而死。吾老矣，此女所以不嫁者，将求君子以托吾身⑲。今不幸而殒⑳，得非君杀之耶？"又持崔大哭。崔亦感恸，请入哭之。尚俨然在床㉑。崔举其首，枕其股㉒，哭而祝曰㉓："某在斯，某在斯㉔。"须臾开目，半日复活矣。父大喜，遂以女归之㉕。

[评析]

本篇作者孟棨，字初中，生卒年不详。曾在梧州（今广西梧州市）为官，自署"前尚书司勋郎中赐紫金鱼袋"。唐王定保《唐摭言》卷四《与恩地旧交》条说："孟棨年长于小魏公。放榜日，棨出行曲谢。沆泣曰：'先辈，吾师也。'沆泣，棨亦泣。棨出入场籍三十余年。"小魏公即裴沆，裴沆于乾符二年（875）知贡举，可知孟棨及第的年代，当时他年龄已经很大。

小说是作者据唐代诗人崔护《题都城南庄》诗"去年今日此门中，人面桃花相映红。人面不知何处去，桃花依旧笑春风"敷演而成。作者围绕风流多情文人题诗始末，杜撰一个美丽动人的爱情故事，缔结一段佳话，而诗作本身则在故事中占居着重要地位。这种谋篇布局既是本篇的特点，也是《本事诗》情感故事的一大特色。

本篇叙下第文人崔护闲来无事、出外寻春，因"酒渴求饮"而引出的一段佳话，其中男女主人公一见钟情到终成眷属也并未超出唐代其他爱情小说的常规范式，关键在于落第文人巧遇年轻貌美的村女而生情，村女亦因情而死，又因情而起死回生的这一系列情节在唐人小说中还是首次出现。这不仅是对唐代落第士子因科场失意而在情场上寻求心理补偿的反映，而且也是对唐代以门第论婚姻的婚姻观念的一种反拨。村女的因情而死，又因情而生，不仅很好地印证了作者在《本事诗》中将情感列为第一的"主情论",而且也为后来的小说戏曲作家高举"情感第一"的大旗,去反对"存天理,灭人欲"的程朱理学开了先河。汤显祖笔下的杜丽娘形象的塑造,显然是受本篇的影响,只不过因其所处的时代不同,形象所包蕴的内涵更深邃罢了。

本篇选自《本事诗·情感第一》。《本事诗》是一部纪事体诗话,多记诗人轶事及关于诗歌创作的"本事"。今存《顾氏文房小说》《津逮秘书》等本。《新唐书·艺文志》列在总集类、《宋史·艺文志》、《四库全书总目提要》列于集部诗文评类,但所收故事多出自传闻,后人也把它当作小说来看待。书分情感、事感、高逸、怨愤、征异、征咎、嘲戏七章。以情感列于第一,可见作者的注意所在。作者自序称"其间触事兴咏,尤在钟情,不有发挥,熟明厥义,因采为本事诗"。可见其撰集目的在于阐发诗歌的主旨,但却留下许多美丽的故事传说。篇幅虽长短不一,但都清丽有致,文采烂然,足与诗歌交辉。其中如乐昌公主破镜重圆、韩翃柳氏寄章台柳诗、顾况红叶题诗以及本篇都属著名而且影响深远之作。

本篇对后世影响很大。"人面桃花"这首诗已成典故,被后世常加引用。元人白仁甫、尚仲贤都曾本此作《崔护谒浆》杂剧。明孟称舜据此写成《桃花人面》杂剧。《警世通言》卷三〇《金明池吴清逢爱爱》入话是对本篇的缩写,明金怀玉《桃花记》传奇以及《剪灯新话·渭塘奇遇记》均受《崔护》影响。此据李时人编校《全唐五代小说》(中华书局,2014年修订版)卷六七校录。

[注释]

①博陵:唐郡名,也称定州,在今河北,州治即今定州市。崔护:唐代诗人,字殷功,博陵人,贞元进士,官岭南节度使。少年时曾作《题都城南庄》诗,即为本文所本。　②姿质:指容貌和性格。　③孤洁寡和:

清高不合群。 ④举进士不第：应进士考试落选。一本无"不"字，但据崔护情况看，当是落第举子。 ⑤得：发现。 ⑥一亩之宫：院宅方圆一亩左右。宫，房屋的通称。语出《礼记·儒行》："儒有一亩之宫。" ⑦丛萃：聚集而茂盛。 ⑧寻春：游春。 ⑨床：座椅。或是胡床，即交椅。这与文中女子"俨然在床"的卧床不同。 ⑩斜柯：桃树的斜枝。 ⑪意属：含而不露的情意。 ⑫绰：宽绰。也可作"绰约"解，姿态柔美的样子。妍：美。 ⑬睠盼：依依不舍。 ⑭来岁：明年。 ⑮迳：径直。 ⑯惊怛：惊恐。 ⑰笄（jī）年：女子成年。古代女子十五岁时用簪将发盘起，表示已成年。笄，古代束发用的簪子。 ⑱比日：近日。 ⑲以托吾身：付托养老。 ⑳殒：死。 ㉑俨然：宛然、仿佛。 ㉒枕其股：头俯贴在死者的大腿上。 ㉓祝：祷告。 ㉔某在斯：我在这里。某，本指别人，这里崔护却是指自己。语出《论语·卫灵公》："师冕见，及阶，子曰：'阶也。'及席，子曰：'席也。'皆坐，子告之曰：'某在斯，某在斯。'" ㉕归之：嫁给他。

非烟传

皇甫枚

临淮武公业①,咸通中任河南府功曹参军②。爱妾曰非烟,姓步氏,容止纤丽,若不胜绮罗。善秦声③,好文墨,尤工击瓯④,其韵与丝竹合。公业甚嬖之⑤。其北邻,天水赵氏第也⑥,亦衣缨之族⑦,不能斥言⑧。其子曰象,秀端有文,才弱冠矣⑨。时方居丧礼⑩。忽一日,于南垣隙中窥见非烟,神气俱丧,废食忘寐。乃厚赂公业之阍⑪,以情告之。阍有难色,复为厚利所动。乃令其妻伺非烟间处⑫,具以象意言焉。非烟闻之,但含笑凝睇而不答。门媪尽以语象。象发狂心荡,不知所持,乃取薛涛笺⑬,题绝句曰:

"一睹倾城貌⑭,尘心只自猜。不随萧史去⑮,拟学阿兰来⑯。"

以所题密缄之,祈门媪达非烟。烟读毕,吁嗟良久,谓媪曰:"我亦曾窥见赵郎,大好才貌。此生薄福,不得当之。"盖鄙武生粗悍,非良配耳。乃复酬篇,写于金凤笺,曰:

"绿惨双娥不自持⑰,只缘幽恨在新诗。郎心应似琴心怨⑱,脉脉春情更拟谁⑲。"

封付门媪,令遗象。象启缄,吟讽数四,拊掌喜曰⑳:"吾事谐

矣。"又以剡溪玉叶纸[21],赋诗以谢,曰:

"珍重佳人赠好音,彩笺芳翰两情深[22]。薄于蝉翼难供恨,密似蝇头未写心[23]。疑是落花迷碧洞[24],只思轻雨洒幽襟[25]。百回消息千回梦,裁作长谣寄绿琴[26]。"

诗去旬日,门媪不复来。

象幽懑恐事泄[27],或非烟追悔。春夕,于前庭独坐,赋诗曰:

"绿暗红藏起暝烟,独将幽恨小庭前。沉沉良夜与谁语,星隔银河月半天[28]。"

明日,晨起吟际,而门媪来,传非烟语曰:"勿讶旬日无信,盖以微有不安。"因授象以连蝉锦香囊并碧苔笺[29],诗曰:

"无力严妆倚绣栊[30],暗题蝉锦思难穷。近来赢得伤春病,柳弱花欹怯晓风。"

象结锦香囊于怀,细读小简,又恐非烟幽思增疾,乃剪乌丝栏为回械[31],曰:

"春日迟迟[32],人心悄悄。自因窥觇[33],长役梦魂。虽羽驾尘襟,难于会合,而丹诚皎日,誓以周旋[34]。昨日瑶台青鸟忽来[35],殷勤寄语。蝉锦香囊之赠,芬馥盈怀,佩服徒增,翘恋弥切[36]。况怀又闻乘春多感,芳履乖和[37],耗冰雪之妍姿,郁蕙兰之佳气。忧抑之极,恨不翻飞[38]。且望宽情,无至憔悴。莫孤短韵,宁爽后期[39]。惝恍寸心[40],书岂能尽?兼持菲什[41],仰继华篇。伏惟试赐凝睇。诗曰:见说伤情为见春,想封蝉锦绿蛾颦。叩头为报烟卿道,第一风流最损人。"

阍媪既得回报,径赍诣非烟阁中[42]。

武生为府掾属㊸，公务繁夥，或数夜一直㊹，或竟日不归。此时恰值入府曹，非烟拆书，得以款曲寻绎㊺。既而长太息曰："丈夫之志，女子之情，心契魂交，远如近也。"于是阖户垂幌㊻，为书曰：

"下妾不幸，垂髫而孤㊼。中间为媒妁所欺，遂匹合于琐类㊽。每至清风明月，移玉柱以增怀㊾；秋帐冬釭㊿，泛金徽而寄恨㊶。岂谓公子，忽贻好音。发华械而思飞㊷，讽丽句而目断。所恨洛川波隔，贾午墙高，连云不及于秦台，荐梦尚遥于楚岫㊸。犹望天从素恳㊹，神假微机，一拜清光，九殒无恨㊺。兼题短什，用寄幽怀。伏惟特赐吟讽也。诗曰：画檐春燕须同宿，兰浦双鸳肯独飞。长恨桃源诸女伴，等闲花里送郎归㊻。"

封讫，召阍媪，令达象。象览书及诗，以非烟意切，喜不自持，但静室焚香虔祷以候。

忽一日将夕，阍媪促步而至，笑且拜曰："赵郎愿见神仙否？"象惊，连问之。传非烟语曰："值今夜功曹府直㊼，可谓良时。妾家后庭，即君之前垣也。若不渝惠好，专望来仪㊽。方寸万重㊾，悉候晤语。"既曛黑㊿，象乃乘梯而登，非烟已令重榻于下㊶。既下，见非烟靓妆盛服㊷，立于庭前。交拜讫，俱以喜极不能言。乃相携自后门入房中，遂背釭解幌，尽缱绻之意焉。及晓钟初动㊸，复送象于垣下。非烟执象手曰："今日相遇，乃前生姻缘耳。勿谓妾无玉洁松贞之志，放荡如斯。直以郎之风调，不能自固。愿深鉴之。"象曰："挹希世之貌㊹，见出人之心。已誓幽庸㊺，永奉欢洽。"言讫，象逾垣而归。

明日，托阊媪赠非烟诗曰：

"十洞三清虽路阻⑯，有心还得傍瑶台⑰。瑞香风引思深夜⑱，知是蕊宫仙驭来⑲。"

非烟览诗微笑，复赠象诗曰：

"相思只怕不相识，相见还愁却别君。愿得化为松上鹤，一双飞去入行云。"

封付阊媪，仍令语象曰："赖值儿家有小小篇咏。不然，君作几许大才面目？"兹不盈旬，常得一期后庭，展幽微之思，罄宿昔之心。以为鬼神不知，天人相助。或景物寓目，歌咏寄情，来往便繁⑳，不能悉载。如是者周岁。

无何，非烟数以细过挞其女奴，奴阴衔之，乘间尽以告公业。公业曰："汝慎勿扬声！我当伺察之。"后至直日，乃密陈状请假。迨夜，如常入直，遂潜于里门。街鼓既作㉑，匍伏而归。循墙至后庭，见非烟方倚户微吟，象则据垣斜睇。公业不胜其愤，挺前欲擒。象觉，跳去。业搏之，得其半襦。乃入室，呼非烟诘之。非烟色动声颤，而不以实告。公业愈怒，缚之大柱，鞭楚血流。但云："生得相亲，死亦何恨。"深夜，公业憩而假寐。非烟呼其所爱女仆曰："与我一杯水。"水至，饮尽而绝。公业起，将复笞之，已死矣。乃解缚，举置阁中，连呼之，声言非烟暴疾致殒。数日，窆之北邙㉒，而里巷间皆知其强死矣㉓。象因变服，易名远，自窜于江浙间。

洛中才士有著《非烟传》者，传中崔、李二生，尝与武掾游处。崔诗末句云："恰似传花人饮散㉔，空床抛下最繁枝。"其夕，梦非烟谢曰："妾貌虽不迨桃李㉕，而零落过之。捧君佳什，愧仰无已。"李生诗末句云："艳魄香魂如有在，还应羞见坠楼人㉖。"其夕，梦非烟戟手而詈曰㉗："士有百行㉘，君得全乎？何至务矜片言㉙，苦相诋斥。当屈君于地下面证之。"数日，李生卒。时人异焉。

远后调授汝州鲁山县主簿㉚，陇西李垣代之。咸通末，予复代垣，而与远少相狎，故洛秘事亦知之。而垣复为手记，故得以传焉。

三水人曰：噫，艳冶之貌，则代有之矣；洁朗之操，则人鲜闻乎。故士矜才则德薄，女衒色则情私。若能如执盈，如临深㉛，则皆为端士淑女矣。非烟之罪虽不可逭，察其心，亦可悲矣。

[评析]

本篇作者皇甫枚，字遵美，安定三水（陕西彬州）人。南宋陈振孙《直斋书录解题》著录其《三水小牍》三卷，谓言："天祐中人。三水者，安定属邑也。"《续谈助》载宋晁载之跋曰："枚自言天祐庚午岁，寓食汾晋，为此书。"当据《三水小牍》自序。据其文，皇甫枚咸通辛卯（871）居长安兰陵里第，次年居洛阳敦化里第，咸通末为鲁山县主簿，同年自汝入秦，光启中调赴行在。至其寓食汾晋作《三水小牍》之天祐庚午年（910），实已是后梁开平四年（910）。

《三水小牍》，《崇文总目》传记类、《宋史·艺文志》小说类著录二卷，《说郛三种》卷三三摘引，亦注二卷，《直斋书录解题》《文献通考》则著录三卷，未详所以。今传《三水小牍》之"抱经堂丛书"本、《宛委别藏》本、"云自在龛丛书"本等皆出自明杨仪藏二卷本，已非原帙，标目皆辑者所加,而《太平广记》等尚存佚文。又,《续谈助》卷三据宋本摘录八则,《说郛》卷四四引托名唐柳公权《小说旧闻记》三则,实原为《三水小牍》文,文多胜于传本及《太平广记》。《古今说海》又有一卷本,凡七则,皆见于二卷本。另,《太平广记》卷四九一《非烟传》,注皇甫枚撰,卷三九二《王敬之》注出皇甫枚《玉匣记》,皆为单篇流传作品。前者《说郛》已收入《三水小牍》,或有所据。

  本篇是《三水小牍》中写得最好的一篇。与一般的才子佳人故事不同,非烟是一个力图摆脱包办婚姻而且大胆追求自由爱情且为之付出生命代价的女性。作为一名才貌俱佳的孤女,她不满于自己的不合理婚姻,鄙弃武公业的粗鄙。如果不遇到赵象,非烟也可能会随遇而安,悒郁终生。恰好遇到赵象的挑逗,她便把埋藏在心中的爱情死灰点燃起来了。经过诗和信的反复往来,非烟终于冲破了礼法和心理的束缚,主动约赵象来后庭幽会。当事情败露,身受酷行而濒临死亡之时,她并不后悔并勇敢地表示:"生得相亲,死亦何恨。"这种为了争取自由爱情不惜以生命为代价的呐喊,不仅为所有的受当时不合理婚姻迫害的妇女道出了心声,也使本篇具有了一定的思想高度。作者把非烟和赵象的恋情写得很美满和谐,在后面从非烟的受迫害又反写了武公业的残暴,这就从具体的生活事实里充分证明了非烟、赵象恋情的合情合理,控诉了纳妾制度和传统道德观念的荒谬,鼓励人们去勇敢地追求合理的爱情幸福。

  《非烟传》是一个才子与才女相爱的故事,因此在才子与才女从相遇到定情的过程中穿插了许多诗歌骈文来传情达意,这也是本篇与《三水小牍》中大部分作品偏重"史才"的不同之处。这些诗歌,既写出了非烟性格聪慧、美丽、柔婉的一面,也突出了她勇敢、强毅的一面,而且使得本篇故事充满了诗的情致。才子佳人遇合,借助诗信传情达意,这样的故事模式除结局是悲剧外，其余完全与明末清初的"才子佳人小说"相类。因此，从此意义上说，《非烟传》对后来的"才子佳人小说"有着一定的影响。

本篇宋皇都风月主人编的《绿窗新话》（话本故事总集）收入卷下，注出《丽情集》。南宋周守忠《姬侍类偶》卷上《非烟纤丽》，亦引皇甫枚《非烟传》，因知本篇曾经单篇流传。《说郛三种》卷三三收《飞烟》全文，然并无"飞烟"题名。本篇《艳异篇》卷一七、《虞初志》卷六、重编《说郛》卷一一二等皆引，文同《太平广记》，而《说郛》所载实比《太平广记》文字详瞻。《说郛》本篇中"非烟"与"飞烟"并用，今据《太平广记》统一为"非烟"。北宋张君房《丽情集》曾引本篇，亦作"非烟"，与《太平广记》同。此据李时人编校《全唐五代小说》（中华书局，2014年修订版）卷七〇校录。

[注释]

①临淮：唐临淮郡郡治在今江苏盱眙。　②咸通：唐懿宗李漼年号（860—873）。河南府：唐在东都洛阳设河南府，与京兆、太原并直属中央，主管洛阳及附近诸县的行政。功曹参军：府的佐吏，主管祭祀、礼乐、学校、选举、表疏、医巫、考课官吏等事务，秩正七品下。　③秦声：秦地（今陕西甘肃一带）流行的地方音乐。秦李斯《谏逐客书》云："夫击瓮叩缶，弹筝搏髀，而歌呼呜呜快耳者，真秦之声也。"大约古代秦声，调子是比较激越的。　④瓯：小瓦盆，古代的一种敲击乐器。其法在中国已失传。印度、柬埔寨、缅甸乐器中有"水琴"，用十多只瓷碗，中盛深浅不同的水，就能敲出各种不同的音阶来。古代击瓯或与此相似。　⑤嬖：宠爱。　⑥天水赵氏：唐代著名的士族。天水，汉郡名，郡治在今甘肃通渭西南，晋移治上邽（在今甘肃天水西南）。　⑦衣缨之族：官

宦、士绅家族。衣缨，犹"衣冠"。缨，系冠的带子，古代仕宦者所服。

⑧不能斥言：不便把名字明着说出来。斥言，直接指出人名来。　⑨弱冠：古礼男子二十而冠，因刚成人，故称"弱冠"。　⑩居丧礼：住在家中为死去的父母守丧。古代父母死后，须守丧二十五个月才除服免丧。 ⑪阍：看门人。　⑫间处：有空隙的时机。　⑬薛涛笺：中唐时四川名妓薛涛，创制一种深红小彩笺，时人多仿制者，称"薛涛笺"。　⑭倾城：古时赞誉美丽之词。典出《汉书·外戚传》："北方有佳人，绝世而独立，一顾倾人城，再顾倾人国。"　⑮不随萧史去：传说周代秦穆公的女儿弄玉，嫁给了善吹箫的萧史，后萧史乘龙飞去，弄玉乘凤随之。这句隐指飞烟并不像弄玉那样追随她的丈夫。　⑯阿兰：晋干宝《搜神记》卷一有汉时仙女杜兰香下嫁少年张传故事。这里"阿兰"即指杜兰香，含挑逗意。　⑰绿惨双娥：浓黑的双眉。绿，古代妇女画眉用的颜料。惨，颜色深暗。娥，通"蛾"，美好的眉毛。《诗经·卫风·硕人》："螓首蛾眉。"

⑱"郎心"句：用汉司马相如典。《史记·司马相如传》记司马相如在卓王孙家的宴会上奏琴，以琴心挑动了卓王孙的女儿卓文君，文君最终随相如私奔。　⑲脉脉春情更拟谁：这句是说"你的深长的恋情又是在恋着谁呢？"拟谁，"拟"，涵芬楼排印本原本《说郛》作"泥"。泥，恋着。 ⑳拊掌：拍手。　㉑剡溪：在浙江嵊州南，为曹娥江的上游，地多藤竹，溪水清明，造纸光洁。唐皮日休诗："剡纸光于月。"　㉒翰：手笔。 ㉓"薄于"二句：言笺纸薄不堪载重重愁，字迹虽细密如蝇头，亦不够写出绵长、繁复的心情。　㉔"疑是"句：暗用刘晨、阮肇遇仙典故。东汉时刘晨、阮肇入天台山采药，见桃花流水，循水至一洞，遇见两个仙女，遂结为夫妇。唐曹唐《刘阮洞中遇仙子》诗云："碧沙洞里乾坤别，红树枝前日月长。"这里以刘、阮所遇的仙女暗喻飞烟。说"迷"，意指

尚未得到通向仙子所居的途径。 ㉕轻雨洒幽襟：暗用巫山神女的典故。战国楚宋玉《高唐赋序》称楚襄王游于云梦之台，梦见巫山神女自荐枕席，临去自谓："妾在巫山之阳，高丘之阻，旦为朝云，暮为行雨。"这里以行雨的神女暗喻飞烟。 ㉖裁作长谣寄绿琴：这句是说写作这首诗歌，作为绿绮琴的琴曲，以寄情意。长谣，唐人称律诗为"长句""长谣"。谣，自谦不能算诗。绿琴，司马相如抚琴以挑动卓文君，其琴名"绿绮"，见晋傅玄《琴赋》。寄，寄托。 ㉗幽悰：忧闷。 ㉘星隔银河：以牵牛织女隔天河不能相见的传说，隐喻自己和飞烟的睽隔。 ㉙连蝉锦香囊：用连蝉锦织的香囊。连蝉锦，一种织有连理花纹而薄如蝉翼的锦。 ㉚绣栊：雕花的窗格。 ㉛乌丝栏：带有很细的黑线格子的信笺。回缄（jiān）：回信。缄，同"缄"。 ㉜春日迟迟：语出《诗经·豳风·七月》："春日迟迟，采蘩祁祁。"形容春天的日子过得懒洋洋而又漫长。 ㉝觏：遇见。 ㉞"虽羽驾尘襟"四句：谓自知凡夫俗子，不配和飞烟这样的仙人相合，但丹诚可誓白日，一定要追求到底。羽驾，犹仙驾，称飞烟。尘襟，凡夫俗子，赵象自谦之词。丹诚皦日，赤诚的心，有如光亮的太阳。用《诗经·王风·大车》典："榖则异室，死则同穴。谓予不信，有如皦日。"周旋，有追随、辗转相从诸义。 ㉟瑶台青鸟：谓送信的使者。《汉武故事》曰："七月七日，上于承华殿斋，正中，忽有一青鸟从西方来，集殿前，上问东方朔，朔曰：'此西王母欲来也。'"瑶台，传说中神仙居住的地方；青鸟，王母的使者。 ㊱翘：踮起脚来企望。弥：甚。 ㊲芳履乖和：古人以为病是由于身体内部不调和而引起的。芳履，犹言"玉体"。乖和，不和、生病。 ㊳恨不翻飞：恨不能飞来看你。 ㊴宁爽后期：不一定就没有后会之期。 ㊵惝恍：迷惘。《楚辞·远游》："听惝恍而无闻。"注："惝恍，耳不谛也。" ㊶菲什：简陋的作品。谦语。什，《诗经》里雅、颂每十篇为“什”，后作为诗篇、作品的代称。 ㊷赍诣：带着去到。 ㊸掾（yuàn）属：佐吏。 ㊹直：值宿。 ㊺款曲寻绎：细致地寻究。这里指体会赵象来信的意蕴。绎，原意为抽丝。 ㊻阖户垂幌（huǎng）：关门放下帷幕。幌，帷幔。 ㊼垂髫（tiáo）：谓童年。古人束发，但儿童发垂，故称“垂髫”。孤，丧父。 ㊽琐类：猥琐卑劣的人。 ㊾移玉柱：调音演奏的意思。玉柱，为琴、瑟定音的弦柱，贵重者以玉装饰。 ㊿釭（gāng）：灯台，代指灯。南朝梁江淹《别赋》：“冬釭凝兮夜何长。” (51)泛金徽：亦为弹奏的意思。泛，形容弹琴时手在琴弦上的移动。古琴上标识音区的点叫“徽”（琴有十三徽），贵重者以金装饰，故称“金徽”。 (52)思飞：神思飞越。 (53)“所恨”四句：连用四个男女遇合的典故说明自己的不能遂愿。洛川波隔，三国魏曹植《洛神赋》叙述他行经洛川（洛水），遇洛水神女，与之相爱。贾午墙高，贾午是西晋惠帝贾后的妹妹，与其父贾充的属吏韩寿相恋，据说韩寿曾逾墙与贾午幽会。连云不及于秦台，用秦穆公女弄玉与萧史故事。萧史善吹箫，每吹，弄玉和之，凤凰飞集，穆公为建凤台。后萧史乘龙升天，弄玉随之。秦台，即凤台。荐梦尚遥于楚岫，用楚襄王故事，见上注㉕。“所恨”四句中“波隔”“墙高”“不及”“尚遥”皆谓有愿而不能及。 (54)素恳：素愿。 (55)九殒：九死。战国楚屈原《离骚》：“虽九死其犹未悔。” (56)“长恨”两句：这里说如果自己能够像桃源仙女那样得到对方，绝不会随便放弃。等闲，随便。东汉刘晨、阮肇入天台山遇仙女，同居桃源洞中，被留半年，思家求归，仙女送出之。至家，子孙已七世，出《神仙传》。 (57)府直：在府公署值夜。 (58)来仪：《尚书·益稷》：“箫韶九成，凤皇来仪。”疏：“凤皇来而有容仪也。”后将“来仪”用作邀请人来的敬语。 (59)方寸万重：心有千言万语。方寸，指心头。心处胸中方寸间，故称。《魏书·董绍传》："老母在洛，无复方寸，既奉恩贷，实若更生。"　⑥曛黑：黄昏。曛，日入时的余光。　⑥重榻：把凳子堆叠起来。榻，狭长而矮的坐卧用具。　⑥靓（jìng）妆：华装。靓，用脂粉化的妆。　⑥晓钟：唐制，五鼓华，天破晓，鸣钟。　⑥把：这里可解作"领略"。　⑥幽庸：在暗中的主宰，指神灵。　⑥十洞三清：道教所谓的神仙福地。《云笈七签》谓大地名山之间，有王屋山洞、委羽山洞、西城山洞等十大洞天，皆群仙所居。三清，道教认为人天之外，有三清境。"圣登玉清，真登上清，仙登太清"，都是超绝人间的神仙境界。　⑥瑶台：神仙所居，这里喻飞烟闺阃。　⑥瑞香风：香风。《清异录》："一比丘（和尚）昼寝盘石上，梦中闻花香酷烈不可名，既觉，寻香求之，因名'睡香'。四方奇之，谓乃花中祥瑞，遂以'瑞'易'睡'。"　⑥蕊宫：即蕊珠宫，传说为神仙所居。仙驭：犹仙驾。这里指飞烟。　⑦便繁：频繁。　⑦街鼓既作：唐代城里实行宵禁，天黑击鼓，官街禁人行。见《唐律疏仪》卷二六《杂律》上："昼漏尽，顺天门击鼓四百槌讫，闭门。后更击六百槌，坊门皆闭，禁人行。"作，起。因为街鼓起后，官街即禁人行。所以武公业只能潜伏在里门，夜间才能回家。如在公廨，夜间就不能通过官街回去。　⑦窆（biǎn）：埋葬。北邙：北邙山，在洛阳北面，东汉以来即为贵族墓葬地。　⑦强死：谓被杀害。　⑦恰以传花人饮散：古代宴会，有"击鼓传花"行令。折花一枝，在与宴者手中依次传递，另外一间房子里有人击鼓，鼓声停时，花在谁手上，谁就该饮酒并做节目。　⑦迨：及，赶上。　⑦坠楼人：晋代富豪石崇有美婢绿珠。权贵孙秀向石崇索绿珠，崇不允。于是，孙秀构陷石崇下狱，绿珠坠楼而死。　⑦戟手而詈：犹言指着鼻子骂。《左传·哀公二十五年》："公戟其手，曰：'必断而足。'"注："抵徒手屈肘如戟形。"　⑦士有百行

(xíng)：《诗经·卫风·氓》："士之耽兮。"笺："士有百行。"百行，一百种行为准则。　㊴务矜：《太平广记》陈仲鱼校本作"矜衒"。矜，夸大其词。　㊵汝州鲁山县：今属在河南。汝州，治在今河南汝州。㊶如执盈，如临深：像拿着盛满了水的器皿，像站在深渊边上那么谨慎。

王知古为狐招婿

皇甫枚

咸通庚寅岁①，卢龙军节度使、检校尚书左仆射张直方②，抗表请修入觐之礼③，优诏允焉④。先是张氏世莅燕土⑤，民亦世服其恩。礼燕台之嘉宾⑥，抚易水之壮士⑦，地沃兵庶⑧，朝廷每姑息之⑨。洎直方之嗣事也⑩，出绮纨之中⑪，据方岳之上⑫，未尝以民间休戚为意⑬。而酣酒于室，淫兽于原⑭。巨赏狎于皮冠⑮，厚宠集于绿帻⑯。暮年而三军大怨⑰，直方稍不自安。左右有为其计者，乃尽室西上⑱。至京，懿宗授之左武卫大将军⑲，而直方飞苍走黄⑳，莫亲徼道之职㉑。往往设罝于通衢㉒，则犬兔无遗。臧获有不如意者㉓，立杀之。或曰："辇毂之下㉔，不可专戮㉕。"其母曰："尚有尊于我子者耶？"其僭轶可知也㉖。于是谏官列状上㉗，请收付廷尉㉘。天子不忍置于法，乃降为燕王府司马㉙，俾分务洛师焉㉚。直方至东都，既不自新，而慢游愈亟㉛。洛阳四旁，耆者走者㉜，见皆识之，必群噪长嗥而去。

有王知古者，东诸侯之贡士也㉝。虽薄涉儒术㉞，而数奇不中春官选㉟。乃退处于三川之上㊱，以击鞠飞觞为事㊲，遨游于南邻北里间。至是有绍介于直方者。直方延之，睹其利喙赡辞㊳，不觉前席㊴,自是日相狎。壬辰岁冬十一月㊵,知古尝晨兴㊶,僦舍无烟㊷,愁云塞望。悄然弗怡㊸,乃徒步造直方第。至则直方急趋㊹,将出畋也㊺,谓知古曰:"能相从乎?"而知古以祁寒有难色㊻。直方顾小僮曰:"取短皂袍来㊼。"请知古衣之。知古乃上加麻衣焉。遂联辔而去。出长夏门,则凝霰始零㊽。由阙塞㊾,而密雪如注。乃渡伊水而东㊿,南践万安山之阴麓㊿,而韝弋之获甚夥㊿。倾羽觞㊿,烧兔肩,殊不觉有严冬意。及雾开雪霁,日将夕焉。忽有封狐突起于知古马首㊿,乘酒驰之㊿,数里不能及,又与猎徒相失。须臾,雀噪烟暝,莫知所如。隐隐闻洛城暮钟,但彷徨于古陌樵径之上。俄而山川黯然,若一鼓将半㊿。试长望,有炬火甚明,乃依积雪光而赴之。

复若十余里,至则乔木交柯,而朱门中开,皓壁横亘,真北阙之甲第也㊿。知古及门下马,将徙倚以达旦㊿。无何㊿,小驷顿辔㊿,阍者觉之㊿,隔壁而问阿谁㊿。知古应曰:"成周贡士太原王知古也㊿。今旦有友人将归于崆峒旧隐者㊿,仆饯之伊水滨,不胜离觞,既掺袂㊿,马逸复不能止,失道至此耳。迟明将去,幸无见让㊿。"阍曰:"此南海副使崔中丞之庄也㊿,主父近承天书赴阙㊿,郎君复随计吏西征㊿。此惟闺闱中人耳㊿,岂可淹久乎㊿?某不敢去留,请问于内。"知古虽怵惕不宁㊿,自度中宵矣㊿,去将安适?乃拱立以次。少顷,有秉蜜炬自内至者㊿,振管辟扉㊿,引保母出㊿。知古前拜,仍述厥由。母曰:"夫人传语,主与小子皆不在家,于礼无延客之道㊿。然僻居与山薮接畛㊿,豺狼所嗥,若复固拒,是见溺而不援也。请舍外厅,翌日可去。"知古辞谢,从保母而入。过重门侧厅室⑦，栾栌宏敞⑧，帷幕鲜华。张银灯，设绮席，命知古坐焉。酒三行，复陈方丈之馔⑧。豹胎鲂腴⑧，穷水陆之美。保母亦时来相勉。

食毕，保母复问知古世嗣宦族及内外姻党⑧。知古具言之。乃曰："秀才轩裳令胄⑧，金玉奇标⑧。既富春秋⑧，又洁操履⑧。斯实淑媛之贤夫也。小君以钟爱稚女⑧，将及笄年，尝托媒妁，为求佳对久矣。今夕何夕，获遘良人⑧。潘杨之睦可遵⑩，凤凰之兆斯在⑪。未知雅抱何如耳⑫？"知古敛容曰："仆文愧金声⑬，才非玉润⑭。岂室家为望⑮？惟泥涂是忧⑯。不谓宠及迷津⑰，庆逢子夜。聆好音于鲁馆⑱，逼佳气于秦台⑲。二客游神⑩，方兹莫及；三星委照⑩，唯恐不扬⑩。倘获托彼强宗⑩，睠以佳耦⑩，则生平所志，毕在斯乎？"保母喜，谑浪而入白⑩。复出，致小君之命曰："儿自移天崔门⑩，实秉懿范⑩。奉苹蘩之敬⑩，知琴瑟之和⑩，惟以稚女是怀，思配君子，既辱高义⑪，乃叶凤心⑪。上京飞书⑫，路且不远。百两陈礼⑬，事亦非僭。忻慰孔多，倾瞩而已⑭。"知古磬折而对曰⑮："某虫沙微类⑯，分及湮沦⑰。而钟鼎高门⑱，忽蒙采拾。有如白水⑲，以奉清尘⑳。鹤企凫趋㉑，唯待休旨㉒。"知古复拜。保母戏曰："他日锦雉之衣欲解㉓，青鸾之匣全开㉔。貌如月华，室若云邃。此际颇相念否？"知古谢曰："以凡近仙，自地登汉㉕。不有所举，谁能自媒？谨当铭彼襟灵㉖，志之绅带㉗，期于没齿㉘，佩以周旋㉙。"复拜。

少时则燎沉当庭㉚，良夜将艾㉛。保母请知古脱服以休。既解麻衣，而皂袍见。保母诮曰："岂有逢掖之士㉜，而服短后之衣也？”知古谢曰：“此乃假之于与所游熟者，固非己有。”又问所从，答曰：“乃卢龙张直方仆射所借耳。”保母忽惊叫仆地，色如死灰。既起，不顾而走入宅，遥闻大叱曰：“夫人差事，宿客乃张直方之徒也。”复闻夫人者叫曰：“火急斥去。无启寇雠(133)。”于是婢子小竖辈群出(134)，秉猛炬(135)，曳白棓而登阶。知古匍匐避于庭中(136)，四顾逊谢。詈言狎至，仅得出门。既出，已横关阖扉(137)，犹闻喧哗未已。知古愕立道左，自怛久之。将隐颓垣，乃得马于其下，遂驰去。遥望大火若燎原者，乃纵辔赴之，则输租车方饭牛附火耳(138)。询其所，则伊水东草店之南也。复枕辔假寐(139)，食顷而震方洞然(140)，心思稍安。乃扬鞭于大道，比及都门(141)，已有张直方骑数辈来迹矣(142)。

遥至其第，既见直方，而知古愤懑不能言。直方慰之。坐定，知古乃述宵中怪事。直方起而抚髀曰(143)：“山魑木魅(144)，亦知人间有张直方耶？”且止知古，复益其徒数十人，皆射皮饮胄者(145)。享以卮酒豚肩(146)，与知古复南出。既至万安之北，知古前导。残雪中马迹宛然，直诣柏林下。则碑板废于荒坎(147)，樵苏残于密林(148)。中列大冢十余，皆狐兔之窟宅，其下成蹊。于是直方命四周张罗彀弓以待。内则束蕴荷锸(149)，且掘且熏。少顷，群狐突出，焦头烂额者，罥罗罥挂者(150)，应弦饮羽者(151)，凡获狐大小百余头，以归。

三水人曰(152)：“嗟乎王生，生斯世不谐而为狐貉所侮，况其大者乎？向若无张公之皂袍，则强死于秽兽之穴矣(153)！”余时在洛敦化里第，于庠集中博士渤海徐公说为余言之(154)。岂曰语怪，亦以摭实，故传言之。

[评析]

本篇作者皇甫枚，生平见《非烟传》。《太平广记》卷四五五收录此文，题作《张直方》。

以荒诞之形式，反映现实之内容的艺术构思是本篇最大特色。故事从介绍卢龙军节度使、检校尚书左仆射张直方横行一方，"未尝以民间休戚为意"的残暴行径开始，然后全力描写他的幕僚王知古遇狐精并被招婿的一段奇遇，这似乎是毫不相干的两件事。然作者却在情节达到高潮时，即王知古答应亲事宾主双方为此皆大欢喜时，笔锋陡然一转，让王知古露出的短皂衣又将张直方重新拉回到主体故事中，借助于狐精一听说张直方之名，即吓得"惊叫仆地，色如死灰"，甚至对原本要被招婿、因与张直方有交的王知古也避之如水火这一夸张笔法，将张直方的嚣张跋扈、权倾一方、作恶多端的嘴脸进一步刻画出来。这种烘云托月手法的运用并非皇甫枚首创，然在唐人小说中将此笔法用于揭露藩镇专横跋扈、践踏人民的恶行上并不多见。唐代自安史之乱后，藩镇割据，雄霸一方，鱼肉人民的现象非常严重，下层民众对此十分反感和痛恨。本篇作者敏感于当时现实，采用曲笔的形式给予客观如实的反映，尤其在文章之末用张直方自己的话"山魈木魅，亦知人间有张直方耶"，进一步加大了抨击的力度：藩镇之患，不仅殃及于人，亦且殃及于鸟兽精魅。

作者笔下的狐精善良、多情，富有人性，并无丝毫害人之意，其形象与以前的《任氏传》中的任氏及后来《聊斋志异》中狐女形象十分接近。因此，从狐女形象传承意义上讲，本篇的功劳当不可没。尽管结尾"三水人"的一段议论，称狐兔之窟为"秽兽之穴"，似乎对罹难的狐精颇有贬意，但最后的"岂曰语怪，亦以摭实"八个字却大有深意，值得玩味。

本篇篇幅曼长，用了大量骈俪句的对话，如保母与王知古的对话，词句与《非烟传》的风格十分近似，这当然是作者的有意雕饰。但过于繁缛典雅，不仅有碍于故事情节的展开，也不太合乎人物的个性化。这大概算是本篇的不足之处，也是唐代文人小说发展到极端的例证。此据李时人《全唐五代小说》（中华书局，2014年修订版）卷七〇校录。

[注释]

①咸通庚寅岁：即咸通十一年，870年。　②检校尚书：官名，唐代尚书省设检校官。左仆射：官名，尚书省长官为尚书令，副职为左右仆射。张直方：唐范阳人。其父张仲武，曾担任幽州卢龙一带兵马留守职务多年，死后由张直方继任节度留后、副大使等职。咸通时为羽林统军，见《旧唐书·张仲武传·子直方》本传）　③抗表：直率地、毫不隐讳地上奏章。修入觐之礼：履行谒见皇帝的礼节。唐制，节度使定期进京谒见皇帝汇报情况。　④优诏：嘉奖优抚的诏书。　⑤世莅（lì）燕土：几辈人都统治燕地。莅，临，到。这里引申为管辖、统治一类意思。燕土，指卢龙军所辖幽、蓟、平、燕等州。　⑥礼燕台之嘉宾：像燕昭王那样，礼贤下士，热情接待那些来投奔他的才德之士。《战国策·燕策》：战国时，燕昭王曾在易水东南筑台（一说"黄金台"）招纳各地贤士。　⑦抚易水之壮士：化用燕太子丹的典故，说明张直方先世能爱抚勇士，抚慰像荆轲那样的为自己服务的壮士。《史记·刺客列传》：燕太子丹派侠士荆轲去刺杀秦王，临行时，在易水边为他饯行。荆轲曾高歌"风萧萧兮易水寒，壮士一去兮不复还"的句子。　⑧兵庶：兵员众多。　⑨姑息：迁就、纵容。　⑩嗣事：继承官职。　⑪出绮纨（wán）之中：出身于富贵人家。绮纨，丝织品。这里以所穿来指代富贵生活。　⑫据方岳之上：称霸一方。方岳，四方之岳，指东岳泰山、南岳衡山、西岳华山、北岳恒山。古代，诸侯六年朝见帝王一次，帝王六年到四岳巡察诸侯一次。诸侯到"方

岳"接受考察，以明黜陟。 ⑬休戚：欢乐和忧虑，亦泛指有利的和不利的遭遇。 ⑭淫兽于原：成天在郊外打猎。淫，过分。 ⑮巨赏狎于皮冠：将丰厚的赏赐给予那些同他亲近的一起打猎的人。皮冠，猎人戴的帽子，这里指代猎人。 ⑯厚宠集于绿帻：非常宠爱那些为他服役的人。绿帻，绿色的头巾。古代厨师和屠夫戴绿帻。《汉书·东方朔传》载董偃扮"胞人"，"绿帻傅韝"。唐颜师古注引汉应劭说："宰人服也。""胞"与"庖"同。这里以"绿帻"指屠夫与厨师。 ⑰三军：泛指军队。《论语·子罕》："三军可夺帅也，匹夫不可夺志也。" ⑱尽室：全家。 ⑲左武卫大将军：唐代设左右武卫（禁卫军），长官有上将军、大将军、将军等。张直方为左武卫大将军，位在上将之下，将军之上。 ⑳飞苍走黄：指打猎。苍，苍鹰。黄，黄犬。 ㉑莫亲徼（jiào）道之职：对警卫禁地的职守毫不尽责。徼道，巡更、警备之道路。 ㉒罝罦（jū fú）：捕兽的网。 ㉓臧获：奴婢。汉扬雄《方言》卷三："荆淮海岱杂齐之间，骂奴曰臧，骂婢曰获。齐之北鄙，燕之北郊，凡民男而婿婢（作婢的丈夫）谓之臧，女而妇奴（作奴的妻子）谓之获；亡（逃亡）奴谓之臧，亡婢谓之获。" ㉔辇毂：京师。《三国志·魏志·杨俊传》："今境守清静，无所展其智能，宣还本朝，宣力辇毂，熙帝之载。" ㉕专戮：任意杀人。 ㉖僭轶：僭越，不顾礼法等级，超越本分。 ㉗谏官：指御史、给事中这一类负责谏诤的官员。 ㉘收付廷尉：逮捕到监牢里。廷尉，秦汉时掌管司法的官员，为九卿之一，就是后来的主管刑狱的大理寺卿。 ㉙燕王府司马：在燕王府中担任统领府寮纪纲职务的官员。 ㉚分务洛师：分发到洛阳去做官。洛师，即洛阳。唐以洛阳为东都，所以称洛师。师，京师。 ㉛愈亟：更加厉害。 ㉜鸑（zhù）者走者：犹如说飞禽走兽。鸑，飞。 ㉝东诸侯之贡士：洛阳的地方官推举到京城应试的人。古代有诸侯每三年一次向天子贡士的制度，后来科举制度沿用此义，称由地方选拔进京应试的人为贡士。诸侯，代指洛阳地方的长官。　㉞薄涉儒术：略微知道一些儒家之道。封建时代儒术泛指文化知识，不一定单指儒家的学说。　㉟数奇（shù jī）不中（zhòng）春官选：因为命运不好，考试没有及第。数，气数，命运。奇，不偶，指命运不好。古人以偶数为好运，以奇数为厄运。春官，是指主管明经、进士考试的礼部的别称。武则天时，曾一度改礼部为春官。　㊱三川：古郡名，因境内有黄河、洛水、伊水三水而得名，郡所在今河南洛阳东北。　㊲击鞠飞觞：打球、喝酒。鞠，皮球。　㊳利喙（huì）赡辞：嘴快善辩，很会说话。喙，嘴。赡，丰富。　㊴前席：古人席地而坐，当谈得高兴，听得入神时，不知不觉地移到前面来凑近一点，叫"前席"。典出《史记·商君列传》："卫鞅复见孝公。公与语，不自知膝之前于席也。"后遂以"前席"谓欲更接近而移坐向前。　㊵壬辰岁：咸通十三年，即872年。　㊶晨兴：早晨起来。　㊷僦（jiù）舍无烟：租借的房屋里没有炊烟，就是揭不开锅。僦，租赁。　㊸悄然弗怡：默默无语，心里很不快乐。　㊹急趋：很快地走出来。　㊺出畋（tián）：外出打猎。　㊻祁寒：严寒。　㊼皂袍：黑色的袍子。古代地位低下的人的从役之衣。　㊽凝霰（xiàn）始零：开始下小雪珠。凝霰，雨水遇冷而凝结成的雪珠。零，落。　㊾阙塞：山名，即伊阙，又叫龙门山。在洛阳城南，东西两山对峙如门，伊水从中流过，所以叫"伊阙"。　㊿伊水：即伊川，又叫伊河，源出河南卢氏熊耳山东北，经嵩县、伊川、洛阳等南流入洛水。　㉛万安山：山名，又叫石林山、半石山，在洛阳城东南。阴麓：北面山脚。　㉜韝弋（gōu yì）之获：射猎所获。韝，射箭时用的臂衣，用革做成。弋，射箭。　㉝羽觞，古时一种酒器，鸟形。《汉书·外戚传》班婕妤赋："酌羽觞兮销忧。"注引三国魏孟康语："羽觞，爵也，作生爵（雀）形，有头尾羽翼。" ⑭封狐：大狐。封，大。 ⑮乘酒驰之：带着酒意驰逐追逐它。 ⑯一鼓将半：半更天，入夜不久。古时一夜共分五更，以击鼓报更。 ⑰北阙：帝王所居的皇宫叫阙，因坐北朝南，故又称北阙。 ⑱徙倚：徘徊。 ⑲无何：不一会儿。 ⑳小驷顿辔（pèi）：小马扯动缰绳。驷，本指四马所驾之车，这里即指小马。顿辔，震动马缰。 ㉑阍（hūn）者：守门人。 ㉒阿谁：什么人。 ㉓成周贡士：犹如说洛阳的贡生。成周，古城名，传说故址在今河南洛阳东郊之白马寺东，这里即指洛阳。 ㉔将归于崆峒旧隐者：将要回到崆峒山去，仍然过隐居生活的人。崆峒，山名，在河南汝州西南。《庄子》里载：古仙人广成子曾在这里隐居。 ㉕掺袂（shǎn）：执袖，指离别。《诗经·郑风·遵大路》："掺执子之袪兮。"就是扯住袖子挽留离人。 ㉖幸无见让：敬请不要见怪。让，责备。 ㉗南海：唐郡名，治所在今广东广州。副使：地方长官的副职。中丞：御史中丞的省称，后来相当于御史台之长。 ㉘主父：古时奴婢称主人叫"主父"。天书：皇帝的诏书。赴阙：到京城去。 ㉙郎君：犹如说公子。汉朝制度，食禄二千石以上的官，其子任为郎，所以称贵人之子为郎君。计吏：掌管会计簿籍的官员。 ㉚闺帏中人：指妇女。 ㉛淹久：久留。 ㉜怵惕（chù）不宁：惊惧不安。 ㉝中宵：半夜。 ㉞蜜炬：即蜡烛。 ㉟振管辟扉：用钥匙开门。管，钥匙。 ㊱保母：姬妾中负抚育子女责任的人。 ㊲延客：请客，留客。 ㊳与山薮（sǒu）接畛（zhěn）：跟深山大泽接界。畛，田间分界之路。 ㊴厅事：同"听室"，官府办事听政的地方，后来私人宅第的中庭、厅堂也袭用这个叫法。 ㊵栾栌宏敞：屋宇宽广。栾，柱上曲木，两端承受斗拱。栌，斗拱。 ㊶方丈之馔：指方丈之食。极言肴馔之丰盛。语出《孟子·尽心下》："食前方丈，侍妾数百人，我得志，弗为也。”汉赵岐注：“极五味之馔食，列于前，方一丈。” (82)豹胎：龙肝、熊掌一类的珍贵食品。《晋书·潘岳传》：“厥肴伊何？龙肝豹胎。”鲂（fáng）腴：鲂鱼肚里的脂肪，也是美味的食品。 (83)世嗣官族：世家的后代，官僚的家庭。内外姻党：跟父母亲有血统关系的亲戚。内，指母系方面；外，指父系方面。 (84)轩裳令胄：指贵族子弟。轩裳，车服，是富贵人家所用的。令，美、善，称呼别人之敬辞。胄，后代。 (85)金玉奇标：像金玉那样高贵纯洁的风格。标，标格，风度。 (86)富春秋：正当年富力强的年岁。春秋，年龄。 (87)洁操履：行为品格都很纯洁清白。操，操行。履，行为。 (88)小君：指副使的夫人。古代称诸侯的夫人为小君。 (89)今夕何兮，获遘良人：借用《诗经·唐风·绸缪》：“今夕何兮，见此良人。”遘，遇见。良人，指丈夫，这里指可作佳偶的君子。 (90)潘杨之睦：夫妻美满和睦的意思。晋代潘岳的妻子姓杨，是杨仲武的姑母。潘杨两家世代通婚，成为美满和睦婚姻的典范。潘岳在《杨仲武诔》文中说：“藉三叶世亲之恩，而子之姑，余之伉俪焉……潘杨之穆，有自来矣。” (91)凤凰之兆：《左传·庄公二十二年》载：陈国内乱，公子完逃奔齐国，齐国大夫懿氏想要将女儿嫁给他，懿氏之妻用龟占卜吉凶，得到的卦象是：“凤皇于飞，和鸣锵锵。”意思是凤凰雌雄齐飞，相和而鸣，是夫妻和美融洽的象征。这里化用这个典故说明结婚有好的兆头。 (92)雅抱何如：意下如何？雅抱，是对对方的意见、想法的一种客气说法。(93)文愧金声：很感惭愧文章写得不好。古时称颂别人文章写得好叫“掷地作金石声”。 (94)才非玉润：才气不如玉之光润，即很平常。 (95)岂家室为望：哪敢有立业成家的想法。 (96)惟泥涂是忧：只是忧虑自己出身低贱，没有前途。泥涂，喻地位卑下。《左传·襄公三十年》：“使吾子辱在泥涂久矣。” (97)迷津：迷路。这里指迷路的人。典出《桃花源记》。

⑨⑧鲁馆：《春秋·庄公元年》载，鲁庄公与周同姓，所以代王姬主办婚事，迎王姬到鲁国，为她别筑馆舍，而后送与齐侯成婚。后因以"鲁馆"为嫁女别住的代词。　⑨⑨秦台：指秦穆公为女儿弄玉和女婿萧史所筑的凤女台，亦称凤台。典出《列仙传》。春秋时人萧史，善吹箫，秦穆公将女儿弄玉嫁给他。他每天教弄玉吹箫学凤鸣，后来果然有凤凰飞来，秦穆公就为他们盖了一座凤台。最后弄玉乘凤、萧史乘龙仙去。《大清一统志》："凤女台在宝鸡东南。《水经注》：'雍有凤台，凤女祠……'"故址在今陕西宝鸡东南。　⑩⑩二客游神：出典未详，可能指东汉时刘晨、阮肇入天台山采药而遇仙女的故事。　⑩①三星委照：三星不亮。意思就是不能成婚。三星，即心星（或说参星）。古人以三星有尊卑、父子、夫妇之象，故以三星高照为婚姻的象征。《诗经·唐风·绸缪》："三星在天。"《毛传》："三星，参也；在天，谓始见东方也。男女待礼而成，若薪刍待人事而后束也。'三星在天'，可以嫁娶矣。"　⑩②唯恐不扬：生怕不能成婚。扬，显著。　⑩③托彼强宗：和世家大族结为婚姻。托，托付，结合的意思。强宗，世家大族。　⑩④睠以佳耦：眷恋美好的配偶。睠，同"眷"，爱恋。耦，同"偶"。　⑩⑤谑（xuè）浪：因高兴而开玩笑。　⑩⑥移天：指出嫁。封建时代妇女尊称父亲和丈夫为"所天"，由事父改为事夫叫"移天"。　⑩⑦懿范：美德的典范。　⑩⑧奉苹蘩（fán）之敬：意谓能很好地主持家务。《诗经》中有《采苹》《采蘩》两诗，前人认为是表扬大夫和诸侯的夫人能够敬祀祖先的，后因以"奉苹蘩"指代妇女主持家务。苹蘩，水菜，祭祀用的东西。　⑩⑨琴瑟之和：《诗经·小雅·常棣》："妻子好合，如鼓瑟琴。"后因以琴瑟喻夫妇和好。　⑪⑩辱高义：承蒙尊允婚事。辱，辱没，表示客气。高义，行为高尚，有义气的人。　⑪①叶夙心：实现久有的心愿。叶，同"协"，协洽。　⑪②上京：即京师，这里指东都洛阳。

⑬百两陈礼：古代诸侯嫁女，双方迎送都用车百辆以成婚嫁之礼。两，同"辆"，即指车子。这里是说嫁礼隆重。《诗经·召南·鹊巢》："之子于归，百两御之"；"之子于归，百两将之"；"之子于归，百两成之"。 ⑭倾瞩：用倾慕的目光看。 ⑮磬折：像古代磬（一种乐器）的形状那样弯腰鞠躬，表示慕敬。 ⑯虫沙微类：喻指微不足道的人物。《太平御览》卷七四《抱朴子》："周穆王南征，一军尽化，君子为猿为鹤，小人为虫为沙。"一般以猿鹤虫沙为战死者。这里则是以虫沙自比卑贱小人，是自谦之辞。 ⑰分（fèn）及湮沦：按其本分是应该湮灭沦落。 ⑱钟鼎高门：指富贵人家。古时贵族官僚之家，吃饭时要先鸣钟，然后再列鼎而食。 ⑲有如白水：发誓之语。指着河水说：二人同心，有如白水。典出《左传·僖公二十四年》。春秋时，狐偃随着晋公子重耳流亡在外，尽忠竭谏。返晋途中，狐偃拟离开重耳他去，重耳挽留，并指河水发誓："所不与舅氏同心者，有如白水。"这里借用誓词，表示决心。 ⑳以奉清尘：接近和侍奉长者或自己敬爱的人的一种敬辞。清尘，人行走而生尘土，不说同人在一起，而说同他脚边的尘土在一起，是对人的敬称。
㉑鹤企凫趋：像鹤那样伸长着脖子盼望，像野鸭随群趋赴那样的欢愉快乐。 ㉒休旨：好消息。 ㉓锦雉之衣：指举行婚礼时所穿的华丽的衣服。锦雉，鸟名，又名鹔、鹭雉、锦鸡、天鸡，毛色五彩，非常艳丽。 ㉔青鸾：镜子。古时传说鸾喜欢对镜而舞，因以青鸾指代镜子。 ㉕自地登汉：平地登天。汉，河汉，银河。 ㉖铭彼襟灵：铭记在心中。襟灵，心灵，怀抱。 ㉗志之绅带：将此事记在衣带上。志，记。绅，大带。 ㉘期于没齿：一直到终身。期，时期，期限，引申为"到"的意思。没齿，终身。 ㉙佩以周旋：无论走到哪里，随时都带着这种心情。 ㉚燎沈当庭：在庭院里将庭燎烧得很久。燎，庭燎，用松柴等浇上油脂点燃作

为照明用的东西。古时举行典礼时在院子里将庭燎点着照明用。　⑬良夜将艾：美好的夜晚将要过完了。　⑬逢掖之士：穿宽袍大袖之衣的人，意即有知识有地位的高贵之士。《礼记·儒行》："丘少居鲁，衣逢掖之衣。"汉郑玄注："逢，犹大也；大掖之衣，大袂禅衣也，此君子有道艺者所衣也。"　⑬无启寇雠：不要招惹祸事，引来仇敌。　⑭小竖：小奴，小仆人。　⑬猛炬：大火把。　⑬助勷（kuāng ráng）：形容慌慌张张，走路跌跌撞撞的样子。　⑬横关阖扉：关上门，把门闩插上。　⑬输租车：交纳租税的车子。饭牛附火：喂牛烤火。饭，作动词用。　⑬假寐：不脱衣而睡。《诗经·小雅·小弁》："假寐永叹。"汉郑玄笺："不脱冠衣而寐曰假寐。"　⑭震方：东方。《易经》里八卦的方位，以震指东方。洞然：明亮，天亮了。　⑭比及：等到。　⑭来迹：来寻找。　⑭抚髀（bì）：拍着大腿。　⑭山魈（chī）木魅（mèi）：古代传说中山里所生的害人的精怪。　⑭射皮饮胄者：戴头盔，穿皮甲，全副武装的人。饮，把箭射进去。　⑭豚肩：猪腿。　⑭碑板：石碑。荒坎：荒坑。　⑭樵苏：干柴枯草。伐木为樵，割草为苏，这里即指柴草。　⑭束蕴荷锸（chā）：拿着引火的草把，扛着掘土的工具。蕴，结成草把用来点火。锸，掘土器。　⑮罝罗罥（juàn）挂：被系结于网罗上。罝罗，捕兽之网；罥挂，系结，网挂。　⑮应弦饮羽：弓弦响处，鸟兽应声命中。饮羽，射箭深入，连箭尾的羽毛也射进去了。　⑮三水人：作者皇甫枚是三水人，因以自谓。　⑮强死：暴死，指被害而丧命。　⑭博士：官名，一般指学官（如太学博士、国子博士等），有时指专精一艺的职官（如医学、算学博士等）。渤海：古郡名，唐代为棣州，治所在今山东惠民。

跋

恩师李时人先生在中国古代小说的研究上，一直有两个宏愿：一是撰写一部《中国小说史》，一是编选一套《中国古代短篇小说选》。早在二十年前，先生即与何满子先生合著出版了《古代短篇小说名作评注》（上海古籍出版社，2000年版），遴选唐以降文言小说25篇、白话短篇小说18篇进行注释和评解。我投入先生门下之后，先生亦常言此事，曾经在他的书房打开电脑给我详细讲述他编选古代小说的宏大规划。据先生言，他编选的《中国古代短篇小说选》共分四卷：《先唐卷》《唐代卷》《宋元卷》和《明清卷》，每卷选80篇至100篇，所选篇目兼顾文言与白话两种，唐及以前以文言为主，宋及以后以白话为主。此次出版的《唐人小说选》，原应是《中国古代短篇小说选》的《唐代卷》部分，是在原稿基础上再次精选而成。

自晚唐陈翰编选《异闻集》始，历代不乏唐人小说选本，近世以来较著者莫若鲁迅《唐宋传奇集》、汪辟疆《唐人小说》二种，今人编选、注释、评解唐人小说者更有数家，如张友鹤《唐宋传奇选》、徐士年《唐代小说选》、李剑国《唐宋传奇品读辞典》等，其他若王泽君《古代短篇小说选注》、成柏泉《古代文言短篇小说选注》等，亦选有数量不等的唐人小说。在众多选本中，本书所选篇目并不占优势，但特色相当明显。一是严选。唐代文言小说大量涌现，形成中国古代小说创作的第一个高潮，据先生《全唐五代小说》（中华书局，2014年修订版）所录，唐人所撰小说总量超过千篇。在数量如此众多的作品中选出二十来篇，实非易事，如何选、按照什么标准选、选哪些篇目，都需要慎重考虑。本书在《全唐五代小说》广泛搜罗的基础上，以"小说的艺术创造"（本书《前言》）为主要依据，从中精挑细选出24篇，这就好比是在一大片森林之中挑选出几株最高壮最秀美的树木，其价值不言而喻。二是详注。所选篇目虽系唐人优秀之作，但毕竟相距今天已有一千多年，人们的思想观念、认知水平、思维模式、语言表述乃至于生活中各种常见常用的物事都已发生巨大变化，今人理解起来难免会有隔膜。本书对入选篇目进行细致入微的注释，多数篇目都超过100条，篇幅稍长者可达二三百条，至《游仙窟》更是多达445条。这不仅有助于读者对作品本身内涵意蕴的理解，而且对于扩大读者的知识面、了解唐代的社会风俗和中国传统文化也会有很大的帮助。三是精评。本书给所选篇目一一撰写"评析"，涵盖作者的生平与著述、作品的内容与艺术、后世的流传与影响、文献的版本与来源等诸多方面，所述极为全面，尤其是对于作品内容与艺术特色的抉发，或宏阔或精微，或恣睢或简括，有助于读者对小说作品的阅读与接受，在唐人小说的传播、古代经典文学的弘扬上可谓功莫大焉。要之，本书虽名曰《唐人小说选》，实则内容和价值远不止于此，完全可以命名为《唐人小说选注评》。

二十多年前，先生编校《全唐五代小说》（陕西人民出版社，1998年初版）时即已开始本书的前期工作，与何满子先生合著《古代短篇小说名作评注》后则正式着手编撰《中国古代短篇小说选·唐代卷》，也就是本书的最初底稿。其时入选本书篇目的"注释"部分已基本完成,"评析"部分也已撰写过半,后因全力投入到《中国文学家大辞典·明代卷》的编纂中而将此书搁置,直至两年前大辞典初稿基本完成之后才将精力重新转至此书。由于长期积劳成疾,当时先生已身患重症,无力再从事过于繁重的科研工作。本书列入出版计划以后,由先生确定篇目,所选篇目中原未撰写的"评析"一部分由先生抱病甚或在住院期间完成,另一部分则由本书第二评注人曾志松在先生指导下完成。据志松所言,经他手完成的"评析"共有七篇:《南柯太守传》《〈湘中怨〉解》《杜子春》《崔玄微》《定婚店》《陈季卿》《孙恪》。书稿交给出版社后不久,先生不幸离世,由我接手完成本书的后续出版事宜。在此过程中,我重写了《无双传》"评析",改写了《洞庭灵姻传》"评析",原稿所缺《李娃传》"评析"由志松提供初稿经我润改而成。因此,本书在体例相对统一的前提下,各篇"评析"的行文风格多少会有些差异。

本书在出版过程中,承蒙中州古籍出版社大力支持,卢欣欣副总编高度关心出版进度,责编吕玲给予认真细致的审校,在此表示诚挚谢意!后期由上海师范大学李玉宝遵照审稿意见对书中引文、存疑以及讹误之处一一进行了核校,由我通读全稿,对"评析"部分作了微调以使全书风格尽量统一。

谨以此书告慰先生。是为跋。

门生　李玉栓

2019年除夕前一日拜书于上海之鱼